大唐悬疑录3

长恨歌密码

唐隐 著

人民文学出版社

图书在版编目（CIP）数据

大唐悬疑录.3,长恨歌密码/唐隐著.--北京：人民文学出版社,2021
ISBN 978-7-02-013262-1

Ⅰ.①大… Ⅱ.①唐… Ⅲ.①长篇小说—中国—当代 Ⅳ.① I247.5

中国版本图书馆 CIP 数据核字 (2019) 第 137788 号

责任编辑　朱卫净　张玉贞

出版发行　人民文学出版社
社　　址　北京市朝内大街 166 号
邮政编码　100705
网　　址　http://www.rw-cn.com

印　　刷　山东德州新华印务有限责任公司
经　　销　全国新华书店等

开　　本　890 毫米 ×1240 毫米　1/32
印　　张　11.75
字　　数　295 千字
版　　次　2021 年 1 月北京第 1 版
印　　次　2021 年 1 月第 1 次印刷

书　　号　978-7-02-013262-1
定　　价　52.00 元

如有印装质量问题，请与本社图书销售中心调换。电话：010-65233595

关于《长恨歌》的历史事实

唐玄宗李隆基的统治后期，专宠杨贵妃，两人歌舞尽欢，恩爱非凡，无心朝政。天宝十四载，安禄山发动叛乱。半年后，叛军攻陷长安，惊慌失措的唐玄宗李隆基偕杨贵妃仓皇潜逃。行至马嵬坡时，随行的将士突然发生哗变，在将士的逼迫下，唐玄宗忍痛作出了赐死贵妃的决定，并交由亲信宦官高力士秘密执行。后人传说，此时的杨贵妃并没有死，而是逃往了日本，如今的日本国内也有许多杨贵妃的传闻。

五十年后，诗人白居易与友人陈鸿、王质夫一道在马嵬驿附近的仙游寺游玩。有感于唐玄宗与杨贵妃的爱情悲剧，王质夫提议白居易创作一首诗篇，记录下这场生死爱恋。白居易欣然同意，立即挥笔写就了一首《长恨歌》，将玄宗、贵妃的恩爱过往一一记入了诗篇，成为千古佳作。然而关于贵妃被处死的过程，史料中竟毫无记载，由此引发了千百年来关于杨贵妃生死之谜的种种推测。

附：《长恨歌》全文

汉皇重色思倾国，御宇多年求不得。杨家有女初长成，养在深闺人未识。天生丽质难自弃，一朝选在君王侧。回眸一笑百媚生，六宫粉黛无颜色。春寒赐浴华清池，温泉水滑洗凝脂。侍儿扶起娇无力，始是新承恩泽时。云鬓花颜金步摇，芙蓉帐暖度春宵。春宵苦短日高起，从此君王不早朝。承欢侍宴无闲暇，春从春游夜专夜。后宫佳丽三千人，三千宠爱在一身。金屋妆成娇侍夜，玉楼宴罢醉和春。姊妹弟兄皆列土，可怜光彩生门户。遂令天下父母心，不重生男重生女。骊宫高处入青云，仙乐风飘处处闻。缓歌慢舞凝丝竹，尽日君王看不足。渔阳鼙鼓动地来，惊破霓裳羽衣曲。九重城阙烟尘生，千乘万骑西南行。翠华摇摇行复止，西出都门百余里。六军不发无奈何，宛转蛾眉马前死。花钿委地无人收，翠翘金雀玉搔头。君王掩面救不得，回看血泪相和流。黄埃散漫风萧索，云栈萦纡登剑阁。峨嵋山下少人行，旌旗无光日色薄。蜀江水碧蜀山青，圣主朝朝暮暮情。行宫见月伤心色，夜雨闻铃肠断声。天旋日转回龙驭，到此踌躇不能去。马嵬坡下泥土中，不见玉颜空死处。君臣相顾尽沾衣，东望都门信马归。归来池苑皆依旧，太液芙蓉未央柳。芙蓉如面柳如眉，对此如何不泪垂。春风桃李花开夜，秋雨梧桐叶落时。西宫南苑多秋草，宫叶满阶红不扫。梨园弟子白发新，椒房阿监青娥老。夕殿萤飞思悄然，孤灯挑尽未成眠。迟迟钟鼓初长夜，耿耿星河欲曙天。鸳鸯瓦冷霜华重，翡翠衾寒谁与共。悠悠生死别经年，魂魄不曾来入梦。临邛道士鸿都客，能以精诚致魂魄。为感君王展转思，遂教方士殷勤觅。排空驭气奔如电，升天入地求之遍。上穷碧落下黄泉，两处茫茫皆不见。忽闻海上有仙山，山在虚无缥缈间。楼阁玲珑五云起，其中绰约多仙子。中有一人字太真，雪肤花貌参差是。金阙西厢叩玉扃,转教小玉报双成。闻道汉家天子使,九华帐里梦魂惊。揽衣推枕起徘徊,珠箔银屏迤逦开。云鬓半偏新睡觉,花冠不整下堂来。风吹仙袂飘飘举,犹似霓裳羽衣舞。玉容寂寞泪阑干,梨花一枝春带雨。含情凝睇谢君王,一别音容两渺茫。昭阳殿里恩爱绝,蓬莱宫中日月长。回头下望人寰处,不见长安见尘雾。唯将旧物表深情,钿合金钗寄将去。钗留一股合一扇,钗擘黄金合分钿。但教心似金钿坚,天上人间会相见。临别殷勤重寄词,词中有誓两心知。七月七日长生殿,夜半无人私语时。在天愿作比翼鸟,在地愿为连理枝。天长地久有时尽,此恨绵绵无绝期。

《长恨歌密码》人物表

裴玄静： 女神探，女道士。大唐宰相裴度的侄女，一直在为了真相而苦苦追寻。

崔淼： 行事诡秘的江湖郎中，医术精湛，其真实身份却始终隐没在迷雾之中。

李纯： 唐宪宗，唐朝第十一位皇帝。在位期间成功削藩，巩固了中央集权，实现"元和中兴"。

李贺（长吉）： 英年早逝的著名诗人，字长吉，有"诗鬼"之称。少年时曾与裴玄静订下亲事，却终究没能等到裴玄静来的那一天。

禾娘： 裴度家仆王义的女儿，女刺客聂隐娘的徒弟，始终暗恋着崔淼。

李弥： 诗人李贺的弟弟，表面痴痴傻傻，心里却始终住着禾娘。

段成式：唐代著名小说家，宰相武元衡的外孙，博闻强记，所著《酉阳杂俎》意义深远，一度影响了《西游记》《聊斋志异》的创作。

韩湘：唐代文学家韩愈的侄孙，传说中的八仙之一，世人多称其为"韩湘子"。

白居易：唐代诗人，字乐天。笔下的《长恨歌》和《琵琶行》都是唐诗中的瑰丽名篇。

元稹：唐代诗人，风流才子。曾与白居易共同提倡新乐府运动，结成莫逆之交。

吐突承璀：神策军中尉，唐宪宗最宠信的宦官，心机颇重。

郭念云：唐宪宗的贵妃，大将郭子仪的孙女。因家世显赫而遭到唐宪宗的忌惮。

李忠言：唐宪宗之父唐顺宗最信任的内侍，顺宗死后成为其丰陵的守陵人。

陈弘志：唐宪宗的贴身内侍，李忠言的心腹。

汉阳公主：唐宪宗李纯的胞妹，后嫁给郭念云的弟弟郭钐。

柳泌：唐代方士，因自称能炼出不死之药而被唐宪宗看中。

目录

楔　子 / I

第一章　仙游去 / 1

第二章　玉龙子 / 75

第三章　长生劫 / 143

第四章　无尽恨 / 210

第五章　雪为证 / 280

楔 子

一个寻常秋夜。

浔阳江头溢浦口，水平如镜，映出一轮无瑕的圆月。洁白的月光下，漫延于江畔的紫色荻花和火红枫叶也仿佛褪尽了色彩。

忽然一阵微风拂过，荻花随风摇摆，花丛中影影绰绰露出一叶扁舟。舟上的数名黑衣人赶紧压低身子，目光依旧死死地盯在前方不远处的江面上——那里泊着一支小巧精致的画舫。恰在此时，舱房中有人将一扇舷窗推起。窗内透出荧荧如豆的一线烛火，瞬间似流星升起在浩渺水面之上。

整个江心，都被这盏红烛照亮了。

烛光的中央，是一位侍女娇柔的侧影。容貌虽然恍惚，但当她轻抬玉臂时，便有一阵抛珠碎玉般的琵琶曲声从窗内传出，在寂静的江面上流淌开来。

以荻花为掩护的小舟上，首领模样的黑衣人低声道："准备动手！"

甲板两侧的黑衣人操起船桨，轻轻划动。小舟无声无息地从荻花深处荡出，朝明烛的方向而去。

琵琶曲声却突然停止了，从画舫的后方又冒出一艘船来。双方艄公大声打过招呼，后来的船便稳稳地停在了画舫旁边。原来这船驶来的方向恰好被画舫遮挡，难怪小舟上的黑衣人此前毫无察觉。

"停！"首领猛一挥手。

小舟在荻花丛的边缘再次埋伏下来。因为更靠近了些，画舫上的动静看得越发真切。只见船工在两船间搭上木板，高高挑起数只红灯笼，照着一位青衣文士，经踏板走上画舫。

看他的面容和体态，也有些年纪了。颔下几绺长髯倒还漆黑，梳理得整齐飘逸，神态从容中透着文人特有的聪敏与清高。

小舟上的黑衣首领一愣："怎么是他？"

青衣文士刚登上画舫，船舱中就有人迎出来，向他款款致意："白司马。"

"娘子！"江州司马白居易微笑还礼，"我答应娘子的诗已作好，今夜特意送来。"

女子的怀中还抱着琵琶，垂首谦道："妾身微贱，怎敢劳白司马大驾，亲自前来送诗。"

"娘子过谦了。其实，白某想的是——"白居易注视着女子道，"如果娘子喜欢这首诗，再为我弹奏一曲便足够了。"

女子闻言，抬起头来。灯笼的光直照在她的脸上，白居易悚然发现，她似乎比自己昨夜所以为的更年长些。五官无疑是娟秀动人的，可以想见当年的她是何等美貌，但如今的的确确韶华已逝。

奇怪？白居易暗自思忖，昨夜女子说过老大色衰的话，不过当时她的脸隐在烛光背后，再加犹抱琵琶半遮面，她的身姿、仪态和言谈，总给白居易一种感觉，此女最多不过半老徐娘的年纪。但此刻看来，她的年龄应该远远大于他先前的估计。

"白司马，请进舱内坐吧。"

白居易回过神来，忙随女子步入船舱。坐定之后，他从怀中取出诗卷，在案上摊开。

"娘子请看。"

她一字一顿地念道:"琵——琶——行。"

白居易的心中一阵悸动。按说他已是名动天下的大诗人,但每次听人吟诵自己的新诗时,仍然无法抑制这份自豪和紧张兼而有之的心情。尤其是今天,不知为什么,当他面对这位被自己所歌咏的琵琶女时,竟然生出一份学生般谦卑的心态来,迫不及待地想得到她的首肯。

"浔阳江头夜送客,枫叶荻花秋瑟瑟。主人下马客在船,举酒欲饮无管弦。"

随着女子低低的吟诵,昨夜在江上巧遇的情景,又一幕幕地展现在白居易的眼前。

"千呼万唤始出来,犹抱琵琶半遮面。转轴拨弦三两声,未成曲调先有情。"

女子停下来,轻轻道了声:"好。"

白居易矜持一笑,后面还有更好的,对此他太有信心了,自己连夜挥就的这首长诗将成为继《长恨歌》之后的又一阕千古绝唱,其中的字字句句必将征服无数人心,当然也包括面前这位神秘的女子。

女子继续念着:"轻拢慢捻抹复挑,初为《霓裳》后《六幺》。大弦嘈嘈如急雨,小弦切切如私语。"

她念得越来越快,语调中传达出一种无法掩饰的激动,仿佛正有什么东西从她的内心深处觉醒,即将破壳而出。

白居易也跟着心潮澎湃起来。于他,诗作获得欣赏和共鸣并不算意外,但此刻的他却感到兴奋莫名。

女子念到"别有幽愁暗恨生,此时无声胜有声"一句,突然朝白居易投来一瞥。这一瞥意味深长又情思缱绻,立刻使白居易忘记了对她年龄的怀疑,竟有些神思恍惚起来。

少顷,才听见女子继续念:"曲罢曾教善才服,妆成每被秋娘妒。"

她轻轻笑道："善才服那句，倒是昨日妾亲口所说的。只是这秋娘妒么……"

"哦，白某听娘子昨夜谈到当年盛况，色艺双绝，艳冠京城。故作此句。怎么，娘子觉得有何不妥吗？"

"我是想问，这个秋娘，指的是谁？"

白居易略微踌躇——秋娘，当然是指平康坊第一名妓杜秋娘。今年中和节杜秋娘在曲江香消玉殒的消息，谪居江州的白居易直到几个月后才听说，很是唏嘘了一番。所以昨夜创作《琵琶行》时，为形容琵琶女艳冠群芳的风采，便顺手用上了杜秋娘这一典。

此刻，经女子一提，白居易才猛然醒悟到，自己的这句诗失之随意了。须知杜秋娘的名声盛于最近几年，用来和多年前当红的琵琶女相比较，确实不太恰当。

他赧然一笑："杜秋娘是这两年长安最有名的歌妓。要么请娘子告诉我，当年曾与娘子争辉的歌妓名姓，我改一改这句诗。"

"倒是不必，"女子道，"教坊中常有叫秋娘的，白司马这样写也无妨。真要用了我那时候名都知的名字，恐怕就让人看出了我的……"

她突然住了口。

白居易想，让人看出……看出什么？无非是猜出你的真实身份罢了。他情不自禁地望过去，你究竟是谁？

琵琶女微微偏了偏头，又巧妙地把面孔藏到烛影后面去了。

"弟走从军阿姨死，暮去朝来颜色故。门前冷落车马稀，老大嫁作商人妇。商人重利轻别离，前月浮梁买茶去。"

白居易问："这几句也有问题吗？"

"弟走从军，是对的。嫁作商人妇，也是对的，"她的声音颤抖起来，"只是……"

"只是什么？"

她沉默着，良久方道："也没什么，就这样吧。"

白居易皱起眉头，心上的疑云越来越浓重。他脱口而出："今日我让人打听了一下，都说未曾见过一位常年在江口的顾姓茶商。娘子所说的是实情吗？"

"他们当然不会听说，"她的声音十分镇定，"因为顾姓茶商也非今日之人，而是当初的。"

"当初的？"一阵寒意顺着后脊梁冒起来，白居易有些耐不住了，索性直问，"娘子至今尚未告知姓名，白某不知当问否？"

她指了指诗卷："同是天涯沦落人，相逢何必曾相识。"

这下，白居易无话可说了。

又过了片刻，女子悠悠叹息一声，道："此真乃千古绝唱。妾确实没有想到，白司马能把妾的故事写得如此动人，当可世代传诵了。"

"可惜我连娘子的真名实姓都不知道。"

"我的名姓并不重要，就如我的性命一样，不值一提。但无论如何，白司马为我作了这么好的一首诗，我当以一曲回报。"

说着，女子从身边抱起琵琶，抬手，乐起。

尽管昨夜已经听过一回，尽管在诗中已经用尽才情描摹，此刻再听，白居易仍然神魂飘荡，难以自已。

曲声终了，他惊喜地叫出来："五弦！娘子今日弹的是五弦琵琶！"

"曲终收拨当心画，四弦一声如裂帛，"她放下怀中的琵琶，"白司马真是知音。没错，昨夜我弹的是四弦，今夜却换成了五弦。"

"可是娘子，如今这世上，能弹好五弦琵琶的人寥寥无几啊！"

"所以，白司马还是猜不出我是谁吗？"

女子抬起头来，白居易震惊地发现，她已泪流满面。女子哽咽着问："至少，白司马应该看出我的年龄了吧？"

"娘子好像，未到不惑吧？"白居易口中这么说着，心里却是酸楚难当。真相正在他的眼前一点点揭开，而他竟怯于面对了。

女子含泪笑出来："白司马真会宽慰人。也对，妾听说人死了以后，年龄就不会增长了。"

白居易倒抽一口凉气。

"快十一年了，"她喃喃，"对于妾来说，这十一年过得宛如一梦。妾所盼望的只是能找到一个人，对他说一说妾的故事。说完了，妾的梦也就该醒了。"

"娘子你……"

"不，不要说出来，就当我是诗里所写的那位琵琶女吧。《琵琶行》——这么美的诗，"女子拭了拭泪，笑道，"比之《长恨歌》，白司马自己以为，孰优孰劣呢？"

"这个，不能比的。"

"对，不能比。可惜他都没有看到。否则，真不知会怎么欢喜呢。"

白居易说不出话来。此刻，他几乎已经明了眼前人的身份，却又无论如何不敢相信。

女子从头念起诗的序文："元和十年，予左迁九江郡司马。明年秋，送客湓浦口，闻舟中夜弹琵琶者，听其音，铮铮然有京都声。问其人，本长安倡女，尝学琵琶于穆、曹二善才，年长色衰，委身为贾人妇……"她长吁一口气，道，"虽不尽然，但有些事本不足为外人道也，罢了罢了。今日，白司马为妾了却了毕生心愿，妾愿将这把五弦琵琶相赠，请白司马笑纳。"

女子捧起琵琶，紫檀木制的琴身散发出木质的幽香，螺钿和玳瑁镶嵌而成的花纹：正面的牡丹，背面的山岩人物和鸟兽，都在烛光下熠熠生辉，五彩缤纷。

"这把琵琶太贵重了，我不能……"白居易想推辞，女子却突然正色道："此为圣物，白司马不可推辞。"

如同听到一声庄严的命令，白居易不由自主地伸出双手，接过琵琶。

"妾还想拜托白司马一件事。"

"娘子请说。"

"请白司马设法将这把琵琶送回它的故地。"

"它的故地是?"

女子凄然一笑:"长安兴庆宫。"

白居易惊呆了。

"琴在人在,现在琴有了归宿,我也该……"她凝望着窗外,江上一片肃穆的静,时间也似乎停止了。

女子缓缓走到舱门前,向着夜色中泛着微光的江面,一字一顿地吟道:"天长地久有时尽,此恨绵绵无绝期。"

白居易大骇,想要冲上前去却像被下了咒般,浑身无力动弹不得,只能眼睁睁地看着她一步跨过船舷,直直坠下江去。

他才反应过来,大喊着扑到船边。

江面上的涟漪刚刚绽开就又合拢了,女子坠江时既没挣扎也没喊叫,江水顷刻便将她彻底吞没,未留下一丝痕迹。

突然,不远处的荻花丛中冲出一条小舟,几名黑衣人争先恐后自船上跃入水中,一个首领模样的人疾呼:"快、快,吐突将军吩咐了要抓活的,活的啊!"一边嚷着,一边把凶狠的目光扫向画舫。

白居易本能地倒退半步,随即稳住身形。满腔悲愤压过了恐惧,他反朝黑衣首领逼视过去,竟使那凶神恶煞般的人悻悻调转了头,冲着浮出水面来喘气的手下大骂:"上来干什么,接着下去捞啊!活要见人,死要见尸!不管什么都给老子捞上来!"

"你们什么都得不到的,"白居易悲痛又欣慰地想,"因为,人是不能死两次的。"

第一章
仙游去

1

兴庆宫又闹鬼了。

中使一本正经地向裴玄静传达汉阳公主的邀约——公主请炼师速去兴庆宫捉鬼。

裴玄静有点儿啼笑皆非,这已经是兴庆宫第二次闹鬼了。虽说道家确有捉鬼之术,但汉阳公主连续两次以此为由召自己入宫,是否也太刻意了些?

裴玄静在金仙观前登上公主派来的马车,车驾立即朝着皇城的方向驶去。

又要走夹道了。

裴玄静现在懂了,建筑皇城夹道并不仅仅出于安全和便捷的考虑。实际上,在夹道行走既可以对普通百姓掩饰行踪,又始终处于管理夹道的神策军的监控之下,也就是在皇帝的眼皮底下。

此刻她倾听着车轮滚动的辘辘声响,特别真切地认识到,自己正在朝相反的方向疾奔而去。

从辅兴坊到兴庆宫的距离，比到大明宫更远。所以她有足够的时间来回忆数月前，自己第一次踏入兴庆宫的情景。

那还是襄阳公主的婚礼过后没几天，汉阳公主送帖上门，称王皇太后要召见裴玄静。自先皇驾崩之后，王皇太后便隐居在兴庆宫中，已经有十余年不对外露面。裴玄静听叔父裴度提到过，王皇太后曾在先皇灵柩前发誓，至死不见皇帝，所以，就连皇帝本人也有十余年未曾踏入兴庆宫，见过自己的母亲了。

因此，接到汉阳公主的请帖时，裴玄静确实相当讶异，也相当好奇。王皇太后长年过着与世隔绝的生活，为何会突然对自己产生兴趣？而裴玄静困于金仙观中，出入均不得自主，实际就是皇帝的一名囚徒。汉阳公主以王皇太后之命召自己入兴庆宫，肯定经过了皇帝的许可，但他心里又是怎么想的呢？

怀着种种疑虑，裴玄静来到了兴庆宫，却在踏入宫门的那一刻忘记了所有。

在她眼前的，是一座举世无双的华丽废墟。

时令尚在暮春，兴庆宫中处处杨柳逐风、薜荔依墙，最后的春花依旧怒放，龙池里的菡萏已经含苞。此地的春色，竟比裴玄静到访过的任何一处长安宫阙都更加浓郁。那些崇楼峨殿，那些回廊复道，那些御沟山石，那些庭院垣墙，也比裴玄静在大明宫中见过的更加精致豪丽，处处残留着明皇盛世的浮华与奢靡。

但走近时就会发现，因为根本没有人认真打理这座宫殿，使得花木繁茂乱长，殿宇的窗棂和廊下蛛网飘摇，池塘里浮着厚厚的落叶，甬道上杂草丛生、碎石遍地。更令裴玄静心惊的是，她看到四处行走的宫奴们几乎都上了年纪，不少已经白发苍苍，每个人的举止都是懈怠懒散的，神色空虚而恍惚，仿佛只有躯体还勉强活在现世，神魂却终日在别处游荡。

兴庆宫，简直是一座被尘世遗弃的宫殿，里面住着一些被尘世遗弃的人，聚在一起自生自灭。

"天长地久有时尽，此恨绵绵无绝期。"白乐天的名句赫然跃入裴玄静的脑海。

原来，整座兴庆宫就是一个活生生的、巨大无垠的"恨"字。

直到进入南薰殿面见汉阳公主时，裴玄静还未从此情此景的巨大冲击中缓过神来。

汉阳公主李畅仪容端庄，眉目间贵气天成，标致的五官和皇帝十分相像，一望便知是同胞兄妹。倒是另外一位裴玄静也见过的襄阳公主李自虚，虽生得貌美如花，却与兄姐的差异颇大。裴玄静暗想，都说皇帝和先皇长得特别像，那么襄阳公主就应该更像母亲王皇太后吧。

汉阳公主着一身七彩绫罗，裙上盘绕密密匝匝的蹙金花纹，霞帔以雀羽为饰，焕彩辉煌，足以匹配公主高贵的身份。但是裴玄静意外地发现，这套衣裙竟然是旧的。虽然罗裙保养得当，颜色还很鲜艳，彩锦纹饰也十分绚烂，那款式却分明是多年前的，如今根本就看不到有人穿着。

裴玄静暗自纳罕，世人皆知汉阳公主与其夫驸马都尉郭钐富可敌国，绫罗绸缎必定在府中的库房里堆积如山。以李畅的身份和财力，怎么会将一套裙子穿上许多年？

"这套罗裙是我出嫁时，爷爷德宗皇帝所赐的。"

裴玄静一惊，让李畅看出了心思，脸上不觉微微发红。

李畅却神色安然："皇兄为了削藩，用兵已十年有余。国库不足支付军饷时，常以宫中私库的储存来赏赐军兵。久而久之，许多出自大内的光鲜华美的绫罗绸缎便流入民间，纵使如今市井女子俱爱华服靓衣，还竞相比试，我实不以为然。德宗皇帝当年所赐之襦裙帔帛、罗绫纨纱，从春至冬，应有尽有。只需善加养护，不使污损，哪怕三浣五浣，也够我穿用了。即便妆容，我也更喜旧时的。"说到这里，她上下打量几眼裴玄静，微笑评价："倒是裴炼师麻衣胜雪，素面朝天，我看远胜那些庸脂俗粉。"

裴玄静的脸更红了,岔开话题道:"中使说皇太后要召见我,却不知所为何事。"

"唉,"汉阳公主悠悠一叹,"其实皇太后已经久不见外人了。今日请炼师过来,是因为最近兴庆宫中出了一件怪事,且已惊扰到了皇太后,令她寝食难安。皇太后本就身体孱弱,现在这样着实令我忧心。因为之前听过许多裴炼师的事迹,我思之再三,唯有裴炼师能帮上忙。"

"我?"裴玄静问,"究竟是什么事?"

"是宫中闹鬼……"

裴玄静情不自禁地瞪大了眼睛。

兴庆宫原是玄宗皇帝为藩王时的府邸所在。玄宗皇帝登基后就大力营建兴庆宫,把主要的活动都放在这座宫殿里,使其成为继太极宫和大明宫后,长安的第三个大内,人称"南内"。兴庆宫中有两座楼,一座勤政务本楼,一座花萼相辉楼,位置在兴庆宫的南墙附近,彼此相对。其中,勤政务本楼相当于兴庆宫中的正殿。玄宗朝时,遇上改元、科举、大赦等重大事件,典礼都在勤政务本楼前的广场举行。每年正月十五上元节、八月初五玄宗皇帝诞辰的千秋节,皇帝还会偕杨贵妃登临此楼,接受群臣和百姓的朝拜欢呼。

几十年过去了,这一切早就成为过眼云烟。兴庆宫半遭废弃,先皇禅位之后,曾作为太上皇在兴庆宫中度过了一生中的最后几个月。此后,兴庆宫就彻底成为皇太后、太妃们养老的宫苑。勤政务本楼失去作用,在先皇驾崩之后就被封闭了起来。

汉阳公主告诉裴玄静,可怕的事情正是发生在这座楼里。

就在两天前,有一个名叫无双的宫奴从勤政务本楼上坠楼身亡了。据说,她是被鬼索了命去的。

"被鬼索命?"裴玄静蹙起眉尖,"这种说法又是从何而来的呢?"

汉阳公主叹了口气:"桂娘目睹了整个经过,炼师何不将她召来一问?"

桂娘应召入殿,裴玄静又吃了一惊。

正如裴玄静已经看到的,兴庆宫中的宫奴大多上了年纪。年轻机灵的宫奴在大明宫中服侍当今圣上,年老体衰的才被赶到兴庆宫来,其中还有所剩无几的天宝年间的老人,都已年逾古稀,谁也不指望他们真干什么活,无非给这些人一个栖身之所,养老送终罢了。

贾桂娘,就是这么一位白头宫娥,而且看来比别人都更老些。

她在殿前正要颤巍巍地下跪行礼,当即被汉阳公主阻止:"桂娘切勿多礼。一向不跪的,今天是怎么了?"

旁边过来一名宫婢,搀着贾桂娘坐在榻前的地褥上。

汉阳公主对裴玄静解释道:"桂娘是天宝十载入宫的,曾经侍奉过杨贵妃。现如今在兴庆宫的宫奴中,就数她年纪最大了。皇太后早有懿旨,命桂娘不再行宫婢之仪,我们也都待之以礼。"

天宝十载?裴玄静在心中计算,那就是整整六十五年前了。就算桂娘十岁进宫,今年也该满七十五岁了。安史之乱发生在天宝十四载,意味着桂娘在入宫四年之后,便经历了大唐盛极而衰的剧烈动荡,此后又是绵延数载的战乱流离,她能顽强地活到现在,绝对算得上是近百年来大唐盛衰的活见证,难怪受到特别的尊重。

桂娘好像吓坏了,一味垂着白发苍苍的头,佝偻的身躯微微颤抖。裴玄静无法看到她的脸。

汉阳公主温言道:"桂娘,你莫要害怕,这位裴炼师道行深厚,谙熟鬼神之事,是我特意请来除鬼的。你只需将无双横死的前后经过告诉裴炼师即可。"

果然是当今圣上的同胞妹妹。裴玄静无奈地瞥了一眼汉阳公主,这兄妹二人在差遣她的时候都显得那么理所当然,丝毫不打算顾及裴玄静本人的意愿。

老宫奴桂娘开始说了,仍然低着头。

她的嗓音很苍老,讲得也有些颠三倒四,但裴玄静好歹听明白了。

原来无双姓曲,本是大明宫中的宫婢。因兴庆宫中的宫奴日渐老迈，不堪使用，五年前才由内侍省派了一批年轻宫婢到兴庆宫来，曲无双就是其中之一。自从到了兴庆宫，曲无双便被分配与贾桂娘合住一间房。贾桂娘年事已高，早由皇太后特命不服杂役，只让她管着兴庆宫中的两座主楼——勤政务本楼和花萼相辉楼的钥匙，定期去通风打扫。

汉阳公主向裴玄静解释，这两座楼的功用一为政务，一为饮宴，除非兴庆宫中有皇帝或者太上皇居住，才能派上用场。王皇太后为人贞静缄默，从不会晤外人，所以，这两座楼自元和元年起封闭至今，从未启用过。然而正是在这两楼中，存放着自玄宗皇帝以来的诸多宝物，所以不让闲杂人等入内打扫，只派了资历最深最受信赖的贾桂娘负责。这活儿不重，贾桂娘虽然年老体衰，隔上十天半个月去打理一次足能胜任，多年来也未曾出过差错。

可就在一个多月前，又到了给勤政务本楼通风打扫的日子，桂娘却发现，钥匙找不到了。起初，她还以为是自己人老昏聩，忘记把钥匙放在哪里，遍寻不着正在发急时，曲无双悄悄取出钥匙，承认是自己偷拿了。

曲无双承认说，她对这两座楼好奇已久，实在按捺不住才偷了钥匙，趁着某个月黑风高夜潜入勤政务本楼中窥伺了一番。桂娘闻言自然大为光火，但转念一想，无双为人不错，同住几年来对自己多有照顾，如果仅仅是去勤政务本楼中一探，现在又知错了，说来也算不上什么大事，于是就教训了无双几句，收回钥匙，并没有声张。

"谁知，我这样做竟是害了无双……"贾桂娘说到这里，忍不住老泪纵横。

偷钥匙的事情无风无浪地过去了，无双的形迹却日益古怪。原先那么伶俐能干的一个人，突然变得丢三落四，成天魂不守舍，形容也憔悴起来。桂娘觉得情形不对，便格外留心，结果竟然发现，无双每天深夜都会从柜子里偷出钥匙，潜入勤政务本楼，在里面待上好一阵子，才神思恍惚地返回房中。

"每个晚上吗？"裴玄静问。

"是啊。"

这可太不寻常了。观察了几天后，桂娘决定和无双好好谈一谈，问问究竟是怎么事。谁知无双痛哭流涕地告诉她，自己在勤政务本楼中撞了鬼，如今被恶鬼缠身，恐惧非常，却又不知如何摆脱。

"勤政务本楼中有鬼？"裴玄静追问，"什么鬼？"

"女鬼。"桂娘的语气也变了，在原先的悲戚中又多了几分惶恐。

桂娘说，当时无双的话确实让她吓了一大跳，但又觉得难以置信。毕竟桂娘本人在兴庆宫中生活了一辈子，兴庆宫的盛衰变迁，从至尊的李唐皇族到卑贱的宫奴阉人，所有的生生死死都逃不过她的眼睛——可是桂娘还从没有听说过，勤政务本楼中有女鬼。

然而无双言之凿凿，一口咬定就是在最初偷得钥匙、潜入勤政务本楼的那一夜，她在楼上轩厅中遇到了一个女鬼。从此以后就夜夜噩梦，女鬼在梦中胁迫无双，逼着她一次又一次重返勤政务本楼。无双虽不愿往，却又总是在神魂颠倒的状态中服从女鬼的命令。她也说不清楚在勤政务本楼上时，女鬼对自己做了什么，只依稀记得女鬼声称被困楼中多年，必须要找到一个替身，魂魄才能再去投胎。

汉阳公主道："我猜想，女鬼夜夜将无双惑入楼中，就是为了找到一个合适的时机，使无双成为自己的替身。"

桂娘接着说，当时她看无双如痴似癫，再这样下去的话，就算没被女鬼索去性命，只怕也得发疯了。更麻烦的是，此事还不能声张。一则无双偷入勤政务本楼之事若宣扬出去，连桂娘都难免疏忽之责；二则女鬼之说牵涉邪祟，如今，兴庆宫中地位最高的主子王皇太后柔弱多病，万一再给吓出个好歹来……桂娘左思右想，最后决定和无双一起夜探勤政务本楼。

"我是想眼见为实，无论如何我要亲自去瞧一瞧，才能断定楼里到底有没有女鬼。再者说，就算真的有女鬼要找替身，我老婆子这么大岁数了，就让那鬼索了我的命去吧。无双还年轻，我会求女鬼放过她的。"

于是就在两天前的深夜，二更刚过，桂娘便和无双一块儿登上了勤政务本楼。在顶楼轩厅中，女鬼果然出现了！

裴玄静问："你看清鬼的样子了？"

桂娘脸色煞白地回答："只看见了影子，模模糊糊的……"抹了一把眼泪又道，"从十多年前起，我的眼睛入夜就看不真切了。那天晚上我们上楼时，害怕被人发现，所以无双手里只提了一个灯笼，外面还多罩了块绛纱，刚刚能照亮前后左右一小块地方。不过，我确确实实看到了一个人影！啊，不，是鬼影……"

"然后呢？"

"我吓坏了，原先盘算好的话连一句都想不起来了，只知道扭头便跑。可无双却朝那女鬼径直走了过去，我冲着她叫，她就像什么都没听见似的，全然不加理会。我壮起胆子去拉扯她，却被她猛力甩脱。我站立不稳，从楼梯上直滚了下去，摔得差点晕死过去，一时怎么都爬不起来，只能眼睁睁看着楼上，无双一步一步走到女鬼跟前。突然，她整个人悬空飘了起来，飘到窗前，随后便向窗外掉了下去……我眼前一黑，就什么都不知道了。"

桂娘大声抽泣起来。

汉阳公主安慰地抚了抚她的肩膀，对裴玄静说："次日清晨，执贱役的小阉奴们扫地时，在勤政务本楼外看到无双的尸体，遂叫嚷起来。大家找到楼内，又发现桂娘晕倒在楼梯下。所幸并无大碍，不多时便救醒转来。只是，皇太后闻报后极为不安，才召我来宫中帮忙处理应对。"

"鬼呢？"裴玄静问，"在勤政务本楼里有没有发现女鬼的蛛丝马迹？"

汉阳公主摇头："我亲自上楼查看过，并未发现什么特别的痕迹。"

"也就是说，正是桂娘的一席话，才把曲无双之死与鬼怪作祟联系起来。否则按照常理，她的坠楼而亡只能看作失足、自杀，或者他杀。"

桂娘叫起来:"你怎么……"

汉阳公主示意她安静,转而问裴玄静:"但无双深夜从勤政务本楼上坠下,不论失足、自杀,抑或是他杀,总得有个来龙去脉吧?"

"那就有太多种假设了。也许无双是去楼上寻找某样东西?说不定她想偷窃皇家的宝物,却不小心失足坠落了?也许她是去那里与某个人幽会,结果反被会面之人所杀?又也许她就是想寻死,而勤政务本楼是兴庆宫中最高的楼,从那上面跳下必死无疑。甚至还有可能,她登楼是为了去向什么人发出信号?我们都知道,勤政务本楼毗邻兴庆宫南墙,在黑夜中自顶楼燃起一盏烛火的话,城内很远的地方都能看得见……"

桂娘听得瞠目结舌。汉阳公主也愣住了,少顷方道:"裴炼师可真会想。"

"不是我会想,而是眼前分明有诸多可能,唯独以女鬼寻找替身之说最为虚妄。"

贾桂娘急了:"裴炼师是说我在瞎讲吗?我都这把年纪了,无双更与我无冤无仇,我、我何必……"

"桂娘勿急,"汉阳公主劝道,"我听裴炼师的口气,仿佛对无双之死已有看法?"

裴玄静不慌不忙地回答:"尚无看法,我只是觉得,女鬼索命之说应该放在最后考虑。"

汉阳公主和贾桂娘相互看了一眼,公主道:"既然如此,就请炼师查一查无双的死因吧。"

裴玄静点头允诺。她早已看出来,汉阳公主处心积虑要将自己拉入这个迷局。不管公主在打什么主意,裴玄静内心那股不服输的劲头又开始萌动,跃跃欲试了。更何况,能借机登上勤政务本楼,对于裴玄静来说,简直是一个无法抗拒的诱惑。

即使勤政务本楼上真的有鬼,裴玄静也迫不及待地想会一会了。

2

丹房内密闭幽暗,唯有坛上丹炉中的火光若隐若现,从盘龙雕纹的空隙中透出来,又在那人的身上投下变幻不定的阴影。

只见他头顶金冠,身披金银线绣的仙鹤道袍,手持一柄长剑肃立炉前。双目微合,像是在装模作样地诵经,盖住口鼻的白布滑稽地翕动着,破坏了庄严的气氛。好不容易念完祷词,开炉的时候到了。

他把宝剑插入鼎前的香炉,灭火,亮烛。烛光正照在那双精光毕露的小眼睛上,显得相当阴鸷。又等了片刻,他才举步踏上炉阶,开启鼎盖。

袅袅香烟顿时从鼎中冒出来。他除掉脸上的白布,深深地嗅了嗅,连咳数声,露出厌恶的表情。然后,他从炉边取过一只犀角柄的长勺,伸入鼎盖,在里面左右探了探,舀出几颗丹丸,抛于面前的白瓷托盘中。

刚出炉的丹丸还是亮红色的,随着温度迅速下降,很快就变成了暗黑色,但仔细看的话,仍然能分辨出黑色中像隐血般渗透而出的赭红。

那人心满意足地笑起来,看上去更加猥琐了。

他从怀中摸出一只小小的金匣,把丹丸一颗接一颗,小心翼翼地放了进去。

有人在外面敲门:"柳真人,吐突将军已经等候多时,正发脾气呢。"

"就来。"他不慌不忙地揣好金匣,开门走出密室。

门外是一条窄窄的地道,壁上点着昏暗的油灯。柳泌拾级而上,还未走出地道,就听到上面有人在大声叫嚣:"本将在此已经等了快半个时辰,还要叫我等多久!"

紧接着便是一声惨叫。柳泌一脚踏入前堂,刚好看到弟子被吐突承璀踢倒在地。

"哎呀,吐突将军这是做什么?何苦与他们置气。"

吐突承璀把双目一横,冲着柳泌吼道:"谁说我和他们置气,我正要问你呢!本将奉圣上之命来取金丹,你却跑到下面密室里躲着,让本将在此空等,究竟是何居心?"

"将军莫急!"柳泌从怀中摸出金匣递上,"您看,圣上要的东西,不就在这儿嘛。"

吐突承璀接过金匣,打开看了看,依旧满面怒容。

柳泌凑在他耳边说:"这里面一共是三百六十粒,够圣上服用一整年了。"顿了顿,又讪笑道:"方才,我在丹房中炼最后一批金丹,火候没到不能出炉,所以让将军等了些时候,呵呵,还望吐突将军见谅。"

"一年?"吐突承璀斜着眼睛问,"你打算只当一年台州刺史?"

柳泌面不改色地回答:"贫道去台州当刺史,是为了能方便地役使当地百姓去山中采药,为圣上炼制长生不老仙丹,一年应该够了。"

"哼!是圣上只给了你一年限期吧。"吐突承璀冷笑。

自从服上柳泌的丹丸,皇帝对求仙长生的兴趣越来越大。柳泌巧舌如簧,也不知怎么居然说动皇帝,要去台州的仙山中采药炼丹,皇帝便下诏,命其暂时署理台州刺史,任期一年。

此诏一出,朝廷哗然。

谏官们争先恐后地上奏,说本朝从没有让方士出任刺史的先例。

皇帝也不含糊,当即又下诏,针锋相对地把谏官们臭骂了一顿。他说,朕乃天下之主,富有四海,现在让柳泌去台州为朕炼制仙药,本来是件大好事,你们却大加挞伐,分明有失为臣之道,没有把朕的龙体放在心上。

当今圣上自登基以来,一向从谏如流,这么强词夺理还是头一遭。于是谏官们通通闭嘴了。

吐突承璀却看得清楚，皇帝虽然破格任命柳泌为刺史，但说明了只有一年任期，显然是抱着试一试的心态。柳泌必须要在一年中炼成仙丹，否则绝对难辞其咎。皇帝完全知道自己在做什么。

想到这里，吐突承璀又朝金匣内扫了一眼："刚好三百六十粒？为什么不多炼一些，这万一掉了几粒，或者你在台州耽搁了，没能按时回来，圣上岂不断药了？"

柳泌低头不语。

吐突承璀再度冷笑："哼！你是不是把圣上给你的金、银、丹砂等等贪没了，所以才炼不出更多的丹来？"

"你！这无凭无据的，吐突将军怎么血口喷人哪！"

"我血口喷人？"吐突承璀说，"好啊，那你现在就请我下密室去查看，证明你确实没有偷！"

柳泌气得胡子都歪了，兀自强硬道："我在密室为圣上炼丹，仙机不可泄露！"

"这不都炼完了嘛，我去看看也不行？"

"不行！"

"哦？"吐突承璀似笑非笑地说，"柳真人，柳刺史！你还没走马上任呢，如今在这大明宫中，还是我说了算！"伸手往柳泌的背上一推，"走！"

柳泌虽然恼恨，心里也明白吐突承璀的厉害，他要做的事情，其实就是皇帝本人的意思，所以到底不敢抵抗，只得领着吐突承璀走下地道。

丹房中仍然残留着一股似香非香的怪味，吐突承璀给熏得连打了三个喷嚏。柳泌没好气地道："丹砂及其他诸物，金、银、云母、雄黄、雌黄，还有松柏脂、茯苓、灵芝，等等，都在这儿，炼完丹后已所剩无几，请吐突将军看仔细了。"

吐突承璀却只盯着柳泌："我不看那些，我要看你炼丹的秘诀。"

"这个，恕不奉告。"

"那我怎么知道你究竟在用什么给圣上炼丹，又怎么知道你炼出的丹里会不会有毒？"

柳泌浑身一颤："将军何出此言？"

"你心里清楚！"

"我……"站在身材高大的吐突承璀面前，柳泌越发显得瘦小枯干，不堪一击的样子，"我炼的丹药圣上已经服了好些天，究竟有利还是有弊……众人都看得见，圣上更是清楚……"

"你还敢说！"吐突承璀揪住柳泌的衣领，向前一推，便将他的后背抵到丹炉上，"有一次，圣上服丹后腹痛如绞，几个时辰之后才缓过来。你说怎么会这样！"

柳泌惊得张大嘴巴："这我怎么不知道……"

"你还敢说没毒！"吐突承璀简直是在嘶吼了。

柳泌突然叫起来："等等，是不是十三郎不见的那个晚上？"见吐突承璀没有否认，他又壮起胆道，"果然！我之前特别叮嘱过圣上，服丹后绝对不能动气，而且还要清心寡欲，丹药才能裨益身心，否则将反遭其害。这些圣上都是知道的，不能怪我啊！"

吐突承璀却恨得咬牙切齿。直到数日前，皇帝才把金仙观那一夜中自己的状况悄悄告诉了吐突承璀。仅让吐突承璀一人知晓，是因为一旦传扬出去，必将招致群臣更多的谏言。其实吐突承璀是头一个反对皇帝服丹的人，但相比之下，皇帝还是宁愿——也只能把自己的担忧告诉吐突承璀。皇帝在应对谏臣的诏书中，半真半假地抱怨臣子们不关心自己的身体，其中的辛酸滋味也只有吐突承璀才能真正体会。所以吐突承璀更把皇帝的安危当成了自己最大的责任，毕竟，维护皇帝就是维护他自己。

"你休找借口！"吐突承璀怒吼着，都快把柳泌提起来了，"服丹就是服丹，哪来那么多乱七八糟的条件！你别以为我不知道你的老底！你骗得了别人，骗不了我吐突承璀！"

"将军在说什么呀？我听不懂……"

"你不懂？好，那我就帮你懂。"

吐突承璀腾出左手打开炉门，用力按住柳泌的脑袋，就往炉膛里塞。

炼丹炉刚刚熄灭不久，炉膛里还呼呼地冒着热气，柳泌登时被熏得涕泪交流，差点儿背过气去。

"张惟则这个人，你认识吧？"

"我不……不……"

"元和五年，圣上派内给事张惟则出使新罗。张惟则回来后告诉圣上，他曾在海上遇到一位神仙。神仙说：'唐朝皇帝乃吾友，烦请传语。'还拿出一个金龟为证。金龟背上驮着金玉印，印上篆了一句'凤芝龙木，受命无疆'。打那以后，圣上就对神仙之事上了心，开始特别留意炼丹成仙什么的，有时还念叨'朕前生岂非仙人'……"吐突承璀越说越气，把柳泌的头朝炉膛更深处按进去，"起先，圣上命张惟则找人炼丹，还专门拨了兴唐观让他寻来的道士们居住，结果那帮道士什么都没炼出来，居然跑了！"

吐突承璀俯到柳泌的头顶上说："张惟则前年病死了。不过据我查得，那帮逃跑的道士其实是让李道古给藏起来了，说是在悄悄给他炼丹呢。张惟则死前把你荐给了李道古，李道古又转手把你荐给了圣上，所以，你和张惟则本来就是一伙儿的吧！我还查出来，你根本就不姓柳，你的本名叫杨仁昼。你改名柳泌，是想效仿前朝的仙人宰相李泌，我说得没错吧？哼，你可真敢痴心妄想啊！"

柳泌从炉膛里发出断断续续的声音："吐突将军……既、既然什么都知道，何不……禀报……圣上……"

吐突承璀吼道："你以为我不敢吗！可是你得先告诉我，你们到底想干什么？"

柳泌的大半个脑袋都已没入炉膛，滚烫的烟灰燎到脸上，他痛得大叫起来。吐突承璀闻声加力，烟灰顿时涌入柳泌的鼻子和嘴巴，他发不出声音了，只能拼命蹬腿挣扎，力道却越来越弱，再这样下去，只怕柳真人永远当不上柳刺史了。

有人在密室外用力捶打房门:"吐突将军,吐突将军!"

"干什么?"

"圣上命将军速去!快啊将军,圣上好像很急,正派内侍满大明宫找将军呢!"

吐突承璀愣了愣,劈手将柳泌的脑袋扯出炉门。柳泌重重地摔在了坛下。

"今天算你命大!你等着,本将绝对不会放过你的!"吐突承璀咬牙切齿地扔下这句话,转身跑上地道去了。

过了好一会儿,柳泌才撑起身来。他披头散发,道冠歪斜,满脸都是烟灰,两只眼睛却在灼灼放光。突然,从他的口中爆发出令人毛骨悚然的狂笑,久久不绝。

吐突承璀气喘吁吁地赶到清思殿前,陈弘志迎上来:"哎呀将军,你怎么才来呀!"

"圣上心情如何?"

陈弘志摇头:"不太妙,将军快去!"

吐突承璀朝玉阶上奔了两步,又停下来,盯着陈弘志问:"你可知是因为何事?"

陈弘志悄声道:"好像是江州司马白居易上了个奏表,圣上一阅即面色大变,立命召见将军。"

"白居易!"

吐突承璀的心里登时翻了个个儿。手下在浔阳江头抓人时失手,吐突承璀把消息压下来,正是因为他深知事关重大,皇帝知道了绝对会大动肝火。吐突承璀尚未想好对策,所以还不敢对皇帝提起。

这下可好,白居易竟然直接把娄子捅上天了。

吐突承璀恨得牙根直发痒:"竖子白居易,总有一天,我……"

"将军,"陈弘志打断吐突承璀,"圣上刚服过丹药不久,尚未小睡，就看到了这个奏表。"

吐突承璀瞪着陈弘志，后者的面孔有些发白："将军千万千万别惹圣上动怒啊！"

换到其他任何时候，陈弘志的这句话都会被吐突承璀视为冒犯，甚至从此记恨在心。但是今天，他竟对这个意外得宠的小内侍产生了一丝感激之情。

仍然是熟悉的龙涎香气，虽然缥缈，又似乎比周遭的一切都更加真实而恒久。隔着轻纱曼曼的帷帘，吐突承璀只能看到皇帝的背影。

陈弘志通报："大家，吐突将军来了。"

"让他进来。"

吐突承璀吞了口唾沫，掀帘而入，直接跪倒在地："大家，奴来了。"

皇帝转过身来，没有说话。吐突承璀紧盯面前地毯上的连珠团窠绣纹，埋头等待。他突然倍感庆幸——幸亏还没来得及把柳泌弄死。

"你跑到哪儿去了？"

"奴去给大家取丹药了。"吐突承璀从怀里掏出金匣，高高举过头顶。

3

几个月前的那个暮春之日，裴玄静为调查曲无双坠楼案初入勤政务本楼，首先感到的是震撼与失望交织的复杂情绪。楼中的高梁深檐确如她想象中一般恢宏壮美，但那毕竟只是一个空壳子。真正能够彰显大唐的皇家气派和盛世雄风的摆设与装饰：屏风帐幔、地毯壁挂、香熏灯树、狮座雀扇，还有理应终日萦绕不绝的百合、郁金、蘅芜，乃至龙涎香气……全都没有。

如同整座兴庆宫一样，勤政务本楼也只徒留其形，而失去了灵魂。没有那些活生生的精髓，大唐盛世动人心魄的魅力也就荡然无存了。

裴玄静失望极了，脱口问道："楼中的宝物呢，都藏起来了吗？"她心想，如果仅仅是这么一座空楼，又何必煞有介事地交给老宫婢贾桂娘一人看管呢？

陪她一起来查看现场的汉阳公主回答："绝大多数的物品都收入库房了。不过，在顶楼的轩厅里还留着几样，请炼师随我来。桂娘你也一起来。"

三人拾级而上，当来到第三层时，裴玄静惊呆了。

顶楼的轩厅里确实有几样陈设，但是裴玄静根本没留意到它们，她的全部注意力都聚集到了墙上。

那上面写着满满的一幅字——《兰亭序》！

骄阳从背后的窗户照进来，投在《兰亭序》上，使每一个大字都如镶上金边似的，熠熠生辉。刹那间，裴玄静觉得自己灵魂出窍了，无法思考，甚至不能呼吸。

"炼师怎么了？"

裴玄静幡然醒转，忙道："请问公主，墙上的这幅《兰亭序》是何时何人所书？"

"据我所知，早在建楼之初就有了，是由开元时宫中内府的拓书手奉旨摹写在此的。"

"那就是说，距今已过一个甲子，但字迹怎么却像新的一样？"

汉阳公主微笑道："裴炼师真是好眼光。没错，其实到了贞元末年的时候，这面墙上的《兰亭序》墨色就褪得快看不清了。炼师今日所见的，乃是在永贞元年重新摹写过一遍的。"

永贞元年？裴玄静想，距今不过十二年，难怪墨迹那么新鲜，而笔体又那么潇洒。这位临摹者实在深得王羲之书法的神韵，又会是谁呢？

"确切的日子，应该是在永贞元年末的腊月里。当时先皇已经禅位，称太上皇，搬入兴庆宫居住。我记得，那段时间他的病势略缓，稍能起坐，便在勤政务本楼中召见了倭国来的遣唐僧空海。"

"空海？"裴玄静念着，"我好像听说过这个名字……莫非就是那位在青龙寺修习密宗佛法，得到惠果大师灌顶的倭国僧人空海？"

"正是他。惠果大师给空海灌顶后，又将青龙寺的大阿阇梨之位也授给了他。沙门空海学密功成，因而特来求太上皇，允他提前返回倭国。"

"什么叫作提前返回？"

"倭国天皇有规定，为了确保遣唐使们学有所成，不因思念故土令学业半途而废，凡遣唐者必须在唐土待满二十年才能返回。可空海来唐的时间并不长，到底多久我也不甚清楚，但肯定远远未到二十年。所以他要返回的话，就等于违背了天皇旨意，回去了也要杀头的。"

裴玄静十分惊讶："还有这种事！"

"是啊。因而那次空海来兴庆宫拜见太上皇，就是为了求太上皇的谕书一封，准备带回倭国上呈天皇，以示他是蒙唐皇特准，才提前返乡的，如此方可免去天皇的责罚。"

"原来如此。"

"就在那次召见空海时，太上皇想到勤政务本楼墙上的《兰亭序》字迹已淡，遂命空海补之。要说起来，这个倭国僧人空海确是一位世所罕见的奇才，不仅谙熟唐文和佛法，连一手书法也写得极好。尤其是他临摹的王羲之行书，连咱们唐人都比不上呢。太上皇就是看中了这一点，才命他补写的。所以炼师你看，写得真比原先的更好呢。"

汉阳公主的声音越来越低，神色悲戚中带着怀恋，甚至还有些许神往。裴玄静忽然意识到，汉阳公主也是一个情愿生活在过去的人。她穿着陈旧的罗裙，化着往昔的妆容，流连在时光停滞的兴庆宫中，照料着十多年不曾外出的母亲，又心心念念地追忆着与父亲还有祖父一起度过的时光。

过去，真有那么巨大的力量，使人魂牵梦萦之余，还影响着今日的一切吗？

答案是肯定的，墙上的《兰亭序》就是明证。

就在这个瞬间，裴玄静决定隐匿下"真兰亭现"离合诗的来历。丰陵、《兰亭序》、离合诗、先皇……她看到一条若隐若现的线索串起这一切。线索的那端连着过去，这头则牵系着今人的命运。这些人中包括已经横死的武元衡和贾昌老人，包括禾娘父女和聂隐娘，包括皇帝，包括崔淼，当然也包括裴玄静自己。

没有人能够逃离，除非回到起点，揭开过去的真面目。裴玄静顿悟到，假如把离合诗的来历交给皇帝，自己将再无可能从这个巨大的命运之网中挣脱出去。

裴玄静下定决心，必须尽快从是非漩涡的中心脱身，否则就真的来不及了。

裴玄静把目光从《兰亭序》上移开，现在，该看一看别的了。

轩厅的中央摆着一副六扇连屏的云母屏风，上绘青绿山水的长卷。屏风前的地上铺着绣满唐草花纹的绛色丝毡。一张粉地彩绘八角几摆放在花毡中央。八角几上置一个金平脱水晶螺钿紫檀木托架。托架的形式颇为奇特，后部是一根直竖的檀木，前部则是两个并排的纯金耳形小托子。更奇怪的是，托架上空空如也，裴玄静一时也猜不透是用来放什么的。八角几旁还有一座纯银圆形香熏，镂空的表面上雕刻着繁复缠绕的葡萄藤纹。

裴玄静发现，自己之前的遗憾突然消失了。

只不过寥寥几件陈设，便尽显皇家的奢华和高贵。虽然是遭到弃置的宫阁，却有一种裴玄静在大明宫中从未感受到的温柔与生机。

日影在云母屏风上悠悠流转，甚至令人产生错觉，仿佛屏风上所绘的人物鸟兽都活了过来，随时会从屏风上走下来；又似乎有人躲在屏风后面，正悄悄向外窥伺着。

"这是李昭道的《明皇幸蜀图》吗？"裴玄静脱口问道。

汉阳公主默默地点了点头，神情愈显惆怅。

裴玄静思索了一下，又问："为何楼中的其他物品都收起来了，唯独这几样还在？"

"这里的陈设，大致就是先皇召见沙门空海那天的样子，"汉阳公主回答，"自那天之后，先皇回到寝殿就再也没有起来过，所以……"她的声音颤抖起来，"所以皇太后特命将这里维持原状……"

"明白了。"裴玄静想，还是为了睹物思人，为了活在过去。

"所以楼中并未遗失物品？"

"没有。总共才这么几样东西，本就一览无遗。况且无双一个女子，根本搬不动它们。她若真想偷什么，还不如拣些皇太后和太妃们的金银首饰，那样会容易得多。"

裴玄静将目光转向贾桂娘，自进入勤政务本楼，她便一脸悲伤地尾随在后，此刻就瑟缩地站在楼梯前，不肯再往内挪一步。

裴玄静问："桂娘，你和无双来的那夜，这里就是这样吗，有没有什么变化？"

桂娘摇了摇头。

裴玄静抬手触了触云母屏风，忽然心中一动："这扇屏风可以打开吗？"

"可……以。"

"平时都是合拢还是打开的？"

"平时都是合拢的。我来打扫通风时，会将它打开一下。"

"那么，现在就请桂娘把它打开。"

"我，不……"桂娘脸色煞白地向后退。

"怎么了？"

汉阳公主命道："桂娘，听炼师的吩咐。"

"是。"贾桂娘这才踉跄上前,颤抖着双手打开屏风。

屏风后面,什么都没有。

汉阳公主低声道:"自先皇驾崩之后,他的御榻就被挪到咸宁殿里去了。"顿了顿,又补充:"这十一年来,皇太后一直居住在咸宁殿中。"

裴玄静点头会意,但心中的异样感却越来越强烈。她凝神环顾四周,突然指着正对面的窗户,大声问:"那扇窗怎么开着?"

"这……"汉阳公主道,"炼师看错了吧?那扇窗是关着的。"

"关着的?"

裴玄静抢步过去,仔细一瞧,不觉难以置信地瞪大了双眼。窗户确实关着,但原本应该覆着窗纸的地方,换成了一层透明的硬物。隔着这层硬物望出去,兴庆宫的景色尽收眼底,还能望见宫外的绿树和坊墙,甚至远眺到乐游原上飘浮的白云。

她激动地问:"莫非这就是传说中的……琉璃窗?"

"是的,"汉阳公主也站到裴玄静身旁,轻轻抚摸透明的琉璃,"我从小就喜欢触摸它,尤其是在盛夏时节,感觉冰冰凉凉的,看出去又那么敞亮,全不似纸窗般朦胧。"

"还真是琉璃,"裴玄静感叹,"可我从未见过如此透彻的琉璃,没有颜色,也没有任何杂质,看上去几近于无,简直太神奇了!"

"这是产自大食国的琉璃。天宝九载,高仙芝将军征讨石国,俘获石国国王,并在石国的王宫中得获数块产自大食国的透明的琉璃。在回长安的途中,琉璃从马车上跌落破碎了。高仙芝将军将碎片悉数运回,玄宗皇帝命宫中匠人挑拣其中较大的几块,剖割成同样大小,镶嵌在勤政务本楼顶楼的这扇窗格上。"汉阳公主解释道,"勤政务本楼和花萼相辉楼这两座楼,顶楼的窗牖俱是可以拆卸的。因杨贵妃体丰畏暑,玄宗皇帝又喜敞亮,所以每值盛暑,便命人将所有的窗牖卸下,只留下空的窗格,饰以纱帘,挂在银钩上。唯有这扇透明的琉璃窗,却是从来不拆的。

裴玄静问："无双是从哪扇窗户坠出楼去的？"

汉阳公主指了指琉璃窗的左侧："是从这扇窗摔下去的。炼师请看，窗格和窗纸都被撞坏了，还未及命人换上新的。"

说话间天色暗下来，像有一场春雨将至。从透明的琉璃窗望出去，刚刚还晴空万里，转眼便乌云密布，恰似昔日荣光转瞬即逝⋯⋯裴玄静突然一怔，透明的琉璃窗上是什么在晃动？

裴玄静猛地转过身去，一步开外的贾桂娘受惊，倒退着几乎撞到云母屏风上。

"你做什么？"

"我⋯⋯"老妪吓得一颤，手里拿着的东西"当啷"落在地上。

"桂娘！"汉阳公主这一声叫得气急败坏，略失了身份。贾桂娘扑通跪倒叩头。裴玄静趁机捡起了她掉落的东西。

那竟是一杆修长的笛子。紫玉铸成的笛身如笼着脉脉的烟云，捏在掌中时，便有一股奇异的温润感沁入手心。只是笛身上微带斑驳，也可能是紫玉深浅不匀的天然印迹。

汉阳公主从裴玄静的手中接过紫玉笛："幸好没有摔坏，这杆紫玉笛可是极珍贵的宝物。"表情颇不自然。

"紫玉笛？难不成是汉武帝吹过的紫玉笛？"

"倒是与汉武帝无关，"汉阳公主显得更尴尬了，"这杆紫玉笛是当年太宗皇帝远征高丽时带回来的，传给了高宗和睿宗皇帝。后来玄宗皇帝因大哥宁王擅长吹笛，特别将这杆紫玉笛赐予了他。开元二十九年宁王薨逝之后，玄宗皇帝便下令将紫玉笛悬于勤政务本楼上，以为纪念。"

"从那时起，紫玉笛就一直挂在这座楼上？"

"是的。"

"直到今天吗？"

"直到⋯⋯今天。"汉阳公主答得有些勉强。

裴玄静马上追问："刚才我为什么没见到？"

伏在地上的桂娘回答:"紫玉笛挂在屏风后面。"

原来如此。裴玄静盯住桂娘白发苍苍的脑袋:"所以你刚刚悄声上前,就是为了取下这杆紫玉笛?"

"是,往常我打开屏风时,都会先取下紫玉笛擦拭。今天一慌神,就把什么都忘了。方才想起来,所以赶紧取下紫玉笛,想看看……"桂娘说不下去了,抬起头,目光刚与裴玄静碰上,便又立即垂首拜倒。

"炼师若是都看完了,咱们就下楼吧,"汉阳公主道,"桂娘,你且将紫玉笛挂回原处。"

"慢着。"

汉阳公主和贾桂娘一齐看向裴玄静,她问:"桂娘,无双坠楼的那一晚,紫玉笛也挂在屏风后吗?"

"我……我……不知道……"

"你不知道?"

汉阳公主斥道:"这桂娘真是老糊涂了,紫玉笛不挂在屏风上,还能在哪儿?"

"是、是挂在屏风后面……"

裴玄静只盯着桂娘:"你亲眼看见了?"

"我……"桂娘哆嗦成了一团,如果她要隐瞒什么,这副模样也太明显了。

毕竟是位年逾古稀的老人家,裴玄静有些不忍,但还得硬起心肠追问:"桂娘你告诉我,那天夜里,屏风究竟是关着还是打开的?"

贾桂娘只是颤抖。

汉阳公主代为回答:"屏风的锁扣是有机关的,除了桂娘,其他宫奴并不知道怎么打开,所以,屏风当然是关着的。况且,我不明白炼师为何非要揪住这一点。屏风究竟是开是关,和无双之死又有什么关系?"

"因为只有屏风开着,才能解释无双为什么会撞鬼!"

"什么?"

裴玄静问:"公主想不想今夜再上此楼?当然是与我和桂娘一起。"

汉阳公主的脸色变了变:"炼师的意思是……"

"我以为,只要今夜咱们三人共上此楼,就一定能够查清无双之死的真相。"

桂娘叫起来:"公主万万不可啊!还是让我老婆子……"

"我信炼师,"汉阳公主道,"那就说定了,咱们今夜再登此楼。"

裴玄静一笑:"多谢公主。好,现在桂娘可以将紫玉笛挂回去了,然后,请关上屏风。"

4

在南薰殿中一直等到华灯初上,汉阳公主问:"还要等多久,我们何时登楼?"

"再等等。"裴玄静侧耳倾听。深宫之夜格外寂寥,一更的更声自远处而来,渐渐地近了,又渐渐离去。

她站起身:"公主,请吧。"

宫娥在前头提着绛纱灯笼,她们沿阁道一路前往勤政务本楼。周围都是茂树崇殿的浓重阴影,仅有几处宫殿中还亮着疏星一般寥落的灯火。终于来到勤政务本楼前,驻足仰望,三层重楼的轮廓仿佛从黑色的夜空中裁剪出来,见不到一丝光亮。

"这就上楼吗?"汉阳公主的话音飘摇不定。

"是的,就像白天一样,"裴玄静从宫娥手中接过灯笼,"我打头,请公主紧紧跟随,桂娘走在最后面。"

另外二人都乖乖地点头。

楼门洞开,裴玄静举起灯笼,头一个走了进去。虽然明知没有任何变化,夜半空荡荡的楼厅,看起来还是和白天截然不同。裴玄静屏住呼吸,轻步缓行,登上廊梯。在灯笼圈起的红光中,她悚然发现,檐上的彩绘已有多处剥落。光天化日之下被忽略的破败,都在夜间以令人恐惧又忧伤的面貌呈现出来。

裴玄静一边走,一边留意着身后公主的脚步声和桂娘的呼吸声。没有人说话,三个人都沉默着,一步接一步向上攀登。

终于登上顶楼。站定之后,汉阳公主低声说:"什么都没有啊……"

"是的,没有鬼。"

贾桂娘毕竟上了年纪,喘得厉害。裴玄静待她喘息稍定,才说:"桂娘,请你去将屏风打开吧。"

桂娘迟疑了一下,还是依言上前。裴玄静在旁边替她举着灯笼照亮。

屏风开了,桂娘习惯性地向屏风后面走去。

"啊!"汉阳公主突然发出一声惊呼,"鬼!"

果然,前方影影绰绰的有什么东西在晃动!确实像个女人的形体,依稀还能看出头顶的发髻和脚下的裙裾。

桂娘也发出惊叫声,刚要向外跑,却被裴玄静挡住了。

"别动!"裴玄静一把攥住桂娘的胳膊,厉声喝道,"桂娘你再仔细看看!那不是你自己的影子吗?"她将灯笼举得更高了些。现在可以看得很清楚了,正前方的一团黑色中现出清晰的女人身形,而且比方才还多了一个。

就连桂娘昏花的老眼也能辨认出来,那正是自己和裴玄静的影子。

"这是怎么回事?"

影子又多了一个——汉阳公主。

裴玄静道:"请公主细看,影子是在琉璃窗上的。"

汉阳公主伸手一摸:"哎呀,真的是琉璃窗……冰凉冰凉的。"

"所以,根本就没有什么女鬼,"裴玄静说出结论,"那夜桂娘在楼上看见的，恰恰是曲无双映在琉璃窗上的影子。"

桂娘默然无语，仿佛被这个事实惊呆了。

汉阳公主问："炼师是怎么想到的？"

"白天来时，曾经有片刻乌云遮日，当时我便在琉璃窗上发现了隐约晃动的人影。我认出来，那正是我们自己的影子。公主，我过去虽没见过琉璃窗，但也用过琉璃杯。我早就发现，当琉璃杯内盛满深色的酒液，置于烛光下时，就会在杯壁上映出模模糊糊的影子来。因此，我便联想到，当琉璃窗的一面全黑，而另一面光亮时，应该会在窗上现影。无双和桂娘登楼正在深夜，窗外漆黑一片，无双走在前面，桂娘的手中提着一盏灯笼，无双的身影恰好从琉璃窗上反照出来。这扇窗上镶嵌的琉璃极为清透，故而形成的影子也格外逼真。"

"有道理！"汉阳公主恍然大悟，"所以无双是被她自己给吓死的？"

裴玄静沉默。

汉阳公主又道："无双每次上楼都在深夜，都看到了同样的影子，而她本就心虚慌张，便想出女鬼找替身的虚妄之说来，结果当然是越想越怕。直到和桂娘一起登楼的那夜，她在极度恐惧之下魂飞魄散，以致跳楼身亡了。"

"无双……"桂娘呜咽，"都是我……我害了你……"

裴玄静淡淡地说："桂娘无须太过自责，无双之死并不是你直接造成的。"

"对呀，"汉阳公主也劝道，"多亏裴炼师慧眼如炬，一举便查明了无双的死因。勤政务本楼上并无女鬼，我明日便去禀报皇太后，请她老人家安心。我们大家也可以松一口气了。无双的后事我会替她做主，料理得体体面面的。桂娘把心放宽了便是。"

桂娘点头又摇头，仍然泪如雨下，悲难自抑。

"咱们走吧。"汉阳公主叹息着招呼。

裴玄静说："可这屏风……"

"我来关。"桂娘这才止住悲声，上前仔细将屏风合拢。

裴玄静从背后望着她的动作，突然说："桂娘，你撒谎了。"

桂娘回过头来，直勾勾地盯住裴玄静。

"如果屏风关着，无双是看不到琉璃窗上的影子的，"裴玄静说，"所以她死的那一晚，屏风是开着的，对吗？而且，如果她之前每次登楼都看见了鬼影，也就意味着屏风始终都是开着的。桂娘，我说得没错吧？"

桂娘紧抿着双唇，泪倒是干了。

"哎呀，裴炼师！"汉阳公主打起圆场来，"想必是桂娘哪次打扫顶楼时，忘记关闭屏风了。偏偏凑巧无双偷上楼来，阴差阳错地就让自己的影子吓死了，这也怪不得桂娘呀！"

裴玄静逼视贾桂娘："是这样吗？"

老妇人突然冲口道："我十三岁进宫，十七岁时就碰上安禄山作乱，我跟着玄宗皇帝和贵妃娘娘逃出长安城。一路之上，我亲眼看到国舅爷的脑袋给士兵们砍下来，虢国夫人不愿受辱，在树林中亲手杀死自己的儿子，再用剑割破喉咙，被血活活呛死。我这才知道，不管多么尊贵漂亮的人物也会死，有些还会死得特别惨。所以我这一条贱命，又有什么可怕的呢。可是老天爷偏偏让我活了这么久……"她面若死灰地惨笑起来，"裴炼师老是在怀疑我，好像觉得是我有意害死无双。假如真是那样，大不了我偿命便是。老婆子我都快八十岁了，怎么死不是个死。只是这许多年来，待我最好的人是皇太后。我还没报答她的大恩大德，就这么死了，我心中不甘……"

"桂娘，你说这些干什么呀！"汉阳公主呵斥，"裴炼师并未存心为难你。对吗，炼师？"她急切地望着裴玄静。

裴玄静的心软了："是，桂娘多心了。我对无双之死没有别的疑问了。咱们走吧。"

汉阳公主大大地松了一口气。

走出勤政务本楼，春夜的清风拂来，草木之香比白天更加芬芳浓郁，沁人肺腑。

等在门外的宫娥们纷纷围上来，汉阳公主微笑宣布："都查清楚了，楼上并没有鬼，无双确实是失足坠楼的。"

所有人的神态都轻松了许多。

汉阳公主邀裴玄静一起坐上步辇："炼师也辛苦了，请随我一起去南薰殿暂歇。等天亮了，我再着人送炼师回去。"

裴玄静只能点头。受邀来兴庆宫断案，并没有改变她遭到皇帝囚禁的事实。她的一举一动仍然受到严格的限制，当然得听从安排。

月亮从乌云后面露出半副身姿，光芒清冷低回。甬道之上，萋萋芳草仿佛结了一层银霜。时令即将由春入夏，这个夜晚却凄凉得像要退回到冬季。步辇无声地前行了一小段，裴玄静打破沉默："公主，我有个问题，不知当问否？"

"炼师请问，我定知无不言。"

"好，"裴玄静说，"问题是关于那杆紫玉笛的。我想知道，除了玄宗皇帝和他的大哥宁王之外，还有别人吹奏过紫玉笛吗？"

汉阳公主瞥了裴玄静一眼："炼师何出此问？"

"我有点儿好奇，是否只有男子才能吹奏紫玉笛？女子是不是也可以吹奏它？"

"当然可以，"汉阳公主微笑道，"要说起来，当年因为一个女子偷吹紫玉笛，还曾闹出过一段公案呢。"

"哦？哪位女子，哪桩公案？"

"那位女子的名字嘛，叫作杨玉环。"

"是杨贵妃吗？"裴玄静情不自禁地轻声叫出来——杨玉环，许多年过去了，这个称呼所代表的浮华盛世早已一去不复返。但就在这三个字里，似乎仍然蕴含着某种神奇的力量，只要一提起来，便能顷刻将人带入旖旎瑰丽、如幻如诗的氛围中。

"正是杨贵妃。有一次她偷吹了勤政务本楼上的紫玉笛,玄宗皇帝知道后大发雷霆,将她送出兴庆宫,遣回了娘家。帝妃赌气,竟然闹到不可收拾的地步。最后,还是高力士将贵妃剪下的秀发转呈给玄宗皇帝,表示贵妃知错了,玄宗皇帝才将杨贵妃重新接回宫中。"

这个故事倒是颇令人玩味。

裴玄静道:"所以,紫玉笛曾经被杨玉环这位女子吹奏过。"

"是的,"汉阳公主继续说,"安史之乱后,肃宗皇帝登基,将玄宗皇帝迎回长安,尊为太上皇,移居太极宫。据说,在玄宗皇帝驾崩的前一个晚上,他吩咐宫婢为其沐浴,又说妃子在天上等他去相会。夜里,寝殿外的宫婢们听他吹起了紫玉笛,笛声如泣如诉,听之令人伤怀。直到夜很深时,笛声方止。第二天一早,内侍呼之不起,这才发现玄宗皇帝已驾鹤西去了。"

裴玄静听得怅然若失,少顷才问:"然后呢?紫玉笛就被送回勤政务本楼上了?"

"是。"

"再没有人动过它吗?"

"这……"汉阳公主迟疑了一下,"我想没有。"

裴玄静没有再追问。

又过了好一会儿,汉阳公主才道:"我曾经告诉过炼师,桂娘当年就是服侍杨贵妃的。"

"我记得。"

"现如今在兴庆宫中,除了桂娘之外,尚存几位天宝旧人,但只有她曾在杨贵妃身边侍奉过。所以大家都希望她长寿。因为只要看到她,就仿佛还能与当年的盛景有一丝的关联。如果她也……唉,那便真是白云苍狗,再也无从追忆了。"

裴玄静道:"我看兴庆宫中的宫婢都不施脂粉,衣饰也较大明宫中简朴许多,确实全无想象中的天宝盛况了。"

"南内，如今就是一座供养太后、太妃的宫阙，自然应该含蓄些。"顿了顿，汉阳公主感慨万千地说，"不知炼师是否注意到了？勤政务本楼上的设厅中，八角几上的紫檀木底座上是空的。"

"我看见了，也正好奇，紫檀木底座上原先是放置什么物品的？"

"杨贵妃的琵琶。"

"琵琶现在何处？"

"不见了。"

"不见了？"裴玄静很意外，"如此珍贵的东西怎会丢失？宫中肯定造册保管，即使被人偷盗也要追查的吧。"

"确实找不到了，"汉阳公主叹道，"或许哪一天，炼师能把它找回来。"

裴玄静皱了皱眉，汉阳公主话中的意思颇为暧昧，她不愿意贸然接口。汉阳公主也没有继续这个话题。

5

数月前的无双撞鬼坠楼案，就这么告一段落了。回到金仙观之后，裴玄静继续过着足不出户的日子，每天静修诵经斋戒，越来越像一个真正的女冠了。但她心里明白，自己只是被迫无为，更谈不上清静。她所挂念的人和事，从没有一刻离开过心头，却在辗转的思念和默想中，变得越来越深刻与丰富。

裴玄静清晰地预感到，自己很快又会离开金仙观。女冠，只是她暂时寄托的身份，她的实质从未改变——裴玄静是一个天生的解谜者，手中还握着不少未解之谜。世事纷扰、人情诡谲，没那么容易放过她的。

她只是没有想到，再次踏出金仙观的大门，竟然是由于贾桂娘的死。

30

马车从夹道进入兴庆宫后，并未按惯例停下，而是直接驶到了勤政务本楼前。裴玄静惊讶地看到，汉阳公主亲自站在楼门外等候。

公主仍然穿着金碧辉煌的旧款罗裙，雍容端庄的仪态却消失了，代之以满脸的忧虑与不安。一见到裴玄静，就像盼到救星似的伸出双手来："炼师，你总算来了！"

"公主，发生了什么事？"

"桂娘自尽了！"

裴玄静愣住了。

"更糟糕的是，皇太后听说后当即昏厥过去，至今未能醒转。据御医说，皇太后这次旧病复发极为凶险，若不能及时安慰宽解，只怕……"汉阳公主哽咽，"炼师先来看一看桂娘吧。"

在勤政务本楼气宇轩昂的正堂中央，铺就了一领竹席。白布遮盖着席上的尸体。

掀开白布，裴玄静看到一张苍白的面孔。贾桂娘熬过了那么漫长跌宕的岁月，仍不得善终，想到这里，裴玄静的心中倍感凄凉。好在桂娘的遗容已经过整理，双目紧闭，想必吐出来的舌头也被塞进嘴里去了，所以看起来还算安详。

在桂娘皱纹密布的脖颈上，一道青灰色的勒痕格外清晰。裴玄静仔细检查过，才问："桂娘是在哪里上吊的？"

汉阳公主噙着泪回答："就吊在楼梯上。"

"顶楼的楼梯吗？"

汉阳公主点了点头。

所以，桂娘选择了和无双死在同一地点。不同的是，几个月前，无双掉出楼外；几个月后，桂娘死在楼内。

"为什么？"裴玄静喃喃自问，"为什么她还是走了绝路？"

看着桂娘的尸体，裴玄静感到深深的自责。她早就应该料到这个结果的，不是吗？是自己太轻易地放弃，才害了这又一条人命！裴玄静追悔莫及，更感到相当的愤懑。

她检查完贾桂娘的尸体，站起来面对汉阳公主，毫不客气地说："这次公主仍以捉鬼为由将我召入宫中，怎么又肯定地说桂娘是自尽的呢？"

汉阳公主很尴尬："捉鬼是说给别人听的。"

"别人是谁？"

汉阳公主道："请炼师问其他问题吧。能回答的，我自然会回答。不能回答的，炼师即便问了，也无济于事的。"

"公主既然这么说，就请送我回金仙观吧。"

"炼师！"汉阳公主急道，"此事真的关乎皇太后的安危，求求炼师了。"

裴玄静逼问汉阳公主："贾桂娘为何要自尽？"

汉阳公主垂眸不语。

"那好，"裴玄静道，"我就问公主另外一个问题。"

"什么问题？"

"我上次来时曾经问过的。"

汉阳公主叹了口气："我知道炼师要问什么了。"

"公主请说吧。"

"那杆紫玉笛，自玄宗皇帝驾崩之后确实再无人动过，直到先皇为太子的时候，因他也喜欢吹笛，所以德宗皇帝就将紫玉笛赐给了他。先皇驾崩之后，紫玉笛才又重新挂回到勤政务本楼上。"

"所以先皇也曾吹过紫玉笛，但那最少也是十多年前的事了。"

"是的。"

"所以公主还是没有说实话。"

"炼师？"

裴玄静一字一顿地说："我问的是，曲无双坠楼之前的那几日，有谁吹过那杆笛子？"顿了顿，又强调道，"有哪位女子吹过那杆笛子？"

汉阳公主脸色煞白："炼师是怎么发现的？"

"紫玉笛上还留着唇脂的印子。那回屏风打开之时，桂娘急着去取紫玉笛，就是因为她突然想起来，怕被我发现破绽。"

"可惜什么都没瞒过炼师的眼睛。"

"有什么用呢？我真不该放过这条线索！"裴玄静恨道，"当时我没有追问，就是因为考虑到其中或许牵涉皇家隐情。我早就留意到，兴庆宫中的宫婢不施粉黛，所以用唇脂的只能是主子。既然公主和桂娘都刻意回避，我也不便再坚持。如果能够预见到今日，我无论如何都要紧追不舍的！"她直视着汉阳公主，"所以公主还是不打算说实话吗？"

"事到如今，也不好再瞒着炼师了，"汉阳公主神色惨然地说，"吹紫玉笛的人是——皇太后。"

"我还以为是……"裴玄静惊呆了。

"大概炼师猜的是我吧。我倒希望如此，可那不是真的，"汉阳公主苦笑着摇头，"许多年前，先皇教过皇太后吹笛。那时他们都还年轻，是一对碧玉般的人儿。母亲吹得很不错，皇帝和我小时候都听过。嗬，她只肯吹奏给先皇和我们这几个孩子听，所以外人很少有机会听到。比如中秋赏月时，在东宫莲池的合蕊亭上，我们一家人难得聚在一起，先皇来了兴致，自己先对月吹上一曲，再命母亲应合。如今回想起来，那真是此生最快乐最美好的时光……后来我们渐渐长大，兄弟们分封郡王离开东宫居住，我也嫁入郭家，此后就再没见母亲碰过紫玉笛了。谁知……"

裴玄静轻声道："所以，曲无双并非突发奇想夜探勤政务本楼，她是听见了皇太后吹出的笛声，才循声而去的，对吗？"

汉阳公主点头。

裴玄静又说："而且我想，兴庆宫中肯定还有别人听到了笛声，但因为她们都拿不到勤政务本楼的钥匙，所以，仅无双一人去探知了究竟。公主一味强调勤政务本楼中闹鬼，其实是想用这种说法来堵众人的嘴吧？"

汉阳公主又点了点头。

"但为什么非要置无双于死地呢？"裴玄静质问。

"不！炼师误会了。无双之死的确是个意外。当时，桂娘发现无双偷上勤政务本楼，便也跟了上去。结果撞上了正在吹笛的皇太后，三个人都吓坏了。无双匆忙退下，又碰上跟踪而至的桂娘，慌不择路，竟从窗户摔了下去。"

"是吗？"

汉阳公主正色道："难道炼师认为我在骗你？"

"公主从一开始就在骗我。"

"你……"

裴玄静从容地说："八角几上有一个紫檀木托架，是公主告诉我，那上面原来摆放着杨贵妃的琵琶。但托架的构造有些奇怪，如果仅用来放置琵琶的话，托架前部两个并排的小金托子就多余了，却又不像是单纯的装饰。直到我想起紫玉笛时，才恍然大悟了。据我推测，那两个小金托，原先应该用以摆放紫玉笛的。琵琶属于贵妃，玉笛属于明皇，琵琶在后，紫玉笛在前，相映成趣。可惜，按照公主的说法，贵妃的琵琶如今下落不明。这一点咱们暂且先抛开不提。那么紫玉笛呢？既然几上明明有摆放的托架，为什么要挂到屏风后面去呢？我猜，肯定是有人在慌乱中随手挂上去的。根据刚才咱们谈话的内容，我只能得出一个结论，正是皇太后将紫玉笛挂到了屏风后面。我想，当时她定然是被无双所惊扰，才这样做的。"

汉阳公主有气无力地应道："这，还算合乎情理。"

"是合情合理。但这也说明了，当时屏风是开着的。事发之后，屏风才被人关上，"裴玄静又道，"皇太后不可能亲自去关屏风，关屏风的人只能是贾桂娘。所以，她远不像自己所描述的那样惶恐，至少，当她目睹无双坠楼之后，仍然记得关上屏风，护着皇太后离开现场，再返回楼内，装作晕倒。她唯一的疏忽，就是忘记将皇太后随手挂在屏风后面的紫玉笛放回原处。"

裴玄静盯住汉阳公主，一字一顿："无双是桂娘推下楼的，对吗？"

汉阳公主脸色大变："炼师这么说，是欺桂娘已死，无法为自己申辩吗？"

"贾桂娘是死了，但还有人活着，而且目睹了一切。她可为桂娘辩护。"

汉阳公主颤声道："无论如何都不能把皇太后牵扯进来，炼师当明此理。"

"我正是明白这个道理，所以才配合你们做戏！"裴玄静的声音也颤抖起来，"虽然我刚发现琉璃成影时，确实以为我找到了无双坠楼的原因。但是回过头来仔细一想，就发现整件事情破绽连连。其实除了我方才所说的几点，最大的问题正是出在公主身上！"

"我？"

"正是！公主向我介绍琉璃窗的来历时，很自然地提到小时候伴随祖父德宗皇帝在勤政务本楼上饮宴，因喜欢琉璃窗的冰冷感觉而时常触碰它。所以，我绝对不相信，公主从未曾在楼上见过琉璃成影的奇观。这景象于我或许罕异，但对公主来说根本谈不上新鲜。桂娘更不必说，她曾经亲历兴庆宫的极盛时期，又在杨贵妃身边服侍，所以我认为，她也必然了解琉璃成影之事。也就是说，即使无双因不知琉璃成影，惊吓失足，那么桂娘与公主也根本无须我来解开这个谜。你们只不过是设下了一个圈套，一步步引导我发现琉璃成影的秘密，从而借我之口，坐实了无双受惊失足坠楼的这个结论。"

委屈和悲愤堵住喉头，裴玄静说不下去了。

"还请炼师见谅，我们实在是……唉！"汉阳公主长叹一声。

"我懂，这么做都是为了掩盖与皇太后有关之事。我可以理解。"沉默片刻，裴玄静涩涩地说，"玄静有过些探案解谜的名声，但自从元和十年第一次来到长安之后，我接手了几件宫中的案子，却发现情形与民间的案子截然不同。"

"什么不同?"

"但凡民间的案子,大家想从我这里听到的,是真相。可是宫中的案子,"裴玄静忍不住苦笑出来,"我发现根本没人在乎真相,大家更想从我嘴里听到的,是谎言。"

汉阳公主默默地注视着裴玄静。

"比如这桩案子,就包含了两重谎言。第一重是女鬼索命之说,用来蒙蔽兴庆宫中的宫奴们,由桂娘之口说出即可。但这不够,你们还需要第二重谎言,也就是琉璃成影之说。这种说法是用来对付更加精明多疑的人。他不相信女鬼索命,也不会轻易相信公主和桂娘的话,所以你们才找来我这个外人,处心积虑地演出了一场戏给我看,就是为了让我说出第二重谎言。"

汉阳公主悻悻地说:"炼师早就看出来了。"

"是,我看出来了,我也配合了,"裴玄静自嘲道,"反正这也不是我第一次说谎。我实指望着,多说几次谎,以后就没人信我了,我也就不必再说了。"

"炼师!"汉阳公主窘得脸上一阵红又一阵白。

裴玄静却正色道:"公主殿下,我愿意配合说谎,是因为我相信,这样做可以帮到你们,可以救人于水火。但结果呢?无双枉死,桂娘受不了良心的谴责,也走上绝路。这种结果是公主想要看见的吗?"她加重语气道,"我真的很后悔!"

"炼师!别说你,我也同样后悔。可是事到如今,后悔又有什么用呢?"汉阳公主含泪道,"眼下的困局,还需要炼师出手相助啊!"

"我还能做什么,继续隐瞒真相吗?"

"炼师,桂娘不是因为良心过不去才自尽的。"

"怎么?"

"若非发生命案,我再无理由请炼师造访兴庆宫。炼师的一举一动都遭到监控,兴庆宫又何尝不是……"两行清泪终于在公主那高贵端庄的面庞上缓缓淌下，"炼师，桂娘宁愿牺牲自己的性命，就为了——请你前来！"

"你说什么？"

"皇太后现有一要事需拜托炼师去办，但此事极为机密，绝对不能让人知道。所以，我们才不得不出此下策。"

裴玄静真的感到毛骨悚然了。她当然知道汉阳公主要瞒的是谁。数月前，裴玄静在兴庆宫中配合公主说出第二重谎言时，就知道所要蒙蔽的那个人是皇帝。

迄今为止，裴玄静差不多已见过皇帝身边所有的重要人物。她发现，他们每一个人对他都怕得要死，又都在想方设法地欺骗他。

现在，皇帝的亲妹妹就站在面前，以破釜沉舟般的姿态告诉裴玄静，皇帝的母亲有事相托，但绝对不能让皇帝知道。为了达到这个目的，已经有人付出了生命的代价。

而这很可能仅仅是开始。

裴玄静还没来得及离开兴庆宫，吐突承璀就大驾光临了。

神策军左中尉自是奉旨而来的。皇帝闻知兴庆宫又出命案，皇太后身心受扰病情加重，极为不安，故特派吐突承璀前来了解情况。

在南薰殿中见到裴玄静，吐突承璀便端出一脸冤家路窄的表情来，阴笑着说："炼师来得够早的啊。"

汉阳公主道："裴炼师是我请来调查桂娘之死的。我禀报过圣上，他同意的。"

吐突承璀赔笑："是，公主殿下。"转而又问裴玄静："不知炼师查出什么结果了？可否告知本将，我也好去回圣上。"

裴玄静端坐在公主的下首，不慌不忙地回答："现已查得，贾桂娘并没有死。"

"你说什么？"

"我说，贾桂娘并没有死。她是……成仙了。"

吐突承璀瞠目结舌："什么成仙？贾桂娘成仙？炼师在开玩笑

吧？"

"是真的。"汉阳公主热切地说。

"可我听报，贾桂娘是上吊自尽的呀？"

"炼师说，那是为了羽化升仙作准备。"

"羽化升仙？"吐突承璀瞪着裴玄静。后者气定神闲，从容答道："羽化之前必须先断尘缘，固有一死。死后尸解，即能升仙。"

"尸解？怎么个尸解法？"

"就在今夜子时。"裴玄静淡淡一笑，对汉阳公主道，"公主，不如请吐突将军一起观看吧。"

公主说："好是好，不过人多了，会不会有碍羽化？"

裴玄静沉吟起来。

吐突承璀急了："这得让我看啊，否则本将怎么去向圣上交代？"

裴玄静这才对他点了点头："好吧。"

吐突承璀实在胸闷，却又不好发作。

在汉阳公主的要求下，裴玄静才对吐突承璀讲述了贾桂娘成仙的来龙去脉。

原来数月前，裴玄静来兴庆宫调查曲无双坠楼案时认识了贾桂娘。因裴玄静澄清了曲无双的坠楼真相，帮贾桂娘卸下了心头的负担，她便悄悄告诉了裴玄静一个秘密。

天宝十四载爆发安史之乱，玄宗皇帝幸蜀，贾桂娘是随行的宫婢之一。玄宗皇帝在成都期间，曾经去过一趟青城山，贾桂娘亦随行。就是那次在青城山中，贾桂娘遇上了一个仙女。仙女说年方十七的桂娘有慧根灵骨，问她愿不愿意随自己去修仙。贾桂娘当时年轻无知，哪懂得这是千载难逢的好机会，光给吓着了，于是拒绝了仙女的提议。仙女亦不强求，只说时机到时，桂娘可向西天祝祷，召唤神仙的引渡。一晃六十年过去了。贾桂娘本来早把这回事忘光了，却不料曲无双将琉璃成影臆想为女鬼索命，竟一下子勾起了贾桂娘的回忆。因裴玄静是位女道士，贾桂娘便对她透露了这一段隐情，并说自己去意已决，将择日向西天祷告，求神仙引自己升仙。贾桂娘还说，希望裴玄静能守护自己羽化的过程，免得被俗人搅扰，误了好事。作为回报，待她升仙之后，也将引渡裴玄静飞升。

"所以，当我听说贾桂娘上吊自尽时，便知她肯定已得到成仙秘诀，决定羽化了。"裴玄静一本正经地说道。

吐突承璀简直听傻了，他可不相信什么长生成仙。吐突承璀一向认为，修身养性以求升仙实在是件莫名其妙的事情。按照道士们的理论，修炼长生必须清心寡欲，吃斋持戒，弃绝一切凡间俗世的欲望，方能飞升成仙。成仙之后，便可长生不死，逍遥于天地之间。对于这种说法，吐突承璀是嗤之以鼻的。人为什么要活得长，不就是为了享受活着的种种乐趣吗？还是告子实在，说食色，性也。人生在世，所求的无非就是这两件事。要是把这两样都放弃了，活得再长，即使与日月同寿，又有什么意思呢？

要知道，再没有谁比阉人更能体会生之残缺的痛了。

吐突承璀已经是大唐最显赫的阉人了。权势和财富，他都应有尽有。但他的人生中没有男女之情，也从未体尝过鱼水之欢。所谓的欲仙欲死、死而后已的极乐，是他永远无法企及的。他也没有家庭和子女，百年之后，将不会有子孙后代为他立祠祭奠。对于这样的人生，吐突承璀并不留恋。所以他不希求长生，更无意成仙。他倒是偷偷地在青龙寺上了最优厚的曼荼罗供养（只比皇太后和皇帝差一点点），为自己的转世虔诚祈福着。

偏偏最近这一两年，也不知怎么的，皇帝开始走火入魔般地追求起长生成仙来，令吐突承璀始料未及，还产生了一种极其不祥的预感。

他真的打算要劝诫皇帝，只待找到合适的时机。但皇帝在柳泌炼丹一事上的态度，不仅堵了谏臣们的嘴，也让吐突承璀彻底死心。他太了解皇帝的性格了，一旦皇帝下定决心要做什么，天地亦不能与之争。吐突承璀只能回到一味奉迎的老路上。

可是谁又能想到，那边一个柳泌炼丹还没完，这里又跑出一个裴玄静搞起羽化成仙来。

吐突承璀心情复杂地注视着裴玄静,怎么看都只是一个柔弱清淡的小美人儿,却比任何人都难对付。他对她实在是又恨又惧又困扰又好奇。

吐突承璀拉长了声音道:"那么说,今夜本将就能亲眼看到贾桂娘羽化了?"

"只要吐突将军遵照我的指点即可。"

"行!"

贾桂娘的尸体被放置在勤政务本楼前的空地上。为免打扰贾桂娘羽化的过程,裴玄静只允许汉阳公主和吐突承璀二人在现场观看,其他人等一律回避。裴玄静亲自持一盏绛纱宫灯,站在贾桂娘的尸体旁照亮。

黛色的浓云密布在夜空中,星月无光。勤政务本楼的阔大阴影沉重地压下来,让每一个在场的活人都显得渺小而瑟缩,唯有贾桂娘岿然不动,呈现出死者特有的威严。白布之下,老妪的躯体看上去格外瘦小,像通常的死者一样,几乎萎缩成了薄薄的一团。灯笼的光照着白布外的脑袋,给那张苍白的面孔染上一层诡异的红色。

"还要等多久?"吐突承璀问。

"快了。"裴玄静在贾桂娘的身边盘腿坐下,将灯笼放在一旁,闭起眼睛默祷。

吐突承璀只得耐住性子,目不转睛地注视前方。汉阳公主与他并排而立,同样紧张得呼吸急促。

夜越来越深,他们的眼睛都瞪酸了,并没有看到任何变化。

突然,从贾桂娘的身体周边升起淡淡的白烟来,烟旋即变浓,只一眨眼的工夫,裴玄静和贾桂娘就被烟雾包裹起来。紧接着,唯一的灯笼熄灭了。

什么都看不见了。

吐突承璀叫道:"不好!"正要往前冲,旁边伸过来一只冰凉的手,将他死死攥住。

"别,别过去!炼师吩咐过的,绝对不能打扰。"汉阳公主的嘴唇直打战,与其说是遵照裴玄静的叮嘱,倒不如说是她自己害怕,硬拉着吐突承璀壮胆吧。

吐突承璀无奈,只能站在原地,一手搭在剑柄上,继续紧盯前方。

倏忽之间,烟雾又散去了。朦胧的月光下,裴玄静保持原先的姿势坐着。身旁是那盏熄灭的灯笼,前方的地上依旧铺着一袭白布。

"啊,桂娘!"汉阳公主尖叫着扑过去,用力掀开白布。

吐突承璀紧跟而至,目瞪口呆地看到,白布之下赫然只剩衣裙和鞋袜。汉阳公主还在拼命拉扯着这些衣物,似乎想要把贾桂娘从中挖出来,但是除了把一切弄得乱七八糟之外,自然是连桂娘的一根头发都没找到。

贾桂娘就这样凭空消失了。

裴玄静却站了起来,轻轻握住汉阳公主的胳膊,安慰道:"公主勿慌。桂娘已然羽化升天,你找不到她了……"

沿着夹道从兴庆宫返回大明宫中,吐突承璀伤透了脑筋。

怎么办?

要不要把今夜所见到的如实报于皇帝?

吐突承璀再三回想,还是不得不承认,贾桂娘的尸体的的确确在自己的眼前消失了。除非羽化成仙,他找不出别的解释。烟雾弥漫的时间极短,虽然这期间吐突承璀看不到尸体,但是没人能够那么迅速地把尸体转移走。就算贾桂娘自己站起来走了,也不可能不经过吐突承璀的眼前。所以,她只能是升天了。

吐突承璀几乎可以肯定,皇帝将对这一切产生极大的兴趣,并且更加狂热地求仙。

皇帝才刚满四十岁,削藩大业也还方兴未艾,他在世间的责任和享受都远未达成,怎么就如此急切地想逃避了呢?

吐突承璀一向以为自己对皇帝了如指掌，直到最近才发现，对于皇帝那份内心的寂寞，自己从来没能触及分毫。吐突承璀感到了前所未有的危机。

除了能够追求和已经得到的，吐突承璀把今生的不足，都寄托到了皇帝的身上。这才是他对皇帝无限忠诚的隐秘原因。当今圣上精明睿智、雄才大略，足以承载吐突承璀的所有期待。相比朝堂上的臣子们，吐突承璀并不太关心皇帝的帝王大业。因为他打心眼里坚信，只有当今圣上才能实现大唐的中兴，光这一件功业就将光耀史册。臣子们所操心的，无非是自己在其中的表现和地位罢了。吐突承璀鄙视他们的自私，他认为只有自己才是真正把皇帝的人生圆满放在心上的。

吐突承璀当然不敢承认，其实他才是最自私的。

6

"朕听吐突承璀说，贾桂娘羽化了？"

"是，我们都亲眼所见。"

"贾桂娘是怎么得到成仙秘诀的？"

"说是青城山上仙人传授。贾桂娘羽化前曾经说过，愿将秘诀再传给裴炼师。"

听汉阳公主这么一说，皇帝露出似笑非笑、意味深长的表情来。

在面向太液池的自雨亭中，皇帝和汉阳公主联袂而坐。秋高气爽，风平浪静。太液池中水波不兴，宛如一大块碧玉镶嵌在崇楼峨殿的环抱之中。水面倒映出青天中的几缕稀薄云丝，也仿佛是碧玉内部自然生成的白絮。不时有水鸥从池面上掠过，越飞越高，越飞越远，直到变成远处朦胧山影上的几个小点。

皇帝和汉阳公主坐在同一张榻上，有一搭没一搭地聊着闲话。

聊着聊着，常常陷入持久的沉默，但两人都毫不以为意，等谁如梦醒转似的提起下一个话题，便又接着聊下去。可见他们不仅是同胞兄妹，还是相当亲密的挚友。否则，是绝不可能在彼此间容纳那么多沉默的。

皇帝问："裴玄静对此是何看法？"

"裴炼师说，如果要得真传，就必须去青城山找到成仙后的贾桂娘。"

"她想去吗？"

汉阳公主瞥了皇帝一眼："皇兄想要她去吗？"

皇帝微笑道："裴玄静确实有些过人之处。但她一介女子，千里迢迢跑去青城山寻仙，不太方便吧？"

"也没什么不方便的。皇兄如果不放心，可以给她找个同伴，陪她去嘛。"

"朕有什么不放心的？"皇帝微微挑起剑眉，"倒是你，已经考虑得这么周到了？关于这个同伴，你也有人选了吧？"

"中书舍人韩愈的侄孙韩湘。"

"韩湘？此人又是从哪里冒出来的？"

"是裴炼师建议的，说与他相熟。此人既是韩夫子的侄孙，想必是可靠的。而且，韩湘也已入道，听说曾在终南山中拜过张果老为师。由他陪同裴玄静去寻仙，我觉得挺合适。"

皇帝沉吟起来。同汉阳公主交谈时，他身上一贯的威严冷峻淡去不少，不再像平时那样咄咄逼人，整个人都变得随和了，还有些慵懒。

良久，他端详着汉阳公主，问："这裙子，你真打算一直穿下去？"

"为什么不？阿翁当年所赐的裙子精工细作，编织绣染均属绝技。就算再穿上十年、二十年也不会褪色，不会走样，更不会破。怎么，皇兄不喜欢吗？"

"不是不喜欢。而是……每次看见你穿这一身罗裙，我就会想起你刚出嫁时的样子。"

"样子很可笑吧？"

"当然不，"皇帝用一种回首当年的惆怅口吻道，"我记得你刚嫁到郭家那半年里，每次回东宫都会痛哭流涕。有一次恰好被德宗皇帝看见，阿翁就问你为什么哭，是不是郭钊那小子待你不好，你回答说没有什么不如意的，郭家上下都待你如亲人……哭，只是因为思念父母。阿翁听完你这话，竟也落下泪来，还对先皇说，你看看你看看，真是你的好女儿啊……"

汉阳公主垂眸不语。

皇帝问："你可知道，当时我想的是什么吗？"

"什么？"

"当时我满心想的就是，冲进郭府把郭钊暴揍一顿，然后把你抢回东宫来，永远不让你再回去。"

汉阳公主愣愣地瞧了皇帝好一会儿，方强笑道："幸亏你没那么做。"

"朕也不会那么做，"皇帝又把自称从"我"改回了"朕"，"想想而已。"

汉阳公主喃喃："郭钊是个好人……"

实际上，当年李畅与郭钊的亲事，恰恰是为了给兄长李纯与郭念云的亲事做铺垫。那段时间，先皇为了提升太子东宫的实力，也为了给长子李纯，即"第三天子"增加政治分量，先后嫁了两个女儿给郭家，又替李纯娶了郭念云为王妃。正是有了这令人眼花缭乱的三门亲事之后，太子东宫和郭家结成了坚实的同盟军。而另一位受到德宗皇帝宠爱，一直在威胁着太子地位的舒王李谊，原先和金吾卫大将军郭曙关系深厚，从那以后却不得不与郭家疏远起来。

他们兄妹的婚姻全都是政治操弄。幸或不幸，并不在考虑之中。但爱与恨，却不会在现实的重压下消减，反而被成倍放大了。至少从目前来看，李畅的婚姻还是幸运的，她却直到今天才醒悟到，李纯与郭念云从一开始就注定成不了恩爱夫妻。原因与她有关,又无关。归根结底,还是他们这个天下唯一的家族的宿命吧。

结果就是,妹妹李畅得到了幸福,而哥哥李纯选择了恨。

"哥……"她情不自禁地叫出来。

皇帝放下按揉着眉心的手,询问地看了她一眼。

汉阳公主却一下子失了神,皇帝等了等,才问:"你怎么了?"

"我方才入宫时看见,太液池左岸望仙台前的那一大片白蘋都开了。"

"朕今天早上也去看了看,开得不错。"

"今天是普宁的冥诞……"汉阳公主的眼眶湿润了,"如果她还活着,今年该满二十四岁了吧。"

"是啊,朕也应该有外孙了。"

普宁公主是皇帝的长女。元和三年时,年方十四岁的普宁公主被皇帝许给了山南东道节度使于𬱖之子于季友。当时的宰相李绛曾公然反对说,于𬱖是异族,于季友是庶出,又素有暴虐的名声,配不上皇帝的女儿。但皇帝为了要靠于𬱖的势力牵制淮西藩镇,还是坚决将普宁公主下嫁给了于季友。果然此诏一出,于𬱖大喜过望,乖乖地入朝官拜司空,同中书门下平章事,从此对皇帝再无二心。然而,元和七年的正月,出嫁不足四年,还未满十八岁的普宁公主就病死了。没有人敢说普宁公主究竟是怎么死的,就像许多年前,汉阳公主面对爷爷德宗皇帝的询问时,同样不敢说出心中真实的感受。作为过来人,汉阳公主只能感叹,自己这个侄女的运气太差了。

普宁公主出生帝王之家,却不喜珍奇花木,独独钟爱生于湖泊水泽旁的蘋草,尤其喜欢盛开于秋季的白蘋花。皇帝因厌恶蘋花卑贱,一直不赞成普宁的这项喜好。然而就在普宁下嫁之后,他却命人在太液池中栽培了大片蘋草。于是每到秋季,雪白的蘋花便在太液池中怒放开来。可叹的是,普宁公主到死都没能看到。但她毕竟完成了自己的使命。于𬱖从此臣服朝廷,在元和十年武元衡刺杀案后,为了向朝廷表忠心，于頔还特意献上白银七千两、黄金五百两、玉带两条，以助讨伐淮西之军饷。虽然财政捉襟见肘，皇帝还是拒绝了这笔钱。

汉阳公主认为，于頔献饷，多少包含了对普宁公主之死的歉意。而皇帝拒受，也出于同样的原因——他的女儿应该死于社稷，但绝对不能死于金钱。

皇帝低声道："朕最爱的两个孩子，惠昭太子和普宁公主，都没有活过二十岁。可见朕不是一个好父亲。"

汉阳公主没有回答。沉默又一次填充了他们之间的空隙，使她感到微微的窒息。

"有件事，朕想请你帮忙。"

"请我帮忙？"

皇帝极为难得地踌躇起来："近日，回鹘保义可汗派了八名摩尼教徒为使者来长安请求和亲。公主听说了吗？"

"听说了。从元和四年开始，回鹘就一再来大唐请求和亲，皇兄不是都拒绝了吗？"

"朕是都拒绝了。因为这些年朝廷忙于削藩，无暇顾及和亲之事。而且与回鹘和亲，大唐必须拿出不少于五万缗的彩礼，才能不失体面。可是连年用兵，朕哪里还找得出多余的五万缗来？李绛曾经向朕建议过，用东南一个大县的赋税做彩礼，但朕没有应允。"

汉阳公主道："我记得李绛相公当时说，与回鹘和亲有三利：一可避免与回鹘发生战争；二可安定北方，使朝廷集中解决淮右藩镇；三可牵制吐蕃，保北疆无忧。而如果不与回鹘和亲，回鹘同吐蕃结盟一起攻打大唐，边境就非常危险了。"

"他说得很对。"

"但是，即便李绛相公把道理说得如此通透，皇兄还是没有答应和亲，"汉阳公主露出淡淡的笑意，"当时皇兄在殿上吟了一首戎昱的《和亲》诗，民间都传为了美谈。诗曰：'汉家青史上，计拙是和亲,社稷依明主,安危托妇人。'"她凝望着皇帝,"皇兄,我念得对吗?"

皇帝默默地点了点头。

自雨亭中又是一片寂静。"社稷依明主,安危托妇人。"兄妹二人都在心中咀嚼着这两句诗,一时只觉酸甜苦辣,滋味万千无法形容。

还是皇帝打破沉默:"不过这一次,朕打算答应保义可汗。"

"什么?"汉阳公主惊得瞪大了眼睛。

"已经回绝了太多次,如果这次再不应允的话,恐怕就要彻底失去回鹘的信任了。如今削藩正值关键时刻,吐蕃又在边境蠢蠢欲动。这种时候,如果回鹘再与吐蕃联手,大唐恐将面临腹背受敌、内外夹击的可怕局面!"

"可是吐蕃的赞普刚刚去世,派了使者来长安报丧。皇兄不是还派遣了右卫将军乌重祀充吊祭使,前往吐蕃吊祭了吗?"

"恰恰就是因为老赞普突然去世,吐蕃内部的局势将十分混乱。朕以为,新继任的赞普很可能会以对外进攻作为树立威望的手段,所以才急着要与回鹘联盟。"

汉阳公主呆了半响,才问:"皇兄欲命哪位公主和亲?"

"朕……正想与你商议此事。"

"与我商议?"

皇帝说得很艰难:"你知道朕的公主们,除了已经出嫁的、薨逝的,所余者年最长未满十岁,"他苦涩一笑,"也就是说,朕没有女儿可以嫁了。"

汉阳公主终于听懂了他的言下之意,却又不敢相信。她问:"皇兄选中了谁?"

"永安公主。"

汉阳公主死死盯住皇帝,胸脯起伏不定。

皇帝耐心地解释:"永安公主也是朕的同胞妹妹,朕与你一样不舍。但她的年龄、身份，乃至性格，都是最合适的人选。朕会竭尽所能为她操办，绝对不让回鹘轻视她。再说……据朕所知，保义可汗的为人并不差。"

"自然不会比于季友更差！"她在冲动中一言既出，随即便看到皇帝脸上剧烈的痛楚。汉阳公主立刻后悔了，心头好似有一把刀在剜，生疼生疼的。

片刻的寂静之后，她听见皇帝说："此事，朕已经作了决定。今天告诉你，是想请你帮忙在皇太后面前隐瞒，不要让她知道，以免增加不必要的烦恼。"

"这怎么可以……"

"可以的，"皇帝的语气变得阴郁而冷酷，"这么多年来，皇太后那里多亏有公主照应……你是在帮朕尽孝，也是在为大唐尽责。"

汉阳公主沉默。

皇帝又朝她缓缓地点了点头："另外，朕将命裴玄静去青城山求仙。"

汉阳公主的心猛地一沉：难道他知道了？他知道什么了？绝对不可能啊！

皇帝凝视着她，她也回望皇帝。这张脸和这双眼睛，是汉阳公主从小就熟悉的。她一直不知该如何形容他的目光，直到永贞元年末的那个严冬，在大明宫中见到松枝上垂下的树稼时，汉阳公主一下子就明白了，兄长的目光正如那闪着浅蓝色光芒的尖锐冰柱。你根本无法预测，下一刻它会扎入你的心脏，还是化作一摊清水。

虽然觉得难以置信，汉阳公主还是意识到，皇帝在和她谈一个交易。

这样的交易在他们家中并不鲜见。也可以说，自出生之日起，他们的人生就被放在了权力的市场上掂斤播两。所有的买卖都在至亲之间进行，才显得更加讽刺和残酷。

此时此刻，汉阳公主也终于懂得了，皇帝为什么在几个月前突然决定下嫁襄阳公主。永安公主和襄阳公主都为王皇太后所出，是他们的同胞妹妹。永安公主年长，襄阳公主年轻，本来应该先嫁永安公主才对。但是人所共知，皇帝更疼爱最年幼的襄阳公主。也就是说，他早在那时就开始布局了。

所以她无从选择，必须接受这个交易。

汉阳公主霍地站起身来。

皇帝诧异地望着她："怎么，你要走？不是说好了一起用晚膳的吗？朕已经让他们准备了。"又温和地补充道："你我兄妹多久没有共饮过了？"

"我……去太液池边逛逛，就来。"

汉阳公主走出自雨亭，皇帝依旧一动不动地坐着，许久，才道："你上前来。"

汉阳公主所带的宫婢皆随侍而出，只有一名留在自雨亭，听见皇帝吩咐，垂首上前跪下。

"把头抬起来，让朕看看你。"

郑琼娥抬起头来，目光朝皇帝的脸上轻轻一瞟，旋即又楚楚动人地垂下眼帘。

皇帝却看得有些入神了："在兴庆宫过得还不错？"

郑琼娥叩首："皇太后仁慈。"

"哼，"皇帝微微一笑，"皇太后还是时而清醒，时而糊涂吗？"

"是。"

"是清醒的时候多，还是糊涂的时候多？"

郑琼娥迟疑了一下："其实，皇太后清醒的时候一味沉默，几乎哑口无言。糊涂的时候，倒会说一些话。所以我觉得，两样都差不多。"

"她说些什么？"

"也没别的，大多是在念佛经。"

"什么经？"

"我不懂是什么经。"

"念几句给朕听听。"

郑琼娥的声音微微颤抖:"汝付我命,我还汝债,以是因缘,经百千劫常在生死。汝爱我心……"

皇帝接着念道:"我怜汝色,以是因缘,经百千劫常在缠绵。这是《楞严经》,"他长长地叹了一口气,"说吧,曲无双究竟是怎么死的?"

"是、是贾桂娘推下楼致死的。"

"原因呢?"

郑琼娥抬起头,惶恐地回答:"陛下,我真的不知道。"

"算了,你不说朕也清楚,"皇帝道,"只告诉你一件事,曲无双是朕安排到皇太后身边去的。所以,你在兴庆宫也要处处小心。防人之心不可无。"

郑琼娥情不自禁地打了一个哆嗦。

"陛下。"她怯怯地叫了一声。

"唔?"

"十三郎……在这里吗?我可不可以见见他?"

"见他?"皇帝似乎一时没反应过来。

郑琼娥的口齿瞬间变得流利,显然这番话已在她心中盘算多时了:"是,只要陛下将十三郎召来即可。我躲在帘子后面看一眼,就看一眼。"

由于激动和紧张,郑琼娥的双颊飞起两抹红晕,衬着如烟笼水的双眸,顿显娇艳无匹。皇帝不觉紧盯着她看,郑琼娥竟也大胆地回望过去。两人的目光交缠在一起,犹如无形的绳索越绕越紧。忽然间,皇帝把目光硬生生地抽离出去。

他说:"十三郎不在大明宫中。"

郑琼娥愣住了。

"前几天,朕已命人把他送出长安了。"

"送出长安？去了哪里？"

"扬州观音禅寺，"皇帝平静地说，"朕将十三郎拜托给观音禅寺的净虚方丈了。"

"禅寺？扬州？不可以啊，陛下！"郑琼娥叫起来。

皇帝一哂："怎么了，为什么不可以？你自己不就是扬州人吗？"

"可是陛下……"

"扬州乃江南鱼米之乡，天下最富庶的地方之一。十三郎在那里会过得很好的，你尽可以放心。"

郑琼娥翕动着双唇，还想说些什么，却又什么都说不出来，须臾，两行珠泪淌下细腻如玉的面庞。

"你的眼泪是对朕的责备吗？"皇帝冷冷地问。

郑琼娥连连叩头："不！奴婢不敢！"

"那你为什么要哭？"

郑琼娥仰起泪水恣肆的脸："我只是……不知何时才能再见到十三郎……"

"何时再见嘛……"皇帝的语调中透着刻骨的倦怠，"就要看你和他的造化了。"

"是。"郑琼娥止住了泪水。

她早就应该懂得，哭是没有任何用处的。想当年，她一个好端端的良家女儿，只因生得美貌绝伦，又不知怎么被个术士称"此女必生天子"，便让年逾花甲的镇海节度使李琦掳了去，做了他的侍妾。李琦谋反遭到腰斩，她又以罪臣家眷的身份入宫，成了郭贵妃的侍女，再度因貌美而蒙皇帝临幸，生下十三郎，却招致郭贵妃的嫉恨。郑琼娥不知自己犯了什么错，难道仅仅因为天生一副姣好的容颜，就要遭到一次又一次的凌辱，在卑微和恐惧中勉强求生，时至今日，还要被迫骨肉分离吗？

郑琼娥仰望着皇帝。是的，她可以不怕羞臊地承认，那次在长生院中，是她主动向皇帝展示自己的姿色，并成功地将他引诱到了别室中，自己那张简陋的窄榻上。寄望从此改变命运，当然是最大的动因。但在经历了衰老骄横的李琦之后，正值壮年、风神俊逸的皇帝就如萦绕在他身上的龙涎香气一般，令郑琼娥情不自禁地心醉神迷。她真诚地想要将自己奉献给他，想让他在她的肉体上得到满足，只为了能得到他的哪怕一点点恩情。

此后发生的一切并不如她所愿，但她从没有放弃过幻想。此时此刻，郑琼娥终于明白了，就连这一点点恩情也只是自己的痴心妄想，虚幻的泡沫罢了。

红颜未老恩先断。她突然想起白居易的这句诗来。她想，白乐天怎会懂得真正的宫怨。须知红颜比比皆是，但"恩"从来就不存在。

"你回兴庆宫以后，仍要事事留心，"皇帝在给她下命令，"只要有关裴玄静和那个新任医待诏崔淼的，任何细枝末节都要记下来。"

"是。"

吩咐完了，皇帝没有再说别的，也没有命郑琼娥退下。她便继续跪着等待，终于又听见他说："你放心，十三郎……总有一天会见到的。"

郑琼娥深深稽首，当生命只剩下唯一期盼的时候，她的心情反而变得十分平静，甚至能够超脱爱与恨，也超脱于御座之上的这个男人了。

7

这些日子西市可热闹了。

朝廷专门砍杀钦犯的独柳树旁，来了一个面赤虬髯的头陀，操一口蹩脚的唐语，自称天竺人。其实，见多识广的长安百姓一眼就能看出来，这个天竺人是冒充的。每天在西市做生意讨生活的异域人数不胜数，天竺人在其中并不罕见，可是这个头陀的面貌和一般的天竺人有些区别，口音也不太像。

但当这个所谓的天竺人拿出一样东西时，整个西市开始沸腾了。

那是一个骷髅。

与其他骷髅不同，在这个骷髅形状可怖的枯骨中央，居然长着两片色泽鲜艳的肉唇。肉唇微微张开，从暴露的窟窿看进去，还能见到一条红色的舌头。

也就是说，这个死骷髅上长着一张活的嘴巴。

更令人匪夷所思的是，从这张嘴中还能发出人声！

每当头陀对骷髅念过咒语后，便有闷闷的诵经声从骷髅的嘴里传出来。立即有人听出来，骷髅所诵的正是《金刚顶经》的经文。

百姓们聚集过来，争睹神迹。有虔诚者开始对骷髅顶礼膜拜，视为佛陀化身。才过了没几天，大柳树下就被信众们挤了个水泄不通，有磕头烧香的，有诵经祈福的，还有进献供奉的，整日香烟袅袅，人声鼎沸，顿时成了整个西市最热闹的地方。

人群之中，韩湘还要往前排挤，身旁那位中年文士愠怒："你就拉我来看这个？"

韩湘笑道："不是挺有趣的吗？"

"哼！乌烟瘴气，成何体统！"

"哎呀，您也太当真了，我不就是想让叔公出来散散心，看个新鲜玩意儿嘛。"

中书舍人韩愈虽着便服，仍有一身端严之气，在周围的一片乱糟糟中显得鹤立鸡群。

听韩湘说到散心，韩愈的气更是不打一处来，斥道："这有什么新鲜的！可笑的把戏，屡次三番拿来迷惑缺少见识的百姓，真真可耻！"

"啊，这把戏叔公曾经见过？"

"未曾亲眼见过，但也有所耳闻。据说在太宗皇帝贞观年间，王顺山上有一座悟真寺，寺中一僧夜里总在寺旁的蓝溪听到吟诵《法华经》的声音,却看不到人。多番搜寻后,才在岸边的一块巨石下挖出一个骷髅,其唇吻如鲜,入夜便开始诵经。悟真寺的僧众得之若宝,将其供奉在千佛殿西堂之下,长安城中自达官贵人到普通百姓,俱来参拜,悟真寺一时名声大振,还得了许多供奉钱财,可谓生财有道。"韩愈说着,鄙夷之色溢于言表。

"原来还有这么个故事啊,我倒是从没听说过。那后来呢?"

"后来?听说到了玄宗皇帝开元年间,从新罗来了一个僧人,到悟真寺求学佛法。岁余,某日寺中僧人悉数下山办事,唯新罗僧人独留寺内,竟将那装着骷髅的石盒窃走了。等到其他僧人察觉了去追,新罗人早已逃之夭夭,应该是直接东渡回国去了。"

韩湘大笑起来:"我知道了,眼前的骷髅头定是当年新罗人偷走的那一个,又让这个天竺人给偷回来了。"

"胡扯!"韩愈也忍不住笑了出来,"你看这人像是从天竺来的吗?"

"面孔倒是黑黢黢的,可比常见的天竺头陀壮实多了,但要说是新罗人,我更不信。叔公,你看他会不会是吐蕃人?"

韩愈阴沉着脸,没有回答。

从太宗皇帝以文成公主和亲吐蕃之后,大唐与吐蕃的关系几经波折。安史之乱后,大唐国力衰颓,吐蕃乘虚而入,侵占了河湟多地。代宗皇帝和德宗皇帝在位期间,双方曾有过几次激烈的大战。当今圣上即位之后,为了集中力量削藩,一直努力与吐蕃修好,而吐蕃疲于应付西方兴起的大食国,也无力再在东线与大唐对抗,所以,自元和以来,唐吐之间还算相安无事。元和年间,长安接待了数批来自吐蕃的使者,也不时能见到一些吐蕃的客商和僧人。

骷髅念的《金刚顶经》是密宗经文,所以韩湘猜这个头陀若非天竺人,多半就是从吐蕃来的了。

"不管他是何方神圣,总之是以佛老之名大行骗术,偏偏世人还笃信不疑。叔公,我今天请您来西市,就是来一睹这番盛况呢。"

"哼，现今长安城内各家寺庙的俗讲佛经，撞钟法螺，哪个不是靠着哗众取宠来蛊惑人心。这西市独柳树下的把戏还真是小巫见大巫，不值一观了。"

韩湘笑道："所以嘛，您也别光顾着向圣上谏言求仙炼丹之事。而今大唐佞佛之风愈演愈烈，您是不是也该予以鞭挞呢？"

韩愈皱眉道："佛者，夷狄之法，信则尽忘圣贤。然神仙长生之说亦为荒谬，我一向尊孔孟，反佛道，该谏便谏，没有分别！"说罢，拂袖要走。

"还是有区别的吧。"突然从旁边传来一句阴阳怪气的话。

韩愈和韩湘都是一惊，回首看去，却见近旁站着一名道人，獐头鼠目，样貌甚是猥琐。

韩湘不认得他，韩愈却冷然道："我道是谁，原来是柳真人。"

柳泌倨傲地点了点头，颇有些居高临下的派头。韩湘这才明白此人身份，想到前些天皇帝任命柳泌为台州刺史，叔公韩愈是最先上谏表的，怪不得柳泌一副怀恨在心的样子。叔公故意称他为真人，是讥讽柳泌还没走马上任吧？其实台州刺史是正五品的官，韩愈的中书舍人同样正五品，两位品级相当，却相互鄙视，韩湘不禁在心中暗笑。

正琢磨着，柳泌倒主动和韩湘打起招呼来："这位郎君想必就是韩舍人的侄孙韩湘吧。"

韩湘还礼："正是在下。"

"久闻大名，同为求仙问道中人，幸会幸会。"柳泌显然有意和韩湘拉近距离。

不用特意去看，韩湘都能感觉到韩愈的不悦，便微笑着对柳泌说："韩湘不才，一心追慕老子的出世无为之道，别说入仕当官，哪怕就是和官场靠得近些，心里面都会发慌。因而，实不敢称与柳刺史同道。"

这话够尖刻，果然把柳泌刺得面色一变："贫道奉圣上之命，明日就要赴台州去了，此刻还要去整理行装。恕不奉陪！"说着，也不等韩愈有所表示，转身就走。原先围在他身边的几个便衣壮汉连忙紧随而去。

望着他们的背影，韩湘击掌大乐："柳刺史派头真大，身边都有便装随扈了。叔公您可差远了。"

"圣上竟被这样的人蛊惑。唉！"韩愈痛心疾首。

"也许人家炼的丹药确实管用呢？"韩湘道，"当年玄宗皇帝不是还引用过魏文帝的诗，'上有两仙童，不饮亦不食。赐我一丸药，光耀有五色。服药四五日，身轻生羽翼'。并分丹药给诸王兄弟，以示友悌。如果柳泌所献之药真能为圣上强身健体，也不失一件好事嘛。"

"可是圣上派他去台州，是要去炼制羽化飞升的仙丹！"韩愈愤然道，"就如你刚才所说的魏文帝，还有秦始皇、汉武帝，全都一心求仙，结果又怎样呢，谁得了长生？谁又真的白日飞升了？我记得李长吉曾有诗讽之，'西母酒将阑，东王饭已干。君王若燕去，谁为拽车辕'。说得多么入骨三分！当今圣上是难得的明主，本不该落入此等虚妄之中。偏偏不知从哪里跑出来这么个柳泌，以长生之说惑之，实在可恨至极！"

韩湘辩道："道士并非都如叔公所说得这么不堪。我记得，玄宗皇帝曾经问青城山的真人罗公远要仙丹，罗真人就拒绝说人间的腑脏充满荤血，'三田'还没虚，'六气'还没洁，他要求皇帝先修炼十年，必须等修成以后才能给仙丹。罗真人还劝诫皇帝不要求仙，说：'经有之焉，我命在我，匪由于他。当先内求而外得也。刳心灭智，草衣木食，非至尊所能。'这些话，难道不是修道的真谛吗？安史之乱后，玄宗皇帝幸蜀，有人看见罗公远到剑门迎驾，一直将皇帝护送到成都，才拂衣而去。这样的真人，叔公并不厌恶吧？"

见韩愈没有反驳，韩湘越说越起劲："还是这位真人罗公远，在玄宗皇帝想学隐遁之术时，曾谏道，陛下的玉书金格已列九清，本就是真人下凡，为的是保国安民。怎么可以凭着万乘的尊位、四海的富贵，如此重要的宗庙，如此之大的社稷，而轻率地去循蹈小术，做游戏玩耍的事呢？如果你学尽我的道术，必将揣着玉玺走进人家，困在常人的服饰之中。哈哈，结果玄宗皇帝没有学成隐遁之术，未能揣着玉玺潜进老百姓的家里，倒是咱们当今的圣上乔装改扮……"

"住口！"韩愈厉声喝止。

看到韩愈铁青的脸色，韩湘才意识到自己失言了，差点儿顺嘴就把皇帝微服狎妓的绝密韵事给说出来了。正不知该如何化解这个场面，周围的人群突然发出一阵喧哗，有人在喊："快看，快看啊！和尚对上道士了！"

韩湘朝大柳树下望去，原先那个头陀对面，不知何时出现了一个道士，正与假天竺人彼此虎视眈眈，像是要开架的样子。

韩湘忙问身旁的路人："怎么回事？"

"哎呀，你刚才没听见吗？这个道人说骷髅是假的，头陀不服气，两人要比试呢！"

说话间，人群已经一拥而上，把大柳树围了个水泄不通。韩湘问："叔公，咱们要不要也看看？"

"孔子曰，敬鬼神而远之。对这种事情，我没兴趣！"

"那……"韩湘心中作痒，实在想看道人与头陀斗法的场面。韩愈对他是又好气又好笑，素知这个侄孙不务正业，好玄喜道，但用心还算清白正直，遂道："你要看就看，我先走了。"

"也好，叔公自己小心啊！"韩湘如蒙大赦，当即往人群的空当中钻进去。好不容易挤到最前面，却见头陀和道人相对而站，两人中间的一块石板上就立着那个会念经的骷髅，不过此时并无诵经之声，两个对决之人也没什么动静。

"这是在干什么？"

"嘘！"路人轻声道，"已经在斗法了。方才那道人说骷髅是假，头陀便道，是真是假，你自己来验看便是。道人依言上前，欲捧起那骷髅，结果竟死活拿不起来！"

"哦？"韩湘问，"你们怎么知道他拿不起来？"

"哎呀！他拼命用力抓骷髅，脸都憋红了。骷髅就是纹丝不动，那分明是拿不起来嘛！"

韩湘皱了皱眉："那么说是头陀赢过了道士？"

"第一战应是这个结果。"

还第一战呢，韩湘差点笑出声来，便问："既然如此，现在他们又在做什么呢？"

"道士可能在想对策吧。"

说话间，那道士突然朝人群望过来。韩湘还是第一次看清楚此人的面貌，不禁大失所望。只见他大约三十上下，五官端正，冠服井然，五绺长髯在胸前飘飘洒洒，做派倒是足够的。但不知为什么，以韩湘的眼光看来，从他的身上就是找不到半点仙风道骨，反显得满面奸诈。

这是怎么了？韩湘心中嘀咕，自从回到长安之后，几个月来所见到的真人道士，要么是柳泌那种争权夺利的市侩嘴脸，要么就像眼前的这一位，与其说是方外仙人，倒不如说更像一个阴谋家。

韩湘和叔公韩愈的立场毕竟有所不同。韩愈尊儒，佛道皆反，韩湘却崇尚老庄学说，一心求仙问道，自己也修炼至今，当然希望看到道法的兴盛。这回西市大柳树下，假天竺人借佛老之名，以有记载的奇闻逸事来欺骗缺乏见识的民众，韩湘对此行径极为反感，本来就有上去揭穿他的意思。刚听说有道士出头了，心中也暗暗惊喜。然而不论是刚才的柳泌刺史，还是眼前的这位，都让韩湘隐隐感到身为同道的羞耻……

韩湘的思绪被打断了，那个道士开口对众人道："诸位，谁能取一个盖子过来？贫道欲借来一用。"

"用来做什么呀？"看热闹的人们问。

道士冷笑着说："这头陀以为施点妖术压住骷髅，贫道就奈何他不得。哼！贫道只需以一盖覆之，便能移走骷髅。"

众人起哄:"真的假的呀?"果然有好事者,立即送上一个竹制的圆形盖子来,看样子是刚从他家笼屉上取下的。

道士伸出双手要接,递盖子的却笑道:"喂,万一你给我弄坏了怎么办?管不管赔啊?"

"贫道乾元子,你去天下任一道观提此名号,就算赔你千万个竹盖子也容易!"

见他的气势这么足,递盖子的百姓忙道:"拿去拿去,我要那么多竹盖子干吗。"

韩湘却在想,自己入道至今,还真没听说过什么乾元子,口气又大过天,究竟何方神圣?

却见那乾元子举着盖子来到骷髅前方,头陀倒挺大方,双手一摊:"请吧。"

乾元子将盖子罩上骷髅,微合双目,嘴唇翕动着开始念咒语。对面的头陀干脆把双手交叉胸前,一脸的不以为然,气焰着实嚣张。

现场骤然安静下来。大唐素有佛道相争的传统,和尚道士斗起来没完,百姓权当杂耍看,兴致勃勃地瞧着,唯有韩湘的眉头越皱越紧。

"开!"乾元子忽然高喝一声,把围观众人吓了一大跳。

大家定睛再看,却惊讶地发现,刚刚还覆在骷髅上的盖子竟然飞到半空中,在大柳树的树荫下飘浮着,而石板上已然空空如也。

会念经的骷髅不见了!

最惊骇的当然是头陀,只见他一个饿虎扑食冲上前,卡住乾元子的脖子大吼:"我的骷髅呢?你把我的骷髅弄到哪里去了!"

"你若、真有……法术,自可……将它召回……"乾元子给掐得连话都说不连贯了。

头陀松开手,向后倒退一步,脸上露出可怖的神情,似乎真被道士的法术降服住了。

"骷髅去哪儿了?"

"把骷髅找回来呀！"

哄闹声四起，曾在骷髅面前下跪参拜、烧香进献的人们感觉受了欺骗，开始冲头陀叫嚷起来，还有些已经在摩拳擦掌了。看来，头陀再不拿出点绝招证明自己，就要被周围的民众狠狠地教训了。

突然，头陀暴喝一声，高举右手向道士挥去。

寒光闪过，"啊！"众人惊叫，大家都看清了头陀手中那把明晃晃的长刀。

奇怪的是乾元子竟然不躲也不闪，长刀转眼就到了他的头顶，却又诡异地停住，再也砍不下去了。

头陀已改成双手擎刀，整张黑脸都涨得通红，刀刃与道士的梁冠仅仅隔开一寸的距离，但又像是不可跨越的鸿沟。

与头陀目眦欲裂的恶状相反，明明危在旦夕的乾元子却面色如常，气定神闲地注视前方，唇边甚至露出一抹微笑。

人们忘记了叫喊，都呆呆地等待着下一幕。

头陀缓缓地收回长刀，好像打算认输了。但是一转眼，他又重新举起刀，向自己的腹部猛插进去。

血水四溅！

所有的人都惊叫起来。胆小的纷纷后退，不明就里地要往前冲。韩湘想上去看个究竟，却被旁人挤得东倒西歪，越推越远，只能眼睁睁看着头陀匍匐倒地，从他身体底下流出的血，迅疾染红了一大片地面。

正在混乱之际，只听有人大叫："金吾卫在此，速速让开！"数名身披明光铠的兵士冲破人群，径直来到大柳树下。有人甩开铁链，一把兜住了乾元子，又有人从地上抬起头陀，掀到马背上，随即从人群让出的通道迅速撤离。

头陀和道士都不见了，独柳树下只剩下一片鲜血染红的泥地和一块光秃秃的石头。飘在半空的竹盖子不知何时也落了下来，正好掉进那块血污中，再也无人理睬。围观者的心中还装着许多震惊和困惑，也只能悻悻地散去。

那一小队金吾卫拖着道士，载着头陀，闪进大柳树旁的一条小巷，东拐西绕，很快便转到了僻静无人之处。他们四处张望了一番，未见有人跟随。一名兵士敲响路旁的一扇院门，门开了，小队人马鱼贯而入，院门随即紧紧关合。

少顷，韩湘从巷侧的一棵大槐树下探出身来。

8

四下无人，唯有斜阳在院墙上拉出长长的阴影。韩湘蹑手蹑脚地来到那个院子前，扒着门缝朝里张望了一下。只见空落落的头进院落中，几匹马拴在树桩上，其中一匹的鞍上还能看见清晰的血迹。

顺着这匹马的位置往回看，地上一连串的红色斑点，一直延伸到院门口，就连门外的石阶上也溅着好几滴。

韩湘俯下身仔细端详血迹，后来干脆伸出手指蘸了蘸，又举到鼻子下嗅了嗅。不禁摇头——根本没有血腥味。

从一开始，他就识破了假天竺头陀的骗局，却没想到这出戏唱得如此精彩，居然有各种角色连番登场，以至于当头陀插刀自尽时，连韩湘也猝不及防，给吓得不轻。不过他还是很快反应过来，悄悄尾随着这一小队金吾卫，想要探个究竟。

韩湘绕着院子走了一圈。在院子后部发现了一扇小角门，轻轻一推，门竟开了。他蹑足进院，便听到有人在房中大声说笑。韩湘循声来到正房的窗下，窗户半开着，说话声混杂着酒气从窗内涌出。往上探一探头，便可清楚看到屋中的情景。只见那些金吾卫团团围坐着，正在惬意地喝酒说笑，道士和头陀夹在他们中间，也自谈笑风生。假天竺人的腹部尚且血污一片，看上去十分吓人，长刀倒是没再插着，就甩在旁边的地上，不过已经缩成短刀了。

乾元子向头陀敬酒道:"来,来,今天多有得罪,见谅啊!"

头陀将杯中的酒一饮而尽,大笑道:"我倒没什么,这一套玩得熟了。不过今天掐老兄的脖子时,用的力道大了些,还要请老兄别见怪啊,哈哈。"他这番话说得挺流利,但异族口音越发明显了。

"哪里哪里!"

两人推杯换盏,亲热得不行。一个金吾卫双手捧出骷髅,笑道:"我把这玩意儿吊上树的时候,还担心它会摔下去呢。我说,它到底是怎么念经的?也给咱们哥几个见识见识吧。"

乾元子也笑道:"索赤达,你就给他们开开眼?"

原来头陀的名字叫索赤达。听乾元子这么一说,索赤达示意金吾卫道:"你把它抱抱好。"屋内诸人都安静下来,索赤达又干了一杯酒,正襟危坐,盯着骷髅不再说话。

片刻之后,屋内真的响起来一阵诵经之声。

抱着骷髅的金吾卫朝自己的怀里猛瞧,正疑惑着呢,乾元子忽然向索赤达的肚子猛击一拳,大笑道:"吐蕃人的肚子可真厉害,又能念经又能插刀,哈哈!"

索赤达猝不及防,被打得咳了一声,诵经戛然而止。

众人发出一阵哄笑。韩湘正俯在窗下倾听着,突然眼角扫到动静——自己刚进来的角门被推开,又有人来了!

韩湘吓得赶紧一猫腰,闪到窗下的一堆杂物后面。

一个文士模样的人走在最前面,身后簇拥着好几名壮汉。

韩湘大吃一惊,来人竟是今天才认识的柳泌——柳真人、柳刺史!

柳泌迈步进屋,刚才还热热闹闹的屋内顿时鸦雀无声。韩湘再不敢探头去看,只得躲在窗下屏息偷听。

"我都看见了,二位今天干得不错,"柳泌的嗓音特别尖涩,听得人百爪挠心般难受,"但你二人都必须立刻离开长安,我明日启程赴台州时,你们就藏身于我的车队中,一起出城吧。这些金吾卫的甲胄也要藏好了,千万不能露出马脚。"

"这个……"索赤达仍然操着怪里怪气的唐语道,"赞普命我潜伏长安,我不敢自作主张离开啊。"

"如果你带一个重大的消息去给你们赞普,他应该不会责怪你,反而要大大嘉奖吧。"

"什么样的消息?"

"是关系到你们吐蕃生死存亡的消息。"

"真的?"

"我说过,不会让你白干的。你附耳过来……"

说话声瞬间低落下去,韩湘听不见了,急得抓耳挠腮,忍不住把脑袋向上探了探。"咕咚"一声,额头撞到了窗楣。他还没顾得上疼,就听柳泌在屋中喝道:"窗外有人!"

韩湘撒腿便跑,从角门一径而出,沿着小巷向前狂奔。他听到后面追赶上来的急促脚步声,但无人叫喊,很显然他们也不敢暴露行踪,亦未使用马匹,总算给了韩湘一线希望。

今天没有聂隐娘,也没有白蝙蝠,所有的咒语法术统统失灵,最可靠的还是自己的两条腿。韩湘奔出小巷,前方尽是密密匝匝看不到边的铺头,原来到了西市最热闹的区域。人声鼎沸,人头攒动,韩湘抹头便朝最拥挤的地方跑过去。身后轮番响起铺面翻倒和叫骂打闹的声音,韩湘心中暗喜,又跑了一阵子,终于听不到追兵的声音了。

韩湘拐到一座大宅的院墙下,撑着腰大口大口地喘粗气。

正在庆幸逃过一劫,忽觉背后又有动静,他刚想回头,头顶遭到重重一击,眼前顿时漆黑一片。

……

醒过来时,脑袋上仿佛戴了个铁箍,生疼生疼的。

过了一会儿,他才看清周围的环境:狭窄的小屋,门半开着,秋阳洒落的青砖光可鉴人,秋风徐徐而入,带来一股好闻的药香。

门边的案前,一个人背对他而站,正在捣鼓着什么。

韩湘刚想撑起身,一阵剧痛从额头直钻入脑心,他忍不住哼出声来。

"别乱动!药还没上完呢。"门边之人听到动静,手捧着一个青瓷小钵来到榻前。

韩湘颓然倒回榻上,虚弱地问:"怎么是你?"

"要不是我,"崔淼拨开韩湘的束发,将小钵中的药膏细细涂抹到头顶的伤处,"你此刻就白日飞升咯。"

"那也挺好……"

"你当真?"崔淼将瓷钵往旁边一放,恰好禾娘端着个碗进门,他冲她便道,"去把药泼了,韩郎要成仙,用不着吃药。"

"哎呀!你……"

禾娘却径直来到榻前,将冒着热气的药碗往几上用力一放,谁都不理,扭头便走。

韩湘看愣了:"公主都没这么大脾气吧。"

崔淼反唇相讥:"神仙也没你这么爱管闲事吧,快把药喝了!"

韩湘乖乖地将药汤一饮而尽,又见几上阁着一面铜镜,随手抄起来便照:"你说我这不会破相吧?"

"破不破,反正都一回事。"

韩湘这才安分下来,左右四顾道:"这是哪里?"

"你看呢。"

"我猜……是你的巢穴!"

"巢穴?"崔淼嗤之以鼻,"你们这些山人修炼时钻的洞方可称为巢穴吧?我这里虽然简陋一点儿,但也是正儿八经的住处。"

"宋清药铺,我没猜错吧?"

崔淼似笑非笑地看着韩湘:"奇怪,你不是故意逃到我这儿来的吗,怎么又问我?"

"哪有啊!我都让人给追得晕头转向了……"韩湘的脸色一变,"追兵呢?你抓住他了吗?"

"他先你一步飞升了。"

"死了？"

崔淼挑了挑眉毛。

"你打死的？"

"要不怎么办？你都把人引到我这儿来了，我若是放走了他，别说今后我与禾娘都会有危险，还得连累宋清掌柜。"

"可你杀人——"韩湘的脸色更白了，他想说人命关天，不该轻易下狠手，但又觉得崔淼做得没错。

"怎么，怕我连累你？"

"哎呀，万一京兆府查上门来，那岂不是我连累了你？"

"他们查不到的。我把尸体扔到孙屠户的院子后面。那里一年四季臭气熏天，骸骨断肢一大堆，很难被发现。"

"哦。"韩湘点点头，仿佛直到此刻，他才真正认识到整个事件的阴森和恐怖。这不是儿戏，而是你死我活的搏杀。

"也亏得你命大，瞎跑还能跑到药铺旁边来，正好让我碰上。要不然你就给打昏拖走了。"崔淼往韩湘身边一坐，"说说吧，到底怎么回事，你是和什么人结的仇？"

韩湘将经过叙述了一遍。

"原来这几天，在大柳树下闹腾的就是这伙人啊，"崔淼点头道，"我早就看出那个头陀是骗子，却不料竟是吐蕃来的。所以说，他们并不单单为了骗些钱财。"

"当然不是。搞了这么大的阵仗，居然还敢在天子脚下假冒金吾卫，咳！"韩湘叹道，"如今的大唐，如今的长安，怎一个'乱'字了得。"

"还有那个柳泌真人，又是怎么回事？"

"当今天子驾前的头号红人，以方士身份当上刺史的，绝对前无古人。"

"就因为他会炼丹？"

"似乎是这样。"

崔森道:"这我倒不懂了,既然他炼的丹药那么好,为何皇帝还要派他去台州炼丹呢?"

"因为现在柳泌所献的,是强身健体的金丹。而皇帝让他去台州炼的,乃是羽化成仙的仙丹。"

"原来如此!"崔森露出特有的嘲讽笑容,"皇帝才四十出头吧,就想升仙了?看来他这个皇帝,当得也不怎么有意思嘛。"

"子非鱼,安知鱼之乐焉。"

"皇帝之乐,我这个江湖郎中当然不懂,也没兴趣懂,"崔森道,"但据你所说,大柳树前的这一幕骗局,似乎是柳泌幕后主使的?"

韩湘点头。

"他的目的何在呢?"

韩湘沉吟片刻,难得一本正经地说:"我觉得可能有一个目的:打击佛法。"

大唐从立国之初,便尊道为国教,还把老子尊为玄元皇帝,视为李唐皇家的老祖宗。道教兴盛一时,唯一能与之抗衡的,只有百多年前从西域传入中原的佛教。佛教虽然是外来的,却因为有如玄奘这样的大德高僧的推广,在中原生根发芽,迅速壮大。到了则天皇帝时期,武皇为了打压李氏,更是尊佛抑道,大唐境内佛寺如雨后春笋般建立,信众之广渐渐压过了道门。开元年间,玄宗皇帝好神仙之事,道教又得到了翻身的机会,道士们重新出入宫廷。像韩湘提到的罗公远,便是玄宗皇帝在位期间一位重要的道教人物。但与此同时,三个来自天竺的密宗高僧引入密教佛法,也成了玄宗皇帝的座上宾。所以说,如果把佛道两教看成对手的话,双方一直互有胜负,难分高下。

安史之乱后,大唐从皇帝到黎民百姓都陷入了六神无主的状态,佛道同样彷徨低落了一段时间。从平叛到恢复秩序和国力,再到如今扫除藩镇割据,皇帝竭力中兴的这几十年中,既有李泌这样的仙人宰相衷心辅佐皇室，也有不空、惠果等以佛法为皇帝启迪心智的佛教高僧。但相比之下，自从李泌仙逝之后，道教再也没有出现能够对皇家产生重大影响的人物，从德宗到顺宗皇帝，都礼佛极甚，道教又落了下风。当今圣上在登基之初，曾颁下诏书，不得度僧尼，不得建寺庙，似有打压佛教的意思。元和五年，出使新罗的宦官张惟则所携之金龟，激起了皇帝对神仙之事的兴趣。直至如今，柳泌献丹博取圣宠，并以方士身份出任一州刺史，似乎道教有了反败为胜的势头。

崔淼思忖道："你是说他们做了一场戏，让道士当众揭穿头陀的骷髅，借以证明佛门在骗人？"

"对，同时还帮那个道士扬名立万，"韩湘道，"那个什么乾元子，之前我从来没有听说过。可是经此一役，大家都知道他法术了得，就可以开山立宗收弟子了。"

"有道理。柳泌自己去当刺史，不便出头，便叫手下出面收罗信徒，聚集势力，倒不失为一个好手段。看来此人确实不简单。"

韩湘道："我叔公认为他就是一个沽名钓誉、讨圣上欢心的小人。"

崔淼摇头："不对，他的野心绝不止于此。而且你看，他甚至和吐蕃人勾结起来，还能令吐蕃奸细乖乖地配合他做戏，可见其能耐之大。"

"吐蕃人又是图的什么呢？"

"你不是偷听到，柳泌有个天大的机密要送给吐蕃赞普吗？"

韩湘恨道："可惜后面的话就一点儿没听见了，不知这天大的秘密究竟是什么。"

崔淼笑道："既然是天大的秘密，哪那么容易让你听到的？也亏得你没听见，要不然命就真没了。"他拍了拍韩湘的肩膀，"行啦，你就好好睡一觉吧，醒来时伤痛应该大为缓解。我这药虽比不上仙丹，治点儿皮肉伤还是绰绰有余的。"

"可是……柳泌那帮人的形迹怎么办？"

"还能怎么办？随他们去呗。我们管不着，也没手段管。"

韩湘沉着脸不吭声。

"先别急着回去，说不定还有人在附近寻找你。你安心在此待上一夜，等我确定了周围没有伏兵之后，你再走不迟。"崔淼说着站起身来。

"哎，你去哪儿？"

崔淼把药箱往肩上一挎："兴庆宫！王皇太后她老人家还等着我呢。"

韩湘却叫："等等！"

"还有什么事？"

"说到兴庆宫，你可知那里最近出了一件大事？"韩湘突然吞吞吐吐起来，"与静娘有关。"

崔淼冷冷地说："不知道。"

"你不是在兴庆宫常来常往吗？"

"我是去给皇太后诊病，又不是去打听奇闻轶事的。"

韩湘道："你听我说，前日，兴庆宫中有一个宫婢羽化成仙了，据说愿把秘诀传给静娘。所以，圣上已命静娘去青城山寻仙，不日即将启程。又命我同行。"

"你？"

"呃，是静娘指名要我相伴的。我叔公还老大不情愿，说我总掺和这种虚妄之事，可圣上已经下旨，他也没办法。我，也没办法。"韩湘说完，便眼巴巴地瞅着崔淼。

"天下竟有此等好事，你就少矫情了，"崔淼冷笑，"要我说，你二人若是真在青城山遇上了仙人，干脆就直接飞升得了，还回来作甚。"

"不会的。你知道我们不会的。"

崔淼尖刻地问："因为舍不掉这个污秽的尘世？"

韩湘被他呛得有些发闷。

崔淼也不理他，转身出了屋。

他大摇大摆地走出宋清药铺的正堂，骑上马悠悠向东而行。晌午刚过，西市上依旧热闹非凡。崔淼冷眼四顾，并未发现什么异常。大柳树下，簇拥了好几天的人群已然散尽，还有不少香火和供品剩在原地，被踩踏得乱七八糟，遍地狼藉，却也无人理睬。

公开的闹剧收场了，阴谋却在暗处悄悄延续着。

崔淼一夹马腹，朝朱雀大街的方向奔去。

9

兴庆宫的守卫已经认识崔淼了，并不多加盘问，只按例遣一名内侍陪他入宫。崔淼一路上目不斜视，径直来到王皇太后的寝殿——咸宁殿。

咸宁殿是兴庆宫中的一座大殿，因为一直有人居住，所以，当午后金灿灿的阳光流转于青色琉璃瓦上时，就显得比其他殿宇更加生动而温暖。但是崔淼每次走进它时，总能感受到一种无法释怀的悲意，从每一道梁柱、每一扇屏风、每一片帷帘中渗透出来。

内侍陪他到殿门，便退出去了。由皇太后的宫女将崔淼引至西阁，请他在重重帷帘外坐下。

她说："皇太后尚在午睡，还请崔郎中在此稍待。"

"是。"

崔淼正襟危坐，宫女送上茶来，他只是口中道谢，既没有碰瓷盏，也没有朝那宫女看一眼。

郑琼娥太美了，美得令崔淼不安。

并不是他的心中有什么邪念，实际上，郑琼娥美到让人不敢有任何非分之想。但崔淼只要一见到她，就会自内心油然而生一种恻隐与不平交织的复杂情愫。

上苍赋予她如此非凡的美貌，又让她以最卑贱的身份在深宫中无声无息地老去。崔淼总是会想，命运对她何其不公。但换一个角度想，命运对苍生又何其公平。

他不愿意见到郑琼娥，因为她总会令他想起自己。

"崔郎中，今天又有事要麻烦你了。"郑琼娥在他身边悄声说。

"哦？并不麻烦的。"崔淼淡淡一笑，接过郑琼娥递来的东西：那是一张叠得小小的粉笺。展开来，金屑麻纸上仍是一笔娟秀的字迹。崔淼认真看了看，道："这倒也不难。"遂捡起桌上的笔，在粉笺左边空白的地方，龙飞凤舞地写了起来。

很快便写完了，他自己又看了一遍，才递给郑琼娥。她双手接过，欠身道："多谢崔郎中。"

"不必，"崔淼道，"前几次你问我要的方子，都有用吗？"

"都非常好。"

从崔淼第二次来给皇太后诊病起，郑琼娥便悄悄地向崔淼求方，据她说都是宫中姐妹听闻崔淼的医术高明，特意请他帮忙的。

起初崔淼也觉得奇怪，宫中本有女医，而郑琼娥拿来求方的这些病症，看起来也非疑难杂症，为什么要偷偷摸摸找自己写方子呢？

郑琼娥解释说，女医都在大明宫中，因为兴庆宫的特殊处境，这里的宫奴们得病后基本上无人理睬，就由着她们自生自灭。至于皇帝派来给皇太后看病的御医，更是高不可攀，所以只能来求崔淼。

郑琼娥还说，只求崔郎中写方子，她们可以用平日积攒的钱，请小太监们代办抓药。

说得如此可怜可悯，崔淼自然义不容辞了。

这几个月中，崔淼每次来兴庆宫，都会给郑琼娥写方子。时至今日，他的心里也有疑惑，怎么宫中那么多人生病，还病症各不相同？但只要看见郑琼娥那张楚楚动人的脸，他就问不出话了。

寝阁之内似乎有动静，帷帘掀起，一名宫婢出来将郑琼娥唤了进去。

她匆匆来到榻前跪下,把崔淼刚刚写过的粉笺捧上去。虽然竭力控制,双手还是止不住地颤抖着。

王皇太后的手哆嗦得比郑琼娥还要厉害。

就在王皇太后面前的檀木几上,整整齐齐排列着数张粉笺,每一张上面都有崔淼的飘逸字迹。这些,全是郑琼娥按照皇太后的旨意取得的。

郑琼娥垂首,不敢去看皇太后的面孔。

少顷,她听见皇太后吩咐:"去,请崔郎中进来。"

"是。"

"把这些方子都收起来,再将帷帘卷起。"

郑琼娥惊得抬起头来,一旁的宫婢也大惊失色,各个手足无措地愣在原地。

王皇太后向来贞静,除了宫中资格最深的御医能以"望闻问切"一睹圣颜之外,崔淼来了这么多次,都只能隔着垂帘为皇太后诊脉。

王皇太后扶着宫婢缓缓坐起来。苍白消瘦的面颊上,双眸晶亮,像含着泪又似燃着火。郑琼娥来到兴庆宫快半年了,所见到的皇太后始终是一副病恹恹、心死若灰的衰弱样子,此时此刻,她却仿佛变了一个人。

"命崔郎中进来,我有话要当面问他。"

10

已是仲秋时节,金仙观中的甬道上铺满黄叶。大片触目的金色中,一人灰色布衣,正在埋头扫地。

裴玄静召唤一声:"二郎。"

李弥手中的扫帚略停了停,就又继续扫起来,连头都没有抬。

自从几个月前皇帝驾临金仙观的可怕一夜之后，李弥就变成了这副沉闷的模样，整日郁郁寡欢。

裴玄静当然明白其中缘由，也曾试着宽解他。但无论她说什么，李弥都没有明显的反应。他本就有些迟钝，这段日子来越发显得呆傻了。

裴玄静感到十分心痛，却又无计可施。她深知，越是李弥这样清白的赤子之心，越容易受到伤害。在他的痛苦中，既有对裴玄静的愧疚，也有遭到欺骗和辜负后的失望，甚至恐惧。更因他不懂得仇恨和抱怨，所以只会自己默默地品尝苦果。

唯有静待时间之手，为他抚平创伤了。

这次远行，裴玄静曾经打算把李弥送去裴度府中，请叔父代为照看。但刚和李弥一提，他便坚决地拒绝了。

他说："我就留在金仙观里，哪儿也不去。"

李弥对裴玄静向来言听计从，所以他此时的态度令她非常意外，便问："为什么？"

"不为什么。"

裴玄静忽然明白过来，是自己错了。正如曾在地窟一事上犯过的错一样，她还是一厢情愿地把李弥看成一个孩子。但事实一再提醒她，这个孩子已经有了自己的主张。

她决定尊重他。

同时，裴玄静也仔细地考虑过了，在十三郎获救后，皇帝便赦免了观内所有的人，其中也包括李弥。李弥和段成式都曾经下过地窟，但现在地窟的入口已经填平，不管里面埋藏着怎样的秘密，都无从追索了。李弥和段成式最多只能算是无意的闯入者，即使他们看到了什么，不了解前因后果的话，也根本触摸不到秘密的核心。现在李弥被禁闭在金仙观中，外面有金吾卫看管着，无法与任何外人接触，对皇帝来说，这才是可以绝对放心的。多此一举地将他送入裴府，反而会引起皇帝的猜忌。对皇帝的多疑，裴玄静已深有体会。说到底，这次皇帝会放她远行，还不是因为长安城中有叔父在、有李弥在吗？因为皇帝知道，裴玄静肯定会回来的。

权衡再三后，裴玄静决定就让李弥留在金仙观中。

马上就要出发了，裴玄静叮嘱李弥，这一走怎么也得个把月，等再回长安的时候，怕是要到新年了。在这段时间里，二郎要照顾好自己。

李弥愣愣地听着。

"二郎，还记得你哥哥写的那首催妆诗吗？"

"是……丁丁海女弄金环，雀钗翘揭双翅关？"

"对，就是这一首，"裴玄静道，"如果有一天，有人来到观中，对你念出这首诗，你就跟着他走。"

"为什么？"

裴玄静微笑："因为这是我与二郎订下的密语，只有我们才知道。念出这首诗，就表明来人会带你离开长安。"

"离开长安？去哪儿？"

"回家。"

李弥困惑地瞪大了眼睛："那嫂子你呢？"

"我当然是在家里等你。"

李弥想了想，似乎明白了。他点一点头："好的，我知道了。"

裴玄静在观门边最后一次驻足回首，李弥抬头向她望过来，微笑着摆了摆手。

她好像看到了长吉，正在酝酿秋日送别的诗句：秋白遥遥空，日满门前路。

金仙观外，韩湘已等候多时了。他骑在马上，旁边还有一匹高头骏马，是汉阳公主特意从御苑中为裴玄静找来，能够日行千里的神驹。

裴玄静上马，刚要和韩湘并驾前行，突然惊道："韩郎，你的头怎么了？"

"没事，"韩湘潇洒地说，"前两天在西市遇上打劫的，皮肉之伤而已。"

"西市？打劫……你？"

韩湘硬着头皮扯谎："就是嘛，那几个毛贼太没眼力，劫了才发现我身上并无值钱之物，所以一气之下就打了我几下，多亏离开宋清药铺不远……"他有点结巴起来。

裴玄静点了点头道："韩郎，我们要赶快了。今天午后必须赶到周至县。"

"周至县？我们不是去青城山吗？"

"顺路的，先在周至县停一停，我们要去访一个地方。"

"什么地方？"

"仙游寺，"裴玄静道，"韩郎，咱们边走边说吧。"

现在，是该告诉韩湘此行的真正目的了。

"韩郎，其实这次我们不是去寻仙，而是要去找一个人。"

第二章
玉龙子

1

从长安正南的明德门出城后,裴玄静和韩湘便一路快马加鞭,朝周至县赶去。

他们要寻找的隐士王质夫,曾在周至县仙游寺旁的蔷薇涧隐居多年。所以,今天他们将先去王质夫在蔷薇涧的家看一看。

王彬,字质夫,出身琅琊王氏,是当今王皇太后的族兄。几个月前,正在东川节度使府任幕僚的王质夫突然辞官而去,自此音讯杳然,失踪了。王皇太后忧虑非常,急于寻找王质夫的下落,但出于某种不可明言的理由,此事必须瞒着皇帝进行。

裴玄静接下的,就是这么一个棘手的任务。

周至县位于长安城的西南方,距离京城一百多里,仍属京兆府的管辖范围。路修得平坦通畅,快马奔驰一个时辰之后,渐渐开始上坡,由平地进入山区。周围丛林峻茂,举目尽是一重又一重的重峦叠嶂,山道峰回路转,山涧时时相伴,头顶上那方碧玉般的苍穹,也比在长安城中更加高峻而悠远。

午时前后,他们来到了一块四山环抱的谷地。崇山峻岭的中央,芒水自终南山上蜿蜒而来,积成一座清光潋滟的深潭。千万杆修竹在两岸随风摇曳，满山遍野的秋叶像红霞铺开，从中隐隐露出一座砖塔的飞檐，那便是仙游寺中的法王塔了。

裴玄静与韩湘相顾一笑，不约而同地放松了缰绳，一边欣赏美景，一边信马向仙游寺而去。

"我倒没想到，韩郎也是第一次来此地。"

听见裴玄静这样调侃自己，韩湘笑答："大约是我不敢当乘龙快婿的缘故吧。"

传说中，秦穆公的女儿弄玉，嫁给了擅长吹箫的萧史。夫妇二人每天都在一起吹箫合鸣，秦穆公特为弄玉筑凤台，箫声引来祥龙瑞凤，萧史与弄玉双双乘着龙凤，飞仙而去。这便是"乘龙快婿"一词的由来，凤台正建在仙游寺这里，仙游寺更是因为这个典故而得名的。韩湘好道求仙，又爱吹洞箫，所以裴玄静才会开玩笑说，韩湘应该早就造访过仙游寺了。

说笑之间，前方就是仙游寺的山门了。两人将马系在寺前的参天古树下，漫步进入寺中。古刹森森，秋风飒飒，青松翠柏的清香和着佛堂飘来的香烟，吸一口便似能涤净尘世的污浊。四下并无香客，转了整整一圈，才找到一位上了年纪的僧人。裴玄静并未提起王质夫的名字，只问了蔷薇涧的方向。僧人立刻给他们指明了去路。

两人便又出了仙游寺，牵着马匹沿僧人所指的道路前行。

原来所谓的蔷薇涧，就是自芒水分出的一条岔流，细细的山道沿涧蜿蜒，涧旁灌木丛生，当是蔷薇无疑。可以想见，每当春夏之际，整条小涧为蔷薇花所妆点，一倾碧绿的流水两侧姹紫嫣红，故得蔷薇涧之名。

随涧渐入山中，周围的林木愈加幽深，不见半点人烟。一条小涧很快走到了头，就在山穷水尽之处，出现了一座茅舍小院。

柴扉半掩，隔着爬满枯藤的篱笆向内观望，但见一间小小的草屋，遮于树荫之下。

"有人吗？"裴玄静上前叩门。

须臾，院内有了动静："何人叩门？"

听声音是一位中年男子，语调颇有涵养。裴玄静和韩湘对望一眼，都有意外的惊喜之色，难道得来全不费功夫，王质夫本人就在家中？

裴玄静道："我们是来寻王质夫先生的，请问先生在家吗？"

"嘎吱"一声，柴扉轻启。面前站着的果然是一个中年人，白净的圆脸上留着稀疏的山羊胡须，身体略微发福。灰衣上打着好几块补丁，正是山人打扮。

韩湘脱口而出："王……"

中年人笑道："这位郎君认错人了。在下不是王质夫，是他的朋友。"

"得罪了，"裴玄静忙道，"我们受人之托，特来寻访王质夫先生。因从未见过王先生，故而错认，还望先生见谅。"

中年人道："质夫六年前就去东川梓州幕府任职了。在下应他之请，偶尔来此暂住，帮他料理一下这个院子。怎么了，是谁要找他，为什么不去梓州找？"

"因为数月前王先生便离开梓州幕府了，至今音讯全无。他的族人十分担心，所以才请我们帮忙寻找，我们来此地，是想看看王先生是否回家来了。"

"他并没有回来，"中年人的面色凝重起来，目光轮流扫过裴玄静和韩湘，"在下姓祖，敢问二位怎么称呼？"

裴玄静和韩湘赶紧自我介绍。

"你们是从长安来的？"祖先生又问。

"是，一早出城赶来的。"

祖先生仰首望了望天："已到未时了。二位赶路辛苦，不如请到小院来坐坐，喝口茶水，再谈一谈质夫的情况。或许能有所发现，也未可知。"

裴韩二人当然求之不得。

随祖先生入得院中，方知隐士的居所的确简陋，草屋太狭窄，祖先生便请二人在廊檐下席地而坐。簇新的茶具倒是一应俱全，茶叶泡在刚打上来的井水中，煮至沸腾。茶香四溢，伴随着山风中的草木之香，不远处的山涧淙淙和鸟鸣啾啾，别有一番野趣。

韩湘饮了一口茶，便陶醉地赞开了："住在这么清幽的地方，要是我终此一生都情愿的。唉，真不明白质夫先生为何要千里迢迢跑去梓州幕府任职呢？"

"是白行简推荐他去的。"

"白行简？"裴玄静的眼睛一亮，忙问祖先生，"是不是大诗人白居易的弟弟？他也认识质夫先生吗？"

祖先生道："白乐天和王质夫是极好的朋友，你们不知道吗？"

裴玄静和韩湘面面相觑。

"白乐天曾经写过一首《送王十八归山寄题仙游寺》，诗曰，'曾于太白峰前往，数到仙游寺里来。黑水澄时潭底出，白云破处洞门开。林间暖酒烧红叶，石上题诗扫绿苔。惆怅旧游那复到，菊花时节羡君回'。这个王十八就是王质夫。诗中所记的，正是二人同往仙游寺的情景。"祖先生问裴韩二人，"你们去过仙游寺了吗？"

裴玄静回答："我们就是从那里来的，寺中僧人指点了来路。"

祖先生微笑颔首："那你们可知，白乐天正是应王质夫的建议，才在此写下了那首著名的《长恨歌》？"

裴玄静和韩湘不禁吃了一惊："白乐天的名篇《长恨歌》是在这里写下的？"

"是啊。元和元年，白乐天任周至县尉，与山人王质夫成为好友。一日，二人邀太常博士陈鸿共游仙游寺。游兴方酣之际，王质夫请白乐天和陈鸿到蔷薇涧边的草庐夜饮，通宵畅谈，不知怎么就谈到了玄宗皇帝与杨贵妃的情事，三人均感慨万千。王质夫举着亲手酿制的绿蚁酒，称希代之事，应有旷世之才为之润色记载，以免数载之后淹没，不复为后人所知。质夫又道，乐天之才，长于诗，深于情，为何不以此为题创作一首歌行呢？白乐天为之鼓舞，当场草就《长恨歌》中数联。月余完稿，他先给质夫和陈鸿二人览阅。之后，陈鸿又作《长恨歌传》，记载了这段缘由。"顿了顿，祖先生又道，"二位既然要找王质夫，就应该对他的生平故事了解得更多一些。他虽是山人，却并非默默无闻之辈，光白乐天就为他写过不少诗，更别说《长恨歌》由王质夫而起。所以我建议你们，先好好地读一读《长恨歌》与《长恨歌传》，再接着上路吧。"

韩湘面红耳赤，唯唯道："祖先生说得有理。《长恨歌》是倒背如流的，只是不知道它与王质夫先生尚有渊源。至于《长恨歌传》嘛，那个不太好找，我去找找看……"

裴玄静打断他："祖先生既然是质夫先生的好友，谙知内情，不如现在就请祖先生多多赐教吧。"

祖先生没有接她的话，却问："你们方才说是质夫的族人要寻他，是哪位族人？"他好像不太信任裴韩二人，脸上隐露担忧之色。

"这个……不打紧吧。"裴玄静说。

祖先生默然捻须。没人说话时，蔷薇涧的淙淙声便听得格外清晰。廊檐之下，红泥小火炉上的茶水又沸腾起来，两种水声糅杂在一起，汇成一曲出世离尘的清新乐音。

在这样的环境中，怀疑和盘算似乎毫无必要。但每个人都明白，那一切离得并不远。

裴玄静打破沉默："说到写《长恨歌传》的陈鸿先生，据我所知他在太常博士任上将近十年，去年春天辞官返回洛阳家中。长安城中只有一个他为官时租用的住处，早已人去楼空了。"

韩湘诧异地看着她。

"没想到，陈鸿先生到这儿来了。"裴玄静注视着祖先生。

祖先生的眼神闪烁不定："裴炼师何出此言？"

"请先生见谅——我刚才没有说实话，"裴玄静微微颔首，歉道，"其实出发前，我已拜读过陈鸿先生所作的《长恨歌传》。《长恨歌传》中描述的情景，与先生方才所说十分相似。不同在于，《长恨歌传》

中并未写明当时喝的是什么酒,也没有提到确切的时间,更没有提及这所草庐。如果先生当时不在场的话,何以把细节说得活灵活现,如同身临其境呢?所以我猜先生不姓祖,而姓陈——先生就是陈鸿本人,我说得对吗?"

祖先生赧然一笑:"也许我只是信口胡说?"

裴玄静恳切地说:"我以为先生无意为难我二人,只是想求证一下我们的诚心。"

"祖先生"这才喟叹一声,承认道:"没错,在下就是陈鸿。"

他将来龙去脉徐徐道出。

原来,陈鸿与白居易的弟弟白行简是同一年,即永贞元年的进士。第二年,也就是元和元年的冬天,白行简邀陈鸿一起到周至县,探望时任周至县尉的哥哥白居易。白居易有好友王质夫隐居于仙游寺旁蔷薇涧畔,欲偕二人共访。是日,白行简临时有事未能成行,于是,白居易、陈鸿与王质夫三人共游了仙游寺,又在王质夫的草庐中品茶饮酒,畅谈古今。也不知是谁起的头,谈到了玄宗皇帝与杨贵妃的情事。陈鸿清楚地记得,正是在王质夫的再三怂恿之下,白居易才兴之所至,决定以此为题赋长歌一阕。陈鸿家中几代均为史官,所以再补一传。此后不久,白居易写成了《长恨歌》,陈鸿也完成了《长恨歌传》,歌传互补,本是一个整体。《长恨歌》很快便成为交口传诵的名篇,但因为体裁的缘故,《长恨歌传》却始终不怎么为人所知。

仙游寺一别,此去经年,陈鸿当上了太常博士,白行简则授了秘书省校书郎。元和二年后,白居易从周至县回到长安,始任翰林学士。三人各自在仕途上跋涉,唯有王质夫长居蔷薇涧旁,如闲云野鹤一般,远观世事变迁,活得最为潇洒自在。白居易与王质夫交情较深,仍偶有来往,陈鸿就再也没来过周至县了。元和六年时,白行简去梓州刺史、东川节度使卢坦处任掌书记。经由他的举荐,王质夫也在同年去了梓州,成为卢坦的幕僚。

方能安心。于是便从洛阳赶了过来。"顿了顿，陈鸿又道，"我没有见到质夫，又不甘心就这么空手而回，索性在草庐中住了下来。我想，干脆多待些时日，如果能够等到质夫平安回来，自然最好。否则，我也可以利用这段时间，多方打听，找找线索。不料一住多日，毫无所获，最终却等来了二位。"

"所以刚见面的时候，陈先生刻意隐瞒身份，是想先鉴明我们的身份和目的，对吗？"

陈鸿叹息一声："我总感觉此事不简单，质夫的行踪下落或牵扯极深，暗含凶险，不得不防啊。我也要提醒二位，若没有十分准备的话，还是不要轻易上路为妙。"

裴玄静点了点头。

陈鸿问："二位究竟是受何人之托，来寻找王质夫的？"

"是他的族人。"

"哦。"陈鸿不再追问，少顷，又道，"既然他的族人托了二位，在下也可以放心离开了。寻找王质夫的事情就有劳二位了。但凡有了他的下落，请务必告知于我。"

"那是自然，"裴玄静应道，"陈先生若还想起什么特别之处，也请告知一二，"她想了想，"比如《长恨歌》，比如那两句诗……"

"对了，说到《长恨歌》，倒是有些内情相告，且与质夫直接相关。只是，我也不知道有没有用。"

"请陈先生赐教。"

陈鸿皱起眉头望着裴韩二人："你们都熟读《长恨歌》，就请说一说诗中的内容。"

韩湘忙道："我来吧。《长恨歌》所咏的是玄宗皇帝与其妃子杨玉环的事迹。诗篇从玄宗皇帝倦于政事、思慕绝色开始。杨玉环生就倾国之色，得到皇帝的宠爱，从此六宫失色，三千宠爱聚于杨氏一身，连杨家人都跟着鸡犬升天。然而好景不长，安禄山造反了，玄宗皇帝不得不逃出长安。在马嵬坡六军停滞不前，强逼皇帝处死杨玉环。皇帝虽万般不舍,也只得忍痛割爱,缢杀了妃子。叛乱平息之后,玄宗皇帝从蜀地回到长安宫中成了太上皇。然而物是人非,玄宗皇帝思念贵妃夜夜难眠,这时有一位临邛道士正客居长安,说能以法术招来贵妃魂魄。玄宗皇帝喜不自禁,便命他做法……"

"且住,"陈鸿打断韩湘的滔滔不绝,"郎君还记得,《长恨歌》中是怎么引出这一段的吗?"

"我记得是这样写的,"韩湘道,"悠悠生死别经年,魂魄不曾来入梦。临邛道士鸿都客,能以精诚致魂魄。为感君王辗转思,遂教方士殷勤觅。唉,每每吟到此处时,我都挺感慨的。"

裴玄静问:"陈先生,此处有问题吗?"

陈鸿正色道:"当然有问题。不知你们发现没有,在这段以前,诗中所写的都是事实,或者经由众人口口相传,或者已有史书记载。即使有些场面被白乐天的妙笔生花,终归算是有凭有据。但从这段开始,玄宗皇帝思念杨贵妃,请方士做法寻找贵妃的魂魄,后面更写到,方士在海外仙山上见到了太真仙子。仙子感念君王的恩情,将当年玄宗皇帝所赠的金钗钿盒一分为二,交于方士带回。最后,为了表达忠贞无悔的爱意,太真仙子还将她与皇帝在七月七日长生殿上的盟誓告知方士,让他传回下界,以示君王……"他长吁了一口气,道,"请问,这些宫帏秘事,白乐天是从何处得知的?又如何能描述得绘声绘色,仿佛亲眼所见一般呢?"

裴玄静和韩湘都被问住了。《长恨歌》自元和元年问世以来,便以其缠绵悱恻的词句、宛转动人的情感,打动了无数人。尤其是它所记载的那段情事,正是大唐由盛极走向衰败的标志,更令多少人触景生情,感怀无限。裴玄静和韩湘都还年轻,他们所置身其中的大唐,已经是褪尽盛世荣光的颠沛乱局,有关于那段往事的所有印象,几乎都是从《长恨歌》中得来的。他们确实从未质疑过它的真实性。

裴玄静想了想,问:"难道陈先生的意思是,自临邛道士之后的内容,都是白乐天杜撰出来的?"

陈鸿摇了摇头。

"我不明白。"

陈鸿一字一顿地道:"自临邛道士之后的内容,都是王质夫口述给我们听的。"

"是质夫先生说的?"

"对。就在元和元年的那次相聚中,质夫不仅详详细细地讲述了道士为玄宗皇帝做法寻找贵妃魂魄的经过,还说出了该道人的名字:杨通幽。据他说,杨通幽做法之后,真的拿出了半个金钗钿盒,证明他的确见到了杨贵妃。玄宗皇帝认出金钗钿盒正是自己当年所赠,不禁睹物思人,落下了眼泪。杨通幽还对玄宗皇帝说,虽然有贵妃的信物为证,但自己还怕玄宗皇帝不相信,故特意讨问贵妃一句私语,须得是只有玄宗皇帝和杨贵妃之间才知道的,好以此为证,免得自己回去后,被皇帝当成骗人的术士给斩了。杨贵妃听他这么请求,才说出了天宝六载七月七日那一天,她曾与玄宗皇帝在骊山宫的长生殿盟曰:'愿生生世世为夫妇。'而这句话,绝对是只有他们二人才知道的私语。"

陈鸿停下叙述。一时再无人言,空山寂寂,又似有不可捉摸的回音缭绕,渐入云端。

良久,裴玄静才问:"所有这些,全都是质夫先生说的吗?"

"对,"陈鸿点头,"包括诗的最后两句,'天长地久有时尽,此恨绵绵无绝期'。"

裴玄静惊问:"连这两句也是?"

"是,据质夫说,此乃玄宗皇帝听到七月七日的誓言后,脱口而出的话。"

韩湘道:"白乐天的名句竟然是用了玄宗皇帝的原话?可是名望都由白乐天得了,好像不太合适呀?"

裴玄静问他:"你认为玄宗皇帝会在意这样的名望?"

韩湘不吭声了。

裴玄静却在想，世上还有谁，能比玄宗皇帝对这个"恨"字理解得更透彻呢？这恨是他的，也是杨玉环的，是他们二人共同的恨，更是所有活在安史之乱以后的唐人的恨，亦是整个大唐的恨。

她的眼前又浮现出那座衰败的宫阙——兴庆宫，以及其中苟延残喘的灵魂。

裴玄静注视着陈鸿："那么，质夫先生又是如何得知所有这些隐情的呢？"

陈鸿微笑道："我记得当时，白乐天也曾提出过这个问题。于是，质夫提到了李夫人的故事。"

裴玄静想了想："是汉武帝的李夫人吗？"

陈鸿颔首。

史传，李夫人为汉武帝之宠妃。她病逝之后，汉武帝思念不已，因想与她再见一面，便命方士设坛做法。方士耗十多年光阴，终于在海外找到魂魄可以依附的石头，刻成李夫人的模样，置于帐中。汉武帝在帐中见到烛影翩跹，恍然一个熟悉的身影飘然而至，又徐徐离去。汉武帝遂怅然写下："是邪？非邪？立而望之，偏何姗姗其来迟。"

韩湘道："我记得白乐天另有一首七言，就是写李夫人的。最后一句写得格外好，'人非木石皆有情，不如不遇倾城色'。"

"所以当时质夫先生提到李夫人，是想以此典来说服白乐天，让他相信玄宗皇帝派方士寻找杨贵妃的魂魄，确有其事，并非妄言。"裴玄静问陈鸿，"那么，白乐天被说服了吗？"

陈鸿道："我想，乐天终究还是半信半疑吧。不过从作诗的角度来讲，未必需要对事实纤毫必究。乐天所要的，是其中那份撼动人心的力量，历经世代都不会泯灭的真情。从这一点来说，质夫所述的正是乐天所需，因而便不再追究了。"

裴玄静说："但是我想，陈先生就没有那么容易接受吧？"

陈鸿笑了："炼师说得很对。在下的祖父和父亲都是史官，在下自小便以记史为志。那次谈话引发了豪情，乐天作长诗，我也应了作传。可是要作传，就不能全凭子虚乌有的猜测，否则会被后人指摘的。所以当时我盯着王质夫，定要他说出这些宫帷秘事的由来。他才不得不透露说，因他族中有人在宫中修史，曾给他看了一些《玄宗内传》。"

"内传？不是本纪吗？"裴玄静追问。

"《玄宗本纪》是看得到的。《玄宗内传》则为宫中秘史，不得外传。"

韩湘脱口而出："呦，史官将宫中秘史的内容外泄，那可是重罪啊。"他记得叔公韩愈应皇帝之命整整修了一年的《顺宗实录》，其间始终将书稿锁在书房的匣中，钥匙挂在衣带上，从不离身。

"可不是嘛，所以质夫矢口不愿提及他这位族人的身份，"陈鸿说着，注视裴玄静问，"这次拜托二位来寻找王质夫的，是否就是这位族人呢？"

这已经是他今天第三次打听了，裴玄静依旧只是摇了摇头。

"天色不早。"裴玄静望向天空。群山之上，蓝天的色泽变得深邃，已有了一分秋暮凄凄的况味。她说："多谢先生招待，我们也该走了。"

陈鸿问："炼师接下去打算往哪里去？"

"我想去……东川，梓州。"

"我以为，不妥。"

"质夫先生是从那里失踪的，总该去找一找线索。"

陈鸿还是摇头："我方才已经说过了，白行简和王质夫先后从梓州辞官而去，连白行简都对王质夫的去向一无所知，你们到梓州能查到什么？况且卢坦已故，现在的东川节度使李逢吉是二人辞官后才接任的，对之前的情形一无所知，不可能有所助益。"

"去跑一趟，总不会有坏处吧？"

陈鸿看着裴玄静，意味深长地道："不好说。"

"那么陈先生的建议呢？"

"我觉得，你们应该直接去找白乐天。"

韩湘叫道："可是白乐天在江州啊！"今天他碰到的意外实在太

多了,先是寻仙变成了找人,目的地也由青城山变成了周至县、梓州,现在又说要去江州。韩湘着实有点发蒙。

裴玄静想了想:"不,我还是想去趟梓州,就算一无所获也没关系。"

"也罢。是你们寻人,自然按你们的法子,"陈鸿起身道,"二位若想在日落前赶到最近的驿站住宿,现在就得出发了。我送你们,可走近路。"

陈鸿的马匹就拴在林中,距离王质夫的草舍不远。于是三人各自上马,按照陈鸿的指点,循着林间的捷径而行。这么走无须经过黑水潭的谷底,就可以直接出山。

林地渐渐抬升,蔷薇涧水在林木的缝隙中时隐时现,位置越来越低。转过几个弯,正下方的山坳中,正是他们访过的仙游寺。夕阳透过薄暮,铺盖在庙宇和砖塔上,淡金色的烟云浮动,仿佛真有仙人即将飞临。

钟声悠扬,梵铃齐鸣,然后又一并归于寂静。从他们的位置可以清楚地俯瞰到,寺院中的空地上跪满了僧众,各个虔诚地低着头,不知在做什么仪式。在他们的前方,孤零零地站立着一个人,衣袂飘飘,头顶却不是光秃的,而是竖着发冠——

竟是一个道士!

林中三人面面相觑,都露出不解之色:仙游寺的众僧怎么会对着一个道士下跪?

裴玄静眼尖,随即发现僧人们的僧袍和地上都有斑斑红色。她不禁倒抽一口凉气,怎么像是血迹?几乎与此同时,便听到身边的韩湘叫了一声:"乾元子!"

韩湘的声音并不高,但是山谷中太静了,几乎能听到每一片树叶在风下摇摆的瑟瑟声。于是他的这一声惊呼,便带着缕缕回音响彻了山谷。

乾元子倏地抬起头,朝他们三人的方向望过来。

3

崔淼骑马缓行于东市的十字大街上。放生池边人山人海,鳞次栉比的小摊贩们把小小的池子围了个水泄不通,连石拱小桥上都摆满了摊子,简直寸步难行。

长安城中的惯例:每到寺院开筵讲经的日子,寺院周边总会聚集许多来听讲的百姓,小贩们也借着人潮摆摊做生意。东市上有一座宝应寺,当它讲筵之时,因平康坊中的娼妓们都会相约来听,故而风光更与别处不同。这一天,来东市的人比往常要翻好几倍。

摊贩中大多是售卖钗环、义髻、脂粉、香料、绫绢这类女子所喜之物的,也有不少卖旧衣裙、假古董、粗简的书卷和字画,以及佛像和香药等等货品。崔淼在石拱桥边的磨镜小铺前下了马,随口问看铺的少年伙计:"你家掌柜的呢?"

"到宝应寺门口去磨镜了。今天上宝应寺听讲经的娘子们特别多,生意好做呢!"小伙计机灵地说,"客官是有镜子要磨吗?可以放在我这里,也可以去宝应寺前找我家掌柜的。"跟着他的眼风,崔淼扫视铺子两旁,果然有形迹可疑的人正在朝这边张望。

崔淼笑道:"他一个人从早到晚,能磨几面镜子?算了,我还是过几日再来吧。"

"也成,客官您走好。"

崔淼转身牵马上桥而去。来到拱桥中央,他停下来俯瞰池上几只悠闲环游的野鸭,其中一只发现了水下的食物,突然一个猛子扎入水中,须臾又浮出水面,锦缎般的羽翼滴水不沾,在阳光的照耀下闪闪发光。

热火朝天的市集喧闹瞬间远去,崔淼失神了。他仿佛又回到了那个夜晚,整个东市里只有他和裴玄静两个人,长安城的百万之众悉数退却到黑暗后面，令他在那一刻产生了拥有天地，也拥有她的错觉。而此时他站在人群的中央，感受到的唯有失落和孤独。

难道，这就是自己穷尽心力所要追求的吗？

哈，崔淼对着水中的倒影苦笑起来，你是谁？他喃喃自问。假如一个人连这个问题都回答不了，那他又怎么能知道，自己究竟想要什么呢？

你是谁？就在今天，王皇太后向崔淼提出了这个问题。

当时，郑琼娥来请崔淼入寝阁，他连忙起身整肃了衣袍，屏息敛容随她走进去。

但是他立刻就发现，情形不同以往。前几次来垂帘问诊时，都要穿过一重又一重的纱帐，越往里走，光线就越昏暗，直到自顶曳地的紫色帐帷外，才会命他行礼参拜。每次当他跪下时，眼前永远是那尊压覆帷帐的纯银坐象，香烟从翘起的象鼻中缕缕不绝地吐出来，以至于他总感觉自己正置身于一座佛堂，而非宫殿之中。

可是，今天他才跨入一层帷帘，就听到郑琼娥低声道："崔郎中，快拜见皇太后。"

崔淼双膝一软，应声跪倒在红毡上，深深叩首。

"皇太后在上，草民崔淼拜见太后千岁。"他听见自己的声音直发抖，紧张而乞怜。突然之间，所有的桀骜不驯都跑到九霄云外去了。崔淼五体投地拜倒在皇太后面前，心情从未如此忐忑，就像一个犯了错的孩子来拜见母亲，害怕着惩罚，又期盼着原谅。

一个慈和的声音说："没想到，崔郎中还这样年轻，医术就十分高明了。"

崔淼不由自主地抬起头。

紫色帐帷向两侧掀起，以金钩搭住。王皇太后端坐榻上，从西侧窗牖照入午后的艳阳，在她的脸上和身上涂了一层淡淡的金色，也给久病憔悴的形象增添了些许光彩。

实际上，除了满头银发之外，王皇太后的容貌并不显得十分衰老。也许是常年避世的缘故，她面上的肌肤非常白皙，鲜有皱纹，神态更是安详，一种视死如归的安详。看到崔淼不顾礼仪投来的目光，她竟然微微一笑，但那笑容中的凄凉悲意就像一把凌厉的匕首，将崔淼的心刺得狠狠一颤。他赶紧又低下头去，只觉心跳如鼓，两只手掌心里握满冷汗。

"崔郎中多大年纪了？"

"二十八岁。"

"二十八？那就是贞元六年生人？"

"贞元七年。"

"几月？"

崔淼强抑住喉头的痉挛，回答："我，不知道。"

"不知道？"

"家父从未告知。"

"令堂呢，也没有对你说过吗？"皇太后的语气平和温柔，像极了一位慈祥的长辈在同崔淼聊家常。

"回皇太后，草民幼年失怙，从未见到过母亲。"

"是吗？那太可惜了。"

崔淼俯首不语。

良久，又听得皇太后道："请崔郎中坐吧。"

郑琼娥在崔淼身边铺了一块绣毡，崔淼眼观鼻鼻观心，绝不敢东张西望，却在与郑琼娥的一错身间，捕捉到了她那忧虑的眼神。

崔淼在绣毡上正襟危坐。他能清楚地感觉到皇太后盯在自己身上的目光，心中反而平静下来。

"崔郎中的医术不错，是从哪里学来的？"

"是家传的。"

"崔郎中的父亲也是神医吗？"

"神医？"崔淼情不自禁地反问，"家父行医为生，却算不上神医。也许，说他是庸医，更合适吧？"

"怎么可能？"

"绝不敢欺瞒皇太后。只是我从小到大，看见被家父医死的人，远比医好的要多得多。为了躲避那些死者的亲人上门寻仇，我们只能一次次搬家，四处躲避。我就是在这样的东奔西跑中长大的。"崔淼回忆着，哂笑起来。

"可是崔郎中为我诊治，明明比那些御医都更有效。"

"那是因为……"崔淼语塞了。王皇太后不愠不急的态度实在太矜贵，令所有的嘲讽挖苦失去用武之地，他只能毕恭毕敬地回答："回皇太后，按本朝的规矩，但凡民间出了好医生，都会马上被官府或者军队征用，其中最优者直接送入太医馆。以草民这点微末的医术，今天也得以入宫行医。可见家父真的不是一位好医者，只不过……他的手里有一本奇书。"

"奇书？"

"对，书中记载了上百个验方。我正是因为熟读了这本书，才有了现在的一点点医术。也正因此书，才敢称有家学。"

皇太后沉默片刻，问："难道崔郎中的父亲，没有读过这本书吗？"

崔淼一笑："他读不懂。"

皇太后并没有追问。

沉默片刻，崔淼主动补充道："这本集验方书，是草民母亲的家传。"说完，他鼓足勇气再次抬起头，隔着香熏的袅袅烟雾望上去，朦胧之中，皇太后的端正身姿多么像供奉的神祇。

大慈大悲、救苦救难的观世音菩萨，崔淼在心中念祷，求求您保佑我这个罪人吧。

皇太后终于又开口了："既然有这样的好书，崔郎中可否献出来，由太医馆登录刻印，颁行天下，岂不是一件造福百姓苍生的好事？"

崔淼冷冷答道："书已经烧了。不过，所有验方都在我的头脑里。"

皇太后沉吟道："也对。此事应该先问过令尊。"

"家父早已亡故多年了。"崔淼说，"就葬在一大片乱坟堆中。

周围都是那些被他治死的人的坟头。"并没人问他这些,但他却控制不住自己了,"其实也不能都算在家父的头上。因为到后来,只有一些久治不愈、身患绝症的人才会来找他。死马当作活马医,他也就一通乱治,当然绝大多数都死了,但也有极少的时候,一两个病人撞上大运,居然起死回生,便对家父感激涕零,甚至酬以重金。于是,我们的日子就还能过得下去。我还记得,在家父去世前那几年里,总有弥留的病人被扔在我家门口。也有家中贫困,无钱医治的,亲人就把他们送过来,看能不能给救活了。结果那些人,几乎都是我推着一个破板车去埋的。我一共埋了多少死人,自己都记不清了,直到把家父也埋在里面,我才能离开那个地方,发誓永远不再回去。"

崔淼一口气说完这些话,已经收干的汗又重新冒出来,湿透了全身。他没有勇气再去看皇太后,也不敢想自己为什么会说出这么一席话来。他只知道,这些话憋在心中太多年,今天,终于有人可以倾诉了。

不知过了多久,他才听到皇太后用虚弱的声音问:"是在哪里?"

"淮西,蔡州。"

"令堂也葬在那里吗?"

"我不知道。皇太后,关于我的母亲,我什么都不知道。"崔淼回答,眼前一阵模糊。

"明白了,崔郎中退下吧。"

崔淼腾云驾雾般地退出寝阁,在侧帷,郑琼娥好像低声对他说了一句话,他也全然没听见。再由内侍陪送到兴庆宫南门,上了自己的马,信马由缰来到东市。直到站在熙熙攘攘的放生桥上,他的神智依旧恍惚。

他只有一个念头:去找裴玄静。

他要把方才发生的一切都告诉她,包括自己在皇太后面前脱口而出的话,以及那些并没有说出来的,全都告诉她。很久以来他就有这样的冲动,但每次见到她,却又不知如何开口了。

这时他才想起来，裴玄静已经离开长安了，据说是去寻仙。但崔淼知道，事情绝对没有那么简单。寻仙之说由兴庆宫起，旨意却出自大明宫，其中的诡谲可想而知。崔淼不得不承认，裴玄静的境界和胆识远远超过自己。

崔淼很希望能够陪伴在她身边，就像上次那样，即使自己心怀叵测被她看穿，结果功亏一篑，但只要能时时刻刻守着她，护她平安，也就值得了。

为什么不呢？

没错，长安城中有他苦心经营的目标，他已经越来越与之接近了，却也感到越来越大的惶恐和空虚。裴玄静曾经多次劝他放弃，甚至许诺与他一起走，是他自己执念太深，不愿割舍。但是今天，他真的害怕了。

"抓住他！"

放生桥下突然一阵喧哗，紧接着有人冲上桥来。跑在前面的是个孩子，矮小的身躯在满桥的摊子中灵活穿梭，后头的大人一时追赶不上。

孩子慌不择路，一头撞到了崔淼的腰间。

崔淼眉头一皱，擒住孩子的细胳膊。只见他衣衫褴褛，面黄肌瘦，一看家境就不怎么样。

"你瞎跑什么？"

孩子不答，只管拼命挣扎。追赶者跑来，劈手打了孩子一个耳光，骂道："叫你偷！"

"他偷什么了？"

那人指着小孩的手："我摊子上的笔，让他一把抓走好几支！这小本生意的，怎么成！"

果然，孩子脏兮兮的小手里攥着几支毛笔。

崔淼喝道："怎可偷人东西，还给人家！"

那小孩受制于人，只得把笔还了过去，腮帮子却鼓得老高，像强忍着才没哭出来。

小贩拿回笔,突然又一扯孩子的前襟,从里面掏出几页黄纸:"还拿了我的皇历!这么小就能偷,长大肯定是个贼!"

孩子没有吭声,眼泪却扑簌簌地掉下来。

小贩骂骂咧咧地转身要走,突听有人在背后道:"慢着。"他一回头,崔淼递上几枚铜钱:"这几支笔,还有这几页皇历,我买了。"

小贩一愣。

"不够吗?"崔淼又拿出几枚铜钱。

"够了够了。"小贩把东西往崔淼手中一塞,赶紧捧着钱走了。

"拿去吧。"崔淼示意孩子。

孩子迟疑着接过纸和笔。

"你是想学写字吧?"

"嗯。"

崔淼笑了笑:"有志气,省着点用。"

"谢谢郎君!"小脸蛋上愁云散尽,笑成了一朵花。崔淼又从袖笼中摸出一小面铜镜来,递到孩子手中:"你再帮我个忙,把这面镜子送到宝应寺前磨镜子的摊上。"

孩子眨眨眼,响亮应了声:"欸!"朝崔淼鞠了一躬,便跑下桥去了。

崔淼在桥上目送着,直到那个小小身影消失在街巷中,才飞身上马,向北而去。

暮鼓快完时,禾娘听见药铺后门传来乱七八糟的敲门声,她从门缝朝外一看,赶紧把门打开。

崔淼差点儿跌在她的身上。

"你还知道回……"半句责怪的话噎在喉咙里,禾娘诧异地看着崔淼酡红的脸,这张脸上的笑容比平时更加魅惑了。

他半倚在她的肩上问:"你在等我?"

"等,我每天都在等你!"她气鼓鼓地说了一句,又心酸起来,"可你并不是每天都回来。"

"是吗?今天我不是回来了?"一副嬉皮笑脸的样子,人却左右乱晃。禾娘只得架着他往房里走。好不容易挪进屋里,崔淼就像根木头似的摔在榻上。

她从旁边拉来一只枕头,抬起崔淼的脑袋垫上去,嘴里嘟囔着:"我把采下的菊花晒干了,填在里面。你闻闻,有没有一股子清香?"

崔淼闭上了眼睛。

禾娘愣愣地看着他的脸,过了一会儿才说:"怎么喝醉了?你从来不会喝醉的。"

"我是想醉,可是……"他突然又把眼睛睁开了,"不管我怎么喝酒,只要感觉快醉的时候,我就再也喝不下去了。每一口酒灌进来,都好像是火,是刀,根本就咽不下去,就算吞下去了,也会马上忍不住吐出来。我没用,我根本连让自己醉都办不到!"

他用力捏住禾娘的胳膊:"你知道为什么吗,为什么会这样?"

"为什么?"

"因为……那个老头子就是个醉鬼!"

"老头子?"

"在我的记忆中,他没有一天不是醉醺醺的。一个医人,却成天喝得酩酊大醉。你想想看,他如何能给人治病?又如何让人相信他的医术?"崔淼的双目充满血丝,连眼眶都是通红的,"当然咯,其实他根本就没什么医术。光凭着从那卷方书里抄下来的十几个方子,就连蒙带骗地混了大半辈子。"他狰狞地笑起来,"你知道吗?这个人就是我的爹爹!"

"崔郎——"禾娘的声音直发颤,她还从来没见过崔淼现在的样子,心慌极了。

崔淼把她拉向自己,酒气直喷到她的脸上:"再告诉你一个秘密,他根本就不是我的亲爹。"

禾娘吓得一哆嗦："不是？"

"当然不是！他和我没有半点相似之处。我的父亲怎会那么不堪！"崔淼声色俱厉地吼起来，"但他毕竟于我有养育之恩，所以我才亲手为他下葬，并且至今用着他的姓。他是小人，我却要做磊磊君子。况且，我也不知道我真正的姓氏是什么。除非有一天，我找回了我自己的姓，在那之前，我都要用着这个可耻的姓氏，时刻警醒自己，是不是要一直耻辱到死！"

"真正的姓氏？"禾娘喃喃，"我也不知道我真正的姓氏是什么，是贾，是郎，是王，还是聂？"她咯咯地笑起来，"崔郎，你见没见过一个人有我这许多姓的？"

崔淼抬起手，轻抚禾娘的脸蛋："可怜的禾娘……"

"不，我不可怜。禾娘只要能和崔郎在一起，就不可怜。"禾娘顺势将脸贴到崔淼的胸前，酒让他的身体散发出特别诱人的热力，烧红了她的面孔，更激烫了她的胸怀。她情难自禁，头脑中乱哄哄的，充斥着难以形容更羞于厘清的思绪。"崔郎，我的崔郎……"她伸出双臂，用尽全力抱紧他，再也不愿松开了。

崔淼发出含糊的声音，好像在说什么。突然，他用力将禾娘推开去。他的力气很大，禾娘差点儿从榻上摔下去。"崔郎！"她惊叫一声。

崔淼翻了个身，面朝内躺着，不一会儿便发出低沉的鼾声。

禾娘愣愣地看着他，良久，巡夜的梆子声才将她猛然唤醒。她蹑手蹑脚地爬下榻，往外走了两步又返回来，从榻脚扯过单衾，盖在崔淼的身上。

"静娘。"他在酣睡中唤道。

禾娘的动作一滞，嘴角扯了扯，仿佛在笑，然后转身离去。

第二天将近巳时，崔淼的房间里才有了动静。禾娘一声不吭地坐在自己屋中，听他去井台边打水洗漱已毕，又过了一会儿，他的

大唐悬疑录 3：长恨歌密码 97

脚步声来至她的门外。

"禾娘，禾娘。"他在门上轻轻敲了两下。

禾娘没有答应。

崔淼的脚步声终于远去了。禾娘又等了片刻，院中再无响动，她知道他已经离开，才推起纸窗，阳光顿时洒满了小榻，却照不亮她的脸。打开的妆奁上竖着一面小小的镜子，镜中映出一张彻夜未眠的面孔，黑眼圈中的两只眸子倒是灼灼如电。

禾娘从妆奁中取出黛石，三下两下就将眼圈描得更黑更深，又麻利地画了浓眉，连嘴唇都涂成赭色。她脱下襦衫，看了看胳膊上的青色抓痕，正是昨夜他推拉她的印迹。她若有所思地停下来，发了一会儿呆，才拿起早就搁在榻边的衣裙。先套上灯笼裤，再罩上缀满流苏的袍子，腰间束带，最后戴上覆有面纱的绣帽。镜中，一个绰约又神秘的"波斯女郎"焕然而生了。

为了不被人认出来，再次回到长安后，禾娘总是换过装才会外出。跟随在崔郎中身边时，她是青衣随从，独自一人时，她便祭出这一整套波斯装扮。这还是崔淼从波斯人李景度那里搞来的。当然，若非万不得已，禾娘基本上不会独自出门。

祆祠离得并不远，脚步轻盈的"波斯女郎"很快就走到了，并且顺利叫开了门。波斯奴子一边领路，一边好奇地打量着她。不会说波斯语，却指名道姓要见李景度，奴子还是头一次见到这么奇怪的波斯女人呢。

在圆拱形祭堂后面的琉璃屋中，李景度跷着二郎腿斜卧于毡毯上。等到禾娘掀起面纱，他才手抹唇髭笑道："我知道了，你就是崔淼的那个小女人，是他问我要的这身衣服。不错，穿着还挺漂亮，又与真正的波斯女人不同，别有一段风韵——找我有事？"

"波斯人在找一把匕首，对吗？"

"哦，你有？"

"我知道它在哪里，"禾娘说，"你付酬金，我便告诉你。"

李景度不禁坐直了身子，仔细端详她的脸："我们波斯人做生意的规矩可是一手交货，才能一手交钱。"

禾娘紧抿双唇，与波斯人默然对峙。从祭堂顶上传来乌鸦的聒噪，声声不绝。

4

裴玄静和韩湘纵马奔驰了将近一个时辰，已经离开周至县很远了。料定不可能再有追兵，二人才放慢速度，人和马匹总算喘过一口气来。

韩湘这才把在西市独柳树下看到乾元子行骗，此后跟踪被打，又获崔淼所救的经过讲了一遍。

裴玄静点头道："我算明白了，原来打劫韩郎的是个道士。"

韩湘很不好意思："本来觉得此事与静娘无关，所以就没提，谁知竟在仙游寺碰上了他们！"

"难道乾元子是跟踪你而来的？"裴玄静摇了摇头，"不太像。他若要抓你，只需向仙游寺的僧人打听一下，便知你在何处，没必要将合寺僧众都抓起来啊。"

"而且他发现我们时，似乎也很意外。"

"那么说乾元子并非为你而来，只不过恰好撞上了。"

"那他到仙游寺来做什么呢？"

裴玄静想了想，问："楼观台是不是就在仙游寺附近？"

"对！"韩湘的面色顿时阴沉下来，"莫非乾元子是挟楼观道而来的？"

楼观台位居道家七十二福地之首，也在周至县内，离开仙游寺仅三十余里，是道教楼观派的中心圣地。当年高祖李渊起兵反隋时，楼观道曾大力拥戴。楼观道的道长岐晖称："此真君来也，必平定四方矣。"发道士八十余人前去接应,尽以观中存粮资助唐军。所以李渊称帝后,对楼观道特别青睐,为楼观道拨款赐地,还曾亲临楼观台祭祀老子,楼观道显赫一时。楼观道的道士们看到隋文帝所建的仙游宫宫阙巍峨,风景秀丽,曾一度占领了仙游宫,将其改成为仙游观。安史之乱后楼观道开始衰弱,道士们撤离仙游观,和尚们取而代之,仙游观才变成了今日的仙游寺。

到元和年间时,楼观道已经相当式微了。今天乾元子率领着一帮道士,在仙游寺中嚣张跋扈的样子,不禁使人怀疑,难道他要以欺压仙游寺为手段,重振近在咫尺的楼观道?

很有可能。从西市大柳树下的闹剧来推测,抑佛扬道,似乎正是柳泌、乾元子这帮人在致力而为之事。

韩湘喃喃自语:"这样可不行,不行啊。"

虽然他与裴玄静都算道教中人,却断断无法接受,道教凭借此等卑劣的手段在佛道之争中占据上风。

"唉,先不管那些了,咱们还是寻找王质夫要紧。"他挽了挽马鬃,举目遥望沉落了大半的夕阳。前方的旷野上,已能远远地看到驿站的轮廓和升起在上方的炊烟了。

"今天幸亏遇上了陈鸿先生,经他指路才能顺利甩掉乾元子那伙人。但愿没给陈先生带去什么麻烦。"

裴玄静说:"你还是认为,今天咱们与陈鸿是巧遇吗?"

"怎么?"

"我倒觉得,他是专门在草庐等候我们的。"

"等我们?"

"我们在仙游寺问路的时候,他应该就在那里。见我们打听蔷薇涧,便从旁边的山上抄近路,赶在我们之前到达草庐。"

韩湘听得愣了:"这……"

裴玄静解释道:"第一,他说已经在草庐中住了好几天,专为等待王质夫。但是他的足下并非山间居士常穿的草履,而是像我们二人一样着靴,在山中生活未免太不方便。第二,他一见到我们,便断定我们是一大早从长安赶来的。但据我所知,从长安到周至县的这段路,半个月前才刚整修好。此前从长安到仙游寺都需绕行,骑马最少三个时辰,只有最近这半个月,才能做到从长安朝发午至。由此可见,陈鸿自己也是最近才从长安来的,而不是像他所说自洛阳而来。第三,草庐中的茅屋廊檐虽粗粗打扫过了,但窗棂上仍积着厚厚的灰尘,院中的杂草和枯叶也未经整饬,连陈鸿自己的袍服下摆都沾染了不少黑灰。他还说漏了嘴,提到在草庐半天就舍不得离开……总之,种种迹象表明,他要么是和我们差不多前后脚到达仙游寺的,要么就是在仙游寺中借宿了一两日,见到我们打听蔷薇涧,才赶在我们之前到草庐迎候,却装出已在草庐居住多日的样子。"

"啊!可他为什么要这样做呢?"

"为什么呢?"裴玄静像在自问自答:"无非是想让草庐中的会面显得不那么刻意罢了。"她望着韩湘道:"你想想,他从长安赶至仙游寺,安排寺中僧人为我们指路,又打扫庭院,又围炉烹茶,难道就为了对我们二人细说一番《长恨歌》的来历吗?"

韩湘道:"你别说,今天他提到的那些隐情,我还真是闻所未闻呢。"

是啊!王质夫与《长恨歌》的隐秘渊源。

在出发之前,裴玄静只来得及匆匆了解了王质夫的生平。虽然从《长恨歌传》中,她已经读到了王质夫启发白居易写就《长恨歌》的过程,然而今天陈鸿却指出,整个《长恨歌》的后半段都是建立在王质夫一人的口述之上,这的确是一个惊人的发现。

甚至那句千古绝唱"天长地久有时尽,此恨绵绵无绝期",按照陈鸿的说法,竟然是王质夫引述的玄宗皇帝的话,就更加不可思议了。

那么,这一切会不会与王质夫的失踪有关呢?

裴玄静问:"韩郎,你有没有发觉,陈鸿一直在套我们的话,想知道那个派我们来找王质夫的族人究竟是谁。"

"发现了，可他不是没套出来嘛！"韩湘突然嗫嚅起来，"静娘，其实我也很想知道，王皇太后为什么非要派你来找她的族兄呢？"

裴玄静自己又何尝不困惑呢？

汉阳公主告诉裴玄静，王质夫与王皇太后为同族兄妹，幼年时一起长大，感情深厚。王皇太后十三岁时，以良家子身份入选宫中，初封为代宗皇帝的才人。王质夫当时十四岁，陪同族妹一起来到长安，备选羽林军。后代宗皇帝因王才人年纪太小，将她转赐给了自己的长孙宣王李诵。大历十四年时，代宗皇帝驾崩，德宗即位，六月册封宣王李诵为皇太子，十八岁的王氏随之成为太子良娣。也正是在上一年的冬季，王良娣为皇太子生下了长子李纯。住进东宫的那年秋天，她又为皇太子生下了长女李畅。

就在王良娣与太子李诵过着琴瑟和鸣的美好小日子时，德宗皇帝决定要给太子迎娶正式的太子妃了。琅琊王氏虽为望族，但在综合权衡之后，德宗皇帝还是选择了自己的表妹、身世更加显赫的萧氏为太子妃。对此，贤淑温柔的王良娣没有表示出任何不满，甘心情愿地居于萧氏之后，仍然一心敬爱着皇太子，为他养育子女，悉心照顾着他一直有些孱弱的身体。

但不知是否受到此事的影响，时已年满二十岁的王质夫放弃了加入羽林军的机会，开始云游天下，立志当一名超脱世事、纵情山水的隐士。自那以后，王质夫就从众人的视线中消失了，没有人知道他去了哪里，又在做什么。唯独王良娣，总能定期收到族兄的书信，仅仅只言片语，聊以慰藉她的一颗牵挂之心罢了。但至少说明一点，在王质夫的心目中，还是相当看重与族妹的这份感情的。

时光荏苒，世事变迁。三十年的光阴一纵而逝。当年的太子良娣，早就升格成了皇太后，在兴庆宫中孤独地度过了十余年之后，她的身体日渐衰弱，似乎终将去往另一个世界，与她挚爱的丈夫团圆了。她等这一天，恐怕已经等了很久很久。

偏偏就在这个时候，王质夫失踪了。

裴玄静对韩湘说："你已经知道了，元和六年时，隐居多年的王质夫不知出于什么原因，突然决定出山，应白行简之邀前往东川梓州幕府，在当时的东川节度使卢坦手下任了一名幕僚。去年卢坦病故，圣上将宰相李逢吉派往梓州接任东川节度使。就是这期间，王质夫挂冠而去，不知所踪了。"

"会不会又去云游了呢？"韩湘道，"其实像王质夫这种人，浪迹山野是很自然的事情，不一定非得回家不可啊。他这么多年来都是神龙见首不见尾的，没有消息也不足为奇吧。"

裴玄静道："话是没错。然则据汉阳公主说，王皇太后对王质夫的下落极为在意，她坚信王质夫过去不论云游到哪里，都会与她联系，这次却一连数月没有只字片言，所以皇太后才觉得，王质夫一定是出事了。"

"但是，他给陈鸿去了信。"

"还有白居易。"

裴玄静和韩湘相顾无言——"天长地久有时尽，此恨绵绵无绝期"。

当真是"片言只字"，这其中到底蕴含着怎样的信息，究竟是凶还是吉？

"可我还是不明白，"韩湘道，"既然是王皇太后要找自己的族兄，为什么一定要瞒着陈鸿呢？"

"不是要瞒着陈鸿，而是要瞒着皇帝。"

"皇帝？"

裴玄静正色道："韩郎不会已经忘了，我们是以寻仙之名出发的吧？"

"哦对，寻仙。可这究竟是怎么回事啊？静娘，我都糊涂了！"

裴玄静蹙起眉头，怎么对韩湘解释呢？

那时，当汉阳公主说出贾桂娘情愿自杀，就为了换得将裴玄静召入兴庆宫的机会时,她又何尝不是既震惊又悲愤,既困惑又戒备呢?

"为什么皇太后选中我,为什么必须隐瞒皇帝?"

对于裴玄静提出的这两个问题,汉阳公主张口结舌,根本无法回答。

"既然如此,就请公主恕玄静不能从命了,"裴玄静道,"请公主立即着人送我回金仙观吧。"

"不,你不能走!"汉阳公主拉扯着裴玄静的衣袖,"炼师不相信我,也该看在死去的桂娘的份上,不能让她白白死去啊!"

"白死?"裴玄静恨道,"谁知道她是不是被你们逼死的!"

汉阳公主松开裴玄静,脸色煞白地呆住了。但就在这一瞬间,裴玄静突然记起贾桂娘曾经说过,愿以命相报王皇太后的恩情……难道,汉阳公主所说的是实情?

那就真的太可怕了!裴玄静悚然意识到,兴庆宫中不仅盛满了悲思与怀念,还有更加惨烈的阴谋与仇恨。

裴玄静的断然拒绝似乎使汉阳公主冷静了一些,她收起泪水,重新换上了高傲的口气,说:"炼师信不信我的话不打紧,但是我想,炼师肯定不愿意一辈子被拘禁在金仙观中吧?这次是个好机会,只要炼师答应去寻找王质夫,我便设法帮助炼师离开金仙观,出长安城。怎么样,炼师不想试一试吗?"

裴玄静反问:"试一试?怎么试?"

"我也不知道有什么好法子,所以才请炼师想办法,但我可以帮忙实施……"

裴玄静冷笑道:"公主殿下,如果我真的有办法出长安,您觉得我还会替你们办事吗?"

汉阳公主哑口无言,只能饮泣。就在她濒临绝望的时候,忽听得裴玄静说:"要让桂娘不白死,倒是有一个办法。"

"啊!什么办法?炼师快说。"汉阳公主简直如获新生。

"必须得让圣上自己将我派出长安城,又要能瞒天过海,不让他知道我的真实去向,"裴玄静思忖道,"只有——让桂娘羽化成仙了。"

皇帝正热衷于神仙之事,如果能够让他相信贾桂娘真的羽化了,裴玄静就可以借口寻仙,甚至由皇帝亲自下旨,光明正大地上路。

"只是……"

"只是什么?"汉阳公主急问。

"要演出桂娘羽化的一幕,就必须……砍下桂娘的头颅。"

"啊?"

"桂娘年老佝偻,身躯本就十分瘦小。我们只要用不多的衣裙,在白布下垫出一个薄薄的身形来。白布之外放上头颅,远远望去,绝对不会让人起疑。待到羽化之时,我将持一盏灯笼在桂娘身旁,当烟雾遮蔽众人视线时,我会迅速把桂娘的头颅移入灯笼内。灯灭烟散之时,公主趁势上前弄乱衣裙,众人所见的,便是桂娘的尸体瞬乎消失。所谓羽化之说,由不得他们不信了。"

汉阳公主愣了愣,怯怯地问:"这样行吗?"

"公主认为可行就做,否则便当我没说吧。"

"好!"汉阳公主颤声道,"吐突承璀很快就会到的,咱们就在他面前演这出戏。皇兄最信他的话。"

"谁来砍桂娘的头?"

汉阳公主瞪着裴玄静:"这……"慌张地左右四顾,"不能让别人知道啊。"

裴玄静的心几乎又要软下来,但她咬紧了牙关,就是不开口。

"不能让桂娘白死,"汉阳公主的脸色煞白,"我来。"

她闪身去了侧殿,须臾返回,手中捧着一柄长剑。来到裴玄静面前,汉阳公主"唰"的一声拔剑出鞘,寒光顿时照彻整间厅堂。

"此剑名唤'承影',削铁如泥,祖父用过,先皇也曾佩过。而今……我虽从未使过刀剑,想必不难。"说着,她便双手持剑,一步一步走到贾桂娘的尸体旁边，用尽全力砍了下去。

老宫奴的脖颈断开，因为已死了些时日，断裂处并没有多少血流出来，承影剑从汉阳公主的手中掉落下来。果然是一把宝剑，剑身上滴血未沾，根本看不出刚刚砍下一个人的头颅。

汉阳公主的身子摇摇欲坠，裴玄静搀住她。

"这下可以了吧？"公主无力地问。

裴玄静方才点点头，眼睛也有些湿润了。

毕竟，这一次她所面对的是皇帝的生母和同胞妹妹，所以她要逼一逼汉阳公主，再决定是否相信她的话。而现在，她看到的不仅仅是真心和决心，还有最深切的恐惧与绝望。

她握住汉阳公主的手："请公主放心，我一定会全力以赴的。但是，公主还得答应我一个要求。"

汉阳公主含泪点头："炼师请说，只要我能办得到。"她也用冰凉的手握紧裴玄静，仿佛抓着救命稻草。

从现在开始她们都没有退路，只能并肩而战了⋯⋯

"皇太后要瞒着皇帝，一定有她的理由。既然不便说出，我也无须顾虑，"回忆至此，裴玄静对韩湘说，"总之，我已承诺寻找王质夫的下落，就要说到做到。"她微微一笑，"这事儿说重了也算欺君，所以，韩郎若想退出，现在还来得及。我并不想连累韩郎。"

"静娘这么说，可就见外了，"韩湘洒脱地说，"圣上纯孝，为天下人之表率。为皇太后效力，就是为圣上效力，我有什么可顾虑的呢。不瞒静娘说，自打回到长安以后，我就成天无所事事，再这样下去，别说叔公看我讨厌，我自己都觉得无聊透顶。正好静娘给我找了这么好的一个差事，我感激还来不及呢。这天底下的人里面，我最怕的就是叔公。对其他人，我并不那么在意的。"

裴玄静会心地笑了。

"所以今天当陈鸿打听时，静娘才三缄其口，难道是怕他知道了实情,有可能会去报告圣上?"韩湘摇头,"我觉得不至于啊,陈鸿又不知道咱们是瞒着皇帝出行的。"

"那可说不准了,小心为妙,"裴玄静思忖道,"不过,陈鸿的确给我们提供了许多有用的线索。他是真的关心王质夫吗,还是另有所图?"

"反正我是猜不出来,算了!"韩湘抖了抖缰绳,"还是想想下一步怎么办吧。静娘的意思是去梓州?"

"不。"

"不?"

"去梓州查不出结果的,这一点陈鸿没说错。毕竟与此事相关的人都已经不在梓州,况且,现在的东川节度使李逢吉正是皇帝的亲信。"

"哦!"韩湘恍然大悟,"那我们去江州?"

"不,去通州。"

"通州?"

"白乐天最好的朋友元微之去年刚被贬为通州司马吧?"

"你想去找元微之?"

"梓州、通州和江州,从西到东差不多在一条线上。通州最近,江州最远。所以我想,我们可以先到通州找一找元微之,打听些情况。然后从通州,我们既可以向西去梓州,也可以向东去江州,到时候便视具体情形再定。韩郎,你说呢?"

"我……"韩湘愣了愣,"我说,驿站就要到了,咱们今晚吃饱喝足了,明天一早奔赴通州!"

"就听韩郎的。"裴玄静嫣然一笑,驱马跟上。

韩湘纵马跑了几步,突然回头笑道:"静娘,你变了。"

"唔?"

"一年多前我刚遇到静娘时,你虽聪颖过人,终究还是个多愁善感的新嫁娘。可是今天在我眼中,静娘俨然是一位真正的女神探了。"

暮色四沉的旷野上,驿站的灯火仿佛群星,在前方不远处闪耀着,召唤来自四面八方的旅人。秋风吹拂中,怀风草如同紫色的波涛一般,不停地起伏着。

此情此景,的确宛若昨日重现,但她已不复从前了。

5

崔淼走后,王皇太后就倚靠在绣褥上默默流泪。郑琼娥守在旁边,只见泪水源源不断地淌下,在褥上晕出越来越大的印迹,心中实在不忍,便握着丝帕轻轻地替皇太后拭泪。

皇太后蠕动着嘴唇,似乎在念叨什么。

"太后要什么吗?"郑琼娥凑过去听。

"像……真像……"

郑琼娥以为自己听错了,正在愣神之际,又听到皇太后说了一遍:"像……真像……"她突然明白过来了,惊得连丝帕都握不住,任由它像一片洁白的羽毛般轻轻飘落。

这段时间一直让她忐忑不安的猜测,竟然是真的。郑琼娥不知该悔还是该怨——这一切太匪夷所思了,简直像是上苍刻意设下的圈套。

皇帝和郭贵妃为了十三郎的事撕破了脸,郑琼娥无法再见容于郭贵妃,皇帝便顺势将她遣来兴庆宫服侍王皇太后。在踏进兴庆宫之前,关于王皇太后,郑琼娥所听到的传闻无非是忧思成疾,久病不起。自见到真人后,郑琼娥发现传言非虚,王皇太后的确是一副心如死灰的样子,每日里除了昏昏沉沉地发呆,便是念经礼佛,俨然已对人世失去了全部兴趣。

难怪太医院的国手神医也对皇太后的病情毫无办法。郑琼娥算是看明白了，王皇太后的病根在心，一个人如果了无生趣，一心等死的话，又有什么医药能治得了呢？尽管皇帝不停地派遣御医过来，甚至数次发皇榜向天下广求名医，但无论多么厉害的医者，最终也只能给皇太后开些散瘀补气的方子。最好的人参、鹿茸、灵芝源源不断地送过来、吃下去，根本于事无补。皇帝只求心安，而皇太后早就麻木不仁了。

看着皇太后吞毒一般艰难地饮下各种汤药时，郑琼娥甚至会想，与其这么痛苦地活着，为什么不干脆来个了断呢？她被自己这大逆不道的想法吓坏了。

总有一个理由的。

郑琼娥将心比心地想，自己可以为十三郎吃任何苦，那么作为母亲的王皇太后，一定也是为了自己的孩子才勉强活着。王皇太后共育有二子三女，除了皇帝之外，其余的四个孩子都曾来看望她。只有在这种时候，皇太后的脸上才会露出些微生机，郑琼娥也替她感到欣慰，但又总有一种奇怪的感觉：让皇太后活下来的真正理由，恰恰是那个整整十年没有来看过她的儿子——皇帝。

皇帝人虽不来，对兴庆宫的影响从无一日间断。就在郑琼娥来服侍皇太后不久，便听汉阳公主提起，皇帝要派一个新任的医待诏来给皇太后诊病。此人名叫崔淼，据说有些特别的本领。皇太后按惯例不置可否，在郑琼娥看来，其实就是逆来顺受而已。

崔淼果然来了，在帷帘外为皇太后诊脉，写了方子便退下了。为安全起见，汉阳公主请最常来的御医审方，御医不屑地说："此方稀松平常，毫无新意，没有必要采用。"一句话，就把崔淼给彻底否定了。

是郑琼娥多事，悄悄捡起崔淼写的方子，并拿出裴玄静所赠的香囊，那里面原也附着一张方子，列明了香囊中所用的药材和分量。郑琼娥将两张方子比了比，确定是同一人所书，便将它们一起塞进了香囊中。

她渐渐发现这个香囊有特别的好处，清香习习，提神醒脑，确实能够驱虫避邪。更有趣的是，香气历经数月仍然保持着，还和宫中常用的熏香都不同。皇太后的寝殿中除了龙涎香之外，什么别的香都不用。郑琼娥却觉得龙涎香的味道太浓重，不够清淡，并不适合长年卧病的体虚之人。初夏来临的时候，郑琼娥将原先一直搁在枕边的香囊系于肘下，悄悄笼在袖中带入寝殿，想请皇太后闻一闻，也许她会喜欢。

她万万没有想到，自己这个纯粹出于好意的举动，将造成一系列无法预测的后果。

香囊一下子就引起了王皇太后的注意，崔淼所写的两张方子也被取了出来。不可思议的事情发生了，王皇太后竟然盯着那两张方子看了很久，整个人的神情都变了。郑琼娥正在揣摩究竟发生了什么，皇太后却又叹息着将香囊和方子还给了她。

然而，事情并没有就此结束。

没过几天，兴庆宫中突然流言四起，有人在深夜听到笛声从封闭多年的勤政务本楼中飘出。是鬼，是怪，还是盗贼？正当大家惴惴不安之时，曲无双坠楼身亡了。

又过了几天，皇太后主动提出要崔淼来诊病。这时距离崔淼第一次进宫，已经过去月余，何以又想起他来？皇太后的懿旨，无人敢有异议，皇帝也立即首肯，于是崔淼再次奉旨而来了。此后，每过十天崔淼便被召入兴庆宫中，仍然悬帘问诊开方。起初，审方的御医还是一个劲儿地摇头，说这样的方子我们都开得出来，也开过好几回了，实在看不出有什么特别的好处。但是皇太后罕有的态度坚决，说崔郎中的药就是有用，从此无须他人为我诊病，只要崔淼即可，御医只得阴沉着脸退下了。

兴庆宫中向来御医川流不息，从那时起，破天荒地只有一名医人崔淼出入了。

与此同时，郑琼娥接受了一项皇太后私下吩咐的任务：让崔淼在给皇太后诊病之外，每次写一张针对其他病症的方子。病症都是皇太后亲自口述，由郑琼娥录在一页小小的粉笺之上，右边特意留白，以备崔淼书写。这几个月来，崔淼已经写了十多个方子。郑琼娥能看出他的疑虑，她自己又何尝不是百思不得其解呢？但他们二人都没有选择，只能服从。反倒是皇太后的精神，看起来确实比过去好了一些。每次拿到崔淼写好的方子，她都会看上很久，还把所有的方子排列在一起，一遍又一遍地细细研究。郑琼娥悄悄从旁窥伺，发现皇太后的神态既称不上欢喜，也算不得悲哀，而是一种难以名状的惆怅之色。

郑琼娥实在猜不透其中的含义。她只能想，总有一天一切都会水落石出的，就如她的十三郎，也总有一天会长大成人。她这个没用的母亲，虽然不能亲自守在孩子的身边，保护他、养育他，但至少，她还可以耐心地等待，虔诚地祝祷。

又到了崔淼进宫诊病的日子。

郑琼娥以为仍是原先那一套，谁知王皇太后竟然打破十多年来的规矩，亲自召见了崔淼。

这肯定是件性命攸关的大事！郑琼娥看着皇太后的眼泪，听着她的喃喃自语，禁不住害怕得发起抖来。

翌日，王皇太后一直昏昏沉沉地躺着。汉阳公主到时，她才勉强睁开眼睛，气息微弱地说："你来得正好，我有件要紧事对你说。"

"阿母，"公主心焦道，"不是都好些了吗？怎么突然又变这样了？"

皇太后说："不，你认真听我说，我发现了……"话音未了，有人冲入帷帘，直接扑到皇太后的榻前。

"太后，太后救我！"

汉阳公主一见来人，忙道："永安，你这是做什么？没有看到阿母身子不爽吗？"

来人正是王皇太后所育五位子女中的第二女——永安公主。郑琼娥来到兴庆宫的这几个月中，见过王皇太后的小儿子福王和小女儿襄阳公主来探望母亲，汉阳公主更是几乎日日前来问候照料，唯独永安公主始终没有出现过。据说这位永安公主性格孤僻，为人冷漠寡恩，在弟妹中最不为皇帝所喜，所以很少抛头露面。

可是现在，她却伏在皇太后的榻前痛哭流涕，云鬓斜散，金簪欲落。

王皇太后挣扎起身，惊问："怎么了？出什么事了？"

"太后，我不要去回鹘和亲！请太后命圣上收回旨意，求求您了！"

"永安！你别这样，吓着阿母了！"汉阳公主上前拉扯妹妹。永安公主将姐姐的手用力甩脱，反而紧紧抓住母亲的锦衾，声嘶力竭地哭喊："圣上为了与回鹘结盟，要将我嫁给保义可汗。可那人不仅是蛮夷，而且听说身患重病，快死了！太后，您不能眼看着女儿入火坑啊，太后！"

王皇太后向后一仰，多亏郑琼娥眼明手快，扶住她靠在自己身上。

皇太后气喘吁吁地问："怎么、怎么没有人告诉我？"

汉阳公主又急又愧地回答："皇兄对我提起过，我是想等阿母的身子好一点再说。"

"你骗人！"永安公主怒视着姐姐，"你们都讨厌我，想把我赶走。你和皇帝，你们全都是串通好的！"

"永安，你不要胡说！"

"我没有胡说！皇兄疼爱襄阳妹妹，就急着把她下嫁给了张克礼，那种人是戴了绿帽子也不敢吭声的。我不讨皇帝的欢心，他就送我去和亲！而你一味奉承于他，也根本不把我的死活放在心上！"

汉阳公主也痛哭起来："公主的婚事，从古至今都是用来交换的。我不也一样吗？这便是我们的命啊，谁又能不认命呢。让你去和亲回鹘，你以为我忍心吗？你以为皇兄忍心吗？若非万不得已，皇兄断断不会出此下策的！"

"哼,他有什么不忍心的!为了这个皇位,为了这个天下,他有什么事做不出来!"永安公主已然语无伦次,"阿母,求求你救我!只要让我留在长安,我发誓永不嫁人,不管是做道姑还是尼姑都行。阿母……"

王皇太后倚在郑琼娥的肩上,喘息着问汉阳公主:"是皇帝要你瞒着我吗?"

汉阳公主低头拭泪,又辩解道:"阿母,皇兄此举的确是出于无奈。想当年,于顿为其子求亲,最适嫁的就是永安妹妹,可是永安死活不肯。皇兄知道襄阳妹妹是爹娘最疼爱的,也不忍叫她去和亲。最后万般不得已,才让年仅十四岁的普宁公主下嫁于季友。结果,嫁过去才三年多,普宁就死了。这一回,皇兄确实没有别的人选了。"

永安公主叫起来:"我明白了,所以他恨我,要我也像他女儿一样惨,不,是比他的女儿更惨!"

汉阳公主呵斥:"普宁也是你的亲侄女啊,这种话你都说得出来!"

永安公主冷笑:"你和皇帝是最要好的,当然处处为他讲话。我自是比不上你的深明大义,可我心里清楚得很!皇帝不仅为了普宁公主恨我,他还怕我,怕得要死,所以才千方百计、屡次三番地要把我赶出长安!最好我明天就死在那蛮荒之地,他才算了却了一桩心头大患!"

"他怕你……什么?"皇太后突然问。

"阿母何以明知故问呢?"永安公主的脸色惨白,哭得通红的双眸中却放出疯狂的光芒,"阿母心里头最清楚,先皇——爹爹究竟是怎么死的!皇帝最怕的不就是这个吗……"

"住口!"皇太后一声厉喝,把所有的人都惊呆了。

"出去,你给我出去!"她全身颤抖着,抬起一条胳膊向外指。

永安公主翕动着双唇,还想说什么,却连半个字都说不出来了。到底磕了个头,被汉阳公主拖出去了。

郑琼娥扶着王皇太后躺下，见她气息奄奄的样子，又急又怕："太后觉得怎样，要叫御医来吗？"

皇太后紧闭双目，微微摇头。

"阿母——"汉阳公主又返回来了，坐在榻前拉住母亲的手，双泪长流，"都是我的错。"

皇太后仍然闭目不言。

汉阳公主为母亲抚弄着胸口，抽泣着道："永安妹妹太不懂事了。两年前普宁的死讯传来时，皇兄心痛得几天几夜吃不下饭，睡不着觉。也是从那时候开始，他患上了头疼的毛病，就像、像爹爹当年……"她也说不下去了。

皇太后却将眼睛睁开了："这些，我怎么都不知道？"

"我不敢对您说。"

皇太后又把眼睛闭上了。

又过了一会儿，皇太后闭着眼睛说："你去吧，我要歇一会儿。"

"是。"汉阳公主看着母亲的样子，心中仍觉不安，便殷切地说，"阿母，请您真的不要怪皇兄。"

皇太后只是一动不动地躺着。

汉阳公主无声地叹了口气，起身离去。

6

在与昨天相同的时间，崔淼又来到了兴庆宫。

守卫诧异："崔郎中不是昨天刚来过吗？"

"是皇太后命我今天再来的。"崔淼答着，心中相当忐忑。实际上，今天早晨酒醒之后，他才突然记起昨天离开之前，郑琼娥曾经站在侧帷这么吩咐过。他惊得立刻从榻上蹦起来，跑到院中看了日头，才稍微安了心——时辰尚早。

崔淼一边在井台边汲水洗脸，一边琢磨着此事的含义。昨日在王皇太后面前大为失态，事后又自暴自弃地去借酒浇愁，此刻想来，简直懊恼至极，真想狠狠地揍自己几拳。但与此同时，又有一个声音从内心深处对他说：早晚要走到这一步的。甚至可以说，自己处心积虑、步步为营，所有的行动都在指向这一刻。只不过当真相即将破壳而出时，他却惶恐到了极点，恨不得立刻拔腿就逃。

守卫让他在宫门外等候，另外差人去皇太后的寝殿询问。崔淼知道兴庆宫有多大，这一来一去想必要花费不少时间。

宫墙的影子一寸寸地挪移着，崔淼心中的恐惧也在一寸寸地增长。跑吧？这个念头像钟磬般不停敲击着他的太阳穴，脑子里轰鸣一片。他的双足却宛如钉在地面上，根本动弹不得。

——现在走，就再也回不来了。这也就意味着，前功尽弃。

守卫在叫他："崔郎中，进来吧。"

崔淼拎起药箱，抬腿迈过高耸的门槛。不远处，一位宫婢在芙蓉树下等候，微风吹动她的衣袂，遍地落叶好像金色的波涛，在她的脚边曳曳涌动，真如芙蓉花神下凡一般。

见到崔淼，郑琼娥立即招呼："崔郎中，请随我来。"

他们像平常一样走到龙池边，咸宁殿在龙池的对面，需要绕池而行。但在经过一丛茂竹时，郑琼娥突然向右一拐，钻入林中。崔淼只得跟上。

两人一前一后，默默无语地穿过林中小径。眼前出现一方曲廊围绕的小庭院，满庭杂草郁郁，长条的玉石台阶上满是鸟粪，看样子平常很少有人来。郑琼娥停下脚步，这才说了第一句话："崔郎中，皇太后今天不能见你。"

"这……"崔淼无语，既然不能见，巴巴地将自己引到此处，所谓何来呢？

"本是要见的，不过早上出了些意外，还请崔郎中莫要见怪。"

"这可真真折杀草民了，"崔淼连忙躬身致意，想了想又问，"皇太后连续两天召见于我,娘子可知原因吗?"

郑琼娥摇了摇头。

"那,我就告辞了。"

郑琼娥仍然垂眸沉默。

崔淼有点进退两难,只得搭讪着说:"皇太后的病况没什么变化吧?"

"崔郎中来给皇太后诊治了这么多次,对她的病况应该最清楚了。"

崔淼叹道:"你我都清楚,皇太后的病在心不在身,作为郎中只是略尽人事罢了。"

郑琼娥终于抬起眼帘:"既然如此,皇太后为什么非要崔郎中给她诊治,却把太医院最好的御医都遣退了呢?"

"这个问题,应该去问皇太后吧?"

"崔郎中,你走吧,"郑琼娥说,"再也别来了。"

崔淼盯住郑琼娥。自出入兴庆宫以来,他还是头一次用这样的目光看她,专注中充满怀疑,还有一丝鲜明的挑衅。

他问:"这是皇太后的旨意?"

郑琼娥亦不躲闪:"皇太后的病是治不好的。太医院的先生们避无可避,崔郎中却纯然是个外人,难道就不怕到头来,所有的罪责都叫你一人承担吗?"

"我有选择吗?"

"当然有,你可以走。"

崔淼冷笑:"只要在这座长安城中,圣上若想治我的罪,随时可以抓我。"

"那么你就离开长安,走得越远越好。"

"娘子是叫我逃跑吗?"崔淼皱眉道,"可我为什么要逃?难道这也是皇太后的旨意?"

"这个,我不能说。"

"所以我也不能听娘子的话。"

"崔郎中！我是为了你好。"

"哦？那我就更不明白了。崔某与娘子素昧平生，娘子为什么要替我操这份心？"

"如果我说了，崔郎中就会走吗？"

崔淼不语。

郑琼娥移开目光，极低声地道："我听说，是崔郎中救了十三郎。"

崔淼的心狂跳起来。

"十三郎正是妾的孩子，"郑琼娥再度抬起秋水般的眸子，看着崔淼震惊的模样，露出足以勾魂摄魄的微笑，"崔郎中的救命之恩，妾没齿不忘。"

崔淼说不出话来了。

郑琼娥又道："妾是扬州人，最初跟随前镇海节度使李琦。元和二年时，李琦先请入朝，后又称疾不至，惹恼了圣上。圣上下诏讨伐，李琦被属下的兵马使张子良等人俘虏，献往长安，姬妾家眷皆随行。妾记得在进京的路上，李琦还对我们说，他本宗室，面圣时只要咬定是属下反叛，圣上定会饶恕于他的。可是，他完全低估了当今圣上的英明决断。圣上不仅没有饶恕他，反而下旨腰斩叛贼李琦。"说到这里，她的声音仍然平稳冷漠，不带一丝感情色彩，"行刑那天，我们都被押至刑场观刑。我亲眼看见，曾经那么不可一世的李琦披头赤足，被胳膊一样粗的铁索牵曳着，拖至刑场中央处以腰斩。铡刀斩下后，他并没有立即断气，前半截身子还呼号爬行，身后拖出长长的血污……和肚肠等物。人死了之后，圣上又命暴尸三日，当时正值盛夏，蛆虫苍蝇包裹残体，腐臭的味道离得好远都能闻到。"

良久，崔淼才道："娘子为什么要对我说起这些？"

"昨天，崔郎中为什么要对皇太后说起埋葬令尊的乱坟冈？"

崔淼的下颚绷紧了。

"走吧，崔郎中，"郑琼娥说，"我不知道崔郎中究竟想做什么，但我知道一件事，对当今圣上，永远不要心存侥幸。"

崔淼扭头便走，走了几步，又驻足回首："今天对我说这些，娘子就不怕吗？"

郑琼娥岿然不动。

崔淼突然懂了——她什么都不怕。这个女子的外表有多么柔弱，内心就有多么刚强，她是从血海肉山中爬出来的倾世红颜。

郑琼娥目送着崔淼出了宫门，才返身回至咸宁殿。

走进寝阁，她突然就忍不住了，泪水夺眶而出。郑琼娥全身瘫软地伏在王皇太后的榻前，啜泣着。

"他走了？"

郑琼娥深深叩首："走了。"

"你对他说了什么？"

"并没……什么特别的。"

"你上前来。"

郑琼娥膝行到榻边，将头倚在皇太后的身侧，感到她在轻轻抚摸着自己的鬓发。

"我是一个最没用的人，从来都守不住自己想要的。十一年前，我就想跟着先皇去了，可是不行，我发过誓，要替先皇看着他……我以为他终究有一天会变。我错了，他不会变的，永远都不会变。"皇太后住了口，许久，又道，"我活着的每一天都是煎熬。好在……快了。"

郑琼娥抬起头："太后，那个崔郎中究竟是什么人？"

"一个仇人。"

"啊？"

"也是一个恩人。"皇太后笑得古怪而渺茫，仿佛在同冥冥中的什么人对话，"你去把那些方子都烧了。他既走了，从此就不必再提。"

可是，他真的走了吗？郑琼娥思索着，今天自己的那些话，能够彻底说服他吗？她拿不准。在她的眼中，崔郎中既是一个少有的聪明人，但也更像是一个亡命徒。

崔淼一脚踏进宋清药铺的大堂，顿觉气氛大异。

往常从午后到暮鼓前的这段时间，药铺里总是最繁忙的。不论贫富贵贱，客人都在这间足有五架的阔大门面中按序抓药，伙计们在柜台上抄方、算账、秤药，一切井然有序。

可是今天，整个店堂里鸦雀无声，倒是门外站满了看热闹的百姓，纷纷指着店堂中央的地面窃窃私语。

那里趴着一只硕大的乌龟。龟壳乌黑发亮，伸在壳外的脑袋和四肢格外粗壮，皮糙肉厚的，看样子岁数相当大了。乌龟趴着一动不动，崔淼也鉴定不出它究竟是死是活，但他一眼便瞧见了傲立于乌龟之侧的李景度。

身材魁梧的波斯人叉足而站，双臂合抱胸前，活像一个金发碧眼的怒目金刚。伙计们都躲得远远的，只有一位须发皆白的富态老者从柜台里望着李景度，虽满脸愠怒，仍掩不掉慈悲本色。

崔淼心说不好，赶紧抢步上前："李景度，你在这里干什么？"

"我买药啊！"波斯人理直气壮地说，"你来得正好，你给评评理。我愿意花翻倍的价钱买好药，这位掌柜非不肯，说药材只卖给真正的病家。那好吧，我不计较，买不成我就卖。你看我这千年神龟，怎么说也是珍稀之物吧，若是入药，至少能帮人延几十年的寿。可是，他又不要，说买不起。这买也不成卖也不是……"

崔淼用力一捏他的胳膊，压低声音道："行了！有话跟我到后面说。"又对那柜台后的老者赔笑道，"胡人终究是胡人，天生粗鲁。宋掌柜，您别生气。"

李景度被崔淼拉着往后院走，还不忘回头吩咐手下："把我的阿龟看好了！"一路骂骂咧咧，直到进了屋往门槛上一坐，才哈哈大笑起来。

崔淼怒道:"你为什么要搅了掌柜的生意!"

"哼,你以为要见你很容易吗?"李景度上下打量着崔淼,"我越来越好奇了,你究竟是什么人,怎么连这药铺外头都有人盯着?"

"他们喜欢盯,我有什么办法。"崔淼看了一眼紧跟而至的"波斯女郎",禾娘却深深地垂着头,躲避他的目光。

"你说我这个计策怎样?宋清药铺来了一堆波斯人,再加上一只大龟,谁都不会注意到她了。"

崔淼冷笑:"不错,此计可称瞒天过海。"

李景度连连点头:"对,对,我正在想这词呢。可想来想去,居然只想到另外一个词——养虎为患。"

崔淼不应。

李景度继续往下说:"还是只小母老虎呢!我们波斯人有句谚语,女人和蛇最不可信。原来大唐的女人也没甚差别。"

"她做什么了?"

"她来找我,说她知道一把匕首的线索。"

崔淼死死地盯住禾娘,脸色阴沉地可怕。过了好一会儿,才对李景度道:"那你把她送回这里做什么?"

"谁知道她说的是真是假?"

"所以你是来求证的?"崔淼咬牙道,"如果我告诉你,她的话是真呢?"

李景度把双肩一耸:"我们波斯人花钱买的是匕首,又不是买线索。线索顶个屁用!"

"你到底想怎样?"

"还得劳烦崔郎去将那把匕首寻来,"李景度笑道,"我要是没猜错的话,身边带着匕首的那位娘子,与崔郎的关系非同一般。谁去找,都不如崔郎方便。"

"你都看见了,我被人盯得死死的,根本就出不了长安城。"

李景度大大咧咧地说:"这还不简单。咱们又不是没试过,只要鄙人出手，任什么人都能送出长安。"

"此话当真？"

"喏，你以为我带着我的宝贝乌龟，兴师动众地跑到这药铺里来玩儿啊？"

崔淼扬起眉毛，露出惯有的嘲讽笑容："李景度，你就不怕我一去不复返？"

"就算你不回来，那位娘子还是要回来的嘛。她叔父不在朝里当着宰相吗？走不掉。"

"那也未必。"崔淼冷然道，"很多时候，人是身不由己的。我若是真的寻到了她，断不让她再回长安！"他瞪着李景度，"怎么样，还想帮我走吗？"

突然间，玩世不恭的嘴脸不见了，李景度的神态变得凝重："我长到今年三十多岁了，从小到大听得最多的话就是复国、复国，可是结果呢？波斯国还不是越来越渺茫，都快成为一个永远的传说了。所以我懂了一句话，叫作覆水难收！我爹对大唐皇帝俯首帖耳，以为自己是在为复国盘算，其实他只是在骗自己罢了。他就是不肯承认波斯亡了。早亡了，没希望了！我们这些丧家之犬、无根之萍，统统完蛋了！既然如此，又何必对复国耿耿于怀？至少我们还有钱，许多钱！那就过一日算一日，醉生梦死好了，也算不枉此生。什么'纯勾'匕首，在乎它的是我老爹，指望着靠它向唐朝皇帝效忠呢，我李景度根本就不当回事！我今天想帮就帮你走，你回来也罢，不回来也罢，后果都由你自己来承担。我只是一个看戏的，当然演得越热闹越好。"

崔淼连连点头："说得好，真好。你果然是唯恐天下不乱。"

"你不也是吗？"李景度笑道，"咱们俩是绝配，自从碰到一起就惹出多少是非？我可不希望你这么能干的一个人，从此被拘束在这长安城里，缩手缩脚地当什么劳什子的郎中。崔郎，天下不是因你我而乱的，天下早就乱了。从你们那多情的老皇帝爱上自己的儿媳妇开始，就彻底乱套了。"

"大唐是乱，但波斯早就亡了！"崔淼反唇相讥。

李景度一字一顿地回答："大唐也会亡的，而且会比你们所想中快得多。"

天色暗下来，没人点蜡烛，阴影中的两个人形都一动不动，好像打算永远这么坐下去。

终于，崔淼问："为什么要那样做？"

禾娘不答。

"你需要钱吗？要钱来做什么？"

"我要的不是钱，"她的声音直抖，"我要的是你……明白的。"

"我不明白。"

"我就是不想她回长安！"

"是吗？"崔淼沉吟片刻，"但我却要走了。"

"你？去哪儿？"禾娘的问话中充满恐慌。

"当然是去找她，"他冲着黑暗微笑起来，"原先我一直拿不定主意。很好，今天你帮我下了决心。嗯，连帮忙的人都找到了。"

禾娘沉默。

崔淼的语调温和了些："我要走了，你打算怎样？"

"我，我跟着你。"她快要哭了。

"我是要去找她，你也跟着吗？"少顷，崔淼说，"这样吧，我将你带出长安。之后你便自寻出路去吧。"

"我哪有别的出路？"她还是哭了，双眸闪烁泪光，在黑暗中像两枚晶莹的琉璃。

"这我就管不了了。"

"求你不要丢弃我，崔郎。"

"难道你愿意和我们在一起？"

"你们？"

"是啊，我们，"崔淼道，"她曾说过要和我一起离开长安，远走高飞。是我鬼迷了心窍，竟然没有答应她。这回我是下定决心了。待找到了她，我们今生都不会再回长安了。"

禾娘又沉默了许久。崔淼没有打扰她，就多给她一点时间吧。

她终于开口了："崔郎，你当初为什么要来春明门外贾老丈的院子，来我的家？"

"我告诉过你的。"

"我想问真正的原因。"

他迟疑了一下，答道："我曾经对你说过，我想知道我是谁。这个原因是真的。"

"你现在知道了吗？"

"还不知道，"崔淼苦涩一笑，"好像就快要水落石出，可我却没有勇气继续了。我原来竟不知道，自己是如此胆怯的人。"

"所以你打算放弃了？"

"明天一出长安城，就算彻底放弃了吧。"

"为什么？你说过的，那是你最重要的事情。"

他长长地吁了口气："但是我突然发现，知道自己从何而来其实并不重要。更重要的是，知道自己要往哪里去。"

"你知道了？"

"我想是的。"

玄静。崔淼在心中默默呼唤着她，突然感到十分充实。好像一块石头终于落了地，他再也不需要寻寻觅觅了。从今往后，在这个世间只剩下唯一的目标，他的人生将变得非常简单。

"可我还是既不知道自己从何处来，也不知道要往哪里去。"禾娘蜷缩着身子躺到榻上。屋里已经漆黑一片，只有从窗纸上透入朦胧的月色，温柔地包裹起她那孩子般纤细的身躯。

她轻轻地抽泣着。

良久，崔淼说："早点睡吧，明天一早我们就出城。其他的事情，以后再说。"

阔大的店堂里只点着一盏油灯，空落落的。宋清掌柜还在柜台后面埋头写账本，听到动静抬起头，向崔淼和蔼一笑："崔郎中，有事找我？"

崔淼的心里再清楚不过，宋掌柜是特意在等自己。这位做过太多善事的大好人，始终一视同仁地对崔淼抱着善意，却从来没有打听过他的底细。宋清掌柜给予崔淼的，不仅仅是一个栖身之所。

崔淼走到柜前，恭敬地说："的确有事要麻烦掌柜的。"

"什么事？"

"明天早上伙计出城买药时，车里要藏两个人。"

宋清掌柜点了点头："没问题。"又问："守城门的金吾卫若是查问的话，怎么办？"

"从延平门出城，已经打点过了，不会有人盘问。"

"那就好，"宋清掌柜说着，从柜台底下取出一沓纸来，"对了。崔郎中给我的这些方子，我全部细细研读过了，真正是难得的好方子啊！奇就奇在，和常用的方子比，这些方子都只改了其中的几味药材和用量，却能达到绝佳的疗效。只可惜从未在民间流传过，否则还不知能让多少人受益呢。"

崔淼笑道："那便请宋掌柜存下这些方子，造福于百姓吧。"

"这？"宋清掌柜忙道，"不可不可，这些是崔郎中祖传的秘方吧，怎可随便外传？好事要做，规矩不能破。"

"并没有什么规矩，"崔淼郑重地作了一个揖，"请宋掌柜收下，就当是在下求掌柜的帮的最后一个忙吧。"

宋清掌柜的神色微微一变，不禁轻轻叹了口气。

"还有一个方子。"崔淼从袖中又取出一张叠好的纸，放在柜面上。

宋掌柜刚要拿起来看，崔淼拦阻道："先不要看。请掌柜的收好了，哪天若是听到在下的坏消息，再看不迟。"

宋清掌柜闻言一惊，但见崔淼仍是一脸满不在乎的笑容，便不再说什么，直接将那张叠起的纸锁进了钱匣。

崔淼回到屋中时，榻上的禾娘悄无声息，但他知道她并没有入睡。对他们二人来说，今夜注定无眠。不过没有关系，这毕竟是他们在长安的最后一夜了。

更声起起落落。因为宵禁，长安城的夜晚总是这般静得出奇，又显得格外绵长，仿佛总也到不了天亮似的。

7

早在南北乱世的时候，这个祠堂就被废弃了。祠堂的院墙仅剩下断壁残垣，唯有一座石头搭建的祠室还竖立着。祠堂四周松柏苍郁，杂树错落。秋色已深，却没有秋高气爽的感觉，空气中到处飘荡着一股闷沤之气，好像有什么东西正在悄悄地腐烂。

天色渐晚，从石头祠室黑黢黢的窗洞里，亮起了一盏灯火。旷野四合，这唯一的一点火光如同鬼火一般，有种莫名的肃杀之感。

灯火照亮祠室的一角，可以看到墙壁上斑驳的壁画，但已无法辨清画的是哪些神灵。祭祀用的条案和香炉上积满灰尘。除此之外，室内尚有寥寥几件家具：榻、几和坐床。窗洞下摆着桌椅，青瓷油灯就点在桌上，照出一位中年男子的憔悴面孔。

也许是命运多舛，也许是忧思过度，男子的面容还不算老，头发却有些斑白了。尽管如此，他的眉宇中仍然蕴含着风情，可以想见其年轻时的风流模样。

他提起笔，手却直抖，努力了半天，才写下："山水万重书断绝，念君怜我梦相闻。我今因病魂颠倒，惟梦闲人不梦君。"

写完，他的眉宇似乎略微舒展了些。还未搁下笔，石室的门上响起敲击声。

"谁？"他一惊。

"请问元微之先生是住在这里吗？"是个年轻女子的声音。

通州司马元稹蹙起眉头："正是在下。你是？"

"我叫裴玄静，是特意来拜访微之先生的。"

"拜访我？"元稹撑着桌子站起来，冲门口道，"你过来窗前谈吧。"

须臾，一个白衣道姑出现在窗外，那张清丽出尘的面孔登时令元稹的眼睛一亮。但立刻，从她的身边又冒出一个青年郎君来，气质还算不俗。元稹刚刚振作起来的精神又低落下去，头一晕，便重新坐了下去。

裴玄静问："微之先生怎么了，不舒服吗？"

元稹摇头道："谁告诉你们我在这里的？"

"我们先去的通州刺史府邸，可那里正在办丧事……"裴玄静解释，"我们打听元司马，他们说到这里来找。"

"通州今夏至秋疟病横行，死了不少人。刺史的老母亲也刚刚病逝了，"元稹苦笑道，"我亦身染恶疾，故在此闭关，以免为害他人。你们俩和我说话也小心点儿，我就不请你们进屋了。"

裴玄静与韩湘面面相觑。元稹的病容十分显眼，没什么可怀疑的。但他既然身患恶疾，却独自住在荒郊野外、瘴气环绕的废弃祠堂中，对他的病情恐怕没有任何助益。疟病虽然可怕，但也没有到必须隔离的程度啊。

元稹问："你们从哪里来，找我有何事？"

"我们从长安来。"裴玄静简单介绍了自己和韩湘，接着陈明来意，"我们是受人所托，寻找一个叫作王质夫的人。"

"王质夫？"元稹的神色一变。

裴玄静立即追问："微之先生知道他？"

"没……听说过。"

"不可能吧？"裴玄静的目光飘落到窗前的桌上，轻声念道，"惟梦闲人不梦君——酬乐天频梦微之。微之先生与白乐天真是难得的知己好友啊。"

元稹下意识地挡住诗卷："那又怎样？"

"所以，微之先生不可能没听白乐天提过王质夫。王质夫是白乐天的另外一位知交，白乐天曾经作诗数首相赠，微之先生不会不知道吧？白乐天的名篇《长恨歌》更是受了王质夫的启发写成的。所以微之先生说不知道王质夫，我不相信。"

"你！"元稹恼了，正待发作又抬手扶额，有气无力地说，"哦，我想起来了，是有这么个人。不过从未谋面，只是听乐天谈到过，故而印象不深。我今病体沉重，哪还有精力去想那些不着边际的事情。"他摆了摆手，"你们还是快走吧，免得沾染上疟病，可就麻烦了，到时候没人救得了你们！"

"微之先生……"

"哎呀，走吧！"元稹一抬手，将半朽的木窗"砰"地阖上了。

韩湘还想上去敲窗，裴玄静朝他摇了摇头。

二人退到祠堂的破烂院墙边，裴玄静低声道："元微之肯定知道些什么，但他不信任我们，自然不肯说实话。"

"那怎么办，又不能明说是皇太后的旨意。"

"这个绝对不能说！"

韩湘紧皱眉头，少有地犯起愁来。

"你们还是快走吧，免得……到时候没人救得了你们……"裴玄静喃喃道，"韩郎，你听他这话里，究竟是威胁还是警告呢？"

"哎哟，这可不好说。"

"嘘，有人来了！"裴玄静突然一扯韩湘的袖子，拉他蹲在倾倒的半堵院墙之下。

清白的月色照着一人一骑，伴随"嗒嗒"的急促蹄声，出现在祠堂外。裴韩二人惊讶地发现，来者头罩长及脚踝的黑纱幂离，骑一头驴子——竟是位女子！

那女子将毛驴系在门口的断柱上,便径直来到石室外,轻叩窗牖。

"怎么还不走?你们究竟想干什么!"窗内传出元稹不耐烦的声音。

女子愣了愣,道:"元郎,是我啊。"

木窗豁然而启,元稹又惊又喜地看着女子:"你怎么来了,刺史府里不是在大办丧事吗,你怎么能出得来?"

"人多忙乱,我找了个空子,倒溜出来了,"女子从黑色斗篷下取出一个小提盒,"我给元郎带了点热汤来。"

"太有劳娘子了。"

女子微笑着问:"不让我进去吗?"

"这……不妥吧,"元稹回应着女子火热的目光,嘴里尚在虚辞推脱,"疟病凶险,娘子还是在窗外比较好。"

"元郎,你我今后恐怕再也不能见面了。"她颤抖着声音说。

"怎么?"

女子凄然道:"丧事过后,刺史就该返乡丁忧了。妾当随行,不日即将启程。求元郎允我入室,一诉衷肠而已。如此隔窗交谈,万一让人看见,更加不妥。"

她的言辞恳切极了,元稹再也无法抵挡,遂将石室的门打开了。

女子进屋后并没有待多久,便又翩然而出。元稹站在门边目送她,直到她骑在驴背上的身影没入无尽的旷野,才长叹一声,刚要返身进屋,突然,从墙角的阴暗处蹿出两个人来,挡住他的去路。

"你们!"元稹又气又急,"你们怎么还在,真真可恼可恨!"

裴玄静道:"兹事体大,我们必须要与微之先生详谈。"

"哎呀!我说过了我什么都不知道嘛!"

元稹想要退回石室,可裴玄静已先他一步进了屋。他转身欲往外走,韩湘又把他的去路给堵住了。元稹简直气结,他本就重病体虚,这一气之下顿觉天旋地转,全身发冷,折磨了他数日的可怕疟病眼看就要发起一轮新的攻势。

元稹的身子摇晃起来，裴韩二人赶紧将他扶到椅子上。他便撑着头坐在那里，看都不看他们一眼。

裴玄静扫了一眼桌上的提篮，瓷碗已经从提篮中取出来，碗里的汤冒着热气，还挺香的。

她说："方才来的那位娘子是通州刺史的夫人吧？"

"你怎么知道？"元稹大惊失色。

"我看到她从斗篷下露出的麻衣，是斩衰的服色。她自己在窗外时也说到，刺史即将为母丁忧，她当随行。因此我想，她必是刺史的至亲。但看年纪又不像是刺史的子女，那多半就是他的夫人——如夫人。"说到这里，裴玄静笑了笑，"其实我也拿不太准，不过微之先生的反应证实了我的猜测。"

"我？哎呀！"元稹张口结舌。

裴玄静又道："既然我没猜错，那问题就来了。这通州刺史的夫人怎么会从丧事现场偷偷跑来与元司马相会呢？"

此话一出，不仅元稹面红耳赤无言以对，连韩湘都用一种惊异的目光瞧着裴玄静。没错，她说出的也是韩湘心里的疑问。不过，向来清冷脱俗、不食人间烟火般的裴玄静，竟会将话说得如此直截了当，确实令韩湘刮目相看。

她真的变了，韩湘又一次在心中暗暗地感叹。

其实裴玄静自己也很窘迫。元稹素以风流闻名，方才他与那位夫人的言行情状，明眼人一看便知是怎么回事。按照裴玄静过去的性子，碰到这种事情躲都来不及，怎会刻意说出来叫人家难堪。但是眼下她急于从元稹口中挖出有关王质夫的情况，又没有合适的办法迅速获得对方的信任，正巧窥伺到这段男女隐情，就打算以此来作一番文章。当然，这么做的格调委实不高，但裴玄静确实没有更好的办法了。

自从她踏上这条寻找王质夫的路途，就日复一日地陷入更深的焦虑之中。当初，裴玄静怀揣着神秘的金缕瓶奔向昌谷时，既坚决又懵懂。今天的她却再也没有那份天真的激情了。

韩湘说得没错，她变了，不复当初的多愁善感，满怀柔情，她知道自己正变得越来越冷静，甚至凌厉。因为现实不允许她再多情。

见元稹不理，裴玄静逼问："请微之先生回答我的问题。"

"我为什么要对你有问必答，你算什么人！"元稹恼羞成怒，咚咚地拍桌子，"你二人来历不明，居心叵测，本官怎可随便作答！"他终于记起来，自己这个司马好歹也是朝廷命官，决定拿出点官架子来吓人。

已经到了这个地步，裴玄静当然不肯罢休，索性再逼一句："元司马是通州刺史的下官，他的夫人却夤夜来与元司马单独相会，就算我们不追问，刺史也要问个曲直吧。"

这么赤裸裸地指摘元稹与刺史夫人私通，韩湘听得眼睛都发直了。

元稹更是气得直喘粗气，靠在椅子上说不出话。见自己把大唐最出名的风流才子气成这样，裴玄静也有点儿过意不去，便稍稍移开目光——忽然，她的面色一凛。

通州今秋确实气候异常，直到现在依旧闷热无比。刚才刺史夫人送来的汤搁在桌上，灯光和热汤的香气招来许多不知是蚊还是蛾的飞虫，在桌子上方聚集飞舞。其中不少直接降落到瓷碗的边缘，甚至飘到浮着油光的汤面上，想来个"蜻蜓点水"，结果却再也飞不起来了。

裴玄静骇异地发现，汤的表面已经漂起一层飞虫的尸体，连青瓷碗的边缘也都沾满了死虫，变得黑乎乎的……

"这汤里有鬼！"她叫出声来。

"什么？"

裴玄静厉声问元稹："微之先生还没喝过这汤吧？"

元稹被她的表情震住了，本能地回答："还没……方才她要我喝时，我正觉胸口烦恶，喝不下，就说先放着凉一凉。"

裴玄静从发髻上拔下一根银簪，轻轻插入汤碗。须臾取出，银簪入汤的部分全部变成了黑色。

韩湘惊道："汤里下毒了！"

"天哪！"

裴韩二人闻声一起朝元稹看去，却见这张因病憔悴的面孔已经惨无人色，五官扭曲变形，依稀能听出他在喃喃："她、她想杀我……"

很显然，这个意外的打击令元稹无法承受。

这个发现也打乱了裴玄静的思路。通州刺史夫人怎么会给元稹下毒，是情杀，还是有其他的阴谋？会不会也与王质夫的失踪有关？

三人正在一团乱麻之际，旷野中突然传来一声凄厉的嘶鸣。紧接着，又是一声。

瘫坐在桌旁的元稹一跃而起，跌跌撞撞地向石室外冲去。

裴玄静和韩湘也听出来了，那是驴叫声，离得并不太远。两人赶紧尾随而出，一左一右搀扶着元稹，循驴子嘶叫的方向奔去。

惨白的月光照在不远处的杂树丛上，一头毛驴正在树丛的边缘不停地转着圈，时不时昂头嘶鸣。三人冲进树丛，又都惊骇地止住了脚步。

一个女人在杂草丛生的泥地上翻滚着，发出痛苦至极的呻吟。从她的嘴里不停溢出血沫，已经涂花了半张面孔，胸前和草地上也粘满黑红色的呕吐物。

看见来人，她挣扎着从地上半跪起身，向元稹伸出右手："元……元郎，救我……"

元稹却退开半步，脸色铁青地看着她："你为什么要害我？"

"是，是他们逼我的……"

"逼你什么？"

"逼我向你、你打探……"女子痛极，自己用双手扣住头颈，舌头往外伸出，含糊不清地说，"玉、玉龙子……"

"原来是这样！"元稹咬牙切齿，"为什么还要杀人？"

"我、我没有打探到消息……他们就要我、我杀你……否则就杀我……啊！好痛！"她的全身痉挛成一团，鲜血从嘴角、鼻孔和眼眶周围一齐向外冒。

韩湘咋舌道："不成了，这是不成了。"

"元郎！救、救我！我不、想、死啊……"女子拼命地蠕动身体，朝元稹爬过去。

元稹吓得连连倒退，后背撞上一棵树干，退无可退了，只能眼睁睁看着那女子爬到自己的脚前，抬起一张血污四溢的脸，双目瞪得凸出眼眶，随即颓然倒下。

裴玄静蹲下来查看，摇头道："她在来送汤之前就中毒了。"

看来，这女人为了活命来给元稹送毒汤，却不料所打交道的是更加狠毒之辈，根本没打算让她活着回去。

裴玄静看了看呆若木鸡的元稹，道："微之先生，你不能再回去了。存心害你之人很快就会找来的。此地不宜久留，我们带你立即离开吧，想办法另找一个安全的地方。"

"是啊！"韩湘也说，"我知道通州西南的盘龙山中有一座小无量观，观中住持无量道长曾与我一起在终南山修道，彼此相熟。我们不如就去他那里，谁都想不到的。"

裴玄静点头："可以。正好这里还有一匹驴子，就让微之先生骑上。虽然走得慢些，但只要小心隐匿踪迹，应该不会被人发现。"她上前搀扶元稹，"微之先生，我们必须立刻动身，不能再耽搁了！"

"不！"元稹一把推开裴玄静，扶着树干站起来，"我……我绝对不会跟你们走的！"

"微之先生！"

"你们、你们休想再骗我……"

"我们真的没有恶意啊，微之先生。我们是来帮你的。"

"我不相信你们！"元稹从地上抓起一根树枝，朝着裴玄静乱挥，"你不要过来，退后！快退后！"

裴玄静心急如焚，在此越多羁留一刻，危险就越增多一分。而且整桩事情扑朔迷离，没有元稹的配合，她连究竟是谁，出于什么目的要加害他都无从判断，当然更加无法想出对策来。而今之计，唯有赶紧保护元稹离开这个是非之地，再细细分析原委。

可是现在元稹被接二连三的变故所惊，已然昏了头，分不清敌友是非了。而她又实在找不出理由来说服他，证明自己的身份。难道，非得要她透露出皇太后的隐情吗？但是就算说出来，元稹会相信吗？

突然，裴玄静听到身边的韩湘大声道："玉龙子！"

玉龙子？她没听懂他在说什么，可是元稹就像被这三个字下了咒似的，瞬间不动也不叫了，只管直勾勾地盯住韩湘。

韩湘朝元稹深深一揖："微之先生，在下韩湘，是天台山冯惟良道长的弟子。此行韩湘奉冯道长之命下山，特为守护玉龙子的秘密。现微之先生因玉龙子遭歹人谋害，保护微之先生实乃韩湘之责。请微之先生无论如何要相信我，相信我们！"

裴玄静惊呆了。

却听元稹长吁口气，手中的树枝"哗啦"落下，双腿一软坐倒在泥地中。

8

破晓时分，三人终于抵达了小无量观。元稹骑的毛驴走得慢，然他本已十分虚弱，勉强支撑在驴背上，也实在快不了。所幸一路之上没有碰上追兵。韩湘虽不识路，总算还知道大概方向。当东方泛白之际，他们在路边看到了盘龙山的界石。

仅有一条荒草离离的林间小道入山。走不多久，前方一道曙光升起之处，正是小无量观的山门了。

"到了！"韩湘兴奋地喊道。

紧接着就听到"扑通"一声，元稹从驴背上重重地摔了下去。林间晨鸟受了惊扰，纷纷啾鸣着冲上云霄。

从小无量观中跑出来几名道士，与裴玄静、韩湘一起将元稹抬入观中。元稹双目紧闭，蜷缩着身体一个劲儿地发抖——疟病又发作了。他能一直坚持到这会儿，委实太不容易了。

韩湘匆匆向无量道长解释了几句，道长便命人去取观中所备的药物。原来通州易发疟病，道观藏有自己的草药秘方，如今正好给元稹用上。

好一番忙乱之后，元稹终于盖着厚厚的棉被躺下了。服下的汤药要等半个时辰左右才能起效，所以他还得忍受一段时间寒战的折磨。裴玄静不放心，便守在他的身边看护着。

韩湘推门而入。方才他和无量道长单独交谈去了，此刻返回房中，来到裴玄静身旁坐下发呆。

裴玄静朝他瞥了一眼，韩湘便苦笑道："静娘，我知道你想问什么。"

他主动地老实交代起来。

原来韩湘修道，师承的便是他对元稹提及的天台山冯惟良真人。冯惟良最早在衡山入道，后在青城山跟随罗公远的再传弟子罗义堂修炼，得授三清秘诀。罗义堂在永贞元年羽化后，冯惟良便离开青城山，先后云游峨眉、衡山、茅山和终南山等地，最后在台州的天台山中隐居下来。韩湘在终南山中求道时遇上冯惟良，冯惟良赞赏他的根骨，将他收为弟子。冯惟良去天台山隐居时，不许任何弟子随行，韩湘只得自己继续修道，但一直以书信方式向师父求教。元和十年，韩湘经叔公韩愈的推荐为裴玄静送亲，随之卷入有关《兰亭序》和《璇玑图》的一系列迷案中。《璇玑图》一案之后，韩湘与聂隐娘夫妇分手，本打算向师父请求上天台山修炼，却意外地收到了冯惟良的一封信。

在信中，冯惟良给韩湘安排了一项秘密任务——是有关玉龙子的。

"玉龙子？"昨夜，裴玄静还是头一回听到这三个字，似乎通州刺史夫人的死也与之直接相关，"那是什么？是一个人还是一件物？"

韩湘叹道："那是一件极其珍贵的宝物。它代表的是自大唐建国至今两百年中，李唐皇家与天下道门之间最隐秘又坚固的联系。"

玉龙子，其实是一块形似飞龙的玉石。虽大小不及数寸，但温润精巧又极其坚固，非人间所能有。据说当年张天师得道之时，太上老君将玉龙子和《正一盟威符箓》一起赐给了他，让他在人间推行道教的真理，并将玉龙子作为凝聚天下道众的神圣信物。后历经数代传承，到了隋末大业年间，玉龙子辗转落入当时的楼观道道长岐晖的手中。岐晖本人的道行算不得深厚，却具有审时度势的超凡眼光，看出以晋阳为基地的唐国公李渊将成大事，从大业七年起就积极与李渊的二公子李世民联络，到处宣传"天道将改，当有老君子孙治世，此后吾教大兴"。岐晖更将道门至高无上的信物玉龙子赠予李世民，代表整个道门向他表示了毫无保留的支持。

李世民得到玉龙子后，如获至宝，命爱妻长孙氏小心保管。长孙氏便一直将玉龙子收藏于随身的衣箱中。大业十三年，李渊起兵反隋至蒲津关时，岐晖兴奋无比，宣称："此真君来也，必平定四方矣。"干脆改名为岐平定，率领了楼观台中的近百名道士去蒲津关接应，并将观中存粮悉数资助了唐军。李渊称帝之后，果然大大地报答了楼观道，不仅亲临祭祀，还赐地授钱，楼观道一时风光无限。

尤其令人咋舌的是，道士岐平定的眼光之准，不仅在于他支持了晋阳李氏，还在于他早早地就把宝押在了李渊二子李世民的身上。与之相反，当时佛门支持的却是太子李建成。结果，武德九年时，李世民发动玄武门之变，杀死太子李建成，并很快逼李渊退位，最终登上了皇位。

李世民登基后，极力抑佛扬道，就因为道门从一开始便坚决地站在了他这一边。

玉龙子，正是这种支持的神圣象征。

贞观二年，李世民的第三嫡子李治诞生于长安太极宫中。三天后，长孙皇后取出珍藏的玉龙子，系在婴孩的珠珞褓褓之上。此后，玉龙子便一直伴随在李治的身边。李治登基之后，追封老子为"太上玄元皇帝"，定《道德经》为上经，并正式把道教定为国教，道教从此走入历史上最辉煌的时期。

武则天掌权后，为了打击李唐，开始大力弘扬佛教，道教受到压制。但武则天到晚年时，还是亲手将玉龙子赐给了孙子李隆基，称其有太平天子之相，以示放弃武周，仍然回复李唐社稷。

李隆基即位，更加不遗余力地壮大道教声势。道士们常常被请为座上宾，出入兴庆宫，与皇帝谈玄论道。玄宗皇帝还开设道举，以"四子真经"开科取士。他甚至亲自为《道德经》作注，颁示天下。每当京城祈雨的时候，玄宗皇帝便会对着玉龙子虔诚祈祷，必有灵验。

小小的一件玉龙子，就这样连接起了人间与天界、皇帝与神仙、李唐与道门。

"可是，据传到了开元中的时候，玉龙子却丢了。"韩湘道。

"丢了？"

韩湘说，开元中有一年三辅大旱，玄宗皇帝对玉龙子多次祈雨不验。情急之下，便秘密地将玉龙子投入了兴庆宫中的龙池里。俄而，果见龙池之中有一物驾云暴起，随之风雨大作，三辅之旱得解。但是，玉龙子却再也找不到了。

及至安史之乱时，玄宗皇帝逃离长安，西行入蜀。车驾到渭水，驻扎在岸边准备渡河，左右随侍于流沙淤泥中看到有东西在发光，从中取得一块玉石。呈给皇帝看时，玄宗皇帝流着泪说："这正是我昔日丢失的宝贝玉龙子啊。"玉龙子失而复得，给正处于颠沛流离中的玄宗皇帝带来了安慰和信心，当即将其赐给了太子李亨，命他北上抗击叛军，有玉龙子的神力相助，定当所向披靡。

此后，李亨在平叛中，每次夜晚驻军，从他的营帐里都会绽放出辉煌的光芒，任何火烛之光都不能比拟，那便是玉龙子的神光。兵将们见到神物回归，士气也为之一振，更加奋勇杀敌，叛乱最终得以平定。而玉龙子也成了肃宗皇帝的宝物。

听到这里，裴玄静问："那就是说，玉龙子又回到皇家手中了？"

"并没有。"元稹从榻上撑起身来。

裴玄静连忙上前搀扶："微之先生，你不要紧吧？"

"我好些了。"元稹的脸色确实好了一些，看来无量道长的药还挺管用。裴玄静扶他靠坐在枕上，元稹喘了口气，道："据我所知，肃宗皇帝根本就没有得到玉龙子。"

"先生的意思是，肃宗皇帝在骗人吗？"

元稹无力地笑了笑："你想想，玉龙子被抛入龙池后失踪，再到渭水边泥沙中重新找回，这失而复得的过程也未免太过传奇了，叫人难以尽信。而且，自从安史之乱后，就再没有人见到过玉龙子的真身。假如说在平叛途中，肃宗皇帝为了玉龙子的安全，一直将它存放在自己的营帐中，尚可以理解。那么待到返回长安大明宫中，他为什么还要把玉龙子藏起来，秘不示人呢？须知，玉龙子代表的就是天命所归，道君守护李唐。那么，在安史之乱后大唐江山分崩离析之际，不正需要祭出玉龙子来安定人心吗？肃宗皇帝为什么不这样做？在他之后的代宗、德宗、顺宗，乃至当今天子，都没有一位向世人展示过玉龙子，又是为什么呢？"

裴玄静道："只能是……他们手上根本就没有玉龙子。"

元稹叹息着点了点头："其实，传说中玄宗皇帝丢弃玉龙子于龙池，肃宗皇帝又从渭河泥沙中得到玉龙子的故事，都是从一首《玉龙子诗》中来的。诗曰：'圣运潜符瑞玉龙，自兴云雨更无踪。不如渭水沙中得，争保銮舆复九重。'将整个过程煞有介事地描绘了出来，遂成定说。"

又是一首诗!

裴玄静想了想,问:"这首诗是何人所作?"

"无名氏。但我猜想,很可能是肃宗皇帝身边最得力的谋士李泌炮制出来的,"元稹看着韩湘,"我说得对吗?"

韩湘点头。

李泌可是一位大名鼎鼎的传奇人物。从小就是神童,幼时便已粗通黄老学说。七岁即得到玄宗皇帝和当朝宰相张九龄的赏识。玄宗皇帝特别安排他入东宫,任待诏翰林,和皇太子李亨一起长大,彼此感情特别深厚。安史之乱发生后,玄宗皇帝出逃成都,太子李亨与他分道扬镳,北上灵武登基,即为唐肃宗。此时已云游求道的李泌赶来灵武,为肃宗皇帝出谋划策,帮助他平定叛乱,并最终收复了长安。肃宗和他的儿子代宗、孙子德宗皇帝都对李泌十分器重,在许多关键决策上都会请教他的意见。李泌也一再参与宫廷大计,辅翼朝廷,为李唐的江山社稷运筹帷幄,可以说是肃宗、代宗乃至德宗三朝的重要人物。但李泌笃信道教,一生崇尚出世无为的老庄之道,数度坚辞宰相之位。每当朝廷局势稳定后,他便辞官隐入山林。直到贞元三年他已经六十七岁时,才终于答应德宗皇帝出任中书侍郎同平章事,算是正式拜了相。然而仅仅两年不到,贞元五年时,李泌便与世长辞了。

李泌的一生游走于朝廷和山野之间,故而人送"仙人宰相"的美誉。他与肃宗皇帝李亨之间的情谊尤其为人所称道。但是他与玉龙子又有什么关系呢?

裴玄静问:"李泌为什么要炮制《玉龙子诗》?"

"因为他想让全天下人都相信,肃宗皇帝得到了玉龙子。"

"我不明白……"

元稹长叹一声,对韩湘说:"你来解释吧。"

韩湘道:"方才已经说过,玉龙子其实是道门的圣物,赠予李唐皇家后,更代表了整个道教对李唐社稷的支持,也维系着皇家与道门的密切关系。天下各宗派的道长都相信,手持玉龙子者才是道教应该拥护的皇帝,甘愿为之号令。所以玉龙子的归属关系重大,必须为真命天子所有。安史之乱时,玄宗皇帝逃往成都避难,太子则率军北上在灵武登基,如果当时太子能手握玉龙子的话,就会显得更加名正言顺,也更能够说服天下道众,进而在平乱中获得道教的大力支持。"

元稹接着说:"所以,李泌赶到灵武后,便给刚刚登基的肃宗皇帝出主意,以玄宗皇帝抛玉龙子入龙池为头,再添上渭水河泥中玉龙子重现的内容,编出一个有头有尾的完整故事,更作了首《玉龙子诗》散布出去,以助口口相传,果然让全天下人都相信,玉龙子重归肃宗皇帝所有了。至于营帐中的奇光异彩么,呵呵……"

他没有说下去,裴玄静也没有追问。伪造奇迹的手段太多了,不久之前,她自己不是还做过类似的事情吗?过去她曾经多么憎恨欺骗,对一切谎言都疾恶如仇。现在她却不得不承认,世间确有许多谎言出自无奈。

然而,因此就可以纵容欺骗吗?真相就没有意义了吗?

裴玄静的脑子乱极了。

元稹道:"玉龙子的归属关系太重大了。得到它的人,不仅能号令天下道门,并可声称自己才是真龙天子。毕竟,李氏是尊老子为先祖的,得玉龙子者当为真命天子,从高祖皇帝开始便是李唐皇权的根基。这一点,绝对动摇不得。我想,李泌之所以帮着肃宗皇帝欺骗全天下,也是出于社稷安危的考虑。李泌本是道教中人,又受到各宗派道长们的尊重,在当时的乱世中,为了安定社稷,让全天下的百姓不要再受战乱颠沛之苦,道教各宗派即使有所怀疑,还是默认了李泌的说法。"

"真相却是:安史之乱后,玉龙子便不知所踪了,"韩湘总结道,"由于之后的各代皇帝都不再提起玉龙子,使民众对玉龙子的印象也逐渐模糊。直到如今,大部分人连听都没听说玉龙子了,比如静娘你。"

裴玄静点头:"但肯定有人一直在寻找玉龙子。"她思忖地望着元稹,"可怎么会寻到微之先生这里来?"

元稹叹道:"问题的关键在于,玉龙子究竟到哪里去了?玄宗皇帝是最后一位拥有过玉龙子的皇帝。当年入蜀时,他曾经师从的罗公远真人在剑门迎接他,并一直将他送到了成都。在成都时,玄宗皇帝又上过一次青城山。因为玉龙子原为道门圣物,所以就有人猜测,玄宗皇帝把玉龙子的秘密透露给了罗公远或者青城山的当家道长司马承祯。"

青城山!裴玄静强抑心中的震撼,自己在编造贾桂娘羽化升仙时,不是也提到了青城山吗?难道真有什么冥冥之中的指引?

元稹又道:"司马承祯和罗公远都已羽化升仙,如果他们知道玉龙子的下落,必会交代给最信任的弟子。司马承祯晚年离开青城山,转到天台山上修道,还曾把衡山、玉屋、青城和茅山诸派都召集过去,将天台山立为道教各宗之首。"他看着韩湘道:"现如今,天台山的当家道长是冯惟良,他本就是罗公远的再传弟子,永贞元年才离开青城山,前往天台山修道,却立即被司马承祯选定为继承人,当时就很出乎人们的意料。第二年司马承祯便仙去了,自那以后天台山,或者说道教南宗的首脑就是冯惟良道长了。"

韩湘道:"微之先生就是因为和师父的交往被人盯上的吧?"他转首向裴玄静解释,"微之先生曾任过一段时间会稽廉访使,听闻师父道行高卓,几次上天台山拜会,向师父请教方外之事。师父见微之先生风雅卓绝,交谈投机,甚感欣悦。二人之谊传为佳话。但也可能,有人因此怀疑微之先生从师父那里打听到了玉龙子的下落。"

"她……向我提到过玉龙子和冯道长,我以为她只是好奇。"元稹惨白的脸上泛出模糊的红晕,也不知是药物的作用还是因为羞愧。他的话音低落下去,像在喃喃自语:"她的名字叫姜离,是刺史的妾。我被贬来通州之后,刺史百般刁难,连一间像样的屋子都不给我住。我早预料到这种情况,所以来时并没有带家眷,百般辛苦都得靠自己,实在勉为其难啊。一个月前,我又染上了疟病,刺史便将我赶到野外的祠堂中,美其名曰让我单独养病,其实这一个多月来,根本连半个医人都没有请来过,每日只派仆人送些粗鄙饭食来与我果腹,不叫我饿死罢了。只有她……常常来看我,给我送些药和汤来。她颇通文墨,爱诗更懂诗……"

元稹的声音越来越低,终于完全听不见了。在最惨淡艰难的日子中,那个女子给自己带来的温暖和安慰,事后回味依旧弥足珍贵,又何必追究真假呢?也许她的身世、人品,乃至究竟为谁所逼所害,终将是一个永远的谜团。但她最后带着毒汤而来,肯定是被人以死胁迫,她自己不也惨遭毒手了吗?

垂死挣扎之际,她喊着"元郎,救我",是在乞求彼此间仅存的一丝真情吗?

裴玄静望着元稹憔悴仍不失风度的形象,突然想起他在《莺莺传》中写的句子:大凡天之所命尤物也,不妖其身,必妖其人。她不禁想,对那位死于非命的刺史姜夫人来说,元微之才是天之所命的尤物吧。

这么一想,裴玄静在悲凉中又感到几分滑稽,赶紧收拢心神,问:"微之先生认为,逼迫姜夫人的是通州刺史,还是另有其人?"

"如果是通州刺史想打探玉龙子的下落,背后就很可能是当今圣上。不过,"元稹摇头道,"圣上尽可以光明正大地来问我,我也不敢有丝毫隐瞒的,没必要用这种卑鄙的手段。"

"当是另有其人,"韩湘肃容道,"师父在给我的书信中写,由于玉龙子失踪,道门和皇家越来越疏远。于是近年来,就有邪门歪道开始蠢蠢欲动,阴潜到皇帝身边,以佞邪的手段想方设法取得皇帝的信任,同时用各种妖术蛊惑百姓,大力扩张自己的势力。这些人以道家之名,行奸猾妖恶之事,破坏道门的正统宗规,若是任由他们肆意妄为的话，道教必将受到损害，就连大唐社稷都会遭到威胁。所以，师父已派了不少弟子下山，监视那些人的行为，誓将予以反击。"

柳泌！乾元子！裴玄静差点就脱口而出这两个名字，她看着韩湘，他也看着她，默默地点了点头。

她全明白了，对玉龙子的争夺，从长安就开始了。

"不过我也没想到，这次为了王质夫来通州找微之先生，竟又牵扯上了玉龙子，"韩湘继续道，"在信中师父就警告说，尽管玉龙子已绝迹多年，然一旦其真身重现江湖，有关它的记忆就会立即恢复，并挟神力与天命，形成一股强大的势力。所以，师父才命弟子们全力阻止邪道探寻玉龙子的下落。否则，如若玉龙子落入歹人之手，必将对风雨飘摇的大唐造成不可估量的后果！"

好似一阵阴风吹入屋中，几个人都不约而同地打了个冷战。

沉默片刻，元稹突道："你们都还没有问我，关于玉龙子我究竟知道些什么。"

裴韩二人一齐望向他。

元稹笑得有些奇怪："唉！其实冯道长对玉龙子守口如瓶，我曾出于好奇询问过他，却一无所获。至今我都不知道，冯道长是不是真的掌握着玉龙子的下落。所以贼人想从我的口中探听情况，实在是打错了主意。不过，裴炼师提起的一个人，倒是切中要害。"

裴玄静的心中"咯噔"一下。她几乎已能断定，他将说出的是哪一个名字。

"王质夫。"元稹慢吞吞地说，"肃宗皇帝并未在渭河畔得到玉龙子，关于这桩隐情，正是出自王质夫之口，并由白乐天记载在了《长恨歌》中。"

第三章
长生劫

1

他只有一个地名：青城山。

他早就听说过，那是一座仙山。山峦奇亘，森茂葱葱。自古仙人出没，神迹常有，所以是道教的福地。而现在，青城山成了他心中的圣地。

崔淼带着禾娘顺利混出长安城后，便日夜兼程向蜀地奔来。他在城外的驿站付大价钱雇了两匹好马，原来还担心禾娘骑不惯，却发现小看了她。许是遗传了行武父亲的矫健体魄，又跟着聂隐娘练了几天功夫，少女在马上身姿轻盈，耐力过人。而且，自打上路之后，禾娘也一扫在长安城中的阴郁神色，像一只飞向自由天地的小鸟，整个人都开朗起来。

他又何尝不是呢。

原来，束缚人的首先是自己的心结，只要打开心结，其他一切都不能成为障碍。

崔淼与禾娘都是第一次入川，因为读过李太白的《蜀道难》，对于蜀道的崎岖多少有些忧虑。但当他们穿过汉中，将八百里秦川抛在脑后，又跨越剑阁，终于进入剑南东川的地界时，崔淼惊异地发现,险峻跌宕的道路前方是更加雄奇明丽的大好河山。

天意使然,引他走了这一条路。在这条路上,既有将士们英勇抗敌所抛洒的热血,也有大唐皇帝仓皇奔逃的身影,甚至还有倾国美人的泣血悲歌。在这条路上,崔淼深深体会到了身为今日的大唐子民的复杂情愫。他想起出发前李景度说的话,禁不住心痛起来,很后悔没有在当时就反驳他。

抛开仇恨与盘算,崔淼终于能够感受到大唐的壮美与博大。假如能再见到李景度,崔淼一定要对他说:你错了。大唐不会亡,至少不会像你以为的那么快。

不过,他们不可能再见面了。

崔淼不会再回长安,他也不会让裴玄静再回去。一旦找到她,他就要和她携手共赴天涯。他有信心说服她,因为他已经说服了自己。

时令渐入深秋,关中已经看不到绿色了。可是在东川,草木依旧苍翠。青城山,正如它的名字一样,好似一座巨大的青色城郭矗立在他们的面前,蔓延起伏看不到尽头。

"这可……怎么找呀?"禾娘在他身边发出低低的惊呼。

是啊,怎么找?他太兴奋了,竟然没有认真思考过这个问题。

裴玄静是来青城山寻仙,而他是来青城山找裴玄静。还真不好说,究竟谁的任务更艰巨,更匪夷所思。

崔淼笑起来:"总有办法的,大不了我们也去寻仙。只要找到仙人,肯定就能找到静娘。"

"这人疯了。"禾娘撇了撇嘴。

可不是疯了嘛,但是他疯得心甘情愿,而且充满希望。

崔淼指着路边的茶摊道:"我看前方就要入山了。咱们先在此歇个脚,打听打听。"

自从进入东川地界后,这种沿路摆设的茶摊隔不多远就能看到一个。蜀地之秋,除了扫尽碧穹中的云丝之外,既没有催黄丛林的绿色,也没有在风中添多一层凉意,东川的百姓就是比其他地方更得天独厚,时值深秋,仍然能够惬意地在青山碧水的掩映之下,品茶闲聊,漫谈风月。

青城山是胜地,这个茶摊就设在入山的道口外,进山出山的人都会来坐一坐,所以生意特别好。总算还有一副空座头,二人坐下后,崔淼便操起一口惟妙惟肖的川话来向伙计要茶。

禾娘抿嘴笑。

崔淼低声问她:"你笑什么?"

"你从哪里学来这口川话的,你不也是第一次入蜀吗?"

"小时候教我认字的先生是蜀人。我觉得他的口音好听,就缠着让他教我川话。没想到这么多年过去,竟然还记得。"

"崔郎就是聪明。"禾娘说着,脸上情不自禁地一红。出长安后,她就恢复了汉家女儿的装扮,简单挽起的发髻上,仅仅插了一支金簪。簪头垂下的红穗子,总会随着她的巧笑倩语在鬓边悠悠摆动。

崔淼认出了这支金簪。这支金簪,既饱含着一位父亲对女儿的爱与憾,也将他和裴玄静更密切地牵系在了一起。看着飘荡的红穗子,与裴玄静初识的一幕幕又浮现眼前,他不禁心神荡漾……

"崔郎,你在看什么?"禾娘悻悻地问。

"没什么。"

禾娘垂下眼帘,兀自黯然神伤。她太心知肚明了,虽然崔淼对自己十分照顾,但他的心神几乎从不在自己的身上逗留。她曾想过种种办法引起他的注意,讨他的欢心,甚至惹他生气,结果却总是失望。

青城山就在眼前了,他们真的能找到裴玄静吗?假如找到了,自己又该怎么办呢?

禾娘不敢再往下想了。

伙计上茶了,清新的茶香扑面而来。

还是在入川之后,他们才见识到这种以清水烹茶的新鲜方法。

他们原来吃惯的茶,都是煎好后加盐和奶酥,又香又腻又浓,吃上一顿茶,能混个半饱。巴蜀人民却让他们大开眼界,原来茶还可以清泡,取其天然不掺杂的纯正香气,喝时再佐以精致的茶饼,滋味大美。

"好茶。"崔淼由衷地向伙计跷了跷大拇指,心里盘算,可以趁机打听一下裴玄静的行踪。不管裴玄静有没有找到仙人,她要上青城山,必得从此经过。以她和韩湘的出众外貌,应该会引起注意的。

于是他笑着问伙计:"这位小哥,最近这些天,有没有见过一男一女结伴上山?"

"一男一女啊,那可多咯。"

"一男一女都是道士的,不多吧?"

伙计翻了翻白眼,努力思索。

"女的长得很美,像个天仙。男的嘛,呆头呆脑的,像只笨鹅。"

禾娘正朝崔淼瞪眼睛,就听伙计在旁边一拍脑门:"要的!"

"你见过?"

"就是嘛,今天早上刚刚来过,在我这儿喝了茶才上山的。"

崔淼的脸上竭力保持笑容,心中却似有十七八个吊桶在拉扯——裴玄静和韩湘刚到青城山?怎么可能,他们不是早出发了好些天吗?

他忙又问:"你肯定没记错?"

"哎哟,今天早上的事我还能记错?"伙计有点儿不高兴了。

"你可知他们去了山上何处?"

伙计打量着崔淼,面露狐疑:"你们……是一伙儿的?"

"是啊,"崔淼的脑筋飞转,"我们在打赌。"

"打赌?什么赌啊?"

"我们听说青城山上有神仙,所以分头来找,看谁能先找到。"

"哦!"伙计恍然大悟,这年头吃饱了饭没事干的人还真不少,遂道,"听说山上神仙可多着呢,不过我们肉眼凡胎的,从来没见过。"

崔淼一本正经地说："所以不能让他们先寻着仙人，我们也得赶紧，要不就输了。小哥可知他们上山的方向？"

伙计想了想，道："唔，他们向我打听当年玉真公主修道的真武宫。"

"真武宫！怎么走？"

伙计指着前方的山路说："你们沿此路上山，到天师洞后转右侧山腰，再向前走便是。"

崔淼大喜，忙从腰带里摸出几枚铜钱塞进伙计的手里，又朝禾娘使了个眼色，就要起身。

偏在这时，旁边的一副座头上起了喧哗。

"这茶是怎么回事，太难喝了！"几个道士打扮的客人将桌子敲得咚咚乱响。

伙计上前问："几位道长，有什么吩咐？"

"我说这茶，不地道！"

"怎么不地道了？咱们这儿的茶都这样啊！"

"我不管，反正你的茶没味儿，你给我们重新上！加盐，加奶酥！"

崔淼又坐了回去。听口音就知道这几个道士来自京兆地区，北方人喝不惯清茶也正常，只是他们的态度过于嚣张了，实在不像清心寡欲的修道之人，他觉得蹊跷。

伙计亦面露鄙夷之色，回道："道长，您都进了东川地界，就该喝这里的茶。入乡随俗，懂不懂？每天来咱这小摊上的，天南海北什么人都有，从没人说过咱的茶不好喝。况且，您要的盐和奶酥，小摊也没有。"

听口气，就差直接骂乡巴佬了。

要茶的道士果然气得直捋袖子，好像准备大打出手。旁边的同伴赶紧将他拽住，压低声音道："别耽误了正经事！"

崔淼竖起耳朵，把这句话听得真切。就在他们动手动脚之际，一道寒光掠过他的眼角,这几个道士均身怀利器。

一个领头模样的道士将伙计招到跟前,低声问了几句话,便向桌上扔了几枚铜钱,大家起身离去。

崔淼叫来伙计问:"方才那拨人向你打听什么?"

"怪了,"伙计道,"他们也在打听一男一女的两个道士,莫非都赶着寻仙?"

崔淼的心一下子提到了嗓子眼:"你跟他们说了?"

"说是说了,"伙计坏笑着说,"不过,我瞧他们不顺眼,就指了条远路。他们要绕到真武宫,且得下半夜了。准保您比他们先到,先找着仙人。客官您说说,他们的口味那么重,又要奶又要盐的,我看就不像正经道士……"

"对!我们该走了!"崔淼打断伙计的唠叨,朝禾娘一点头,两人出茶摊上马便行。

伙计追出来,冲着他们的背影喊:"喂!你们此刻上山,等到真武宫也该天黑了,可小心着点呦……"

崔淼和禾娘早已绝尘而去了。

前半段的山路还算好走,到达天师洞时正是日落时分,万道霞光刺破苍穹,为整片青山染上红色,半山之上金光灿灿,山坳下则是深不见底的黯黑。

蜀地的秋日明丽如春,夜晚却降临得格外迅疾。几乎一眨眼的工夫,山道已被山峦和茂树的暗影覆盖得严严实实,只有一点清冷的月色指引着前方。

从天师洞向后盘绕的山道变得格外狭窄,而且蜿蜒崎岖,两侧时不时趋近陡崖,即使白天,马匹通行也得十分小心,夜晚就相当危险了。崔淼和禾娘干脆将马匹拴在天师洞外,弃马步行朝后山而去。原来没准备夜间赶路,所以二人连火折或提灯都没有带,只能借助微明的月色,几乎摸黑前行,速度又不得不减缓许多。

崔淼算是明白那茶摊的伙计有多鬼了,近路都这么难走,他再指示那几个长安来的道士绕远路，且不说下半夜能不能到得了，说不定先一脚踩空掉下山崖了都未可知。为了安全起见，那几个人多半只能等到天明再行。

这么想着，心里安稳了些。但不知真武宫到底还有多远，更觉道路漫长，走着走着又焦躁起来。仿佛走了很久很久，终于山道渐渐平缓起来，而且越来越宽，再转过一个弯，眼前突然豁然开朗。

群山环绕中的一块平地中央，孤零零地矗立着一座宫观。月光如水银泻地，照得殿宇如同漂浮在银白色的水面上。远远望过去，真武宫内一片漆黑。而宫观外的左右两侧，却有什么东西高低起伏着，一直延展到平地边缘。

"怎么全都是墓啊！"禾娘惊叫出来。

真没想到，赫赫有名的真武宫、玉真公主曾经的修道之所，竟然被坟墓团团包围。

崔淼说："咱们过去看看。"

他的话音未落，头顶上突然乌云遮月，前方平地顿时变得漆黑一团，什么都看不见了。他们只能又停下脚步。崔淼感到禾娘伸过来的手冰凉，知道她害怕，便安抚地握了握。其实他自己也有点胆寒，更感到忧虑，此情此景实在诡异得出乎意料。崔淼不敢设想，玄静和韩湘真的在这里吗？假如是，那么他们现在的状况怎样？他们来此的目的究竟是什么？

神仙，崔淼是从来不信的。他自小就懂得，世间的一切，不论善恶都是人为。所以现在他最担心的，还是裴玄静与韩湘的安全。山下茶摊碰到的那几个道士，为什么也盯上了他们？崔淼的心中升起不祥的预感。

忽然，前方的黑影中亮起了一星火光。火光摇摇曳曳地游走着，速度还挺快。天地仍然被黑幕所笼罩，因而只能从方向上判断，火光正朝平地中央的真武宫而去。但还未到真武宫的大致位置，火光就停了下来。随即，原地又亮起一团更大更亮的火光，映出两个黑色的轮廓，并肩站在一座坟墓前。

禾娘惊呼出来："啊，鬼！"赶紧捂住了自己的嘴。

却见那两个黑影弯腰挥臂地动作起来。"唰唰唰"的声音不断传来，虽然很低沉，却足以打破周围死一般的寂静。

崔淼和禾娘都情不自禁地瞪大了眼睛——没有看错，这两个家伙是在掘墓！

正当愣神之际，从真武宫的另外一头又亮起了一星火光，摇曳逡巡，冲着两个掘墓者直扑而来。刹那间，两块火光已经撞到了一起！紧接着便传来一个女子短促的叫声："你们在做什么，快住手！"

几乎与此同时，夜空中乌云散去，一轮明月大放光芒，将真武宫照得通体泛白，如同玉石雕砌一般，连它周围平地上鳞次栉比的坟墓，也变得一个个玲珑剔透。

就在这些坟墓中间，三个人扭打成一团。旁边还站着一名白衣女子，手里握着块石头，正急得团团转，想帮忙却不知如何下手。

"静娘！"崔淼大喝一声，向前冲去。

他可算看清了，和两个掘墓人对打的是韩湘，旁边抓着石头的女子正是裴玄静！

想来韩湘跟着聂隐娘夫妇练了一段时间的功夫，所以颇有点武力，胆气也壮，居然敢一个对俩。而那两个掘墓者却明显心虚，本来仗着多一个人，还用手里的铁锹胡乱抵挡。怎么也没想到，突然又凭空冒出一个虎虎有生气的青年郎君来！两个掘墓的彻底慌了，很快便招架不住。见势不妙，他们拔腿便朝旁边的山林跑去。其中一个腿脚稍慢，被崔淼赶上一剑刺中后背。他惨叫一声扑倒在地，崔淼正要上去擒他，那人的手中寒光一闪，居然还藏着一把短刀，朝崔淼的前胸直刺过来。幸好禾娘及时赶到，从地上捡起一块石头，朝他的后脑勺猛砸过去。那人"咕咚"倒地，手里的短刀刚巧扎进自己的咽喉！

崔淼将他翻过来看时，鲜血自咽喉处的伤口往外直涌，已然断气了。

"咳!"崔淼没好气地说,"就这么死了?我还打算留活口呢。"

"我以为他要刺你……"禾娘连忙辩解。

"不怪你。"崔淼站起来,拍了拍她的胳膊。

"崔郎……"

他猛地回过头去,是她。

终于又见面了。他们突然都不知道该说些什么。离别已久,在长安时,他们同居一城之中,却有数月如同陌路,彼此并无交涉。而今天,竟在距长安千山万水之外的蜀地青城山中重逢,多么不可思议,又好像命中注定。

她望着他,英俊如昔的面庞上,不知何时蒙上了一层沧桑,使他有一点点显老,但也更有男子气概了。他也望着她,刚刚一场恶斗令她的发髻松乱。连日奔波劳碌,她的脸色苍白,眼圈发青,一对清澈如水的明眸也笼上了云烟,在他看来却越发楚楚动人了。他似乎从没见过她像现在这般柔弱,恨不得立刻将她揽入怀中,用力抱紧,再不让她受到任何惊吓或者伤害。

他们不约而同地开口:"你怎么……"又都一齐住了口。

几步之外,禾娘黯然而立,夜风拂过她的面颊,是悄悄吹干了什么吗?只有她自己才知道。

韩湘去追另外一个掘墓人,现又返回来,见到崔淼便问:"欸,你们怎么来了?"

"我想来就来!"崔淼反而质问韩湘,"你追的人呢?"

"他钻树林子里去了,没追上。"

崔淼把眼睛一瞪:"没追上你就回来?"

"我……你怎么不去追啊?"

"我要保护静娘嘛!"崔淼一见到韩湘便故态复萌,教训道,"我说你是怎么回事,不是寻仙吗,怎么把静娘带到这种可怕的地方来?难道神仙都躲在坟墓里不成?"

"哎呀，你知道什么！"

"别吵了，你们快来看！"是裴玄静在招呼。

两人立即休战，一起围拢到裴玄静的身边。

裴玄静就蹲在那座刚被掘开的墓旁。翻开的泥土中，碎石杂草下隐约可见黑色的木棺。

"静娘，怎么了？"崔淼问。

"得把这口棺材挖出来。"

"啊？"其余三人均大吃一惊。韩湘脱口而出："我们也要盗墓吗？"

裴玄静道："韩郎，这两个掘墓人是有的放矢的，他们并非为了盗取墓中的财物。"

"那是为什么？"韩湘还要追问，崔淼捋起袖子道："啰唆什么，赶紧动手！"

韩湘只得跟着崔淼抄起两个掘墓人丢下的铁锹，用力铲起土来。铲了几下，他们都觉出不对劲来了。这个墓明显比一般的墓挖得浅，泥土也填得松松垮垮，难怪刚才那两人根本没挖几下，木棺的顶就露出来了。再经他们现在这一通猛挖，很快整个木棺都暴露在眼前。两人停下手，一起望着裴玄静，等她下指示。

她抬手轻轻抚了抚墓碑，平静地说："请二位郎君将这口棺材打开。"

两个男人交换了一下眼神，便果断地开始行动了。

棺材盖一撬就开，用的是最普通的薄杉木。崔淼和韩湘各抬一边，几乎没费多大力气，就把棺盖移到旁边去了。

四个人一起探头望向棺中——没有尸体，更没有骸骨。空荡荡的木棺中央，只放着一具绸缎包裹着的人形石俑。

2

崔淼问裴玄静:"你早就料到了?"

裴玄静盯着石俑,没有回答。

"这到底是怎么回事?"

"是生冢。"她终于开口了。

"生冢?什么人的生冢?"

裴玄静指着墓碑,念道:"'长安女傅氏之墓',从这上面只能看出,墓中应该葬的是一位女子,她出生于长安,姓傅。"又看了看旁边的一行小字,"元和元年立。所以,她应该是死于十一年前。"

崔淼问:"应该是什么意思?她究竟死了没有?"

"我想没有,"裴玄静道,"如果人死了,但尸骨未能归葬的话,那么这个墓中应该放着她的衣物之类,也就是衣冠冢。可是现在,墓中放的却是石俑。"

韩湘抢着说:"这个我知道。道家以石俑代真人入墓,又称'石真',其实是为活人祈福,延年益寿的法术。如此看来,这位长安傅氏娘子确实还活着。不过,光从墓的外头来看,真会以为她已经死了呢。"

"所以有人来查了。"

"对啊!"崔淼的眼睛一亮,"怪不得静娘说方才那两个掘墓人是有备而来的!可你是怎么猜到的,你认识这个长安傅氏?"

裴玄静摇头。

"你识出了掘墓人的身份?"

裴玄静又摇了摇头。

韩湘道:"我与静娘今天一早上山,午时才刚到此地,哪有你说的神机妙算。"

"那我就更不明白了。"

裴玄静道："崔郎你看，真武宫旁密建坟茔，所葬的都是历年在真武宫中修炼的女冠们。因为这些女冠常年修行，早已抛开俗家尘缘，死后并无家人为其安葬，所以只能葬在这里。此处有青山环抱，又有真武宫的神位相镇，按道教的风水来说，其实是绝好的墓地。今天中午到的时候，我和韩郎就已经看过了，所有的墓碑上都只简单地写了姓氏和入道、归葬的时间，再无其他记载，这也符合道门简朴入葬、回归山水的义理。但唯有这座墓，我第一次见时就觉得奇怪，因为墓碑上没有记录傅氏入道的日期，所以她葬在此处，并不合适。"

"啊？我怎么没注意到。"韩湘挠了挠头。

"还有更奇怪的，"裴玄静又说，"你们看，墓碑上写的是元和元年立，距今超过十年了。可是旁边同样年代立的墓，甚至更新近的墓，墓上的杂草都长得比这个墓长。所以说……"

崔淼接口道："所以说这个墓并非立于十一年前？"

"看外观我就怀疑过，这个墓是最近才立的。挖出的木棺更证明了我的猜测。你们想想，如果是十多年前埋下的木棺，又是易朽的材质，填埋得还如此粗疏，怎么可能到现在都没有一点朽烂？"

"有道理，有道理。"韩湘赞同。

裴玄静说："因我们来真武宫有自己的目的，所以，白天时我虽留意到了此墓的不寻常，本也不想多管闲事的。可谁又能想到，夜里便来了掘墓的，由不得我不管了。只是，光凭目前的线索，这个墓的底细依旧扑朔迷离。"

"那下一步怎么办？"

"你们看，"裴玄静指着石俑旁边问，"这是什么？"

崔淼伸出手，把一个东西从棺木里捡了出来："是个小石头盒子？"他将小石盒递到裴玄静的手中。她想了想说："这样吧，先将此墓大概恢复原状。我与韩郎今夜在真武宫借宿了一间静室，崔郎与禾娘干脆一起来休息过夜，我们再好好商量商量。况且，彼此都有很多经过要讲。"

"行！"崔淼应道，"把这个墓重新堆起来容易，我俩一起动手很快就完事。"

"不！你们中得有一个去搜一搜那个死人，再用树枝将尸首盖住。"

禾娘插嘴道："我去就行了，这有什么难的。"只要在裴玄静的面前，她总忍不住想证明自己的能耐，并对裴玄静表示出小小的不屑。

裴玄静一笑："禾娘，你不可以去。因为还要负责核实一件事。"

"什么事？"

"我猜那个掘墓人是个宦者。所以，必须麻烦哪位郎君去验看一下。"

"啊，是阉人？"韩湘上下打量裴玄静，"你怎么会知道？"

裴玄静再沉着，也让他这一惊一乍弄得有些尴尬了："阉人身上有股子气味。我在宫中出入过几次，所以知道。方才，我在两个掘墓人身上仿佛也闻到同样的气味。"

韩湘还是不明白："气味？什么气味？"

崔淼笑起来："是尿骚味！没错，我在兴庆宫中也闻到过。为了掩盖这股骚味，他们还熏香，结果更弄得怪里怪气的，令人作呕。"他不怀好意地瞅着韩湘，"你这么好奇，要不还是你去看吧，看了就明白咯。"

他自己则抄起铁锨，开始给"长安女傅氏之墓"重新封土。封到一半时，韩湘回来了，表情一言难尽。

"都看清楚了？"崔淼坏笑着问。

"嗯。静娘说得没错，确实是阉人。"韩湘低下头，也挥舞着铁锨填起土来。少顷，他趁两个女子不注意，才压低了声音对崔淼说："我算看明白了，没了那玩意儿，小解起来麻烦，容易淋漓不净，所以衣服上会沾有尿骚味。想来叔公整日与那些宦官为伍，怎么受得了？"

崔淼亦低声道："上等宦官自有办法清洁，大不了常换衣裤，反正有奴子帮他们洗。再多熏熏香，便闻不出什么来了。否则把皇帝嫔妃们给熏坏了，怎生了得？可是低等阉奴们就没那个福气了，只能成天带着这股气味。像今日这两个，在外久了，自然更顾不上了。"

韩湘叹息："阉人已经够惨的了，本来嘛，从外表未必一眼能看出来，结果还带着这么个特别的气味记号。难怪大多性情乖戾，还爱作恶，替他们想一想，其实也是命苦。"

崔淼不以为然地说："行啦，你还真当回事了！天底下命苦的人多得是，难道都去作恶不成？这等恶心之事就别琢磨了。倒是应该好好想想，两个长安宫中的阉人，怎么会千里迢迢跑来青城山中掘墓？"见墓上的土堆得差不多了，他又朝墓顶用力锹了最后一铲土，"这个长安女傅氏究竟是何许人也？"

裴玄静和韩湘借住的静室在真武宫的另一侧，墓收拾好了，四个人便一起过去。

从真武宫的正殿门前经过时，崔淼瞥见紧闭的殿门下透出微光，奇道："咦，这观中有人啊？"

"当然有人，一直有女冠在此修道。"

"我们闹腾成这样，她们居然不理不睬？"

韩湘解释说："人家都是女冠，深更半夜的当然不愿管闲事。真武宫本乃皇家赐佑的宫观，女冠们只要待在真武宫中，若非丧心病狂者绝不会入观骚扰。所以越有是非，她们反而越要闭门不出。"

"原来如此。"

终于来到这间小小静室，四人分头坐下。裴玄静燃起一盏油灯，火光划出一个温暖的红圈。围绕着红圈的，是四张疲惫晦暗的面孔和四双明亮闪耀的眼睛。

崔淼环顾四周，黑乎乎的也看不清什么，只隐约能看到墙边的条案上供着香炉，墙上好像还题着几行诗。整体而言，屋中的布置十分素净简朴，确实像是某位女冠的静修之所。

"这是何人的丹房？"他好奇地问。

韩湘刚要回答，裴玄静抢先道："这些待会儿再谈，请崔郎先回答我的问题。"

崔淼一愣，随即微笑："一切谨遵静娘之命。"

是啊，她可是皇帝钦差，奉旨出行。而他呢，终究只是一个亡命天涯者。兜兜转转，他们二人的角色仍然泾渭分明——她是神探，他是贼寇。从春明门外的贾昌小院开始，时至今日仍未改变。不过崔淼相信，既然他们能够跨越千山万水而重逢，主导命运的就一定不是表面上的差距，而是内心的相知与默契。

他这个谜题，终究还得由她来解。他比过去任何时候都更期待了。

"好吧，"他说，"静娘要问我什么？"

裴玄静说："方才禾娘已将你们出长安到青城山的始末，大致告诉了我。但她说不清楚，你为什么突然决定离开长安？"

"来找你啊。"

裴玄静不语，只是执着地盯着崔淼。她的眼神清澈温柔，没有半点敌意与怀疑。

崔淼突然觉得很安心，便脱口而出："是王皇太后命我离开长安的。"

裴玄静尚未答话，韩湘却叫起来："皇太后命你来帮我们？"

崔淼一愣。

韩湘又道："我知道了！皇太后肯定担心我们这一路寻找王质夫有危险，所以特意派了崔郎来助阵。"

"是这样吗？"裴玄静问。

"呃——是的。"

"皇太后是怎么说的？"

"她……她只说静娘到青城山上寻仙，要我来给你们帮忙。"

裴玄静又问："是她亲自吩咐你的吗？"

"是。"

"你见到皇太后本人了？"裴玄静流露出难以置信的表情，这下可激发了崔淼的傲气，他马上回答："当然见到了。"

"她……什么样？"

"静娘没见过吗？"

裴玄静摇了摇头。汉阳公主两次请她入兴庆宫查案，打的都是王皇太后的旗号。现在她千里跋涉寻找王质夫，亦是汉阳公主转达的王皇太后的密令。然而自始至终，王皇太后并未向裴玄静展露过真容。虽然汉阳公主凭借贾桂娘的死最终说服了裴玄静，使她同意成行。不过，对于一直隐身幕后的王皇太后，裴玄静仍然充满了好奇。

"皇太后的样子嘛……"崔淼沉吟着，好不容易才找到了贴切的形容，"我觉得，就同那佛寺中的观音菩萨一模一样。"

"观音菩萨？大慈大悲救苦救难的观世音菩萨？"

"是的，"崔淼点了点头，认真地说，"既慈悲，又苦难。"

"是这样……"裴玄静说，"所以，崔郎便听从了皇太后的旨意？"

"当然，谁能不听菩萨的话呢？"

崔淼这话，听得出是发自肺腑，毫不夸张的。裴玄静也不禁心有触动。她想，假如王皇太后真像崔淼所说的，是一位菩萨，那么他们今天的相遇，不就是菩萨的安排了吗？

她有些激动地说："看来，我们今日能在青城山上相遇，当真是天意了。"

"怎么说？"

"崔郎，且听我慢慢讲来吧。"

还真是说来话长。待裴玄静把寻找王质夫的来龙去脉讲完，仿佛已有数不尽的夜悄然而逝了。深山之中的夜晚，既没有滴漏也没有更声，时光流转变得越发难以捉摸。当她终于告一段落时，抬眸望向窗外，才发现皓月西沉，星光也开始寥落了。

屋里响起低低的鼾声，韩湘已经躺在榻上睡着了。禾娘也撑不住，斜倚在榻边，耷拉着脑袋打瞌睡。唯有裴玄静和崔淼二人还是精神矍铄，大约因为，使他们的兴奋不单单是案情。

"所以说，《长恨歌》中写到了宝物玉龙子？"崔淼目光炯炯地问。

"元微之先生是这么说的，"裴玄静道，"崔郎是否记得，《长恨歌》中有这样两句，'六军不发无奈何，宛转蛾眉马前死'。"

"当然记得。这两句诗说的是在马嵬驿时，六军骚动，逼迫玄宗皇帝杀死杨贵妃，对吗？"

"崔郎说得没错。但这两句诗，其实是有蹊跷的。"

"什么蹊跷？"

裴玄静道："微之先生告诉我，所谓六军指的是左右神武军、左右羽林军和左右龙武军，均为天子禁军。所以《长恨歌》中这两句诗，当直指马嵬驿时禁军哗变之事。但是，诗中有错。"

"有错？"

"天宝十五载六月，玄宗皇帝幸蜀途经马嵬驿时，天子禁军只有左右龙武军和左右羽林军，也就是四军，而非六军。待马嵬驿之后，肃宗皇帝北上灵武登基时，才命大将军陈玄礼将四军整编为六军。"

崔淼皱起眉头："如果马嵬驿时的禁军是四军，那不就应该写成'四军不发无奈何'了？"

"可是，据微之先生说，白乐天是故意那么写的。他将四军写成六军，是暗指马嵬驿之变其实是由肃宗皇帝，也就是当时的太子暗中主导的。目的就是为了逼死杨玉环，并与玄宗皇帝分道扬镳，独自带队北上称帝。"

"所以诗中用'六军'而非'四军'，即暗指当时的天子禁军已被太子掌控，对吗？"

裴玄静点了点头。

"哇，这可是皇家绝密啊！"崔淼啧啧，"白乐天敢这么写，着实大胆。"

"他有底气。"

"底气？就因为那个王质夫？"

"嗯，"裴玄静道，"微之先生说，正是王质夫说服了白乐天，要他务必将这段隐事埋伏在《长恨歌》的诗句中。因为只有指明了太子是逼死杨玉环的元凶，才能解释为何在幸蜀途中，玄宗皇帝没有将玉龙子传给太子。当时的局势那么危急，玄宗皇帝不便直接拒绝，所以才借口说玉龙子在祈雨时已抛入兴庆宫龙池中，不见了，以这么一套说辞婉拒了太子。"

崔淼摇头叹道："连皇位都交出去了，一件玉龙子又能起多大的作用呢？玄宗皇帝不传玉龙子，更多的是想表达对肃宗皇帝逼死杨贵妃的怨恨吧。"

两人都沉默了。少顷，裴玄静又道："除此之外，《长恨歌》中还有两句诗，也与玉龙子直接相关。"

"哪两句？"

"峨嵋山下少人行，旌旗无光日色薄。"

"这两句诗中也有错？"

裴玄静的目光温柔地扫过崔淼的脸："崔郎能猜出是哪里错了吗？"

多么熟悉的场景，山野夜阑，天地万物都在沉睡，只有他与她还是清醒的，相互提示，彼此帮助，就为了解开一个谜题。这个谜题的意义连他们自己都无法参透，只是直觉地感到它的生死攸关，体味到其中凝结的执念和宿业。

对于此刻的崔淼来说，谜底本身亦不再重要，唯有与她相偕解谜的过程，才是值得倍加珍惜的。如果相信他们缘起于谜，那么，这场解谜之旅最好永远不要终结。

"崔郎？"裴玄静低声唤他。

崔淼回过神来:"方才走神了,静娘见谅。"

裴玄静淡淡地笑了笑。

"'峨嵋山下少人行,旌旗无光日色薄'。到底哪里错了呢?"

3

崔淼凝神思索:"此地是青城山,成都就在旁边。可是峨眉山呢?峨眉山似乎离得比较远。"

"峨眉山在嘉州以南。"

"也就是说——从成都到峨眉山,还要经过眉州和嘉州。路途不近,且险阻难行,"崔淼的眼睛一亮,"玄宗皇帝幸蜀只到了成都,再没有往南行。他根本就没有去过峨眉山!所以这句'峨嵋山下少人行',与上下文皆无关联,出现在《长恨歌》中是完全谬误的。"

"如此明显的疏漏,难道白乐天没有发现吗?"

"确实不应该。即使白乐天不知道峨眉山的位置,那么多人读过《长恨歌》,肯定会有人向他指出的。所以……他又是故意写错的?"

裴玄静说:"那么崔郎说说看,白乐天为何要故意写错呢?"

她是在故意考他呢,崔淼却是心花怒放。原来,这便是最快乐的时刻了。他连忙收敛心神,断不能让她小看了自己。

他思忖着说:"方才静娘提到过一句,这两句诗和玉龙子的下落有关。难道说,玉龙子被带去了峨眉山?"崔淼试探地看了看裴玄静,却没有从她的表情中看出端倪。

还给我卖关子!崔淼又爱又恨地想,遂摇头道:"那下一句'旌旗无光日色薄'又是什么意思呢?"

裴玄静说:"崔郎想一想我提到的《玉龙子诗》。"

"《玉龙子诗》?不就是说玉龙子从渭河沙泥中重现吗?静娘

刚才说了,肃宗皇帝根本没有拿到玉龙子,所谓营帐中玉龙子放光,等等,都是经由李泌策划,存心流传出来的假话。"崔淼猛地一拍桌子,"我明白了!'旌旗无光日色薄'是说,根本没有玉龙子绽放光芒,旌旗下营帐中的光彩统统都是假的!"

他急切地问:"我说得对吗,静娘?"

裴玄静没有回答,但目光中的盈盈笑意简直令他热血沸腾起来。

崔淼兴奋地说:"不,玉龙子肯定不在峨眉山。否则你和韩湘就不会来青城山了!白乐天故意写错诗句,我猜想,也是为了混淆视听吧。"

谢天谢地!他心想,幸亏峨眉山只是一个幌子,你我才没有错过。也在此时,崔淼才真正认识到,他们的这次重逢是多么幸运。早一步或晚一步,都将错过。而一旦错过,此生恐怕就无缘再见了。

"崔郎,"裴玄静又在唤他,"你在想什么?"

"静娘,我在想你方才说,你与韩郎此行虽以青城山寻仙为名,但实际上是为了寻找王质夫的下落。那么,你们为何又来到这青城山上了呢?"

"是微之先生建议我们来的。"

"元微之?"

"对。正是在通州时,微之先生告诉了我们《长恨歌》中隐含玉龙子的秘密。他还说,此中内情均由王质夫透露,就如同玄宗皇帝派方士杨通幽去海外仙山寻找杨太真的隐情一样。而且,王质夫还千方百计地说服了白乐天,让他将这些内容都写入了《长恨歌》中,不禁令人怀疑他的真实目的的究竟是什么。王质夫是王皇太后的族兄,有可能掌握到诸多皇家秘闻,本不足为奇。但他采用如此曲折离奇的方式,把皇家秘事透露出来,偏又半遮半掩,实在叫人费解。另外,王质夫突然失踪,皇太后为此焦虑非常,无论如何也要将他找到,是否也与这些秘密有关呢?"裴玄静说着,面色凝重起来。

"我们本打算在通州之后,再决定是向西去梓州,还是向东去江州,继续寻找王质夫。可是微之先生却建议我们,与其去梓州或者江州,不如先来青城山。"

崔淼问:"王质夫在青城山?还是……玉龙子藏在青城山?"

"都不是。微之先生并不知道玉龙子的下落,更不认识王质夫。他让我们来青城山,是为了找另外一个人——薛涛。"

"薛涛?"崔淼转了转眼珠,"莫非就是那个著名的女诗人、女道士,曾经由武元衡相公荐给朝廷授予校书郎一职的大名鼎鼎的薛涛?"

"正是她。"

崔淼的笑容立时变得狡黠起来:"我怎么记得,元微之和薛涛之间仿佛有过一段风流韵事?"

裴玄静亦微笑着说:"不是仿佛,是确实。"

"好。所以元稹建议静娘上青城山找薛涛,是因为她认识王质夫吗?"

裴玄静回答:"薛涛常年生活在益州,王质夫在梓州幕府,两地相隔不算远。当年元微之就是在梓州任职期间,与薛涛结下的一段缘。所以,薛涛完全有可能与王质夫相识,此其一。其二,玄宗皇帝曾与青城山的罗公远真人相交甚密。玄宗皇帝幸蜀时,有人曾亲眼见到罗公远在剑门迎候,并将玄宗皇帝一路护送至成都。后来在成都期间,玄宗皇帝还专程上过一次青城山。因此一直有人猜测,玄宗皇帝将玉龙子的下落要么告诉了罗公远,要么告诉了青城派的道长司马承祯。总之,都和青城山脱不开干系。近年来,薛涛年事渐长,长期在青城山上静修悟道,所以微之先生才说,我们应该直接上青城山,找薛涛打听打听。"

"这个元微之不会是有私心吧?"

裴玄静微嗔:"就是你小人之心。"

"哈哈。我一个江湖郎中,就不和元大才子争了。其实我还应该谢谢他。"崔淼开心地笑起来。

"谢他？为什么？"

"因为……哎呀，你们此行以青城山寻仙为由，好歹总得上一次青城山，否则也太说不过去了嘛。元大才子很有道理。"崔淼狡黠地眨了眨眼睛，又问，"那么静娘，你们找到薛涛了吗？"

"崔郎此刻不就置身于薛涛的静室中吗？"

"就是这里？"崔淼惊奇地朝周围乱看，却一眼撞上韩湘似笑非笑的脸，忙道，"你醒啦？"

"你们说得那么热闹，人家也没法睡啊。"

"可是，主人呢？薛涛到哪里去了？"

"我们来晚了，"韩湘叹了口气，"我们打听到，薛涛近两年一直在真武宫中修道，便直奔此地而来。谁知观中人却告诉我们，就在一个月前，薛涛突然不告而别了。"

崔淼瞪大双目："又一个不告而别？"

韩湘道："可不是。而且，真武宫中有炼师才从成都回来不久，说薛涛肯定未曾返回浣花溪的家中。也就是说，继王质夫之后，薛涛也失踪了。"

"这……"崔淼都不知该说什么了。

裴玄静道："所以我们才决定先在此借宿一晚，商议下一步的行动。哪里想到，今夜会如此热闹。"

崔淼道："不过今夜所发生的事情，至少说明来找薛涛的方向还是对的。"

"肯定是对的，"裴玄静的声音有些异样，她举起手中的油灯，"崔郎，你朝墙上看。"

其实崔淼进屋就注意到墙上有题诗，但因光线太暗看不清，现在有裴玄静照亮，便一目了然了。

那是一首五言绝句，"燕市人皆去，函关马不归。若逢山下鬼，环上系罗衣"。

"崔郎善解诗谜，从这首诗中能看出什么端倪吗？"

崔淼向裴玄静微笑："静娘谬赞，这首诗太容易解了。燕市一句，指安禄山尽起燕蓟之人为兵；函关一句，说的是大将军哥舒翰于潼关大败，京城失守，叛军长驱而入。山下鬼，是一个'嵬'字，即马嵬驿。而杨玉环，便是在那里被高力士以罗巾缢死的。"他说着长叹一声，"此诗若是放在六十多年前，安史之乱尚未发生时，或许还能算作诗谜。到了今天，却只能凭诗感叹了。"

"崔郎说得没错。不过，我想问的是，这首点明杨玉环殒命马嵬驿的诗，为什么会题写在薛涛于青城山中静修的丹房中呢？"

崔淼没有回答，韩湘却插嘴道："也许是她闲来无事，想起杨贵妃的命运有感而发呢？"

"我们原先也以为，白乐天的《长恨歌》是一时兴起之作。可是事实呢？"裴玄静正色道，"我越来越相信，所有这一切都是经过精心策划的。我还无法参透背后的寓意，但是我想，王质夫正是开启这一系列谜题的钥匙。"

崔淼突然说："不对，墙上的诗没有题跋，你们怎么肯定就是薛涛所提？也许是其他人写在墙上的？"

韩湘说："这一点我们已经找真武宫内的女住持打听过了。据她说，此诗的笔体正是薛涛的。"

"果真是薛涛的笔迹？"崔淼又细细端详起题诗来。薛涛素有文名，在她的诗句中，既有"不结同心人，空结同心草"这样的儿女情长，也有"谁言千里自今夕，离梦杳如关塞长"这样的雄浑声调。此刻看她的字迹，倒也飞扬倜傥，绝不同于一般闺阁的拘束小气。

他不禁感叹："常听说薛涛字无女子气，笔力雄健，行书妙处，颇似王羲之。看来传闻非虚啊。"

裴玄静轻声说："那个长安女傅氏之墓，也是薛涛立的。"

"什么？"两个男人一起吃惊地问，"你怎么知道的？"

崔淼说："是不是因为墓碑上的字迹相像？"

"不，墓碑上的字迹完全不像，当为他人所书，十分朴拙，"

裴玄静摇头道，"但这里的字迹却是一模一样的。"她伸出手，将一个梅花形状的小石盒放在二人面前，正是刚才崔淼从墓中石俑旁边捡起的。

"方才你们填土埋尸的时候，我将它打开看了。"

裴玄静轻轻掀开石盒，从中取出一张黄色的符纸，放在崔淼和韩湘面前。

崔淼念道："惟大唐元和十年，岁在乙未。有京兆府长安县女傅练慈，就当青城山真武宫外敬造千年之宅。今象就了，不敢不谐启告天上地下土伯山灵地祇，左至青龙，右至白虎，前至朱雀，后至玄武。今日对闭，诸神备守。练慈长生万岁。石人石契，不得慢临。若人吉宅，自有期契，天翻地倒，方始相会。急急如律令。"他抬头看着裴玄静，"这是什么东西？"

"这是石契啊！"韩湘说，"原来这位长安女傅氏的名字叫傅练慈。"

见崔淼还是满脸困惑，韩湘解释道："道家立生冢时，除了在墓中放置石俑作为生人替身之外，还要设梅花形五边石盒。盒中盛放五石，分别是曾青、礜石、丹砂、慈石和雄黄，以向五方诸神敬拜。同时，还要在石盒上刻印符文，以为石契，敬告神灵保佑生冢的主人，避祸安康，长命百岁。"

"可这张符纸的内容并未刻在石盒上，盒中也没有五石啊。"

裴玄静道："据我猜想，这位长安女傅练慈应该是薛涛的友人。薛涛为自己的朋友在真武宫中立了生冢，但外形却做成真墓的样子，很可能是为了避祸。"

"静娘的意思是——装死？"

裴玄静点了点头："所以在墓碑上没有直接写傅氏的名字，但又注明是长安女傅氏。这不是故弄玄虚吗？而且，既为生冢，就必须以梅花石盒镇之，否则反会给活人招惹祸端。因此，薛涛亲自手书符文，埋于墓中。但是她怕泄露秘密，不敢找石匠刻印，所以只能写在纸上存于石盒中。就连五石,也都没来得及一并放入。"顿了顿,又道:"也亏得薛涛自己书写符文,与墙上的题诗两相对照,我们才能发现是同一个人的笔迹。另外,从符文上的日期看,也佐证了我之前的判断。此墓是一年多前才仓促立起的,而非墓碑上所刻的元和元年。"

"好神秘的长安女傅练慈啊,"韩湘说,"却不知她现在究竟是死是活。"

崔淼冷笑:"有人和你同样好奇呢。"

几个人都沉默了。方才那两个掘墓人既是阉人,毫无疑问来自长安,也就是皇宫大内。现在已经可以断定,他们掘墓的目的是为了确认傅练慈是否真的葬于其中。阉人是皇帝的奴才,却未必都奉圣命行事。但无论如何,这位神秘的长安女子傅练慈的生死,引来了出自皇宫的关注。

那么,薛涛的失踪与此有关吗?

裴玄静注视着墙上的题诗——从兴庆宫而起的绝密使命,今天已将她引导到了青城山上。从《长恨歌》到杨玉环再到玉龙子,失踪者也从一个王质夫,又增添了薛涛和傅练慈两名女子。但有一点始终未变:所有的线索都指回长安,彤云深处的巍峨宫殿。那里肯定是一切的开始,会不会也是一切的终点呢?

"哎哟!"韩湘猛地一拍脑门,"提到阉人,我从他身上还搜出一样东西来。刚才说东说西的,差点儿给忘了。"说着从袖中掏出一块皱巴巴的绢布,在案上摊开。

崔淼将油灯移得近些,只见绢布上用墨画着弯曲的线和点,还写了一些小字。

"是地图!"他惊喜地叫道,"而且正是青城山的地图。你们看,这里标着真武宫,还打了个圈。说明他们就是按图索骥而来的。"

韩湘也说:"没错。不过,这图上还有好几个圈呢。"他一个一个地指过去。"乌云寨……百丈崖……幽人谷……神女洞?"他停下来，望着裴玄静。

她向他点了点头："看来，这两个宦者原打算一处一处寻过去。"

"寻什么？傅氏女？还是薛涛？"

"必为二女之一，也可能都是。"

"那么……我们何不也按图索骥，找过去？"崔淼一拍韩湘的肩膀，"没想到你有时还挺管用的。"

韩湘失笑道："多谢崔郎夸奖了。要得你这么一句，比得道成仙还难呢。"朝窗外望了望，天边将现曙色，"我还算好歹眯了一小会儿，你们俩通宵未眠，不累吗？叫我说，找人也不急在这一时半刻。趁着天还未大亮，干脆大家都休息一下。早上在真武宫中讨得一餐斋饭后，再一起动身。如何？"

"天快亮了吗？"崔淼也向窗外望去，但见月轮低垂，几颗晨星在夜空的边缘闪耀，深山中的凌晨，比任何时候都更加黑暗。虫鸣鸟叫寂然而绝。此时外出，必然是伸手不见五指的黑。但正如韩湘所说，过不了多久，朝霞就将刺破黑幕，把光明带到世间。天地永远以这种不变的节律轮回，属于每个人的时间却一天比一天减少。

"糟糕！"他悚然变色。

韩湘问："又怎么啦？崔郎，你何时也变得一惊一乍起来？"

崔淼瞪着他们："我们必须立刻动身，马上就出发！"

"为什么？"

"等天一亮，就走不掉了！"崔淼急道，"韩郎，你在长安时曾招惹过一帮邪道，几乎遭了他们的毒手，还记得吗？"

"当然。"

"我怀疑他们盯上你和静娘，一路追踪而来了，"崔淼说，"我与禾娘在山下茶摊见到几名道士，指明要找一男一女两个道士。听口音来自京兆地区，气焰十分嚣张，并且身怀利器。"

韩湘愣了愣："乾元子那帮人真的跟来了？难道陈鸿将我们的行踪透露出去了？"

"也不一定，"裴玄静倒很镇定，"乾元子如果非要找到你不可，还是能打听到你我将上青城山寻仙的。崔郎他们不也是这么找来的吗？"

崔淼道："所幸他们被茶摊伙计引上歧途，要等天明前后才能赶到。事不宜迟，我们现在就动身吧。"

"可是天马上就要亮了，"整个晚上都在默默倾听，始终未发一言的禾娘这时却开口道，"我们走不了多远的。"

无人应声，大家心里都清楚，禾娘说得对。

韩湘打破沉默："他们是冲我来的，干脆我留下来应付他们。"

崔淼冷冷地说："你打算怎么做？这回再被敲破脑袋，可没人给你疗伤了。"

"不会的。青城山好歹是正道名山，真武宫也是皇家宫观，我就不信他们敢在此胡作非为。"

裴玄静说："楼观道是正道，仙游寺亦是名刹，不也都被乾元子踩在脚下了？"

韩湘沉着脸不作声了。

"可我们总不能坐以待毙吧！"崔淼急道。

禾娘说："你们走，我随韩郎留下。"见其余三人都在看自己，她的口气更坚决了，"那帮道人在找一男一女，如果仅仅留下韩郎的话，他们还是会继续追踪的。我与韩郎在一起便能迷惑住他们。只要能拖延一两个时辰，到中午前后，你们就能走得很远了。青城山这么大，到处都是密林深谷，他们就算要找也找不到。"

"你们会有危险的。"裴玄静说。

"不用你担心。"禾娘横了她一眼，恶声恶气地说，"除非你不想再找薛涛、傅氏女，还有王质夫了，那就一起留下来好了。"

崔淼沉声道："禾娘说得很对。我们须速作决断，否则，就真的来不及了！"

4

天空渐渐泛白,群山之巅首先转为金色,紧接着,曙光便肆意奔放地侵染整片山野。仿佛只过了一瞬间,整个天地便苏醒过来。晨风吹拂,茂林摇曳,发出海涛般整齐起伏的沙沙声,在山谷中久久回荡。

"他们走了快半个时辰了吧?"禾娘看着外面说。

"哪有,"韩湘道,"我估摸着,最多也就一刻。"

"才那么会儿?"

"怎么了?"韩湘坐到禾娘身边问,"你担心什么?"

"韩郎,你说坏人会不会很快就到?"

韩湘大大咧咧地说:"这可说不准。也许下一刻就出现,也许根本就不会来,都未可知啊。"见禾娘仍然紧锁双眉,一副忧心忡忡的样子,他转用安慰的口气说:"你也别太担心,他们是冲我来的。你的崔郎啊,既然已经离开了,肯定是安全的。"

她喃喃:"谁知道呢?"

韩湘笑道:"早知道这么牵肠挂肚的,你何不跟他们一起走呢?我方才就说了,你留下其实没多大用处,还不如与崔郎、静娘一块儿行动。"

禾娘垂下眼帘,用几不可闻的声音说:"崔郎不喜欢我跟着。"

"这……"韩湘一愣,"禾娘,我觉得你错看崔郎了。崔淼这家伙,表面上虽然放荡不羁,心地其实还蛮善良的,否则我也不愿与他为伍。他方才力邀你同行,你自己坚决不肯,何苦来呢?"

"我不要,我不要他们可怜我!"

"他们?"韩湘皱起眉头,"静娘绝非鄙俗之人,你更不该小看了崔郎。"

"我没有小看他们。我是……不愿意他们小看我。"

"小看你？怎么会呢？"

禾娘不理他，更像在自言自语："我真后悔那时没有跟了聂隐娘。要不然这一年半载的，我怎么都能学成点儿功夫，能帮到崔郎了。我就不用老是担心，他会嫌弃我……"

"所以你才非要留下来？"韩湘醒悟道，"就为了能帮到他？"

"多多少少总有点用吧，"禾娘青涩的面庞上，如同朝霞般的红晕将阴霾扫去几许，她带着无限的憧憬说，"等下回再见到崔郎的时候，他就会正眼瞧我了。"

他都从不正眼瞧我呢！韩湘还想跟禾娘开句玩笑，可是未及开口，就听半空中传来群鸟的啾啾鸣叫。两人一齐向窗外望去，只见茂林上方的曦光中，忽然有数不清的山鸟盘旋低回，宛如千万个光点在碧空中闪耀着。

韩湘面色大变："来了！"转首嘱咐禾娘，"你就待在这里，除非我叫你，否则无论如何都不要出去！"

他整了整衣冠，走出薛涛的静室，大踏步向真武宫前走去。

那里果然已经站着数名道士打扮的人，但韩湘从心底里不愿承认他们是同道。真正的道士避世无为，哪里会有如此凶恶的表情。真武宫的女住持正在与他们对谈，显然话不投机，没说上几句，那帮人中的为首者居然挥起一掌，将女住持打倒在地。

年过半百、白发斑驳的女住持被打得眼圈青紫，鲜血顺着嘴角淌下。

韩湘迈步上前，冲那帮人喝道："你们身着道袍，竟在道门神圣之地行凶，就不怕遭到神仙降罪吗？"

为首者打量着韩湘，冷笑起来："这里不是女道观吗？怎么冒出来一个男的？欸，我好像在哪儿见过你？"

"本人正是韩湘。你们是在找我吧？"

"没错，就是你！原来你在后头躲着，怎不早点出来？否则这老道姑也不至于受苦,"为首者扬扬得意地说,"在长安时没逮到你,在仙游寺又让你给跑了。没想到我们会追到青城山上来吧?"

"哼!我根本就没想跑,是你们追得太殷勤了。韩湘至今不知,你们到底看上了我什么?"

"不是我们看上了你,是你知道了不该知道的事。"对方阴森森地说。

韩湘慨然道:"好吧。现在你们找到我了,我跟你们走便是。休在此清修之地闹事。"

"等等,我记得你还有个女伴,她在哪儿?"

韩湘心中一紧,脸上却装出不以为然的样子:"她?早在半途就与我分手了,并未跟至此地。"

"果真?"对方的目光贼溜溜地扫过韩湘,又落在女住持的脸上,"你说?他来时究竟是一个人还是两个人?"

韩湘情不自禁地握紧了拳头,少顷,便听女住持颤巍巍地说:"贫道只见到他一人。"

韩湘才稍微松了口气,那人却哈哈大笑起来:"算了吧。什么名山正道,说起谎来也面不改色嘛。我等在山下就打听清楚了,明明是一男一女两个道士上真武宫寻仙,你怎么居然只看见一个男的呢?想必是修炼得走火入魔了,还是我等来帮你们清肃宫观吧!"

随着一声令下,他带来的数名道士抄起家伙就往真武宫内冲去。韩湘和女住持想阻拦,不过是螳臂当车。真武宫中的女冠们常年在深山静修,哪里见过这等阵势,顿时吓得抱成一团,尖叫声四起。

正在混乱之际,一个清朗的女声跃然而出。

"你们要找的是我,休得伤害他人!"一身道服的禾娘站到众人面前。韩湘跺脚:"你怎么⋯⋯"便说不下去了。禾娘违反了约定,但此刻她不站出来的话,确实只会殃及更多无辜。

那身雪白的道袍应是刚从薛涛的箱笼里翻出来的,穿在苗条的禾娘身上有点偏大,但也赋予了她一种从未有过的端庄和灵秀。禾娘仿佛突然便由一个青涩的少女长大成人了。

对方也在使劲打量着她，眼神中既有怀疑，还带着一丝淫亵："你就是与他同行的女道士？"

"是我。"

"我怎么觉得不太像？"

"不像吗？"禾娘将头微微一昂，"那就是你的眼睛瞎了。"

"究竟是谁的眼睛瞎了呀？"有人从众人背后缓缓步出。一见此人，刚才还凶神恶煞的道士们竟齐齐肃立，领头者更抢步上前，拱手道："道长，人找到了。"

是乾元子！韩湘差点儿叫出声来。没想到乾元子还亲自追到青城山来了，其他人不过是替他打先锋的。

乾元子背着双手来到韩湘和禾娘面前，阴森的目光轮番扫过二人，突然，他转过身去，劈手给了领头者一个响亮的巴掌。

"谁让你耽搁这么久，还把人给放跑了！"

"我……没有啊……"领头的道士被打得晕头转向，"这个的确是韩湘啊。"

"女人不对！"乾元子恶狠狠地盯着禾娘，"你是从哪儿来的，为什么要帮忙做替身？"

"道长救命！"禾娘突然朝地下一跪，哭喊起来，"我本来好好地在观里念经，都是那个女人逼我出来的，我也没有办法呀！"

"那个女人，她在哪儿？"

禾娘往墓地方向指去："她跑到那里面去了。她还说，我要是不听话，晚上她就出来抓我，呜呜呜……"

道士们目瞪口呆，连乾元子也阴沉着脸不说话了。

只有韩湘心头大喜，这个小禾娘还真看不出来，胆大又有急智。

"道长，您看怎么办？"

"这种鬼话，骗骗小丫头也就罢了，你们也信吗？"乾元子怒喝，"给我搜！"

观里观外搜得鸡飞狗跳，最后当然是一无所获。乾元子气得将那伙道士骂了个狗血淋头："我不过才晚到几步，你们就把事情办砸了。真不知道要你们何用！"

领头的道士壮着胆说："道长，不管怎么说，韩湘还是在我们手上。那个女子嘛，溜就溜了吧，也翻不起什么大浪来。"

"你知道个屁！那女子是什么身份……"乾元子正待发作，突然欲言又止。他想了想，来到女住持面前拱手道："乾元子手下弟子不明事理，多有得罪，还望住持见谅。"言罢，低声吩咐众人："撤！"

他瞬间变了一副嘴脸，韩湘看得也有些意外，转念一想，青城山毕竟是道教圣地，乾元子这伙人太过胡作非为的话，必将引起天下道众的反感，成为众矢之的。他们目前的势力还远未到可以一手遮天的地步，既然裴玄静跑了，一时半会儿抓不回来，至少韩湘已经到了他们手中，所以乾元子决定见好就收。

众人押起韩湘便走，禾娘却拼命哭闹挣扎："我不走，不走！"

乾元子不耐烦地斥道："绑她作甚，反多个累赘！总不能让她这么一路哭下山去吧，被路人见到了着实可恼。"

他们把禾娘抛下了。韩湘悄悄回头望了一眼，只见她满面泪痕地瘫坐在地上，好像吓坏了似的。他心中暗暗欣喜，牺牲自己一个，保得那么多人平安。值得，太值得了！

过了好一会儿，真武宫的女冠们惊魂甫定。禾娘撒腿要跑，却被女住持一把拉住了，劝道："暴雨将至，小娘子还是在观中暂避吧。此刻出去，被雨堵在山道上会相当危险的！"

禾娘还在犹豫，半空中已如豁了口一般，倾盆大雨瓢泼而下。

女住持仰首叹息："不谙天候，无心自然，怎么能算修道之人？"谴责的语气中含着鲜明的鄙夷——乾元子那伙人，肯定要吃苦头了。

禾娘却心急如焚，耐着性子等到午后，雨终于小了些，她便向住持道别，撑起伞，朝真武宫后的山道走去。

上了路才知道伞是个累赘，通向后山的道路越来越狭窄，参天古木的枝丫彼此交错，打着伞根本无法通行，脚下又湿又滑，还得腾出手来支撑，否则走不了几步就会摔倒，禾娘索性把伞扔了。雨已经停了，仍有雨水从头顶的苍郁树荫间不断滴下来。山道上也异常昏暗，遍地都是淤泥、杂草、落叶、乱石，已经难以分辨的野兽骸骨，几乎无处下脚。禾娘走得磕磕绊绊，滑倒了又爬起来，很快全身上下都滚满了泥浆，脸上、手背上被树枝和荆棘划出了道道血痕，但她仍然目不斜视地向前走着。

不知翻过多少湿滑的高坡，涉过多少新涨起来的溪水，她终于在日落之前赶到了一条澎湃的深涧边。还隔得很远时，湍急的水流声便振聋发聩。精疲力竭的禾娘仿佛听到了号角，精神大振，一口气翻过最后的陡崖，一条深谷赫然眼前。

两侧都是陡峭的山崖，夹在其中的墨绿色涧水，层层叠叠地从远方奔流而至。越往下水势越猛，仿佛裹挟着来自洪荒的巨大力量，令人肃然起敬。最后的夕阳余晖从对岸的山巅照下来，将涧水一分为二，那半是光明，这半是黑暗。

禾娘揪着湿漉漉的藤蔓，连滚带爬滑下陡坡。山涧就在脚前，她却呆住了。当时，她听着裴玄静和崔淼商谈计划，悄悄记牢了地图上的标示。她知道他们将从这段山涧处渡河到对岸，所以打定主意，只要能脱身便跟来找他们。此前的一切有惊无险，禾娘总算如愿来到山涧旁，但是，怎么渡过去呢？

禾娘急得团团乱转起来。那是什么？禾娘惊叫着扑向紧靠岸边的岩壁，没错！那是数条藤索纠缠绑缚在一起，一头拴在巨石上，而另外一头……她震惊地看到：延伸出去的藤索下端完全淹没在湍急的水下了。

想必平时就靠这条藤索渡河，但是现在它已经被涧水吞没了。

禾娘全身无力地瘫靠在岩壁上。

现在怎么办？看样子，正是今天的这场暴雨使涧水上涨，淹过了藤索。崔淼和裴玄静怎么样了，他们渡到对岸去了吗？按时间估计,他们来到此地时正是雨势最猛的关头,他们会不会遇上了危险?

禾娘不敢再想下去了。天暗得非常快,山风扑打到脸上、身上,彻骨冰寒。她抬起手抹了一把脸,湿漉漉的,也不知是自己的泪水,还是风中挟带的涧水。更有可能的是,一场猛烈的夜雨又将来袭了。

禾娘咬了咬牙,转身往回攀爬。深秋的山中之夜,即使不下雨也能把人冻坏。再来一场疾雨的话,她现在站立的地方肯定会淹水,后果不堪设想。她只有爬到高处,也许能找到一个躲雨的地方,再设法点火取暖和驱赶野兽。

天已经黑了,禾娘借着一点微光在茂林中穿行,头顶不时有水滴下,雨又下起来了。终于,她影影绰绰地看到前方有一小片空地,空地中央似乎搭着个窝棚,不知是什么人的临时休憩之所。待靠近时她才发现,里面似乎有火光。

禾娘喜出望外:一定是崔淼和裴玄静在此避雨,总算找到了!

"崔郎,裴大娘子!"她欢叫着奔进去,"我来了!"

窝棚里的树桩上,点着一支摇摇欲灭的蜡烛,却看不到人。禾娘愣在原地,鼻子里嗅到一股臭烘烘的味道。在雨后的密林中,到处都是腐叶和淤泥的沤浊气味,但这股臭味又与那些不同。

她想起来了,是尿骚味!

禾娘没来得及转身逃跑,一阵剧痛便从后脑袭来。她倒在地上,失去了知觉。

5

雨一直在下。

但是,这个小院的上空,却奇妙地不曾坠落下一滴水珠。疾雨不绝于耳,天地像一个巨大的牢笼,把她封锁在雨幕的中央。

裴玄静站在干燥的泥地上,进退两难。

面前之人回过身来，随意地招呼了一句："你来了。"

"是。"她既没有称便装的他为李公子，也没有按君臣之礼下跪。实际上，她的全身都紧张得僵硬了，头脑中也只剩下一片空白。

他微微一笑："娘子是来给朕送它的吗？"

她一惊，这才发现自己的右手里正握着长吉的匕首。

"啊，不！"

"不？"

她语无伦次地说起来："'纯勾'是、是……"看到他皱起眉头，裴玄静才悚然意识到自己竟犯了皇帝的名讳，越发慌张，"求、求陛下恕罪，这把匕首是……"

"是什么？"

"它是一件信物，是长吉留给妾的唯一一样东西，"一旦说出口，裴玄静便控制不住地热泪盈眶了，"求陛下允许妾保留它。"

他盯住她，良久才说："假如有一天，这把匕首会杀死朕。你还要留着它吗？"

"什么？"她惊骇莫名，"这怎么可能！"

他露出一抹轻蔑的笑，沉默地等待她的回答。

"不，"裴玄静终于说，"只要这把匕首留在妾的身边，就一定不会发生那种可怕的事情！"

"哦？你敢担保？"

"我用性命担保！"

他大笑起来："裴玄静，朕果然不该小看你。"

"陛下！"

"你一直都在欺瞒朕，竟然还有胆子要朕相信你？"

"我没有。"

"是吗？"他戏谑地看着她，"那么，你跑到青城山上做什么？真是在为朕寻仙吗？"

"我……"

他喝道:"不要再想骗朕,欺君之罪不是你当得起的!"

裴玄静跪倒在地:"求陛下恕罪,妾不能说。"

"你不说朕也知道!"他向裴玄静俯下身来。不知是由于过度恐慌,还是直逼而来的龙涎香气使她头晕得厉害,连他的话音听起来都断断续续了,"朕只是不太明白,你宁愿听从皇太后,听从汉阳公主,为什么偏偏不愿听从朕?"

裴玄静抬起头:"她们不都是陛下的至亲吗?"

"那又如何?"

"陛下的母亲和妹妹,怎么可能害陛下。她们这么做,一定是为了陛下好。"

"哦?你是这样想的?"他的话音中充满讽刺。

裴玄静硬着头皮说下去:"并且我相信,找出真相总是有用的。"

"真——相——"他拉长了音调,"是啊,朕差一点儿忘记了,你是女神探嘛,最大的爱好就是探究真相。那么你来告诉朕,真相到底有什么用?"

"有了真相,才能伸张正义,惩恶扬善。也才能——"裴玄静犹豫了一下,"至少能够不留遗憾。"

他点了点头:"说得好,很好。朕记得,《兰亭序》的真相,《璇玑图》的真相,都是你一手解开的。所以,正义得到声张了吗?善恶得以彰显了吗?你的遗憾消失了吗?"

裴玄静愣了半晌,才迷茫地回答:"我不知道。"

"没有!"他厉声道,"你明明知道没有,却不敢承认!女神探的勇气到哪里去了?你的胆魄难道都是用来欺君的吗?"

裴玄静咬紧牙关。

"更何况,究竟什么是正义,什么是善恶,由谁来决定?你吗?"

裴玄静抬起头:"当然不是由我。我以为,决定是非善恶的,应该是圣贤的道理,还有人心。"

"道理是死的,但人是活的,"他的语气出人意料的诚恳,倒像在和她推心置腹,"至于人心嘛,就更加多变难测了。因而在朕看来,统统靠不住。"

见裴玄静沉默,他又思忖着说:"比如说,方才你谈到朕的母亲与妹妹所为,都是为了朕考虑。当然了,从圣贤的道理来讲,此为人伦;从平常的人心来说,这是亲情,都没有错。然而,事情偏偏不是这样的。"

"不是吗?"

他缓缓地摇了摇头:"朕还以为,即使对同一桩事实,换了不同的人来看,还是会有不同的认识。对圣贤的道理,亦会有不同的解释。无非是因为每个人都有自己的立场和私心。"

裴玄静思索着他的话,一时竟无言以对。

"任何一个人所理解的正义,都是从一己、一家,最多一族出发。唯有朕,是从天下出发。这就是为什么,像武元衡、裴度这样真正的有识之士愿意效忠于朕,因为他们懂得,只有忠于朕,才是忠于大唐,忠于社稷,忠于全天下最大的正义和最根本的善。你明白吗?"

顿了顿,皇帝一字一句地说,"真相一点都不重要。重要的是,一切真相必须归于朕。因为只有这样,你所追求的正义才能归于大唐,归于天下!"

裴玄静的思绪乱作了一团。

他再度向她俯下身来:"你还有什么要反驳的吗?"

她不由自主地摇了摇头。

他微笑着伸出右手:"很好,那就把匕首交给朕吧。"

"不,"裴玄静突然清醒过来,连连向后退去,"不,不能给你!"

"给我!"转眼,他的手便握上了她的手背。她从未如此恐惧过,因为她知道此刻就范的话,就永远别想摆脱他的掌控了。

裴玄静企图甩开他的手,但是那只手实在太有力了,裴玄静拼命挣扎……

刹那间,匕首就深深地刺进了他的前胸,只留下刀柄在外面。

裴玄静吓呆了，眼睁睁地看着鲜血渗出来，宛如一朵火红的牡丹，沿着金丝绣成的盘龙花纹迅速绽放。

他捂住胸口，抬起头愣愣地望着裴玄静，仿佛不敢相信所发生的事。

"啊！"裴玄静没命地尖叫起来。

"静娘，静娘！"

她终于在剧烈的摇晃中睁开了眼睛，渐渐看清那张俯向自己的英俊面孔。

"崔郎……"她的声音虚弱得连自己都听不清，他却立即喜笑颜开："谢天谢地，你终于醒了。"

崔淼小心扶起裴玄静的头，让她靠在自己的肩窝里："来，喝点水。"

清冽的甘霖流向喉头，浇灭了燃烧在她胸口的熊熊烈火。裴玄静一口接一口地喝着，崔淼笑道："慢点慢点，看你像在沙漠里渴了半辈子。"

沙漠吗？可为什么她浑身湿透？侧耳倾听，哗啦啦的分明是雨声，还带着山谷中特有的回响。

"雨还没停？"

"没有。"崔淼抬起手，把凹形的石块凑到岩壁上，很快又接了满满一凹槽的水，递到裴玄静的唇边，"这是山泉，所以味道特别甘甜，再喝一点？"

她摇了摇头，两手忽然在身上乱摸起来："匕首，我的匕首呢？"

"在这儿。"崔淼将匕首塞进裴玄静的手中，她一把攥住，心有余悸地引刀出鞘——并没有血。寒若秋水的刀身上，只映出她自己那张惨白的脸和火热的双眸。

她大大地松了口气，又颓然倒下。

"你做噩梦了吗？"崔淼温柔地问。

裴玄静摇了摇头，她不想告诉崔淼，这已经是自己第三次在梦中杀死皇帝了。这肯定是某种预兆，但其中的寓意太可怕，使她无力去面对。尤其是现在，她所能做的唯有立即忘掉。

"不想说就别说，"崔淼安慰她，"亏得有这把匕首，救了我们两个。静娘，你还记得发生了什么吗？"

她想起来了。

当他们赶到山涧时，雨已经下得很大了。整片山谷笼罩在雨雾之中，尽管是白天，却阴暗得犹如傍晚时分。对岸云锁群山，不停翻滚的浓雾后面好似埋藏着许多洞窟，数不清的魑魅魍魉正在其间出没。

裴玄静和崔淼都已全身湿透，下到山涧旁边，连遮挡的树木都没有，只能任凭雨水从头浇下。蜀地之秋虽不如北方萧瑟，但秋雨袭人，照样冰寒刺骨。二人皆冻得脸色发青，嘴唇抖得连话都说不利索了。

从阉人身上发现的地图看，此地名为"幽人谷"。跨过谷中深涧，在对岸山峦中不远处，隐着一座"神女洞"。"神女洞"上用红笔画着圈。所以，裴玄静和崔淼推测，洞中也许能找到薛涛和傅练慈的线索，便一路寻了过来。

走到半路，开始天降暴雨，当他们赶到幽人谷时，山涧已经暴涨，像洪水一般从上游汹涌扑来。涧上无桥无舟，只有一条粗大的藤索连接两岸，应是传说中的"索桥"。据说，身手敏捷的山里人将自己悬于"索桥"上，只要轻松一荡，便能跨越天堑。不过此时风急雨骤，山涧周围根本见不到一个人影，哪里还有"荡索桥"的奇观。

此时过河，无疑是相当危险的。但此时不过的话，看势头这场雨将持续下去，河水也会继续暴涨，恐怕十天半个月都无法过河了。

还是裴玄静眼尖，在紧靠山涧的陡崖下发现了一只独木舟，因为藏在一个凹陷的崖洞下面，又拴得牢牢的，所以居然没有被冲走。不过，就目前的雨势而言，要想划着这么一叶小舟渡过湍急如洪的山涧，也根本不可能。

最后两人急中生智，想出了驾小舟攀藤索过河的办法。他们登上小舟，再各自在腰间绑上一条粗藤，挂在连接两岸的"索桥"上。因为涧水上涨，现在"索桥"离开水面仅几尺高，差不多正在二人齐胸的位置。所以他们只要抓牢"索桥"，借势拖着小舟便能渡到对岸了。

雨越下越猛，涧水在舟边上下翻腾，小舟在急浪中颠簸，随时都会倾覆。崔淼在前，裴玄静在后，两人都用尽全力握紧藤索，一点点向前挪动。涧水虽深又急，所幸并不太宽，眼看就到对岸了。

就在这时，一阵震耳欲聋的巨响从上游传来，山洪奔腾而下，瞬间吞没了"索桥"。

小舟被冲走了。系在裴玄静和崔淼腰间的藤条，将二人一起拖入水中。水势澎湃，载沉载浮，他们不停地呛水，都快昏厥了。

恰恰是死到临头，求生意志催发出不可思议的勇力，从不舞刀弄剑的裴玄静挥起匕首，砍向"索桥"。而这把被聂隐娘赞不绝口的"纯钧"，果然凌厉得难以想象，仅凭裴玄静的那点力气，连砍几下，竟然把比人胳膊还粗的"索桥"砍断了。

"索桥"断裂的一截像一条巨大的龙尾摆向岸边，裴玄静和崔淼就如同两个轻飘飘的纸人，一起随势被甩到岸上。然后，裴玄静便彻底失去了知觉……

崔淼说："起初我也给砸昏了，好在很快便醒来，发现河水涨得特别快，如果不赶紧登高的话，马上又会给淹没了。你还是昏迷不醒，我只能拖着你拼命往山上爬。结果……"他笑起来，"一不留神，又掉进这个深坑里了。咳，我长这么大，就数今天最倒霉！"

"可我们还活着……"

"也是啊。这么一想，又数今天最幸运了，"崔淼轻轻握住裴玄静的手，"你知道我费了多大劲，才把匕首从你手里拿下来的？"

裴玄静任由他握着，少顷，才虚弱地问："我们现在在哪里？"

"坑里啊。"崔淼笑道，"其实是一个很深的山中岩洞。不着急，等你缓过来了，咱们再设法出去。如今外头大雨瓢泼，先在这里面躲一躲也好。"

裴玄静顺着他的眼神看过去，不远处的岩壁上，一袭瀑布般的水流从洞顶灌下，先注成一潭，然后顺着地势流成数条大小不等的溪水。水泄之处伴有微光，她明白了，那就是他们掉入的洞口了。

她问："不能从来处返回吗？"

"不能。我们是从高处坠落的，多亏了下面是个深潭，我们才没有摔死。如今是不可能再爬上去了。我估摸着，洞口平常无人走动，被泥封住了。这回肯定是让暴雨给冲垮了，结果成了我们的陷阱。"

"那怎么办？"

崔淼道："我听说过，只要顺着水流的方向就能走出山洞。你只管好好休息养神，待体力恢复了，外面的雨也该下得差不多了。到时候咱们再找出路，反而容易。"

裴玄静安静下来，良久，又道："也不知禾娘和韩湘，现在怎样了。"

"你就放心吧，"崔淼劝道，"禾娘那丫头是个鬼机灵，可不容易吃亏。韩湘呢，傻人有傻福，也总能化险为夷。"

裴玄静的心中再焦虑，看到崔淼这副样子，也不禁又好气又好笑地说："真不知韩郎哪里得罪了你，总是遭你数落。"

"我不仅数落他，还救过他呢，"崔淼更来劲儿了，"我告诉你，他的运气当真不错，所以肯定会没事的。"

裴玄静叹道："但愿这次他们也能逢凶化吉。"见崔淼的脸上青一块紫一块，不觉又笑了笑。

"你笑什么？"

裴玄静伸出手，轻轻抚摸他颊上的伤痕："我笑崔郎中也有今日，狼狈至此。"

"还不是让你给害的，"崔淼亦微笑作答，"反正啊，打从遇到你的第一天起，崔郎中的好日子就完咯。"

"你后悔了？"

"后悔有什么用？都掉坑里了，悔之晚矣。"

两人相视而笑。

裴玄静此刻完全松弛下来了，问："奇怪，我身上怎么一点儿力气都没有？"

"你这些天太过紧张劳累，又淋了雨掉下河，能有力气才怪呢。别担心，好好休息，很快就会缓过来的。"

崔淼拿出郎中的权威口吻来，裴玄静自然没话可说了。

沉默片刻，她说："其实刚才，我梦见了贾老丈的院子。"

"是吗，有我吗？"

"没有。"

"有禾娘？"

"也没有她。"

"那有谁？"

她迟疑着说："皇帝。"

"皇帝？"崔淼的脸色瞬间变了，"怎么是皇帝？"

"在梦里，他质问我缘何欺君。"

"欺君？你欺君了？"

裴玄静直视着崔淼，点了点头。

"欺就欺了呗，"他洒脱地一摆手，"你怕什么？我都不知欺过多少回了，还不是活得好好的。"

"我不是怕他，我是怕我自己忘了初心。"

"哦？初心是什么？"

她突然就想把心事向他一吐为快了："崔郎，我一直都坚信，真相比什么都重要。不管出于任何原因，谎言都是不可以接受的。"

"当然了，这是女神探的原则嘛。"

"可我自己却违背了这个原则，就是从'真兰亭现'之谜开始的，"裴玄静踌躇道，"那毕竟牵涉太宗皇帝的清誉。渺小如我，怎么可以去挑战那样伟大的帝王呢?"

崔淼模仿着她的口气说:"我愿意用生命去维护谎言。"

"崔郎……"

崔淼不依不饶:"所以说,女神探向至高无上的君权屈服了,却给了江湖郎中崔淼一个迎头痛击。那时在下方知,原来说谎也分个三六九等,皇帝说得,我便说不得。"

他原以为自己这样调侃,裴玄静会恼,可她只是沉吟着,良久才道:"是我错了。"

崔淼始料未及,忙说:"我是说笑的,静娘别当真啊。"

"不,我真的错了,"裴玄静由衷地说,"其实,我原本只是想帮助一些人,一些在我眼中的可怜人。却不知怎么的,唯一能帮得上他们的办法,竟然就是欺君。"

崔淼叹了口气:"所以是你救了杜秋娘。你在大理寺时就看出她诈死,对吗?"

"并不完全确定。你的诈死药很管用,至少从表面上看不出破绽,但是那个木盒引起了我的怀疑。"

"木盒怎么了?"

"按道理说,木盒落入曲江后,应该浮在水面上,很容易打捞起来。可是杜秋娘的尸体都被打捞上岸了,偏偏找不到木盒。我是亲眼看见木盒沉没的。我想,除非事先在盒中放置重物,否则它不可能直接沉底。同样道理,襄阳公主不慎踢到它时,也不可能那么迅疾地滚下河岸。所以我猜想,有人事先对木盒动了手脚,目的就为了让这件证物消失。"裴玄静轻轻喘息了一下,"崔郎,你原先是准备自己动手的,但襄阳公主稀里糊涂地帮了你的忙,对吗?"

崔淼笑而不答。

裴玄静又道:"另外,公主的侍卫们在大白天喝得酩酊大醉,也让我有所怀疑。襄阳公主为皇帝所钟爱,侍卫们再疏漏怠慢,也不至于全部醉倒,连一个清醒的都没有。再把你与杜秋娘之前的种种行为联想一遍，就有所推论了。"

"所以，静娘向皇帝说谎，并不单为了救杜秋娘，更是为了救我。这便是静娘对我的一片心意，"崔淼热忱地说，"静娘做得对极了，为什么要怀疑自己呢？皇帝骗天下人，为了统治，天下人骗皇帝，为了活命。骗谁不是骗，谁在乎呢？"

"我在乎！"裴玄静撑起身来，目光炯炯地说，"如果谎言能够解决问题，我们还要真相干什么？"

"你……"崔淼有些诧异。

"崔郎，我在意的并非欺君与否。我在意的是，谎言真能给帝王带来海晏河清的千秋社稷吗？还是能给卑微者带来希望与生机？如果不是，那么我们就不应该撒谎，为了任何理由都不应该。"

崔淼认真地想了想，说："我以为，最大的理由还是无奈吧。没人喜欢说谎，可世上的无奈太多了，以至于很多时候，即使出于最美好的愿望，仍然不得不选择谎言。"他望着裴玄静，"这次静娘肯接受皇太后的任务，想必也是理解了她的无奈吧。"

裴玄静喃喃："我都没有见到皇太后，更没有和她说过话，一切都是汉阳公主转达的。但不知为什么，我就是觉得皇太后的旨意无法拒绝。崔郎，你是见过她的，你说皇太后就像一位菩萨，难道菩萨也会无奈吗？"

"我觉得，菩萨在面对世人时，才是最最无奈的。"

裴玄静默然。她想，最令皇太后无奈的绝不是世人，而只能是……她的儿子。

突然，一阵恶寒侵体，裴玄静全身打起冷战来。

崔淼见状，叫道："静娘，你怎么了？"

她的牙齿克制不住地上下相扣，根本没有办法回答他。

崔淼的心猛地一沉，最担心的事情还是发生了。

6

她这一辈子都没有这么难受过。

病情发作得太突然，好像一盆冰水兜头倒下，又好像赤身裸体被赶入雪地，她只感到全身上下无法形容的冷。这冷还长着利爪和尖牙，噬咬撕扯她的四肢百骸。

裴玄静剧烈颤抖着，断断续续地问："崔、崔郎，为什么突然……这么冷？"

"大概是入夜了吧。你淋了雨，又落了水……"崔淼竭力做出若无其事的样子，伸手试了试裴玄静的额头，"嗯，有些发烧，没事的。"

裴玄静没有吭声，因为她正全力抵抗着遍体的痉挛，生怕自己开口的话，就会忍不住呻吟出来。

崔淼看不下去，用力将裴玄静揽入怀中，问："这样是不是好一些？"

"不！"她挣扎要将崔淼推开。

"静娘，你……"

裴玄静死死地盯住崔淼："崔郎，我、我是不是得疟病了？"

"怎么会？你不要胡思乱想，着凉发烧而已。"

"发烧？你当我没有淋过雨、发过烧吗？"她的目光像两团火，"你我初次相遇，在贾老丈的院子里，我也曾晕倒过。那时你就骗人，说什么淋雨发烧。这一次，你还是想骗我……"

"静娘！"

她伸手给他："你给我诊过脉了吗？"

崔淼沉重地点了点头。

"所以？"

崔淼一把抓住裴玄静的手:"静娘,就算是疟病也没什么大不了的。你忘了吗,我是郎中啊!有我照顾你,绝对不会有事的。等外面的雨一停,咱们就设法出去。我有治疟病的家传秘方,绝对能药到病除的。"

裴玄静似乎被说服了,也可能是没了力气,只软弱地靠在崔淼的肩上,颤抖得却越来越厉害。

崔淼纵有一身医术,现在也只能看着心爱的人受苦,所能做的唯有抱紧她,虽然明知无法缓解她的痛苦,至少能让她感受到一点安慰。崔淼这么想着,把裴玄静更紧地搂在怀中。隔着衣服,他的皮肤都能清晰地感觉到她滚烫的双颊和额头。才不过一小会儿,她就被寒热折磨得脸色惨白,嘴唇发青,翻出紫痧。崔淼无比心痛地看到,怀中的这个女子已经面目全非了。

山雨轰然作响,暂时遮盖了她牙齿相扣的声音。

最难受的那一阵过去了,裴玄静缓缓睁开眼睛:"崔郎……"

崔淼对她笑了笑,说:"静娘,我还没有告诉过你,我的医术是怎么学成的吧?"

"你的家,还有你的父母亲人,你都没有对我提起过。"

他略带埋怨地说:"因为你总忙着解谜,忙着为他人担忧。你又何尝在意过我。"

"现在就说吧。"她虽满面病容,那双明眸却越发晶莹透亮,好似能看穿他的心。

崔淼明白,若非此刻的绝境,裴玄静不会放下所有矜持,任凭他这么揽拥入怀。而他自己也不会有现在的胆量和坦然。

是啊,现在不说,也许就再没有机会了。他这一生,直到现在都过得似是而非。其实,他才是世上最需要真相的人,所以上苍才让他遇见她吧。

崔淼开始说了:"我从没有见过亲生父母。我是被一名民间的庸医抚养长大的。养父姓崔,我跟了他的姓。养父的医术平庸,为人也十分粗俗,嗜酒如命,算不上坏,但也绝不是值得尊敬之人。他虽将我养大,却尽不了教育之责。我只能自己设法学书习字。还算我幸运,养父曾经救活过一位重病将死的先生,我跟着他倒是学得不少,总算没有承袭养父那一身鄙俗之气。"

"这位先生是谁?"

"我也不知道,"崔淼叹息,"他无意显露身份,死时孑然一人,家徒四壁,还是我为他落葬的。"

顿了顿,他又说下去:"同一年,养父也酗酒而亡了。我便开始独自一人闯荡江湖。养父的手中有一卷集验方书,他靠这书才混了许多年。有一次酒醉,他说漏了嘴,承认此书是从我母亲那里获得的。"

"你母亲?"

"我的生母,"崔淼情不自禁地重复了一遍,"据养父说,当时他游方到洛阳附近,在一个破烂客栈中暂宿。那是一个水滴成冰的冬夜,客栈中来了一个女子,就快要生产了。"

"生产?"

"嗯。不知她是如何落到那步田地的,身怀六甲却要独自在外奔波,孤苦一人在客栈中产子。天寒地冻的半夜,哪里去找稳婆,只有养父略通医术,硬着头皮替她接生。结果,那女子产下一个男婴后,自己也血流不止,眼看就要撒手人寰。临死前,她拼着最后一口气,将包袱中的一卷书交给养父,说这卷药书是她家的家传秘方,神奇不亚于孙思邈的《千金方》,养父得此书在手,必将成为一代名医圣手,她愿将此书相赠。唯一的条件是,养父须将男婴抚养长大,今后再将此书传给他。"说到这里,崔淼的声音低落下来,"交代完这些,女子便气绝身亡了。"

良久,裴玄静才轻声说:"她可曾说过自己的姓名和身份?"

"没有。养父说,他问过女子是否还有家人,他愿负责把男婴送给她的亲人抚养。但女子拒绝了,她说的最后一句话是,'此子无祖无宗，愿永匿江湖'。"

这便是他深藏在心底的隐痛，也是他的骄傲，更是他野心的源泉。今天，他终于将母亲的故事全都说了出来。

"从那以后，养父就把我带在了身边。他本来只有些三脚猫的医术，游方行医，聊以糊口而已。得了那卷方书之后，他细读了前面的一部分，大概十多个方子，便拿来试用。结果发现女子所言非虚。这些方子所治的虽只是些平常症候，但绝对能药到病除，比常用的方子见效又快，抓药花费又少，病家治了病还省了钱，自然对养父感激不已。他的名声也渐渐传开去，日子好过了许多，那段时间他对我还算不错。可惜，好景不长。"崔淼叹了口气，又换上了惯常的嘲讽口吻，"养父的名声起来以后，人们渐渐请他诊治一些较重的症候。养父照例按书中的方子给人治病，却不成了。书里的方子不仅没有治好病，反使病情加重，甚至有人病危致死。当然，那些人本就患了重病，不能全怪养父治死了他们，但养父的名声从此一落千丈。他想不通，以他的能耐，又不足够去分辨方子到底哪里出了错，结果便是一错再错。几年后，终于把好不容易建立起的名望又败坏光了。养父受了打击，从此更加一蹶不振，整天喝得醉醺醺的，还把气撒到我的头上，怪我死去的母亲用假医书欺骗他，害了他。尽管如此，他倒也没有将我弃之不顾，还始终给我一口饭吃，算是坚持了当初对我母亲的承诺。从这一点来说，他终究算不上一名恶徒，只能说是一个自私卑微的小人。"

他停下来，目光闪耀地望着裴玄静。是啊，有谁会相信他出身卑贱呢？仅仅这张面孔和这双眼睛，就当得起"不俗"二字了。初次相遇时，她便看出他有故事，然而这段故事背后的伤痛仍然超出了她的想象。

崔淼又往下说："后来我自己认了字，也学会了医术。过了不少年，我才参透那卷方书的奥秘。养父错怪了我的母亲，药方本身是没问题的。但又不尽然是养父的错，因为要完全读懂那卷方书，需要用一种特别的方法，而这个方法，母亲并没有交代。这些年来，我一直都在猜测，母亲究竟是来不及说，还是她根本就没打算告诉养父。"他望着裴玄静，狡黠地笑了笑，"反正我觉得，母亲是故意的。因为她相信，除了她的儿子，没人能解开其中的奥秘。所以归根结底，她还是把祖传的药书只留给了我。"

崔淼的话音时远时近，越来越模糊了。裴玄静觉得自己随时会陷入昏迷，但仍努力向他露出微笑，表示自己都听见了，也听懂了。她知道，此刻的倾诉对崔淼有多么重要。

"那卷药书还在吗？"她竭力说。

"烧了。养父死的时候，我就在他的墓前把药书烧了。不管怎么说，他养育我一场，这本书成就了我，却毁了他。我觉得，应该让书陪他一起去。不过书里的方子，我全都记在心里了。"

裴玄静一凛，不禁睁大眼睛看着崔淼。所以说，他早在养父去世之前就悟出了药书的奥秘，却一直隐而不宣，眼睁睁地看着养父自暴自弃，在无望中耗尽人生。谁都没有权利谴责崔淼，细究因果，他的行为无可厚非，但依旧是冷血的。

无奈。裴玄静又一次想到这两个字。人生在世，谁都有无奈，所以菩萨才是最无奈的。因为要普度众生，而众生的宿孽太深，菩萨即便粉身碎骨，仍然拯救不了一二。

崔淼问："你还记得吗？我曾对你说过，死后想葬到邙山上。"

"记得……"

"那是因为我母亲死后，养父就把她随便埋在了附近的邙山上。后来我专门去过一趟洛阳，按照养父说的位置去找，可是什么都没有找到。最终，我都不能为母亲收拾遗骨。"崔淼的眼圈红了，"所以我一直想，等我死了以后也要葬到邙山上，也许就能和母亲的亡灵相会。我有太多的话要问她……如今，只怕也难了。"

裴玄静很想说一句安慰的话，但新一波恶寒扑来，霸占了她的整个身心。

"崔郎……"她紧闭双目,从唇间艰难地挤出这两个字来。

"我在这儿。"

"你……松开我……不要也、染了病……"

崔淼笑答:"我是金刚不坏之体,不怕的。"

她又嘟哝了些什么,但是无法听清了。

"再告诉你一个秘密,"崔淼说,"我虽跟着养父姓崔,我的名字却是母亲给的。那时,养父问母亲孩子的姓氏,她只说出了一个'水'字。后来养父想了半天,不知和'水'有关的姓是什么,便干脆给我起了三个'水'的名字。于是我就成了三水哥哥。"

这话似乎令她松弛了一些,然而崔淼所受的煎熬,并不亚于怀中的裴玄静。

以崔淼的经验,完全能够断定裴玄静患上的是疟病中的恶症。据他猜想,裴玄静肯定是在通州时就染上了疟病,源头十有八九便是那位元大才子了。裴玄静本身的体魄不差,所以直到上青城山后才发病。但因她连日奔波劳顿,思虑过甚,再在幽人谷淋雨落河,内外夹击,终成恶症。

疟病不一定会致死,但恶症就相当凶险了。更糟糕的是他们困于岩洞之中,别说药物,连吃的都成问题,根本不可能替裴玄静治疗。她只能硬挺,可是崔淼知道,不用药的话,在恶疟前面没有人能挺得过三天。

他们必须尽快离开岩洞,替裴玄静找到救命的药材。但是裴玄静昏迷时,崔淼已经把整个岩洞都转了一遍。前后不过数丈的溶洞,完全封闭。唯一的入口,就是他们坠入的那个顶洞。而顶洞高至少超过三丈,下面就是深潭,旁边是湿滑平坦的岩壁,徒手根本不可能爬上去。整个洞中,也没有任何树桩、石块之类可以借力登高的东西。

除非有人来救他们出去。否则,他们就只能在这个岩洞中等死了。

事到如今,崔淼只剩下一个念头:千万不能让裴玄静知道真相。

假如三天是她的极限，那么他要让她抱着生的希望度过这三天。

所以，谎言还是有价值的。崔淼想起他们刚才的讨论，世上的谎言千条万条，但真相永远只有一个。没有必要纠结，因为最终你我都将与真相不期而遇，就像遇见死亡。

对于任何人来说，死亡都是唯一不变的真相。

他轻声问："静娘，你相信长生不死吗？"

裴玄静悠悠睁开眼睛："长吉……"

"长吉？"

她气若游丝地说："……苦昼短。"

崔淼会过意来，目光炯炯地念道："飞光飞光，劝尔一杯酒。吾不识青天高，黄地厚，唯见月寒日暖，来煎人寿。"他又住了口，"哎呀，静娘不许我念长吉的诗。"

裴玄静不理会他的话，反而接着念下去："食熊则肥，食蛙则瘦。神君何在，太一安有……"

崔淼也加入进去，两人齐声念："天东有若木，下置衔烛龙。吾将斩龙足，嚼龙肉，使之朝不得回，夜不得伏。自然老者不死，少者不哭。何为服黄金，吞白玉。谁似任公子，云中骑碧驴？刘彻茂陵多滞骨，嬴政梓棺费鲍鱼。"

长吉早夭，活着时亦潦倒不堪，但他的境界比秦皇汉武更透彻，更坦荡，更真实。所以，他才能用那么优美的诗句道出，长生不死是天底下最大的谎言。

追求长生不死者才是世间最怯懦、愚蠢的人。

这一刻，他们在彼此的眼中发现了真相，寻到了此生唯一的知己。

裴玄静问："崔郎，我要死了，对吗？"

"你瞎说什么！我说过了，等出去就为你找药医治，你怎么还在胡思乱想？"

"可是，我们出不去了。"

崔淼沉默。

"你说以泉水溯流，便能找到岩洞的出口。但是我留意过了，从深潭流出的溪水，都又重新流回潭中。这个岩洞是完全封闭的。"

"你都没有走过看过，怎么就能肯定？"

"我是没有看过，可是崔郎，就在我们谈话的时候，雨听起来已经小一些了，按崔郎往日的脾气，早该一跃而起去探寻出路了。可是你并没有那么做，而是与我谈起往事。我想，这些往事绝不是你会轻易提及的，除非你觉得到了生死关头，再不说就没有机会了。"握紧他的手，裴玄静拼命扼制着席卷全身的寒战，"不要放弃，崔郎，不要放弃……你肯定能出去的。"

崔淼的眼睛湿润了，他不敢告诉裴玄静，在她昏迷时自己已经发疯似的转遍了整个岩洞，更在岩壁上捶破了拳头。雨听起来的确小了些，但要等到来人搭救，恐怕还得好几天，从对岸过来的索桥已断。此岸山势更为陡峭，经暴雨冲刷后处处险要，什么样的人出于怎样的目的，才会冒险而来呢？

还是那句话，他或许可以等，但裴玄静不可能等得及了。

如果她死了，他也没有必要活下去。

"崔郎……"她在寒战的间隙竭力吐出一个字，又一个字，"地图……还在吗？"

"在。"崔淼把地图举在她的眼前，湿漉漉的，上面的字迹都模糊了。

裴玄静艰难地抬起手，指着图上的神女洞："我一直在想……图……里的五个位置，对应的正是……五行。"

"金木水火土？"

"青城山是一座道教之山，所有的宫观、洞窟的位置都有讲究……你发现了吗？神女洞位于正北方，也……就是五行中的'水'，八卦里的……'坎'位。'坎'卦上下皆为水，我们渡过的幽人谷，应该是……下面的水。那么上面的水在哪里呢？"裴玄静不停地喘息着，抓住崔淼的手指都泛白了，几乎是拼尽全力在说，"从……

图上来看,神女洞就在幽人谷旁边,所以这个区域还有上面的……一条水,"她指着深潭道,"它的水不是雨水积成,而是从活水而来……崔郎,那里应该有出口,就在深潭的下面。"

裴玄静说完昏迷过去了。

崔淼将她放平在山石上,自己来到了深潭前。也许她的话只是病重的呓语,但是他愿意试一试,不放弃。要活,就一起活。要死,便一起死。

崔淼涉入深潭。

7

首先映入眼帘的是一尊女神像。只见她眉目如画、盈盈而立,身上的衣袂五彩绚丽,随风飞扬,衬出一副婀娜多姿的身材,仿佛随时就要翩翩起舞。

这尊雕像太传神了,不论五官表情还是肌肤动作,都纤毫毕现栩栩如生。制作它的人不仅拥有超凡的技艺,一定还倾注了全部的情感。

裴玄静看呆了,直到一张熟悉的面孔遮过来,挡住她的视线。

"你总算醒了。"崔淼满脸憔悴,语气中还带着点儿埋怨,但那双眼睛中满满的狂喜都快盛不住了。

她尚无力开口,只能还以微笑。

崔淼一把抓过裴玄静的手腕,凝神诊脉,片刻之后,他大声地欢叫:"好多了,真的好多了!静娘,你的病已无碍了!"

有人在他身后说:"看崔郎的样子,是不是想喝酒庆祝?"

"好主意!"他立即回头道,"炼师可有酒否?"

一个陌生女子应声来到榻前,微笑着说:"裴炼师与我皆修道之人,酒就免了吧。况且,你看贫道的这座洞中,何来的酒?"

她的容貌秀丽，声音尤其悦耳。在幽暗的溶洞中，通身雪白的道袍格外瞩目，活像一片白色的剪纸。

裴玄静在崔淼的扶持下坐起来："您是……"

对方淡笑不语，但裴玄静已经能断定她的身份了。

"我们终于找到您了，薛炼师。"裴玄静喃喃地说。

薛涛和她想象中几乎没有区别，将近五十的年纪，但看其容貌身段，也就是三十来岁的样子。通身白袍，乌发在头顶盘成髻，束以碧玉冠，算是她全身唯一的色彩了。清丽、高贵、纤尘不染，令裴玄静不自觉地想起聂隐娘来。她们二人的年龄应该差不太多，同样超凡脱俗，只不过为了达到这一境界，聂隐娘靠的是杀，而薛涛凭借的却是情。似乎南辕北辙的两个极端，在她们的身上殊途同归。

想到自己那时为了博得武元衡的好感，从"麻衣胜雪一支梅"的诗句得到启发，竟然洗尽铅华试图模仿薛涛的样子，裴玄静禁不住悄悄羞愧，又不胜唏嘘。

薛涛，是裴玄静仰慕已久、神交已久的人物。但当真的面对她时，又不知该从何说起了。

见二女无言，崔淼兴冲冲提起话头："静娘，你知道吗，咱们掉入的那个深坑，正是通往神女洞的，我们现在就在神女洞中呢。"

原来，神女洞是青城山中一座绵延长达数里的山间溶洞，其中曲折绵延，山泉流淌，更有数座深潭汇聚其中。洞中钟乳林立，冬暖夏凉，又藏于后山的密林中，非常不易发现。从青城山的前山要来神女洞，唯一的途经便是渡过幽人谷中的山涧。而后山陡峭深僻，几乎没人能直接登上后山入洞。

裴玄静道："那……不就是只有一条路了吗？"

"对，一旦像咱们来时那样雨水倾盆，甚而引起山洪暴涨，淹没山涧，那就没有人能来到神女洞了。"

神女洞作为一座天然溶洞，实际有多个出口。其中之一便是裴玄静和崔淼掉入的深坑。本来为了掩盖入口，也为了以免野兽陷落，洞口以泥石草木为遮,却不想被这场疾雨冲垮,才有了裴玄静和崔淼陷落之事。

而他们掉下的深潭,本来只有一泓浅浅的泉水,却在潭壁上有一条天然形成的暗沟,循之可曲折前行,一直通向神女洞的主洞。由于暴雨在潭中迅速蓄积,漫过了暗沟,使他们最初没能发现这条通道。然而祸福相依,这一潭的积水也使二人下落时没有直接掉到石头上,否则摔伤不可避免。

薛涛说:"听崔郎讲,正是裴炼师用坎卦的卦象分析出水下有水,崔郎才能涉入潭中找出通道的。"

裴玄静有些不好意思:"是我蒙对了吧?"

"当然不是,"薛涛正色道,"神女洞的位置在幽人谷之上,正是坎卦无误。我只是没有想到,真的有人靠这一点进入了神女洞。"

裴玄静心中一动:"薛炼师,您是在此隐修吗?"

薛涛笑了:"你是想问,我是不是在此避祸,对吗?"她微微点一点头,叹道,"我观测天候,算出了将有这一场暴雨,便预先躲入洞中。如今索桥已断,在暴涨的山涧退去之前,将无人能从前山过来。后山本就极难攀登,时令近冬,连采药人都不会涉险上山的。所以,据我估算,至少能够在此洞中躲到明年开春。"说到这里,她又微笑起来,"我花了半年多的时间作准备,生活所需洞中一应俱全。谁能想到,才刚安顿好,你们就闯来了。"

崔淼说:"多亏找到了薛炼师,否则我们就困死在那个深坑里了。正巧薛炼师在洞中还备有各种草药,其中就有治疗疟病的特效药材——常山,故而能及时给静娘用上。否则后果不堪设想。"

裴玄静忙在榻上行礼:"多谢薛炼师的救命之恩。"

薛涛淡淡地说:"区区举手之劳,不足挂齿,也算是我与二位的缘分吧。"

裴玄静又问:"薛炼师是在躲避什么人吗?"

薛涛平静地回答:"我以为你们都知道了。"

裴玄静看出来了，薛涛虽没有明显的敌意，还肯出手相救，但毕竟与他们二人素昧平生，戒心还是有的，便说："其实，是元微之先生建议我们来青城山寻访薛炼师的。"

为了获得薛涛的信任，少不得还得把风流大才子的名头抬出来。

"元微之？"薛涛的脸上波澜不惊，"他倒还记得我。"

"微之先生被贬通州，如今的景况并不太好，还染上了疟病。不过，他仍然十分挂念薛炼师。"

裴玄静遂将通州之行的经过讲了一遍，对有关刺史夫人姜离的内容仅仅一带而过。但她还是发现薛涛的神色中有了微妙的起伏。

裴玄静不禁想起元稹那首著名的诗："曾经沧海难为水，除却巫山不是云。取次花丛懒回顾，半缘修道半缘君。"听说就是专门赠给薛涛的。诗写得悱恻动人，事实却是，元大才子在经过花丛的时候，乃习惯性地频频回顾。所以说，诗终究只是诗，当不得真。

那么，《长恨歌》里又有多少是真的呢？

听完裴玄静的叙述，薛涛恢复了世外仙姝的淡然。她并不打听元稹的情况，却道："知道我在青城山中修炼的人不少，但你们是如何找来神女洞的？"

裴玄静与崔淼互相看了一眼，还是裴玄静发问："薛炼师，你是否认识一位长安女傅氏？"

薛涛沉默。

裴玄静又说："我们在真武宫借宿时，遇到了两个盗墓的阉人。"

"盗墓的阉人？"

"对，正是他们身上的地图，将我们指来了神女洞，"裴玄静说，"不过请薛炼师放心，那两个阉人一死一逃，不会再追来了。"顿了顿，又试探着问："这位傅氏女，与宫中有关吗？"

"她的名字叫傅练慈，"薛涛长叹一声，"是我最好的朋友。"

"哦。她还活着吗？"

"不知道，最后一次得到她的消息是在去年年末。当时我收到她从江州寄来的书信,信中说自己的行踪可能败露了。她担心连累我,不会再返回成都,将自己设法摆脱追踪。如果万一无法逃脱,她已决心一死了之。她只提醒我要好好保护自己。"

"原来是这样……"裴玄静思忖道,"如此说来她应该没有被抓到,否则那两个阉人就不会到真武宫来掘墓核实了。"

"但愿如此吧。早在元和元年的岁末,我就把傅练慈的死讯散布了出去,并称将她葬在了真武宫。但实际上,直到去年收到她的信后,我才为她在真武宫匆匆立了一处生冢,一来是想蒙蔽追踪者,二来也算是为她祈福吧。"

崔淼说:"那座墓已经被两个阉人掘开了,所以我们才看到墓中并无遗骨。"

薛涛默默地点了点头。

裴玄静小心翼翼地问:"这位傅练慈原来是宫人吗?"

"不,她是一名歌伎。"

"歌伎?"

薛涛淡淡一笑:"我与她十五岁时在成都教坊中相识,从此成为最好的朋友。"

教坊!裴玄静震惊地想起来,薛涛还真是出身乐籍的。当年,薛涛的父亲薛郧为人耿直,得罪了朝中权贵被贬谪西川。长安出生的京城女儿薛涛不得不跟随父母远赴成都。薛涛十四岁那年,父亲在出使南诏时身染疟疾亡故,一家人的生活陷入困境,薛涛凭着"容姿妍丽"和"通音律,善辩慧,工诗赋",十六岁不到便加入乐籍,成了一名营伎。贞元元年时,韦皋出任西川节度使。一次酒宴中,薛涛应韦皋之命,即席写下一首《谒巫山庙》。诗云:"朝朝夜夜阳台下,为雨为云楚国亡。惆怅庙前多少柳,春来空斗画眉长。"韦皋拍案叫绝,薛涛从此成为西川节度使府中的红人,声名鹊起,进而与诸多文人官宦交往甚密,改变了命运。

但是,傅练慈又是怎么回事呢?

裴玄静问："傅练慈既是成都教坊出身，为何称为长安女呢？"

"只因她走了一条与我不同的路。在成都教坊成名后，傅练慈即被一名顾姓茶商看中，纳为妾，过了几年奢华惬意的日子。傅练慈年满二十岁时，顾茶商厌倦了她，便赐以重金，又将她休了。傅练慈拿着多年积攒的银钱去了长安，在曲江之畔买下一座别舍，开门迎客，做起了生意。没过多久，她便成了长安最令人艳羡的头牌歌伎。那时节，全长安的青年才俊、贵胄公子们，都以能进入傅氏别舍，成为傅练慈的座上宾为荣。"薛涛看了看裴玄静和崔淼，悠悠叹道，"你们俩都太年轻了，对这二十多年前的盛况，自然闻所未闻。因为，从贞元十四年起，傅练慈就销声匿迹了。"

崔淼也被勾起了好奇心，问："发生了什么事，她离开长安了？"

"不，她一直待在曲江之畔的别舍中。只是从贞元十四年起，那座别舍便门户闭锁，外人再也不得入内了。"

裴玄静的心念一动，名噪一时的歌伎突然关门闭户……就在不久前，她不是也见到了类似的情形吗？

崔淼脱口而出："难道是……"被裴玄静悄悄一拽衣袖，又赶紧闭了嘴。两人都眼巴巴地看着薛涛，等她揭晓谜底。

薛涛却沉默良久，才道："有人专宠了练慈，从那之后她便只属于那个人了。"

"是谁？"

薛涛又叹了口气："都已经过去了，就让我替练慈保守这个秘密吧。"

"这……"崔淼还想说什么，见裴玄静朝自己一个劲儿摇头，只得作罢。

薛涛继续说："到贞元二十年时，练慈又一次被弃。那个专宠她的人命她离开长安，练慈不敢违命，只得于当年秋天返回成都，我们姐妹方能重逢。接着便到了永贞元年。那一年中，发生了许多令人不堪回首的事情，也就此改变了许多人的命运。到第二年，也就是元和元年时，练慈便与我商议，决定诈死避祸。"

"非要用这样决绝的方法吗？"裴玄静忍不住问。

薛涛点了点头："二位都是聪明过人的，应该懂得无端牵连进皇家恩仇里，会是怎样的结果。练慈并非贪生怕死之人，但她尚有未尽之心愿，所以不敢轻易言死。想来想去，唯有诈死才能摆脱追杀。"

"那时追杀她的人，也就是这次派阉人来掘墓的人，对吗？"

薛涛好像没有听见裴玄静的问题，却道："总之，诈死一计为练慈赢得了十年的平安。可惜，最终还是被发现了。自从那封书信之后，我便再未得到她的消息，更不知她的死活。"

"炼师担心她吗？"

"担心又有何用？我已经做了我所能做的一切，其他的只能听天由命。"

听天由命——裴玄静完全听懂了薛涛的话。又或者说，因为元和十一年的杜秋娘一案，使得裴玄静对傅练慈的命运也有了贴近的认识。

她从崔淼的目光中看到了同感。

傅练慈，就是二十年前的杜秋娘。而那个专宠傅练慈的人，不出意外的话，就应该是当今圣上的父亲——先皇顺宗皇帝。

从永贞元年至今，关于皇帝与先皇这对父子之间的恩怨，一直有各种传闻喧嚣尘上。皇帝对此极为不悦，但始终无法平息人们的议论。裴玄静是不相信流言蜚语的人，尤其涉及宫帏秘事，她向来认为除非当事者，其他人的观点都只能是揣测和臆想。但是，她毕竟在《兰亭序》一案上，曾与皇帝面对面谈及先皇，当时皇帝那阴郁又愤懑的神情令她记忆犹新，她还从未见过有人对自己的父亲，怀着如此深刻的敌意。

今天所揭示的秘密，又使裴玄静窥探到了事情的另外一面：皇帝在悄悄地模仿先皇。也许他自己都没有意识到，又或者，他把这种行为视为对父亲的冒犯，乃至鄙夷。但无论如何，他的所作所为都不是"父行子效"这四个字可以概括的。

裴玄静又想到,假如傅练慈受宠于先皇,那么她所谓的未尽之心愿,一定与先皇有关。当今圣上花了整整十年追杀她,也就不奇怪了。

傅练慈还活着吗?她的心愿终于了结了吗?

等等,裴玄静突然醒悟过来:傅练慈只是他们在真武宫遇到的意外事件,虽说因此找到了薛涛,但他们原先的目的却与这个神秘女子无关。

她忙说:"薛炼师,微之先生让我们来找您,是为了寻找一个叫王质夫的人。您知道他吗?"

薛涛从容回答:"崔郎已对我提起过了。不过,关于王质夫此人,我一无所知。玉龙子嘛,我确实听过这么一件宝物。但自安史之乱后,便不知所踪了。玄宗皇帝把它藏在何处,肃宗皇帝有没有得到它,我都不了解。所以,也帮不上你们的忙。"

裴玄静和崔淼面面相觑,所以薛涛躲入深山溶洞,全因受到傅练慈的牵连,而与王质夫或者玉龙子都没有丝毫关系。

冒着生命危险寻到薛涛,难道只能听到一桩二十年前的宫帏艳史吗?

8

裴玄静不甘心地环顾四周,视线落到了那尊女神像上。

"杨贵妃!"

"杨贵妃?"薛涛问。

裴玄静说:"薛炼师,您在静室的墙上题了一首诗,'燕市人皆去,函关马不归。若逢山下鬼,环上系罗衣'。所咏的应是杨玉环命丧马嵬坡吧?您为什么要题写这样一首诗呢?还有这尊女神像,其美丽雍容之态世所罕见，又似乎不能与道教中的任何一位女神仙相匹。我斗胆猜测，她是不是杨贵妃的塑像呢？"

薛涛笑了："裴炼师莫急。我方才说了，关于王质夫和玉龙子，我帮不了你们。但是关于《长恨歌》，还有杨玉环，我确实有话可说，但我还有个问题。"

"薛炼师请问。"

"我为什么要告诉你们呢？"

裴玄静迟疑了一下，说："我们没有理由要求薛炼师，更不会强迫您。如果您不说，我们就只能空手而归了。"

"空手而归？"薛涛的笑容明惠而空灵，完全不像年近五十的女子。顿了顿，她说："我不会让你们空手而归的。毕竟，这段往事是对男女之爱的绝佳诠释，要说，也只能说给你们这样的人听。"

我们这样的人？裴玄静不由自主地朝崔淼瞥了一眼，发现他也正在朝自己看，连忙调转目光，心头突突乱跳。经历了幽人谷的生死与共之后，她反而比从前更不好意思面对他了。

他们的微妙神情没能逃过薛涛的眼睛。就在这一瞬间，她的心底起了微澜。那些名字列队似的从她的眼前掠过：韦皋、元稹、武元衡……他们都是多么难得的优秀男人，或风流潇洒，或睿智雄健，他们都曾进入过她的生命，又纷纷离去。他们像赏花似的品鉴她的才华与美貌，为她写诗，却并不打算为她驻足。

这些男人把逢场作戏美化成风流，又把始乱终弃标榜为德行，甚至谓之吸取教训。安史之乱令大唐帝国一蹶不振，生灵涂炭的场面使男人们吓破了胆。将所有的错误归咎于女人，正是他们一贯采用的办法。

薛涛很欣慰地看到，至少面前的这对男女，仍然敢于将生命交托给对方。

她缓声吟道："嘻！女德，无极者也；死生，大别者也。故圣人节其欲，制其情，防人之乱者也。生感其志，死溺其情，又如之何？"

"这不是《长恨歌传》里的话吗？"裴玄静道。

"正是。其实《长恨歌》中的谬误，除了裴炼师方才所提到的，另外还有几处。"

"还有？"

薛涛点头："并且，都是关于杨贵妃的。"

"马嵬坡下泥土中，不见玉颜空死处，"薛涛说，"这两句诗描述的是玄宗皇帝自蜀地返回京城，途经马嵬坡时，想把当初草草落葬的杨贵妃的尸体收殓回去，但却发现玉颜不见，死处成空了。这表示什么？"

"要么杨贵妃并未葬于马嵬驿，要么就是像我们刚刚谈及的傅氏女——"裴玄静住了口，她的想象太过大胆，几乎把自己给吓到了。

她迟疑地说："六军不发，强逼玄宗皇帝处死杨贵妃。在那种情况下，如果玄宗皇帝一定不舍贵妃，就只能让她诈死。据说，当时是高力士用白绫将贵妃缢死的。以高力士对玄宗皇帝的忠心，未必不会帮助皇帝这么做。"

崔淼道："好吧，就当杨贵妃没死，那么马嵬驿之后她又去了哪里？"

薛涛笑而不答。裴玄静顺着她的视线望向女神像，惊得几乎跳起来。太难以置信了！

"难道、难道她来了蜀地，青城山？"

崔淼却道："对啊！杨贵妃独自脱逃，终究要与玄宗皇帝会合。玄宗皇帝大队人马走得慢，杨贵妃却轻身匿迹，提前入川躲进青城山，在此等待玄宗皇帝，确实是个好办法。"

"难怪玄宗皇帝到达益州后，还特意上过一次青城山！"贾桂娘曾经提到跟随玄宗皇帝游青城山，而裴玄静正是受此启发，才编造出贾桂娘在青城山上遇到仙人的故事。难道自己阴差阳错，竟然揭示出了一件最隐秘的往事？

裴玄静突然大声说："杨贵妃肯定没有死！"

"你想到了什么？"崔淼忙问。

裴玄静想到了贾桂娘对自己说过的话，贾桂娘曾提到过杨国忠和虢国夫人的死，唯独没有提到杨贵妃。

那时她是杨玉环的贴身宫女，帝妃逃难都带着她，可见她深得贵妃的信任。而当她和裴玄静说起那段话时，正处于激愤之中，口不择言地表述自己的忠心。所以，她讲了真话——贾桂娘不曾亲眼看见杨贵妃的死，她甚至不记得还有这么一回事了。

这也证明了，杨贵妃肯定没有死在马嵬驿。

裴玄静说："我记得韩湘说过，当玄宗皇帝终于抵达蜀地，青城山真人罗公远亲自到剑阁迎候，并一路将玄宗皇帝送到益州，才飘然离去。也许正是罗真人给玄宗皇帝送去了贵妃平安的消息，并且把她的藏身之处告诉了皇帝？杨贵妃曾经入道，诈死后又藏身于道教圣山，所以一路保护她从马嵬驿到青城山的，会不会也是道教中人呢？"

答案不言而喻。

裴玄静更想通了，为什么在马嵬驿分手时，玄宗皇帝拒绝将玉龙子传给太子李亨。除了对太子逼宫的愤恨之外，还有一个更加重要而隐秘的理由：他要把玉龙子交给他的玉环。

在帝国分崩离析的时刻，君臣、父子、夫妻亦能相残，七十岁的天子四顾茫然，发现身边再无可信赖之人，只能将心爱的女人托付给方外的力量。

所有人都在同声谴责那个女人，只有老皇帝心里明白，她没有罪，更不应该为帝国殉葬。于是他作了一个疯狂的决定，即使保不住皇位，也要保住她的性命。

彼时彼刻，他只庆幸一件事。当初佛道相争得最厉害的时候，曾经为青城山的归属闹到了天子驾前，而他揽着贵妃的香肩，笑着说："观还道家，寺依山外。"

这不经意中施下的恩典，到了该索取回报的时候了。玉龙子，就是凭证。

耳边又传来薛涛的声音:"杨贵妃诈死避上青城山,不久后玄宗皇帝也到了益州。二人终在神女洞中重逢。玄宗皇帝原计划在平叛之后,再带杨贵妃返回长安。可是局势又有了新的变化。太子在灵武登基了,玄宗皇帝不得不让出皇位。在这种情形下,杨贵妃不便返京了。"

成为太上皇的玄宗皇帝自身难保,又如何保护一个遭到新皇极度憎恶的弱女子呢?

"所以她只剩下一条路:走。"

崔淼追问:"杨贵妃走了?她去了哪里?"

"《长恨歌》中也有写到,"薛涛说,"还记得临邛道士是怎么找到杨贵妃的魂魄吗?"

裴玄静念起来:"……上穷碧落下黄泉,两处茫茫皆不见。忽闻海上有仙山,山在虚无缥缈间。海上?仙山?"她瞪大眼睛,"难道是海岛,东瀛?"

薛涛点了点头,轻抚着神像道:"玄宗皇帝悄悄命人以贵妃的形容塑了这尊神像,置于此洞中,就当杨贵妃仍然留在青城山,留在大唐了。"

崔淼激动地问:"那么说,杨通幽真的去东瀛见到活着的杨贵妃了?"

"这些我就不得而知了。我能告诉你们的,唯有青城山中的往事。"

"玉龙子呢?"裴玄静追问,"玉龙子是留在了青城山中,还是也被贵妃带到东瀛去了?"

"我不知道。"

薛涛在女神像前盘起双腿,闭目静祷起来。看来,她只是说了她想说的话,至于裴玄静和崔淼是否满足,却非她所在意的了。

神女洞中幽静舒适,由于有了对症的药物,再加崔淼的悉心照料,裴玄静的病来得猛去得也快，没几天就基本恢复了。两人遂向薛涛告别，寻找王质夫的旅程还要继续下去。

薛涛并不挽留。还未满十岁时，她就写下了"枝迎南北鸟，叶送往来风"的名句，似乎注定了她这一生，就要送走一个又一个人。在这些人中，有的名字如雷贯耳，已经成为帝国史书上不可或缺的部分，有的名字无人提起，只悄悄印刻在她的心头。但不论外界对她的韵事有多少缤纷旖旎的想象，她都不置一词，因为事实只有一个——他们全都走了，永远也不会再回来。

薛涛只嘱咐裴玄静和崔淼，如果得到了傅练慈的消息，请务必告知。因为傅练慈是她唯一的朋友。

她一次都没有提起元稹。

裴玄静和崔淼重新回到了幽人谷。

几天过去，暴雨造成的山洪退去了些，水位下落后，两岸嶙峋的岩石裸露出来。在阳光的照射下，岩石上被水冲刷过的青苔泛着墨绿色的光芒，好像一块块巨大的砚台。

断裂的索桥就耷拉在其中一块"砚台"上，末端漂在混浊的水面上。

怎么回到对岸去？离开神女洞时，裴玄静和崔淼曾讨论过这个问题，但左右无解，最终还是决定到时候再想办法。

眼前的情形却似乎无法可想。

裴玄静冲着涧水发呆，崔淼拉她在山石上坐下，劝道："你光盯着发愁也没用啊。来，不如先晒晒这秋日暖阳，体会一下山中一日，世上千年。"

裴玄静没好气地说："若真是那样，也没必要出去了。别说王质夫了，只怕连大唐都灰飞烟灭了吧。"

"那多好，就只你我二人躲在这桃花源中，任它世事变幻、白云苍狗。"

裴玄静斜了他一眼："说出这种话的人，还是我认识的崔郎吗？"

"人都是会变的嘛。"这不以为然的口吻，倒还是崔郎中的本色。

裴玄静却在想，韩湘不是也说她变了吗？那么，究竟是什么在悄悄地改变着他们？

她问："崔郎，你因何而变？"

放在从前，崔淼一定会半真半假地答"因为你啊"，今天他却说不出口了。

当心意太真的时候，就不再适合付诸语言。难怪人们喜欢说谎，毕竟轻松多了。他犹记得，在深坑中陪着昏迷不醒的玄静，一心认定再也不能活着出去时，他对她说了许许多多的真心话，多到连自己都觉得不可思议，现在想来，也只有在彼时彼境才说得出口吧。

崔淼不答，裴玄静也不追问，却自言自语似的说："那时长吉方逝，隐娘也曾邀我随她一起去纵情山水，修仙悟道，我没有答应她。"

"后悔吗？"

"不，"裴玄静说，"我在想，这世上真的有世外桃源吗？要来的总会来，躲有什么用呢？王质夫躲不开，元稹躲不开，薛涛躲不开，傅练慈亦躲不开，玄宗皇帝和杨贵妃更躲不开。既然如此，凭什么相信你我就能躲得开呢？除非……"

"除非什么？"

"除非能够尽到责任，完成嘱托。也许到了那一天，就真的可以考虑退隐江湖了。"

崔淼冲动地问："静娘，在你病重之时，我曾对你说过许许多多话，你可还记得一两句？"

裴玄静凝视着他，摇了摇头。

崔淼叹了口气："也好。"

两人都不再开口，只默默凝望着眼前这一片明丽的山光水色。若干年前，有一位缔造了盛世，又亲手将它粉碎的帝王，也曾在这里与他的爱人诀别吗？或许，直到那时他才幡然醒悟，倾国倾城的美人与鲜花着锦的盛世一样，都是为了破碎而存在的。佛家所谓"色空",道家所谓"无为",就是为了帮人看透这一点。

但即使看透,也还是会心痛的吧。

裴玄静又想,何况自己和崔淼,都远远未到看透的地步。眼前的这道逝水,隔不断纷扰的世事,更阻不住追寻真相的脚步。

崔淼忽然叫:"静娘快听!"

随着一阵悠扬的洞箫飘起,对岸的茂林之上,数点白影腾空飞舞。

"韩湘,隐娘!"她也惊喜地跳了起来。

一条独木小舟涉涧而来,韩湘坐在舟尾吹箫,箫声中白蝙蝠们时聚时分,在幽人谷的上空盘旋着。一名黑衣女子在舟前撑动竹竿,小舟便如离弦之箭般朝他们驶来。

第四章
无尽恨

1

皇帝服完丹药，正在闭目养神。这是他每一天中最享受的时刻。

最近，皇帝越来越离不开柳泌的丹药，所图的无非是服丹之后那份虚弱而又放纵的感觉。只有在这短短的一小段时间里，他才可以放下身上的千钧重担，任由心神腾云驾雾于太虚之上。

迷迷糊糊的不知过了多久，他突然感到身旁有动静，便随口唤道："陈弘志。"

无人应声，他又唤了一遍。

"大家。"陈弘志从帷帘后冒出来。

皇帝勉强睁开眼睛，嗔道："你怎么总是鬼鬼祟祟的，有事吗？"

"大家，兴庆宫来人了。"

"兴庆宫？"

"是汉阳公主遣来的。"

皇帝不耐烦地问："说什么？"

"说是……请大家速去兴庆宫。"

"什么？"皇帝几乎从御榻上跳起来，"你再说一遍！"

"说、说请大家速、速去兴庆宫。"

皇帝连连挥手:"快让那人进来。"

来者是个小黄门,扑通跪倒在御榻前,吓得头都不敢抬起。

"兴庆宫中出什么事了吗?"

"奴、奴不知道啊。"

"那……是皇太后的病情有变?"

小黄门愣愣地回答:"奴一向在外殿伺候,从来见不到皇太后。"

"御医呢?这几天御医出入频繁吗?"

"也没……见着。"

皇帝闭了闭眼睛,道:"备辇。"

乘上步辇之前,他又将陈弘志叫到身边,低声吩咐:"你快着人去查,是否有人把永安公主服毒的事情泄露到兴庆宫去了?"

"奴明白。"

步辇沿着夹道向兴庆宫而去。皇帝觉得全身一阵阵发冷,这段路他已经太久没有走过了,想不到会如此阴森,仿佛行走在一条地下的墓道中,漫无尽头。

他竭力不去回忆最后一次行走其中的情景,而将思绪引到永安公主所出的意外上。就在三天前,永安公主因畏惧和亲,在府中服毒自尽。

幸好皇帝早有准备,在公主身边安插了自己的人,所以永安公主并没有死成。消息被严格封锁起来,对外只称公主偶染微恙。而且从那一刻起,永安公主就被皇帝派人严格监控起来,再想死也没机会了。

今日兴庆宫中必有剧变,否则汉阳公主不可能以这种方式来请皇帝驾临。因为她比任何人都清楚,皇帝已逾十年不曾踏入兴庆宫。而皇帝一旦前来,就意味着皇太后或将殡天了。

夹道之中一片死寂,皇帝听到自己的牙齿咯咯作响。

不不不,他自我安慰着,也许只是永安公主服毒事发,皇太后想当面质问自己?可是,过去十年中发生了多少是是非非,皇太后从来不置一词,始终保持沉默。难道这一次,她就会破例吗?

当步辇进入兴庆宫时,皇帝恐惧得几乎要窒息了。

这座宫殿中的一草一木、一殿一垣,都在他的眼里扭曲变形,宛然成了吴道子在景云寺所绘《地狱变》一般的可怕景象。

步辇直接抬到了咸宁殿前。汉阳公主迎出殿外,跪于阶下,向皇帝大礼参拜。当她抬起头时,皇帝看见了一张布满泪痕的脸。

他的心瞬间跌入无底的深渊。定了定神,他迈步入殿。

"等等,请皇兄稍候,"汉阳公主压低声音道,"阿母、阿母她还有一口气⋯⋯"

皇帝的目光倏地刺在她的脸上。

"待、待我去问她。"

皇帝只点一点头,便在寝阁外坐下来。他闭起眼睛,十余年的光阴在脑际一闪而过,将他逼回到此生最黑暗的那一刻。

所有的内侍宫婢都被赶到殿外,鸦雀无声地跪了一地。他独自坐着,能清晰地听到寝帷之中,汉阳公主悲戚地问:"阿母,皇兄来了。您要不要见一见他?"

没有任何回应。皇帝不知道是自己没听见,还是皇太后未应声。他试图想象寝帷中的景象,却发现自己完全想不出母亲如今的模样。整整十二年了,他们母子的居处只相距两个街坊,却如参商永隔。

"不及黄泉,无相见也",那么,及黄泉时,又该怎么办呢?

他竟从未想过这个问题!不,是他不敢想!

皇帝全身都被冷汗浸透了,就在这时,从寝帷中传来一声号啕:"阿母!"

皇帝猛地站起身来,疾步走到寝阁前,掀开帷帘。

汉阳公主扑在皇太后的身上哀泣着。皇帝并没有立即上前,而是深深地吸了一口气。为什么咸宁殿中的龙涎香气和任何地方的都不同?格外清冽,又格外凄凉,仿佛凝结着人世间所有的哀愁,令人悲不自胜。

他双膝一软,便跪在了汉阳公主的身边。皇太后的眼睛仍然睁开着，使他有一刹那的错觉，以为母亲正在看着自己。她终于肯看一看他了。

"我问了……可是阿母她、她就是摇头……"汉阳公主痛哭流涕地说着。

皇帝冷笑了一下："我都听见了。"

何必解释呢？皇太后不过是恪守了誓言，把对皇帝的恨坚持到了最后一刻。她就是要让他明白，她到死都不会原谅他这个儿子。

内侍在帘外报："大家，福王殿下和襄阳公主都到了。"

皇帝对汉阳公主说："你出去，让他们在外面等着。待朕召唤，方可入内。"

虽然沉浸在悲痛中，汉阳公主还是听得出皇帝威严不可犯的语气，当即顺从地退了出去。

寝帷之中，现在只有皇帝和母亲了。

皇帝凑上前去，认真地端详皇太后的脸。他惊异地发现，这张脸和自己记忆中没有丝毫分别，在那上面，时光仿佛永远停滞在了十二年前。

"阿母……"他情不自禁地低低呜咽了一声，热泪滚滚而下。毕竟是自己的亲生母亲啊，有什么仇怨是不能化解的呢？

皇帝握住王皇太后冰凉的手，将它贴在自己的鬓发上。十二年前他们最后一次面对时，那里还是漆黑的，如今已然灰白相间。这些年来儿子老了那么多，母亲却连看都不曾看见过。

阿母，他在心中默默地呼唤着。这十二年中，儿子为了"四海归心，天下一家"的宏愿，几乎耗尽了心血。眼看胜利在望了，你却在此时离开人世，难道就是不肯给儿子一点点赎罪的机会吗？

天下人都诟病朕是最不孝的儿子，怎知你才是最狠心的母亲？

皇帝不忍再看皇太后睁大的双眼，轻轻举手欲拂下她的眼皮。突然，他的掌心感到一点湿凉。皇帝惊骇地缩回手，只见一小片水色在皇太后惨白的面颊上晕开。

这滴泪，是他方才不曾发现的。

在寝阁外一直等到天黑，汉阳公主实在耐不住了，蹑手蹑脚地走进去。皇帝仍然一动不动地跪在榻前，连姿势都没有变过。

"请皇兄节哀，"劝归劝，汉阳公主兀自心酸不已，刚收干的眼泪又夺眶而出，"天都黑了。"

"你来得正好，"皇帝说，"扶朕一把，腿脚有些麻了。"

汉阳公主搀扶着皇帝站起来，问："福王和襄阳妹妹一直在外候着，让他们进来吧？"

"等一等，"皇帝道，"阿母临终前，交代过什么吗？"

汉阳公主摇头拭泪："她只是一言不发。"

皇帝长叹一声。

汉阳公主迟疑着又道："永安妹妹还没有得到消息，我命人去把她也叫来吧？"

皇帝盯住汉阳公主："皇太后怎么会突然病故的，与永安和亲有没有关系？"

"前些天永安是来闹过，可当时，阿母并没有说什么呀。"

"那么，永安服毒之事有没有传到皇太后的耳朵里？"

汉阳公主回答："我不知道。阿母从前天起突然水米不进，却严命不得报于皇兄，我只能干着急。到了今天早上，见阿母的情形越发不对，我才自作主张请皇兄过来。原指望着，好歹能让你们见上最后一面，谁知、谁知，仍然是这个结果……"

"这些就不必再提了！"皇帝喝止她，"以朕判断，定然是有人为永安鸣不平，把她服毒自尽的事偷偷报于皇太后，才导致皇太后忧愤过度，病重归天。朕绝对不会饶过这个人！"

汉阳公主煞白着脸说："皇兄是在怀疑我吗？"

"是你吗？"

"当然不是！"汉阳公主叫起来，"但即便是我，我也问心无愧！

难道……难道要我眼睁睁看着自己的妹妹去送死吗？"

"她不是普通百姓家的女儿，她是大唐的公主！就算为了大唐而死，也是她的荣耀，更是她的责任，她有什么理由逃避！"

"为了大唐？"汉阳公主冷笑道，"皇兄在意的真的是大唐吗？"

皇帝问："你认为，朕在意的是什么？"

热血冲上汉阳公主的头顶，虽然对母亲的死早有准备，但这一幕的刻骨悲怆仍然令她无法承受。满腔愤恨使汉阳公主感到天旋地转，她爆发了："我以为，皇兄在意的是权力，是皇位！永安妹妹说得对，你从来就没有把我们的福祉乃至生死放在心上。我们都只是你获取权力、巩固皇位的工具而已。你对我如此，对永安如此，对普宁如此，连对阿母也是如此！"

天已经完全黑了。没有得到命令，内侍不敢入内点灯，所以寝阁中暗如幽冥。皇太后的遗体安静地卧在榻上，榻前站着的兄妹二人面目模糊，就像两个鬼影在互相对峙着。

沉默良久，皇帝说："你伤心过度了。"

汉阳公主泪如雨下。

"朕就当没有听见这些话，让弟弟妹妹们进来吧。"

汉阳公主一把扯住皇帝的袖子，顺势跪倒在他面前："皇兄，您放过永安吧。她不适合去和亲。硬逼着去的话，她就只有死路一条。阿母已经走了，我们兄妹几个别再生离了。求求你了，皇兄……"

皇帝甩开她的手，径直向外走去。

汉阳公主冲着他的背影叫："你就不怕吗？有朝一日将有何面目去见阿母、去见父皇！"

皇帝的脚步一滞。

"朕不怕。"他一字一顿地说完这三个字，才回过头来，俯瞰着汉阳公主，补充道，"别以为能瞒得过朕，你想做什么，朕全都知道。"

汉阳公主瘫软在地上。

当咸宁殿中哭声四起时，皇帝将郑琼娥单独召入了南薰殿。

"你就没有一点可以对朕说的吗？"

郑琼娥伏在地上，纤弱的肩膀一个劲儿地颤抖着。

皇帝思索片刻，问："发现皇太后情形不对时，可曾请过太医？"

"皇太后坚决不让，汉阳公主也不敢违命。"

皇帝闭了闭眼睛。所以，母亲确是一心求死，就是为了惩罚他。

他的唇边不知不觉泛起一抹狞笑，忽然又想起来问："崔淼呢？那个医待诏最近可曾来过？"

"有些天没来了。皇太后说，他的医术不行，故而不让他再来了。"

"医术不行？"皇帝皱起眉头，"我怎么听闻御医说，自从此人入宫后，皇太后便只要他开方子，怎么突然又不叫他来了？"

郑琼娥慌张地说："我、我……不知道。"

皇帝从上凝视着她，少顷，问："你还想不想见十三郎了？"

郑琼娥把头抬起来了。

"皇太后归天之后，你就不能留在兴庆宫中了。朕还要替你另作安排。如果实在没有其他法子，便只能让你去掖庭了。"

郑琼娥哆嗦得更加厉害，此刻就算她想说话，恐怕也说不成句了吧。

"你要作好准备，一旦入了掖庭，这辈子就不可能再见到十三郎了。"

"陛下！"

"唔？"

"皇……皇太后曾命我……烧掉一些东西，"她泪流满面地说，"可我没有……"

"是什么？"

"是……那位崔郎中写的方子。"

"方子？"

郑琼娥松开衣带，用颤抖的手指从里层取出叠得厚厚的粉笺，捧过头顶。

2

  有了聂隐娘相陪,从青城山到江州这一路走得格外顺畅。登舟沿长江顺流而下,李太白的"两岸猿声啼不住,轻舟已过万重山",便如一幅万尺的山水长卷在眼前徐徐展开。再多的心事和谜团似乎都该暂时抛开,任凭身心在这一刻彻底沉沦于自然,体会江山的浩渺和时间的永恒。

  "白日放歌须纵酒,青春作伴好还乡。即从巴峡穿巫峡,便下襄阳向洛阳。"崔淼站在裴玄静身边,吟起了杜甫的名句。江风将他的声音打散,有的随风飘向江面,有的则轻柔地抚上她的面颊。

  裴玄静道:"这可是杜子美为官兵收复失地所作的诗,崔郎也喜欢吗?"

  "官兵是官兵,诗是诗,"崔淼洒脱地回答,"我才没那么狭隘呢。再说,我的立场也未必一成不变。"

  "哦?你的立场变了吗?"

  "你说呢?"

  裴玄静避开他那火热的目光,轻声道:"不管立场为何,我只希望,你永远是你。"

  "静娘的意思是——无论如何都要对自己说真话,也对你说真话。"

  "崔郎能做到吗?"

  他毫不犹豫地回答:"能。"

  白鸥在船头盘旋,鸣声与两岸的猿啼交相应和。舟船正行经巫山十二峰,举目望去,那苍峦叠翠、烟云飘浮之处,便是楚怀王在梦中与巫山神女朝云暮雨的仙境了。楚王与神女交合,原本是为了风调雨顺,祈求谷物丰登,国富民安,但最终被后人所铭记住的,却只有男欢女爱的缠绵了。

江山或爱情,哪一样才是永恒的?

是为了天下苍生,还是为了唯一挚爱,怎样选择才更崇高、更真诚?

正譬如那一阕《长恨歌》,究竟是在哀悼山河破碎、生灵涂炭的大唐,还是在咏叹李隆基与杨玉环的旷世之爱?又或者,是在掩藏更多无法言明的悔与痛?

他们很快将会知道答案——江州就在前方了。

裴玄静低声问:"崔郎,你觉不觉得隐娘有些不对劲?"

"有吗?"崔淼回头望去,只见聂隐娘独自一人立于船侧,也在举目眺望岸边耸立的山峰。江风猎猎,吹动黑色衣袂,使她的身影蒙上一层不寻常的悲凉秋意。

仍然是遗世独立的姿态,此时的聂隐娘却更像一位"风萧萧兮"的慷慨侠者,而不再有裴玄静原先熟悉的看透世事的淡漠。

崔淼皱起眉头:"似乎是有一点奇怪。"

裴玄静说:"我在想,这次为什么没见到隐娘的夫君?"

"我随口提过一句,但她什么都没说,"崔淼道,"以隐娘的风格,夫妇分头办事亦属寻常。她不讲,我们也不好多问。"

沉吟片刻,裴玄静道:"崔郎可知,朝廷在淮西连战连捷,吴元济快完了。"

"听说了。"

"隐娘的夫君会不会去支援吴元济了?"

"应该不会。魏博已归顺朝廷,如今跟着一起在打淮西,隐娘他们没必要去帮吴元济啊。"

裴玄静低头不语。

崔淼笑道:"唉,隐娘是不需要咱们替她操心的,倒是韩湘那家伙,也不知有没有找到禾娘?"

原来在长安的时候,崔淼就曾让一个偷毛笔的小孩把铜镜带给聂隐娘，送出了信号，请她帮忙追查乾元子那一伙人。在青城山上，他们敢于兵分二路，留下韩湘和禾娘与乾元子周旋，就是预料很快能等到聂隐娘这位援军。果然，当时聂隐娘已跟踪乾元子来到青城山。韩湘被乾元子逮下山时，正好和聂隐娘狭路相逢。聂隐娘神勇非常，只一人便将乾元子手下的那帮乌合之众打得屁滚尿流，救出了韩湘。

她还下手弄瞎了乾元子的一只眼睛，意欲让他接受点教训，也震慑一下这帮恶道。

乾元子带着手下溃败而走，青城山终于恢复了清静。有韩湘指路，聂隐娘才以独木为舟，把崔淼和裴玄静接过了幽人谷。待到大家会合时，却发现唯独失落了禾娘。

商议下来，聂隐娘仍护送裴玄静和崔淼东去江州，继续破解王质夫与《长恨歌》的谜团。韩湘自告奋勇留下，寻找禾娘的下落。大家都认为，禾娘人生地不熟，只身一个小女子，还能跑到哪里去？怕的倒是失足落入山崖或者碰到野兽之类。青城山中道观遍地，只要没有乾元子等人的骚扰，韩湘还是能够找到不少同道中人帮忙的。如果青城山中找不到，他就到周边地区继续寻找。

"但愿韩湘已经找到她了，"裴玄静不禁叹息，"禾娘的命可真苦。"

"是谁造成的呢？"崔淼冷冷地说，"在我看来，过去的她不由自主，才是真苦。如今虽然多了些波折，至少都是她自己的选择。就算死，也死得明明白白。这世上，能够真正做到这一点的人，其实并不多。"

"别说那些不吉利的话，"裴玄静嗔道，"禾娘不会有事的。"

转天，船就在浔阳江头靠岸了。

他们很快就找到了江州司马白居易的住处。裴玄静和崔淼前往拜访。为免白居易忌惮，聂隐娘并没有现身，只在附近等候。

相比好友元稹，白居易的处境实在好太多了。江州富庶，景色如画。白司马的宅邸就在长江之畔，凭窗而望，但见江面上白帆点点，沿岸的大片芦苇和荻花都已凋敝，残枝败叶被滚滚浊浪簇拥起伏着。

冬天越来越近，江水平静而凌厉地流淌，朝向远方遥不可见的大海奔去。

这回裴玄静毫无隐瞒，将王皇太后的密令，连同寻找王质夫这一路上的种种事端，都向白居易和盘托出。足足讲了近一个时辰，才算把整个故事讲完了。

白居易直听得目瞪口呆，许久说不出一个字。

终于，他说："所有这些秘密，我实在是一无所知啊。"

裴玄静和崔淼互换了一个眼神，白居易不像在撒谎。也许正因为一无所知，才使他能够平安至今。

白居易又喃喃道："我真为质夫担心，不知道他究竟遇到了什么事。"

裴玄静道："坦白说，我认为质夫先生凶多吉少。而令他陷入危险境地的，定是他所掌握的，有关玉龙子的秘密。"

"为什么是玉龙子的秘密，而不是杨贵妃的秘密？"

"假如像我们所猜测的，杨贵妃东渡日本，即使活到今天也已是年近百岁的垂垂老妪。她的秘密对于今人来说，除了感叹唏嘘之外，并没有什么实际的价值。但玉龙子就不一样了。"

"玉龙子吗？"白居易若有所思。

"对，玉龙子，"裴玄静郑重地说，"它既然是李唐皇帝号令天下道门的信物，那么它的下落，不论对于皇家，还是道门都至关重要。对某些心怀叵测的人来说，意义更加不同凡响。比如乾元子那伙人，一直追踪我们到青城山上，究竟是因为韩湘窥伺到了他们的阴谋，还是因为探得了玉龙子的风声，尚不得而知。但是我想，如果他们听说了玉龙子，肯定也会不择手段要得到它的。"

"可玉龙子究竟是留在了大唐，还是被杨贵妃带去倭国了呢？"

裴玄静摇了摇头："我不知道。韩湘也不清楚。除非能够上天台山，找到韩湘的师父冯惟良道长，或许可以问出些端倪。"

白居易问:"质夫会不会去了天台山?"

"也许?"裴玄静思忖道,"但如果是那样,他也不至于音信杳然啊。他明知道有人会为他担心,尤其是王皇太后。"

说到这里,裴玄静忽然意识到一点:王皇太后那么急切地寻找王质夫,除了担心他的安危之外,恐怕更担心的是玉龙子的秘密外泄。而她竭力向皇帝隐瞒的,也应该是玉龙子的秘密!

实在难以想象,皇太后对皇帝究竟怀有多么深的怨念,又是多么的不信任?亲生母子的关系怎么会走到这个地步,究竟谁应该为此负责?

"玉龙子!"白居易突然大叫一声,打断了裴玄静的思绪。

"乐天先生想到什么了?"

白居易双目放光:"也许——玉龙子回到了大唐!"

"哦?为什么?"

"裴炼师方才详细分析了《长恨歌》中的谬误之处,均暗指某些无法明言的史实。包括太子逼宫、玉环诈死和东渡日本,以及玉龙子的失落等等。但是《长恨歌》中由王质夫所引出的段落,并不止那一些……"白居易字斟句酌地说,"临邛道士鸿都客之前的半阕《长恨歌》,即使没有王质夫的参与,我也能写出来,只不过某些细节处会与现在略有区别。但是后面半阕《长恨歌》,则全部因为质夫才诞生——"他露出怪异的笑容,"包括'忽闻海上有仙山,山在虚无缥缈间',还有'闻道汉家天子使,九华帐里梦魂惊'。炼师想到什么了吗?"

裴玄静脱口而出:"玄宗皇帝派使者去了倭国!"

"我早就这么说了嘛!"崔淼朝案上猛击一掌。三个人的脸上都呈现出狂喜和感怀交织的复杂表情。

被软禁在长安太极宫中,孤独的玄宗皇帝思念着他的贵妃,在失去了皇位、尊严乃至自由之后,他所剩下的唯有回忆了。

他明白一切都无法挽回了,就像逝去的光阴永远不可能追回来,所有的盛世荣华都已成为泡影,他也不在乎了,况且已经轮不到他在乎。他只有最后一个念头:玉环。

所谓临邛道士做法寻找太真仙子,肯定是玄宗皇帝在遭到监控之下,无奈想出的托词。肃宗皇帝是否真的相信这种说法呢?裴玄静揣测不出来。正如她至今也无法确定,当今圣上是否真的相信自己此行,是为了在青城山上寻找成仙的贾桂娘?

她只知道,不论是当初的肃宗皇帝,还是当今圣上,都默许了这种匪夷所思的说辞。究竟是另有所图的策略,还是良心未泯的妥协?只能取决于他们首先把自己看作帝王,还是一个人。

白居易自言自语:"玄宗皇帝派道士杨通幽为使者去倭国,是想去接回杨贵妃吗?还是仅仅去看望她?又或者,是去取回宝物玉龙子?"

"都有可能。"裴玄静说。

问题在于,李隆基再也不是可以为所欲为的天子了。一切已经不取决于他。在失去所有之后,他终于也要失去玉环了。

大家都在心中默默吟诵着:"回头下望人寰处,不见长安见尘雾。惟将旧物表深情,钿合金钗寄将去。"

道士杨通幽凭玄宗皇帝的密令出使倭国,在他带回的旧物中,有钿合与金钗的一半,正是杨玉环赠予李隆基永诀的纪念。此外,他很可能还带回了一样东西——玉龙子。

对于决心老死日本的杨玉环来说,玉龙子已经没有意义了。但是它对于被幽禁的玄宗皇帝,对于李家江山,对于剧变之下的大唐,仍然至关重要。

白居易道:"我还记得当时,质夫绘声绘色地描述了杨通幽寻访太真仙子的经过。我与陈鸿取笑他说,怎么能知道得如此详尽?质夫便给我们讲了新垣平的典故,强调他所说的一切都是真实的。虽然我们仍不敢尽信,但也没有再追问下去。后来当我动手写作《长恨歌》时,发现临邛道士之后的故事感人至深,比前半段人所周知的往事更令人动容,于是才思泉涌不可扼制,便一路写了下来。直待写到最后,帝妃二人对月盟誓之时,不知不觉中已泪流满面……从此便不再怀疑。我想,至少就作诗而言,首先讲究的是真情实感,具体事件的真实与否反而没那么重要。"

崔淼也感叹道:"在天愿做比翼鸟,在地愿为连理枝。天长地久有时尽,此恨绵绵无绝期。这四句诗为整首《长恨歌》点题,动人肺腑,就算是杜撰的又怎样呢。"

他没有去过蔷薇涧,所以并不知道,按照陈鸿的说法,最后那两句绝唱恰恰不是白居易的原作,而是来自于王质夫转述的玄宗皇帝的话。

果然,裴玄静在白居易脸上看到一抹窘色。他迟疑了一下,说:"正是这几句诗最有问题。"

"哦?有什么问题?"

"王质夫告诉我,玄宗皇帝与杨贵妃曾于天宝六载的七月七日,在骊山长生殿上盟誓,愿生生世世为夫妇。我遂将他二人盟誓写成了《长恨歌》的最后四句。可是后来我意识到,骊山宫是温泉宫,七月七日正值盛夏酷暑,帝妃怎会在那种时候去骊山宫洗温汤呢?所以,即使《长恨歌》中有数处谬误,尤以此处最为明显。可偏偏这几句诗乃通篇点题,去掉的话,诗眼也就荡然无存了。"白居易苦笑道,"就在我思虑再三,不知该如何处置的时候,诗流传得越来越广,尤其是最后这几句,简直妇孺皆知,人人争诵……现在我就是想改,也改不了了。"

崔淼道:"改它作甚,就不改了!"

白居易点了点头,又困惑地说:"可是质夫在失踪之前,给我和陈鸿分别寄了一封书信,信中没头没脑地独独写了这最后两句诗,又是什么意思呢?"

裴玄静说:"以我们之前所有的推测来分析,质夫先生是把有关玉龙子的真相都藏在了故事中,并借乐天先生的妙笔写成了《长恨歌》。他还特意把隐藏了真相的细节,故意用有偏差的笔法提示出来。那么,七月七日长生殿盟誓的错误,肯定也和玉龙子的秘密有关。"

"有道理。"

"从《长恨歌》中,我们已经推断出,杨通幽奉了玄宗皇帝之命,秘密出使倭国拜会杨贵妃。杨贵妃拒绝返回大唐,还让杨通幽带回玉龙子,以示和大唐再无瓜葛……"裴玄静皱起眉头,"但是这里有一个问题,你们想想,玉龙子那么重要的宝物,杨贵妃不可能轻易交给一个从大唐来的道士。况且当时玄宗皇帝已失势,万一杨通幽是奉了肃宗皇帝之命来骗取玉龙子的呢?杨贵妃不可能不防备这一点,那么,她该如何鉴别道士的身份呢?"

崔淼说:"杨通幽会不会带了一份玄宗皇帝的手书?"

"不可能,"裴玄静摇头道,"既然杨通幽要借做法的由头去东瀛,就说明此事是瞒着肃宗皇帝进行的。玄宗皇帝当时已经成了太上皇,处境形同软禁,道士身上带一份手书的话,很有可能被搜获,事情也就败露了。"

"那该怎么办?"

裴玄静沉思片刻,脸色豁然开朗:"我知道了,新垣平的典故不是用在回,而是用在去!"

"什么回和去的?静娘说话越来越深奥了。"崔淼笑起来。

裴玄静正色道:"我的意思是,那句夜半私语,并非杨贵妃让杨通幽带给玄宗皇帝,以证明确实见到了她。而是玄宗皇帝让杨通幽带给杨贵妃,以证明道士确是奉了他的命令去取玉龙子的。"

"你是说'在天愿为比翼鸟,在地愿为连理枝'那两句吗?"

"不,我认为应该是'愿生生世世为夫妇'这句话,"裴玄静郑重地望向白居易,"乐天先生认为呢?"

"说得有道理!"白居易表示赞同,又踌躇道,"可是仍然无法解释,为什么在质夫给我和陈鸿写的信中,偏偏要录入'天长地久有时尽,此恨绵绵无绝期'这最后两句诗呢?"

裴玄静忽然问:"等等……假如杨通幽从日本取回了玉龙子,而玄宗皇帝又不愿意将玉龙子交给肃宗皇帝,那他会怎么做呢?"

崔淼道:"杨通幽是道士,玉龙子本就是道门的圣物,那么最合理的办法就是——把玉龙子归还给道门!"

"对。所以玉龙子回到大唐以后,最大的可能便是由道门重新保管起来。由于之前李泌已经设法昭告天下,说玉龙子回到了李唐皇室,为了避免祸端,道门决定不戳穿这个谎言,而是偷偷地隐匿起了玉龙子的踪迹。但是,看来这个秘密还是泄露了。我刚才就说过,想得到玉龙子的人太多了。从肃宗皇帝以降的历代皇帝、太子以及其他对皇位有所觊觎的皇子,权倾一时的高官朝臣,甚至素有反心的节度使……直至今日,企图与道家正派相争的柳泌、乾元子一流,都会对玉龙子虎视眈眈!"

"糟了糟了!"白居易忧心如焚地说,"如此说来,一定是有人为玉龙子而追踪到了质夫的头上,质夫因此遭遇了巨大的危险!"

"于是他便写了那封奇怪的信,想用这种方式来警告你们?"崔淼摇着头说,"王质夫发现自己身处险境,按常理应该躲藏起来,或者寻求庇护。所以他的失踪存在两种可能:一是他自己躲起来了,二是被抓甚至遇害……不管是哪种情况,他至少还有机会发信警告你们二人。可令人不解的是,他的警告太含糊太晦涩了,光写那么两句诗在信中,任谁都解不出其中之意啊。"

裴玄静也说:"事实上,陈鸿和乐天二位先生都无法参透质夫先生的意思,也就无法采取任何行动。所以,质夫先生如果想写一封警告信的话,那么他的警告根本没有起作用……或许,这两句诗不单单是警告?"

崔淼连忙追问:"静娘还想到什么?"

"不对。"白居易突兀地说。

"什么不对?"

白居易的脸上阴晴难辨,少顷,下定决心站起身来:"请二位稍坐,我去取一样东西。"

主人离席而去,裴玄静和崔淼只得耐心等待。江州司马的小宅院坐落于江畔的一个小坡上,从北窗望出去,是万里大江连天白,而南门洞开之处,则是院中一顷人工挖掘的小池,青瓷石围,白沙铺底。波光粼粼,几尾锦鲤摇曳悠游在碧空的倒影中。

此情此景是多么安详,多么自在,他们却在一本正经地谈论阴谋和危险,又显得多么无稽,多么讽刺。裴玄静想起王质夫在蔷薇涧头的草庐,从表面上看,是比此地更纯粹、更宁静、更祥和的世外桃源,却同样逃不脱可怕的追杀。

究竟有什么能保护人们免受伤害,是大唐,还是作为大唐象征的皇帝?是权力、秩序,还是信仰?是士兵、侠客,还是真相?

是——玉龙子吗?

白居易回来了,怀中抱着一个书卷,脸色紧张得发白。

进屋后,他立即掩上房门,才在案上小心翼翼地摊开书卷。裴玄静和崔淼一见,都挺诧异的。

那是一份玄宗皇帝御注的《道德经》。

白居易低声道:"质夫寄来的书信,正是夹在这卷《道德经》里的。"

整个夜晚,裴玄静都在对卷沉思。崔淼劝道:"你的病刚好不久,又连日奔波,实不该如此劳累,歇歇再想也不迟。"

"我就是担心会迟,到时悔之晚矣。"

崔淼叹了口气:"好吧,静娘想到了什么,不如跟我说说。过去在你我对谈之间,常有发现的,不是吗?"

"崔郎说得对,"裴玄静疲倦地微笑,"我也觉得,我这么一个人想下去大概不会有突破了。"

"让我来帮你,静娘。"

裴玄静点了点头,指着书卷道:"首先,我们假定王质夫把信夹在这卷《御注道德经》中,并非随意而为之。那么,这封信和这卷书就应该是一个整体,只有把它们结合起来考虑,才能领悟王质夫真正想说的话。我想了很久,这卷书中只有这个部分,似乎能和信中的那两句诗联系起来。"

崔淼顺着她的手指看去,只见书卷上的文字是:"天长地久章第七。"

裴玄静轻声道:"七月七日长生殿,有七这个数字。天长地久章,正好是御注《道德经》的第七章。会是巧合吗?"

"如果不是巧合呢?"崔淼说,"看看玄宗皇帝是怎么注的?标天地长久者,欲明无私无心,则能长能久,结喻成义,在乎圣人,后身外身,无私成私耳。"他皱起眉头,"似乎是说,无私才能长久?"

裴玄静道:"老子的原话是'天地所以能长且久者,以其不自生,故能长生'。"

"可是,这些和玉龙子、杨玉环又有什么关系呢?"

"想不出来,"她的神情十分懊丧,"但一定有关系。至少,无私成私,和夜半无人私语时也是能对应的。"

时间在不知不觉中流逝,头一抬时,窗纸上微微泛红,长夜将尽了。

但他们没能找到答案。

走了那么远的路,以为目标近在咫尺了,不想却是又一次山穷水尽。

3

夜半时分,他突然惊醒过来。

周围一片寂静,黑色的树影在窗纸上不停地晃动,像极了一个打瞌睡的老人。如同往常一样,他的头脑里一片空白,既不知自己身在何处，也想不起自己要做什么。他只是盯着那影子傻看。看着、看着……"老人"晃动得越来越剧烈。他害怕起来，从榻上撑起身。

这时，他听见有人在耳边说："自虚，别怕。"

李弥猛一回头，见到哥哥李贺坐在榻边，正朝自己微笑。

"哥……"他不敢相信地轻唤一声。

哥哥仍然微笑着，温和地点了点头。他的脸色还是像记忆中那么苍白，眼神却很有光彩，正如过去他每写出一句满意的诗时，那种骄傲而又兴奋的样子。自从跟着裴玄静来到长安后，李弥见过的人比在昌谷时多了许多，却再没有见过像哥哥这样动人的眼神。

他又叫了一声："哥哥……"有点像在呜咽，"我好想你。"他伸出手去，想摸一摸哥哥，可是指尖明明触到了哥哥的手背，那里却幻化成一片虚空。

李贺的眼神中充满爱怜。"自虚，你又长大了些，"他问，"过得还好吗？"

"好，"他猛点头，眼泪却忍不住掉下来，"哥，你去了哪里，能不能也带我去？"

"我去了天上的诗国。那里的万事万物俱由诗魂凝成，瑰丽奇绝，一般人去不了。"

"是这样啊……"李弥失望极了。

"不要着急，总有一天我们兄弟会重逢的，"李贺安慰弟弟，"自虚，我今天来除了看看你之外，还有一件事情。"

"什么事？"

李贺把纸窗推开，招呼弟弟："你快来看。"

夜半的金仙观中树影婆娑，月光像潋滟水色般在树梢间悄然浮动。一切都是那么静谧安详，唯独李贺手指向的半空中，横亘着一大片漆黑的浓雾。

"是后院！"李弥叫出来。自从皇帝驾临的那个可怕夜晚后，金仙观的后院就成了他心中最大的痛。

李贺举起右手的食指,在唇前做了一个"嘘"的手势。

李弥不敢吱声了,只专心凝望那片黑雾。

起初不见动静,良久,黑雾中才现出数个小白点,好像许多碎纸片被一只无形的巨手突然撒上夜空。

白点开始飞舞,越飞越近,一直飞到李弥的头顶上。他震惊地看到,原来是不计其数的白色蝴蝶!白蝴蝶越聚越多,成千上万,在金仙观后院的上方盘旋起舞,宛如刮起了一阵白色的旋风。这股旋风将黑雾彻底驱散,在明亮的月光照耀下,直冲九霄。

伴随着这奇异而又壮观的景象,是弥漫开来的龙涎香气。李弥并不熟悉这种味道,却觉得目眩神迷,整个身心都被笼罩其中,浑然不知今夕何夕。

恍惚间,他好像听到哥哥在说:"自虚你看,这些蝴蝶都是玉龙子的分身,是由它的碎屑和香气幻化而成。"

"玉龙子是什么?"

"那是一件举世无双的宝物,坚硬无比,刀剑亦不能将其击碎。可是在永贞元年,它的龙尾却意外断裂了。断裂处撒下玉屑,并有奇香溢出。就在那一刻,大明宫中飞起万只玉色蝴蝶,在长安城的上空盘旋多时方散,成了那年冬天的长安奇景。"

不知过了多久,由玉蝴蝶刮起的白色旋风才升入天际,完全消失在黑夜的尽头。李弥从震撼中醒转,回首叫:"哥……"

哥哥在哪里?榻边空空如也,屋中再无他的身影。

"哥!"李弥跳下榻,急叫着冲出房门。

空落落的院子里万籁俱寂,似乎什么都没有发生过。他刚才所见的,应该只是一场离奇的梦。

李弥愣了愣,返身跑回屋中,从榻底拖出一把铁锨来,扛上肩头,又向门外跑去。

初冬的月光格外清澈,地面白得仿佛结了一层冰霜。李弥飞快地跑着,没有发出一点声响。很快,他就来到后院的院墙前,原先可以打开的小门用铁棒扭住了。但这一点儿都难不倒李弥,他先将肩上的铁锹抛过墙头,然后熟门熟路地爬上近旁的一棵大槐树,翻墙而入。他从地上捡起铁锹,重新扛上肩头,在茂密的树丛中猫腰前行。月光被树荫遮挡住了,几乎伸手不见五指,但李弥健步如飞地跑着,显然成竹在胸。

最后,他在一片黑黢黢的平地前停下。

这里曾经是一个淤塞的池塘,也就是地窟的入口,更是皇命的绝对禁地。那天皇帝驾临之后,便命神策军用沙石彻底填埋了。

李弥在原先池塘的一角站住,掀开堆起来的枯枝败叶,一个崭新的洞口暴露出来。

他握着铁锹从洞口爬下去,再次进入这个最先由他挖掘出来,后来段成式和十三郎又在其中遇险的地窟。

入口旁搁着一盏提灯,李弥将它点亮,挂在自己的脖子上。

穿过最外面的地厅,便来到了绘着鲛人降龙壁画的地方,再经过段成式无意中触动机关打开的铁门,往前行,就是曾经灌满污水的坑道了。现在污水已基本退去,坑道中还残留着没过脚面的积水。李弥哗啦哗啦地涉水向前,沿着坑道东拐西折,走了很久,终于没有路了。

前方是一堵砖墙。

李弥把提灯往地上一放,抄起铁锹在墙上用力挖起来。

自从裴玄静离开长安,李弥每天晚上都会潜入金仙观后院,鬼使神差般地重新挖掘起地窟来。他每夜都要挖上好几个时辰,因全在深夜进行,观中并无一人察觉。其实除了裴玄静,李弥本就和金仙观中的女冠鲜有交流,现在更是整日都没人和他说上一句话。

整整一个月过去了,李弥不仅重新挖开了地窟,而且还深入铁门之后的地道中。

一夜又一夜,他就像只勤奋的老鼠一样在地下到处乱钻,打通了地道连接长安地下的暗渠,还把四通八达的暗渠全部探索了一遍。

没发现什么特别有意思的，他就又退回地窟，找了另一个方向开挖。

他也不知道自己为什么要这样做。或许是因为内疚和委屈，或许是因为无聊和好奇，又或许是因为哥哥李贺屡屡出现在梦境中，却总是消失在地窟的方向，令他那副简单而又执着的头脑越来越坚信，探挖地窟能够将他最终引向哥哥。

就在前天夜里，他挖到了一堵砖墙。

这可是一个新情况。谁会在地底下筑一道砖墙呢？就像那扇设有机关的大铁门一般不可思议，又像是某个诡异的隐喻，不过李弥想不到那么多。今夜，李贺再次进入他的梦境，并指给他看地窟上玉蝴蝶飞翔的奇景，令李弥情不自禁地热血沸腾——他决心要挖通这堵墙，哥哥很可能就在后面等着自己！

李弥卖力地挖掘起来。砖墙又厚又硬，他用铁锹连敲带挖，手掌上的皮都磨破了，他也没有丝毫停下来的意思。

"扑通……"突然，他正在捅的砖块松动了几下，朝另一头掉落下去。墙上露出了一个小窟窿，有微弱的光线从窟窿那边透过来。

李弥兴奋地扑到窟窿上，拼命朝里面看去——

他看见了一副多么奇诡的场景啊。

那是一个数尺见方的房间。泥涂的墙上点着几盏昏暗的油灯，最远端的墙上似乎有扇门，看上去相当厚实。房间的中央放着一个大铁笼子，铁笼里关着一个"东西"。那"东西"全身覆盖破衣烂衫，头部的位置满是乱发胡须，根本看不出脸的样子了。

那"东西"听到动静，向李弥刚挖出的窟窿转过头来。乱蓬蓬的毛发下，突然射来两道锐利的目光，吓得李弥本能地向后一退。

刹那间，那"东西"从地上一跃而起，扑到铁笼的栏杆前，冲着李弥嗷嗷乱叫起来。

明知他不可能侵犯到自己，李弥还是吓得不轻。他想逃跑，偏偏方才挖掘时耗尽了体力，如今又受到惊吓，两条腿软得抬不起来。

那"东西"见李弥不理他，越发暴怒起来，边叫边用身子猛撞栏杆，像极了一只发狂的野兽。李弥吓傻了。

正闹腾着,门开了。一个全身披着甲胄的士兵走进来,冲着铁笼子大吼道:"吵什么吵,找死啊!"

那"东西"没有被喝止,反而凶猛地朝士兵的方向扑过去,对着铁栏杆又捶又踢。士兵火了,自腰间摘下一根铁鞭,从铁栏杆的空隙中伸进笼子,对着那"东西"一顿乱抽。鲜血从毛发和碎布中四溅而出,本已污秽不堪的地上又染上好几片黑红色。

那"东西"终于被打得抱头蹲下,拼命喘粗气。

士兵又抽打了几下,狠狠地说:"几天没打骨头就痒,总有一天打死你!"

士兵出去了,狱门又被牢牢关上,从外面挂铁锁的声音连李弥都听见了。

地牢中又安静下来,只有牛一般粗重的喘息声从铁笼中不停传来。李弥呆立在窟窿前,不知该进还是该退,头脑又陷入一片茫然之中。

"你不是来救我的?"好像有人在对他说话,如同沙石上磨过一般粗哑的嗓音,更奇特的是语调,李弥一下都没听懂。

"喂,我在跟你说话呢!"

"我?"李弥把脸往窟窿口凑了凑。铁笼中央的人抬起头来,还理了理头发和胡须,李弥终于能看清他的脸了。

相貌年龄都无从分辨,只能看出是一个隆鼻凹目的异族人。

"你……是谁啊?"

"我?你先说你是谁?"

李弥老老实实地交代:"我叫李弥。"

"姓李?"那人立即追问,"你是大唐皇帝家的?"

大唐皇帝家的?李弥傻傻地摇头:"不,不,我和圣上家没关系。我家原来在昌谷,洛阳旁边。我的哥哥是李长吉!"他大声报出哥哥的名字,顿时忘记了所有的惊恐和不安。在李弥的心目中,全天下的人都听说过哥哥的大名,自己只要报出李长吉这三个字,任何人都会肃然起敬的。

可是,铁笼中的异族人显然对李长吉一无所知,接着又问:"你不是皇家的人,怎么会在皇宫底下晃悠?"

"皇宫底下?"李弥更加一头雾水。

"你不知道吗?你居然不知道?"两只深凹的眼睛中射出异常犀利的光芒,隔着老远也能让李弥浑身不自在,"你究竟是从哪里来的?"

"我是从……金仙观下来的。"

"金仙观?"异族人从地上蹦了起来,"你再说一遍,从哪里?"

"金仙观。"李弥吓了一大跳。

那人扑到靠近李弥一侧的铁笼前,两只大手死死抓住铁栏,突然又把声音压低了,问:"你是从金仙观的地窟挖过来的?"

"是。"

"金仙观不是已经封了吗?"

"圣上又让打开了。"

"打开了?"

"对。他命我嫂子在金仙观里修道,所以就打开了。"

"哦——"异族人若有所思地点了点头,"当今圣上是谁?"

李弥让他给问愣了:"当今圣上就是当今圣上啊。"

"今年是贞元几年了?"

"贞元?早不是贞元了。"

"老皇帝死了?"

李弥挠了挠头:"你说的要是德宗皇帝,那死了十多年了。"

"十多年!"异族人握紧铁栏,面目越发狰狞得可怕,"所以说,是太子李诵登基了?当今圣上就是他吗?"

"他……也死了。"

"也死了?"

"是啊。现在是元和……十一年的冬天。再有一个多月,就到元和十二年了。"

"那当今的大唐皇帝是谁?"

"就是德宗皇帝的孙子,顺宗皇帝的儿子。"

"原来是他。"异族人喃喃。

"咦,这些你都不知道吗?"李弥实在好奇。

"我怎么都不知道……"异族人自言自语,继而发出一阵古怪的笑声,因刻意压抑在喉咙口,格外令人毛骨悚然,"难道你还没看出来吗?这是一间地下牢房,我被关在这里,已经好多好多年咯。"

李弥张大了嘴。

"哎,你这小子帮我算算,我是贞元十七年关进来的,距今有多少年了?"

李弥掰起手指来:"贞元十七年到二十年,是四年。加上永贞元年,是五年。再加上元和……哎呀,你总共给关了十六年啦!"

"十六年!"异族人低吼着,仿佛要把铁栏捏碎似的,"原来我在这个不见天日的地牢里,已经度过整整十六年了!"

李弥怯生生地问:"你……犯了什么罪?"

"我?我没有罪!"

"那圣上为什么要关你?"

异族人突然笑起来,黝黑的面孔和杂乱的须发中间,豁然露出两排白牙,就跟要吃人似的。

"你刚才不是问我是谁吗?现在我就告诉你。我的名字叫作论莽替。"

"论……莽……啥?"李弥的舌头要打结了。

"论莽替!"异族人喝道,"我是吐蕃内大相论莽热的弟弟!"

"吐蕃?内大相?"李弥简直晕头转向。

"对,就是伟大强盛的吐蕃国!如果不是被囚禁在大唐,今天的吐蕃赞普就应该是我,我!"

李弥的脑袋终于转过弯来了。原来这个被关押在地牢中的异族人，是从大唐的邻国吐蕃来的。至于什么内大相、赞普这类的名词，他实在闻所未闻，也理解不了其中的含义。他更完全弄不懂，为什么皇帝要把一个异族人关在地底下那么多年。

"哎，你这小子！"论莽替又在叫他，"帮我逃出去吧，怎么样？到时候我一定好好酬谢你。"

"我？帮你逃出去？"

"对啊！你把那窟窿再凿凿大，我不就能跟着你出去了？"

"这个……"李弥想了想说，"不行啊，你还在铁笼子里面呢。"

"咳，这又有何难！我有一百种办法出得来。只不过原先就算出了铁笼子，我也没法从这个地牢脱身，所以懒得想办法。现在不一样了，有你啦！哈哈，真是天无绝人之路！一定是天上的神明保佑我，要助我逃脱这个该死的牢笼！你，"他朝窟窿一指，"就是神明专为我派来的！"

"我不是……"在地下待久了，李弥觉得脑袋晕晕的，又担心天快亮了，女冠们虽然不怎么理睬他，但长久见不到他也会起疑心的，于是嗫嚅道，"我得走了。"

"不行！"论莽替急了，"你要帮我出去啊。"

"我不、不能……"

"为什么不能？"

"皇帝关你，我放你出去，我要被杀头的！"李弥总算想出了推脱的理由。

"皇帝？哎呀！关我的不是你们现在的皇帝嘛！"论莽替说，"我不是都告诉你了吗，我是贞元十七年被关进来的。那会儿的皇帝还是你们当今圣上的爷爷呢！再说了，把我弄进这个地牢的人是当时的太子李诵，也就是你们现在的元和皇帝他爹！他们不都死了嘛，所以啊，当今的元和皇帝一定是把我给忘了，才会关到现在！"

"哦，是这样啊，"李弥的头脑简单，实在分析不了这么复杂的渊源流转，便道了声，"我真的得走了，再见。"

论莽替叫："等等，你会再来吗？"

"我不知道……"

"来吧来吧。别的先不提，咱们两个聊聊天不也挺好？我在这个地牢里关了十几年，有时候好多天都说不上一句话，"论莽替道，"我以为自己把唐语都忘光了，没想到还能说……我现在反而担心，会不会把家乡吐蕃的话给忘了。"

李弥的心里不知怎么的一酸，情不自禁地嘟囔了一声："我会来的。"转身要走，想了想，又从地上捡起几块碎石和泥巴，将窟窿重新堵上了。

钻出池塘时，天已经蒙蒙亮了。李弥像往常一样，把入口用树枝盖好，周围再堆上落叶和杂草，整饬如旧，才循原路翻墙进入前院，回到自己的小耳房中。

脑袋刚沾到枕头上，他就睡着了。一觉睡到日上三竿方才醒来。睁开眼，李弥望着白色的窗纸，昨夜发生的一切就像皮影戏般演了出来。

他根本想不明白到底是怎么回事，就觉得那个异族人怪可怜的。也许，真的可以下去陪他聊聊天？反正嫂子不在，这座长安城里再没有一个人在意自己。

4

天台山与青城山的景色十分相似，同样的山水隽秀、谷壑清幽。当裴玄静一行风尘仆仆赶到天台山时，已到了初冬时节，漫山遍野的古木都褪尽了黄叶，处处山雾弥漫，寒气逼人。

在江州见过白居易之后，裴玄静决定继续前往天台山。总结目前发现的所有线索，玉龙子应该回到了道门。那么，天台山上的冯惟良道长就是他们最大的希望了。

既然王质夫的失踪和玉龙子相关，只要找出玉龙子的下落，应该就能发现王质夫的踪迹。

在进天台山的山道上，好心的乡民告诉他们这几个北方人，再过十天半个月，天台山恐怕就要迎来今冬的第一场雪了。到时候山道结冰，山涧也会凝冻，上下山都将变得特别困难。

他们来得还真是及时。

除了风景之外，天台山也和青城山一样，是所谓的"佛宗道源"。佛教方面，早在陈隋时期，智者大师就在天台山上创立了佛教的"天台宗"，并建国清寺。贞元末年，倭国遣唐僧人最澄来到国清寺求法，元和元年时，他与另一位倭国遣唐僧空海搭同一条船返回日本，分别带去了"天台宗"和"密宗"佛法。如今在倭国，最澄和空海都已成为一代佛法大师。所以说，长安青龙寺是日本"密宗"的祖庭，而天台山上的国清寺则是日本"天台宗"的祖庭。

道教方面的渊源就更长了。三国时，葛玄入天台山修炼，人称太极葛仙翁。葛玄的侄孙葛洪第一次把天台山列为五座可炼金丹的仙山之一。王羲之曾在天台山上学习道教书法家"白云先生"的"永"字八法。南北朝时，茅山宗开山祖师陶弘景正式为天台山命名。此后，茅山宗师王远知和司马承祯都来天台山采药炼丹。尤其是司马承祯，隐居天台山四十多年，自号"天台白云子"，李白、孟浩然和宋之问等人都在他的仙宗十友之列。如今在天台山主持道教南宗的，便是司马承祯的再传弟子冯惟良。

裴玄静一行直上天台山顶的白云观，求见冯惟良道长。

冯惟良道长高冠白袍，长髯飘飘，果然是一派仙风道骨的模样。裴玄静三人如实报上姓名身份。对于一个女刺客、一个江湖郎中和一个身负皇家秘密使命的女道士这样奇妙的组合，冯道长没有表露出丝毫的诧异之色。他这一生中见过的稀罕人物和神奇事件数不胜数，早就处变不惊了。

因此，裴玄静既没有拐弯抹角，也没有从头细说，而是省去了追踪王质夫下落和破解《长恨歌》谜团的详细过程，直接向冯道长打听王质夫。

"王质夫？"冯惟良捻须摇头，"贫道并不认识这个人。"

"他没有来过天台山吗？"

"从来没见过。"

寥寥数语，他们这一番跋山涉水、历经艰辛的旅途似乎就可以终结在此了。

裴玄静不相信冯惟良。韩湘透露过，冯惟良早将诸弟子派下天台山，秘密监控柳泌一派的崛起，就说明他虽隐身山野，却时刻关注着与道教有关的动态。既然王质夫的失踪和玉龙子以及大唐皇家与道教之间的联系有关，所以，裴玄静认为，冯惟良不可能对王质夫一无所知。

她思索着，怎么才能套出冯惟良的真话呢？可惜韩湘正在寻找禾娘，未能与他们同上天台山。不过即使他来了，冯惟良也未必会看在韩湘的份上吐露实情，还是得想其他办法。

"冯道长不认识王质夫，可是一定认识玉龙子。"聂隐娘出人意料地冒出一句。

从江州到台州的一路上，聂隐娘越发沉默寡言，有时整天都说不上一句话。尽管崔淼和裴玄静对聂隐娘已十分熟络，见到她这副冷若冰霜的样子也有些烦恼。聂隐娘终究是聂隐娘，当她收敛起罕见的温情时，便如利刃出鞘，时刻闪耀慑人的凶光。虽然她曾对裴玄静宣称，放下屠刀已久，但大家都知道，只要聂隐娘想，随时随地便可杀出一片血雨腥风。

裴玄静和崔淼虽不怕，却暗暗为聂隐娘担忧起来。当然他们也明白，和聂隐娘的关系再亲近，在刺客与常人之间，仍有不可逾越的天堑彼此阻隔，所以两人都保持沉默，绝不随便打听。

不料，聂隐娘突然在这个时候发言了。

"玉龙子？"冯惟良道长反问了一句，从神色和语气中都判断不出明确的意思。

裴玄静说："冯道长肯定知道玉龙子吧？"

"贫道略有耳闻。"

"仅仅是略有耳闻吗？"

冯惟良微笑："道门的珍宝，贫道也非常希望能够一睹为快。可惜至今无缘哪。"

"可我怎么听说，玉龙子就在天台山上。"裴玄静决定诈一诈他。

"哦？裴炼师听谁说的？"

"道长的徒弟韩湘。"

"韩湘？"冯惟良嗔道，"我从未对他说过这种话，他怎生造出此等谣言？"

"韩湘不会说谎。"聂隐娘又冷冰冰地抛出一句。

冯惟良反唇相讥："那就是我说谎了？"说罢微合双目，干脆不理睬他们了。

聂隐娘眉头一皱，正要发作，却被人扯了扯衣袖。

裴玄静轻轻向她摇头道："走吧。"

三人退到老君殿外，崔淼说："这老道分明知道些什么，怎么让他开口呢？"

"这有何难，"聂隐娘愤然道，"你们等着，我这就去把他的嘴撬开。"

裴玄静忙拦道："不妥。"

聂隐娘越发焦躁："这也不行那也不行，你想怎么办？"

"再想想。"裴玄静向崔淼使了个眼色，两人一前一后夹着聂隐娘，走出观前的山门。

白云观位于天台山顶，观前只有一块不大的平地，再向外便是陡崖峭壁。山谷中云雾耸动，一直没过脚面，看似平川万里，实为无底深渊。一倾瀑布在对面的山崖直挂而下，波涛轰鸣振聋发聩，喷溅的水花打散云雾，能依稀看见下方有一座石梁飞架在两堵峭壁之间。瀑布挟带万钧气势冲向石梁，区区不足数尺的石梁似乎被飞瀑一阻两断了。裴玄静他们上山时就听人介绍，天台山上有一处胜景名为"石梁飞瀑"，想必就是这个。从高处俯瞰，果然既险峻又飘逸，令人叹为观止。

只可惜美景当前，三个人都毫无兴致。

裴玄静说："你们想一想，就算玉龙子真在天台山上，冯惟良道长现为道教南派各宗的首脑，保护玉龙子是他的职责，他当然不会轻易向几个来历不明的陌生人透露实情。"

"要不……把皇太后抬出来？"

"不妥，"裴玄静向崔淼摇头，"首先，我们空口无凭。其次，我这次出行是瞒着皇帝的，可见在玉龙子的问题上，皇太后和皇帝的立场并不一致。我现在贸然提起皇太后，不仅于事无补，还有可能带来不可预测的后果。"

"所以还是我去用刀架在那老道的脖子上，看他说不说！"聂隐娘不禁心焦。

裴玄静望着她，坚决地摇了摇头。

聂隐娘泄气了。她再心焦，也明白冯惟良这种人道行深厚，生死早就置之度外，对他来硬的只能招致蔑视。她必须耐住性子，等裴玄静想办法。

裴玄静思忖着说："假如我们之前的推断都是正确的，那么道士杨通幽东渡日本时，就从杨贵妃的手中取回了玉龙子。而且，玄宗皇帝当时已退位为太上皇，遭到肃宗皇帝的软禁，所以只得以道士做法的虚妄之词掩盖真实目的。所以杨通幽身上并未携带玄宗皇帝手书或者其他信物，那么他该如何取得杨玉环的信任呢？"

崔淼道："对此咱们不是已经有推论了吗？《长恨歌》中'夜半无人私语时'几句，玄宗皇帝告诉了杨通幽一句只有他与杨贵妃之间才知道的密语。杨通幽只要说出这句话，杨贵妃就能知道其来意，不会再怀疑。"

"所以杨通幽说出的是帝妃之间的誓言：'愿生生世世为夫妇。'杨玉环便信了，从而交出玉龙子。"

"应该是吧。"

"那么对冯道长，我们是不是也可以这样试试看？"

"对着他说出'愿生生世世为夫妇'？"崔淼皱眉道，"你去说还是我去说？好像都挺怪异啊！"

"也是。"裴玄静同意，对一个须发皆白、飘然若仙的老道士说出夫妇之间的誓言，未免太不合宜了，"杨通幽是代表玄宗皇帝去见杨贵妃，用夫妇盟誓做暗语还算恰当，可是对于道门来说，应该用什么话来作为交付玉龙子的暗语呢？"

裴玄静和崔淼异口同声地说出："《道德经》！"

王质夫在危难之际，给最好的朋友，同时也是《长恨歌》的作者白居易送去一卷玄宗皇帝御注的《道德经》，其中肯定隐含深意，此刻，裴玄静终于感到趋近真相了。

用《道德经》中的话作为引出道门宝物玉龙子的暗语，绝对恰如其分。但又因为玉龙子是玄宗皇帝交予道门重新保管的，那么如果他与道门约定暗语的话，用他本人注解的《道德经》中的词句，肯定是最贴切也最隐秘的。

裴玄静激动地说："崔郎，暗语肯定在天长地久章中！"

崔淼也频频点头："我记得玄宗皇帝的注是，'标天地长久者，欲明无私无心，则能长能久，结喻成义，在乎圣人，后身外身，无私成私耳'。可是，这么好长一句中，究竟哪些是暗语呢？"

裴玄静想了想："少不得再去套一套冯道长的话了。"

至少这一次，他们有的放矢了。

冯惟良看到重新返来的裴玄静三人，仍然是波澜不惊的面色，和蔼地问："贫道还有什么可以帮到诸位的吗？"

裴玄静定了定神，将玄宗皇帝的注念了出来："标天地长久者，欲明无私无心，则能长能久，结喻成义，在乎圣人，后身外身，无私成私耳。"因为不能断定暗语究竟是什么，她决定索性全部说出来看看反应。

当她的话音在老君殿中落下时，冯惟良道长突然站直身子，神情一片肃穆。

裴玄静等三人的心都狂跳起来。

冯惟良轻轻一挥拂尘，问："何以长生？何以为私？"

裴玄静明白了，这就是暗语的上半部分！冯道长那热切的目光盯在她的脸上，显然在等待她答出暗语的下半部分。

但下半阕应该是怎样的？

裴玄静的头脑中电光石火，只有一次机会，她必须抓住。否则，玉龙子的秘密肯定就与他们无关了。想一想，《道德经》中的原文是怎么写的？

裴玄静深深地吸了一口气，道出："何以长生？以其不自生。何以为私？以其无私。"

老君殿内一片肃穆，唯有不远处的山崖飞瀑，汹涌如雷鸣滚滚。

冯惟良道长翻身跪倒在尘埃上，向裴玄静大礼稽首。

裴玄静惊道："冯道长！您这是做什么……"忙俯身去搀。

冯惟良摇头："君臣之仪不可违。"

"君臣？"

"裴炼师方才不是说出了玄宗皇帝的密语吗？"冯惟良长叹道，"闻此密语，如见陛下。炼师之前为什么不说？贫道多有冒犯，还望炼师恕罪。"

"这又是从何谈起。"情势急转直下，裴玄静虽然惊喜非常，但冯惟良道长突然变得如此恭敬，也着实让她不自在了。裴玄静还是直奔主题："道长，请问玉龙子在……"

"玉龙子就在天台山上，"冯惟良打断裴玄静的话，"请炼师和各位随贫道去取。"

冯惟良带头走出白云观，循着观后的山间小道向山下而行。山道狭窄弯折，两旁古木苍翠，遮天蔽日，山道上密布苔藓杂草，显然极少人行走。

冯惟良倒是步履矫健，裴玄静三人紧紧相随，因为林木过于繁茂，几乎看不见周围的景致，只觉得飞瀑的声音越来越近了。

走了一小会儿，裴玄静忍不住问："道长，玉龙子不是藏在白云观中吗？"

冯惟良头也不回地答道："太多人觊觎玉龙子，放在白云观里很不安全。贫道负有守护之责，怎敢掉以轻心啊。"

瀑布的声音已近在咫尺，水滴凝成的寒雾从树荫的缝隙中渗溅而来，前方的山道突然拐了个弯。冯惟良停下脚步："到了。"

树荫像帷幕般朝两侧退去，眼前正是那座山间石梁。从上方俯瞰时就觉得它十分狭窄，飞架在天堑一般的山崖之间，现在靠近了看，更觉其险要奇绝。它的位置在瀑布的中段，汹涌的瀑水从上方奔流直下，如巨浪压顶般将它吞没。石梁的下方深不见底，白浪激起的泡沫在云雾中翻腾，像伸出的巨手，随时要把石梁拽入无底深渊，再由激流裹挟而去。

这座石梁宽不过数尺，左右没有攀扶之处，又被瀑水冲溅着，人在上面站立都非常困难，更别说行走了。

冯惟良就立于石梁前，似笑非笑地看着裴玄静三人："裴炼师，请随贫道去到石梁对面——玉龙子就藏在那里。"

顺着他手指的方向望过去，对面的峭壁上，飞檐从树枝的顶端升出，如鸟翅般张开着。

那是一座佛刹。

已经有一位僧人站在山门前，手捻着佛珠，迎候着从石梁对面而来的人。

冯惟良道长率先走上石梁。只见他的白色衣袂在水雾中飘摇，宛若仙人腾云驾雾，一眨眼的工夫便走到了石梁对面。

来到僧人面前，冯惟良与他相互行了个礼，意味深长的目光交错——终于来了。

这一僧一道遂一齐面向石梁，静静等待裴玄静他们。

5

崔淼笑起来："明明都对上暗语了，这老道怎么还让我们过奈何桥啊？"

"你怕了？"聂隐娘道，"怕就留在这边。我过去便是。"她一脸冷漠地望着石梁，就好像望着一马平川。

裴玄静也看得分明，石梁本身的宽度足够一个人从容跨过。但是，从头顶不停泼溅而来的瀑布和脚下的无底深渊，却足以让人心生恐惧，乃至魂飞魄散。令石梁变得不可逾越的，其实不是石梁本身，而是人们走上这道石梁时的畏惧之心。心慌则乱，心乱则危。

石梁所考验的，是人的信念和勇气。

裴玄静说："我不怕。"

崔淼说："静娘不怕，我就不怕。"

"好，"聂隐娘一点头，"我先上去，你们两个紧跟在我后面，既不要向上也不要向下看，只盯着我的背影即可。我保证你们能够平安走到对面。"

于是聂隐娘、裴玄静、崔淼三人前后登上石梁，鱼贯而行。凌空飞溅的瀑布形成水雾，和脚下山谷中升腾起来的云雾交汇在一起，有一刻几乎把他们的身影都遮盖了，但下一刻，他们又破雾而出，稳稳当当地走下石梁。

冯惟良道长和国清寺的方丈永清相视一笑，并肩迎上前去。

"阿弥陀佛，三位施主有礼了。贫僧法号永清，是这座国清寺的方丈，"永清方丈道，"历来到国清寺出家者，都必须过这一座石梁。不敢过者，就说明其信心不坚，寺中僧人会将他们一一劝回。"

崔淼说："奇怪，我们又不是来出家的，怎么冯道长也把我们诱来过石梁呢？"

冯惟良坦然笑道："并非贫道故意为难三位，只因玉龙子就藏在这座国清寺中。"

三个人都露出了诧异的表情。太意外了，道门最珍贵的宝物，居然藏在佛寺中？

裴玄静转念又一想，有道理啊。正因为佛道相争尽人皆知，所以就算有人查出天台山上藏着玉龙子，也不可能搜到佛寺里去。佛寺，恰恰是收藏玉龙子最安全的地方。

冯惟良并不多加解释，只道："请诸位随贫道进寺，谒见玉龙子吧。"

在永清方丈的精舍中，他们终于见到了玉龙子。

玉龙子比想象中小，莹白润泽，龙形栩栩如生，在龙角处还带着淡淡的绛色，确是一件叫人爱不释手的宝器，但想到凝聚其上的恩怨情仇，又不禁让人唏嘘。

冯惟良道："贫道已完成使命，请裴炼师收下玉龙子，贫道会送各位出山的。"

"收下玉龙子？"裴玄静一愣。

聂隐娘问："怎么了？"

裴玄静却在想，自己这一路的目的不是寻找王质夫吗？又如何演变成带走玉龙子了呢？

不对。虽然他们追根溯源，循着王质夫在《长恨歌》中留下的线索，最终见到了玉龙子的真身，但这并非裴玄静的初衷，也不是皇太后交托给她的任务啊。

裴玄静说："冯道长，我是来寻找王质夫先生的。"

"贫道已经说过了，从未见过一个叫王质夫的人。"

聂隐娘说："静娘，我们先把玉龙子带走，再继续找王质夫好了。"

"隐娘！"裴玄静亦正色道，"你想过没有，我们能把玉龙子带到哪里去？"

聂隐娘语塞了。

他们阴差阳错寻找到的玉龙子，并不是一件普普通通的玉器。它的归属对于许多人都具有至关重大的意义，所以一直被明里暗里地争夺着。拥有它，就拥有了不可限量的权力，也面临着难以估计的危险。

更关键的是，玉龙子不属于他们三人中的任何一个。

没有人说话，极端的肃静中，不远处的瀑布声越发响如雷鸣一般，连脚下的地面似乎都在随之颤抖。

突然，静室的门被人撞开了。一个小沙弥连滚带爬地冲进来："师父，师父！不好了！"

永清方丈喝道："慌慌张张的像什么样子，发生了什么事？"

"师父，石梁对面来了好多官兵！"

"官兵？"大家皆是一惊。官兵怎么会到天台山上来？是冲着裴玄静一行来的吗？还是为了玉龙子？

冯惟良喝问："裴炼师，这又是怎么回事？"

"你问她吗？她怎么知道！"聂隐娘听到官兵二字，就如同火上浇油一般，柳眉倒竖，"莫非道长怀疑是我们引来的官兵吗？"

"难道不是吗？"

裴玄静说："冯道长，我们与官兵素无瓜葛。"

永清方丈道："请冯道长和几位施主暂留舍内，老衲先出去看看。"

石梁对面的山道上，黑压压地排满了甲胄分明的官兵。骄阳下，他们身上的盔甲和手中的刀枪反射熠熠光芒，如同一道道利剑穿透朦胧的云雾水色。隆隆的瀑布声中突然透出一股杀气。

荷枪持戟的士兵们前面站着一名官员，山风鼓荡起他的绯色袍服，瘦小枯干的身躯显得有些不胜负荷。脸上的几缕山羊胡须也被吹乱了,又沾了瀑布溅落的水花,湿漉漉地沾在下巴上,更显得他整副嘴脸猥琐不堪。

永清方丈迈前一步,高唱法号道:"阿弥陀佛,请问对面是哪位官爷,亲临鄙寺有何贵干?"

绯袍官员身旁一人喝道:"狂妄僧人,还不快拜见台州柳刺史!"

永清方丈不慌不忙地回答:"我朝历来有规矩,僧人无须拜官。"

他们的对话在精舍中听得一清二楚。崔淼望向裴玄静,发现她也在用目光向自己发问,于是缓缓地点了点头——竟然是柳泌!

他们几个都没有见过柳泌,但崔淼听韩湘描述过他,因而能够断定,此刻率领着一队官兵堵在国清寺外的,正是那位因炼丹而受到皇帝宠信,进而从方士摇身变为五品刺史的风云人物——柳泌。

也是这个柳泌,纠集了乾元子为首的一伙所谓的道士,到处招摇撞骗蛊惑民众,以极其恶劣的手段打击佛教,同时也败坏了正统道门的名望,将原已夹缠不清的佛道关系搞得越发冤冤相报、乌烟瘴气。更是这个柳泌,私下与吐蕃奸细勾结,还不知有什么可怕的图谋。

"是柳泌!"冯惟良也发出一声低低的惊呼,"糟糕。"

"冯道长见过他?"

冯惟良摇头道:"咳,他到台州来当刺史,不就是打着上天台山采药炼丹的名号吗?所以刚走马上任不久,他就把天台山上的各派道长都叫去刺史府中,好一番教训,意即让我们给他献药献丹,活脱脱一副小人得志的嘴脸。我懒得理睬他,托故不去,只叫一名弟子前往,据说当时他非常不高兴。我本来还担心他会上山骚扰,几个月过去倒风平浪静,我便略放了点心。万万没想到,他偏挑在这个时候来了!"

裴玄静问:"冯道长,难道你就没有怀疑过,这位柳刺史来台州是另有所图?"

冯惟良长叹一声:"想过,可是不敢想下去,还是听天由命吧。"

也就是说,他确实担心柳泌是冲着玉龙子而来的,却没有应对的办法。裴玄静突然醒悟到，为何当自己说出取得玉龙子的暗语时，冯惟良会流露出那么如释重负的表情来。他肯定希冀着，裴玄静他们能将玉龙子带出天台山，以免落入柳泌之手。

可惜，他们终究慢了一步。

石梁对面，柳泌刺史开口了。他的声音干涩犀利，像极了一杆铁杵钻入耳蜗，令人不堪忍受却又不得不忍受。

他慢条斯理地说："本官今天是来要人的，国清寺没必要搅在其中。永清方丈，本官劝你识相避祸，让相关人等出来见我吧。"

"柳刺史要的是什么人？"

"裴玄静。"

永清方丈反问："裴玄静是谁？"

"是一位女炼师。"柳泌阴笑着说。

"原来如此。可鄙寺是一座佛寺啊，柳刺史不知道吗？"永清方丈答得很是从容。

精舍之中，裴玄静诸人却听得惊心动魄。自从离开青城山后，他们已经非常小心了。况且以聂隐娘的功夫而言，任何人想要偷偷摸摸地跟踪他们，都是不可能的。但是很显然，柳泌派出的眼线根本没有必要隐匿行藏，因为他们是以官府的身份公开行动的。

裴玄静懊恼万分，是自己太大意了！他们一门心思奔着天台山而来，满脑子都是《长恨歌》、王质夫和玉龙子的故事，却忽略了天台山所处的台州刚刚迎来了一位新刺史。而这位柳泌刺史恰恰是和裴玄静前后脚出的长安城。

瀑布奔流之中，又传来柳泌的话音："我当然知道这是一座佛寺，但我也知道裴玄静就在里面，她是当今圣上要的人。永清方丈，我劝你好自为之，速速将她交出来吧。"

裴玄静就要往外走，聂隐娘一把将她拉住："你干什么！"

冯惟良道长也说："裴炼师切不可自投罗网。你放心，柳泌他们过不来。"

"过不来？"

只听石梁前，两方对峙的局势越发紧张起来。

永清方丈说："国清寺中确实没有一位裴姓女炼师。"

柳泌冷笑："既然如此，我们就来搜了。"

伴随着永清方丈淡淡的一个"请"字，裴玄静的心抽紧了。聂隐娘和崔淼一人一边，靠在精舍的窗前凝神向外观看，却都示意裴玄静退得远一些，免得被对面之人窥见。

她只能退避到精舍中央，下意识地等待着官兵涌来的喧哗。可是等了等，外面却只有瀑布倾泻的声音，再看聂隐娘和崔淼的嘴角，同时浮起暧昧的笑意来。

紧接着，两个人便你一言我一语地说起来了。

"隐娘你看，有人要过石梁呢。"

"只能一个一个过吧。"

"那人像是一个火长？"

"看他战战兢兢的样子。崔郎，你说他过得来吗？"

"我看悬。"

"上去了，上去了。"

"一步、两步……哎呀！"崔淼冷不丁地叫道，"他怕了！这下糟了，不敢向前走，也不敢往后退。"

聂隐娘说："你猜他会怎样？"

崔淼没有回答她，却冲着裴玄静微微一笑。

裴玄静恍然大悟。

飞架于天台山白云峰下的这座石梁，是守护玉龙子的最后一道屏障。

冯惟良道长把玉龙子存在国清寺中，不仅因为佛寺可以迷惑追踪者，还因为国清寺踞于石梁一侧，恰恰是一夫当关、万夫莫开的险要之地，易守难攻。国清寺的僧众日常来往石梁如履平地，是因为过了心乱这道关。但对于没有坚定的信仰，贪生怕死的普通人来

大唐悬疑录3：长恨歌密码 249

讲,要过这座石梁,的确难于上青天。

"啊!"崔淼一声惊呼。

聂隐娘紧接着说:"掉下去了。"

精舍外传来一片惊惶的呼喊声。随之,又响起柳泌的尖啸嗓音:"都不许退后,再过!"

崔淼与聂隐娘又是相顾一笑。

少顷,裴玄静便听到崔淼说:"又掉下去一个。"

她朝稳坐榻上的冯惟良道长瞥了一眼。只见道长微合双目,表情超然,仿佛已入冥想的状态。

精舍外重新安静下来。聂隐娘和崔淼显得有些意兴阑珊。崔淼叹了口气:"柳刺史学聪明了,总算不督促着手下白白送死了。"

"你看他还有什么招数吧。"

聂隐娘干脆坐回到榻上。只有崔淼还尽职地趴在窗前监视着。

一时间,耳畔又只能听到山瀑奔流飞溅的声响了。木几之上,玉龙子透着淡淡的温润光彩,清新可人。看来所谓玉龙子置于军营的帐篷中,光芒四射亮过火烛的传说,还真是牵强附会的编造了。

突然,窗边的崔淼叫道:"快看,柳刺史又要做什么?"

聂隐娘一眨眼便闪到他的身边,两人齐齐凝视窗外。

"方丈,我用此人与你交换裴玄静!"随着柳泌的这句话,裴玄静应声冲到窗前。这一次,聂隐娘和崔淼都没有阻拦她。

石梁对面,兵卒正将一个人推到阵前来。隔着水雾望过去,只能看到一个衣衫褴褛、血肉模糊的身影,灰白的头发披散下来,遮住了面目。唯有裸露的脚踝上拴着的铁链反射日光,随着他的蹒跚步履一闪一闪的,灼痛了裴玄静的眼睛。

"此人的名字叫王质夫。"柳泌不紧不慢地说着,将阴鸷的目光投向国清寺。

王质夫?他真的就是王质夫?

裴玄静难以置信地瞪着那个佝偻的身影。一路来千辛万苦,寻寻觅觅，甚至差点付出性命所找的人就在眼前了吗？

不久前，裴玄静对王质夫尚且一无所知，然时至今日，他却成了裴玄静矢志不渝的目标，更带给了她一系列的奇遇和发现。裴玄静好像和他神交已久，更衷心期盼着能够与他一晤，并不仅仅为了完成王皇太后交托的任务，也为了能够和这位神秘的人物倾心交谈，彻底印证隐藏在《长恨歌》中的秘密。

她尤其想要弄明白，王质夫是怎么得知那些秘密的，又是出于怎样的考虑，才决定将它们以曲笔埋藏进一首诗中。千百年后，今天的秘密将不再具有现实的意义，但诗歌终将不朽。裴玄静想知道，王质夫把玉龙子的秘密藏入《长恨歌》，究竟是想要永远地隐匿它，还是保存它？

但她万万没有料到，最终会以这样的方式与王质夫见面。

崔淼问裴玄静："你又想干什么？"

"你没看见吗？质夫先生在那里，"裴玄静说，"我要出去见他。"

"用你自己去交换他？你疯了吗？"

"那你说该怎么办？"

聂隐娘冷冷地说："你怎么知道他就是王质夫？也许是诳我们的？"

裴玄静一愣。

崔淼也说："就是！你切勿头脑发热，小心中了人家的圈套！"

裴玄静朝窗外望去，石梁对面，"王质夫"被兵士按压着跪在地上。他似乎在勉力抬头，但蓬头乱发仍然把他的脸遮得严严实实。她有些迟疑了。对于王质夫，自己究竟了解多少？如何能够判断真假？

但是，柳泌怎么会知道自己在找王质夫呢？这可是一个绝对的机密啊！裴玄静此行的真实目的，唯有汉阳公主和王皇太后才知情。而柳泌是皇帝宠信的人，难道他的消息来源于皇帝？

裴玄静想了想，说："我还是得出去。不去与柳泌当面对峙，怎么能够判断王质夫的真假？万一是真的呢？再者说，柳泌为什么要用王质夫来交换我？他的目的是什么？我光躲在这里，什么都解决不了！"

"他当然是为了玉龙子！"许久不发一言的冯惟良道长突然开口了，一扫先前的飘逸出尘之态，声色俱厉地说，"柳泌妄称道教之名，以邪术招揽信众，企图自立门户与名门正宗抗衡。如果他得到了玉龙子，就可以名正言顺地与皇帝结盟，从此取代天台山，宣称自己才是道派之首。后果将不堪设想啊！"

裴玄静呆住了。

玉龙子就在眼前，"王质夫"也近在咫尺，原来残酷的争斗才刚刚启幕。

6

冯惟良招呼："都愣着干什么，快来帮忙。"

聂隐娘与崔淼应声过去，在冯惟良的指点下移开坐榻。黄泥地上露出一块圆形的木盖板。冯惟良俯身将盖板掀开。

顿时，一股森严的气息从盖板下面冲出来。和通常地窖散发出的秽沤气不同，这个洞口散发出的气味充满了山野清新之感。

冯惟良说："你们带上玉龙子，从这里离开吧。"

"这是通向哪里的？"

"通向山中岩洞，沿着岩洞可直达天台山的山腰，你们出洞从后山走，要不了半天就能出天台山。而且，绝对不会被人发现。"

"那你们呢？"聂隐娘问，"永清方丈怎么办？还有你，柳泌得不到玉龙子，一定会恼羞成怒的。"

"有石梁。"

"石梁？挡得住一时，挡不了一世！柳泌有官兵驱使，他若迁怒于你们的话，只怕国清寺和白云观危矣。"

冯惟良淡淡一笑："生死有命，福祸在天。我们都是出家人，对这些早就看得十分透彻了。关键是玉龙子，绝对不能落入柳泌这个歹人之手。你们既对出了暗语，玉龙子就应该交给你们。还请速速离开吧！"

"静娘，走吧！"崔淼和聂隐娘一起向裴玄静叫道。

裴玄静没有应声，仍然纹丝不动地站在窗前，紧盯着石梁。在柳泌的命令下，"王质夫"已经被推搡到了石梁前面。兵卒们退后，剩下他一人孤零零地站在深渊边。劲风呼啸，吹拂起满头满脸的乱发和胡须，瀑水飞溅到他的脸上，"王质夫"抬起头来。

"啊！"裴玄静惊呼。

在那张脸上本该是眼睛的位置，只剩下了两个黑红的窟窿。窟窿下方还有数道蜿蜒的红色血迹，似乎已经凝结了。

崔淼也惊道："这……是把眼睛挖了吗？"

柳泌的声音又穿透瀑布的轰鸣传过来："有人挖了我弟子的眼睛，我便以牙还牙！"

聂隐娘咬牙切齿地骂："可恨！早知如此，真不该留下那个贼道乾元子的性命。"

当日乾元子为聂隐娘所伤，韩湘才从那伙人手中逃脱。乾元子肯定跑来台州向柳泌哭诉了，于是柳泌得知裴玄静和韩湘共同行动，连聂隐娘亦牵涉其中。柳泌认准了裴玄静一行终会来到天台山，便动用官府的手段，在裴玄静等人刚进台州时就掌握了他们的行踪，并跟踪而来。

裴玄静咬紧牙关。她不再怀疑了，对面之人肯定就是王质夫！

"裴炼师若是再不现身的话，本官就只能送王质夫过去找了。"

兵卒引王质夫站上石梁。他茫然地"望"向前方，密集的水雾把乱发都糊在他的脸上眼上，他却没有抬手去捋一捋。没有必要，因为他什么都看不见了。

柳泌亲自上前来，在王质夫的耳边悄声说："去吧，前方有你心心念念所牵挂的东西,就算看不到,摸一摸也是好的。"

王质夫纹丝不动地站着,好像不仅眼睛瞎了,连耳朵都聋了。

柳泌奸笑着在王质夫的后背上轻轻推了一把,王质夫不由自主地迈出一步,站上石梁。石梁被瀑布冲刷得异常湿滑,王质夫晃了几晃,才站稳。他抬起头,任由山瀑泼溅在脸上,嘴角边渐渐溢出一个笑容来。

一个双目被剜的瞎子,将要穿越横亘于深渊之上、瀑水激溅下的石梁。所有人都情不自禁地屏住了呼吸。

裴玄静冲出精舍高喊:"质夫先生请在原地勿动!"

柳泌纵声大笑:"裴炼师,你终于肯现身了。幸会幸会!"

聂隐娘和崔淼紧跟裴玄静而出,一左一右站在她的身旁。柳泌对他们二人也报以亲切的笑容,像在官场上招呼同僚似的。

裴玄静问:"柳刺史如此大阵仗地来找我,是有什么要事吗?"

"非也,非也。非是本官大阵仗地要找裴炼师,而是炼师上天入地要找王质夫,不是吗?"柳泌摇头晃脑地说,"本官知道裴炼师奉命寻找王质夫,所以就专程把人给你送来了。"

"那么说,我还应该多谢柳刺史了。"

"好说,好说,"柳泌讪笑,"裴炼师想怎么谢呢?"

"你要怎样?"

柳泌捻了捻山羊胡须:"我想要一样东西。"

"什么东西?"

"玉龙子。"

当他说出这三个字时,不知是否错觉,裴玄静看到山瀑仿佛有一瞬停止了奔泻。而石梁的那一端,在王质夫那张已经不成样子的脸上,也突然光彩陡升。

裴玄静缓缓地说:"我不明白柳刺史的意思。"

"是吗?"柳泌扬起手,从他身后的队伍中闪出一列弓箭手,在石梁前整齐地排开,弯弓搭箭,所有的箭尖都对准了石梁。

"唉……"柳泌叹了口气,"如果裴炼师再不明白,本官就只能送王质夫走了。"

"慢着!"裴玄静高喝一声,将手中的玉龙子托了起来。已是晚霞初绽时分,玉龙子一被举高,便像磁石般吸敛来道道霞光,方才在屋中还有些不起眼的玉龙子,此刻突然玲珑剔透通体闪耀,神奇不可方物。

崔淼轻声问:"你真的要把玉龙子交出去吗?"

"皇太后命我找的是王质夫,而不是玉龙子。"

身后传来冯惟良道长的一声喟叹,但他没有说什么,更没有上前阻拦。裴玄静当然明白,他是在为玉龙子叹息,更是在为道教的前途担忧。但眼前有一个人是她必须要救的,别的只能再作打算了。从王质夫的样子来看,不知受了多少非人的折磨,但他并没有屈服于柳泌的淫威之下,所以柳泌只能亲作跳梁小丑状,率领官兵来封堵裴玄静一行。

裴玄静又将玉龙子捧回胸前,对石梁对面的那位绯袍小丑说:"柳刺史,我可以把玉龙子交给你,但是你要放了王质夫先生。"

"没问题!"柳泌回答,"王质夫就在石梁上,裴炼师领他过去即可。"又指着裴玄静胸前的玉龙子,"不过,你得把玉龙子送到这边来。"

"好。"

"静娘!"崔淼说,"还是我去吧。"

裴玄静温柔地瞟了他一眼,转首对聂隐娘道:"请隐娘在这侧接应质夫先生。"

聂隐娘阴沉着脸,点了点头。

柳泌又道:"裴炼师请放心过来。其实,不论炼师本人,还是玉龙子,都非本官能做得了主的。本官不过是奉命行事。这些人嘛——"他示意那些弓箭手们,"也只是以防万一。"

这话算是基本挑明了,柳泌的背后正是皇帝。所以,贾桂娘的牺牲，汉阳公主的处心积虑统统失败了。裴玄静还来不及想究竟是哪里出了差错，但并不感到懊丧，反而有些许模糊的庆幸。与其让玉龙子落入他人之手，不如让它归于皇帝。这才是裴玄静最真实的念头，也是发现玉龙子时最初的念头。

裴玄静小心地抱着玉龙子，走上石梁。

现在离得近了，王质夫那张灰白的脸和上面的两只血洞看得越发清楚，令人不寒而栗。裴玄静的心绞痛起来，颤抖着声音说："质夫先生，我找了你很久。"

王质夫听到动静，向她微微点了点头："你是谁，为什么要找我？"

出乎裴玄静的意料，王质夫的声音苍浑有力。两只被挖空的眼睛还在流着脓血，其痛可想而知，但从他的语调中却听不到半点遭受酷刑的苦楚。裴玄静不禁打心底里佩服，郑重答道："我叫裴玄静，是皇太后命我寻找质夫先生的。"

她刻意压低了声音，在瀑布的轰鸣之中，她相信只有王质夫才能勉强听到。果然，他浑身一颤，甚至下意识地朝她抬了抬头，仿佛要看清她的样子。

"她……还好吗？"

裴玄静立即意识到，王质夫所问的是王皇太后，赶紧回答："皇太后并未亲自召见于我，只听说她很为先生担忧。"

"唉，都是我的错啊！"这一声喟叹中包含了多少愧疚，又有多少深沉的憾恨与惆怅。

裴玄静多么想有机会和王质夫坐下来，听他讲一讲所有的来龙去脉，关于《长恨歌》，关于玄宗皇帝和杨贵妃，关于玉龙子和皇太后，以及隐藏在故事背后的秘密，和隐藏在秘密背后的命运——大唐的命运。

可惜，没有时间了。

她说："质夫先生，请您站在原地不要动，等我过来。"

裴玄静知道，石梁的长度统共也就十步而已。她径直走向对面的王质夫，这样做无疑是相当冒险的。因为当她带着玉龙子到了石梁的那一头，就再没有机会和柳泌讨价还价了。柳泌尽可以将王质夫连同裴玄静和玉龙子一网打尽。裴玄静只赌一点：柳泌感兴趣的是玉龙子，而非王质夫，更不是自己。一旦玉龙子到手，他没必要将王质夫和自己赶尽杀绝。王质夫和裴玄静都与皇帝有着千丝万缕的关联，柳泌应该懂得投鼠忌器。

　　可她刚向前迈了一步，便听得王质夫一声断喝："不行！"

　　"质夫先生，怎么了？"

　　"我们是在一座桥上吗？"王质夫问，"我听得到水声，还有水花溅落在我的脸上。"

　　"对。一座石桥，很窄。所以您不要动，我来接您。"

　　"你的手里有玉龙子？"

　　"是的。柳刺史要我用玉龙子来交换先生。"

　　王质夫喃喃："玉龙子……"抬起头厉声道，"不要过来，我过去！"

　　"可是您看不见啊！"

　　"你告诉我怎么走，"王质夫的脸上浮起一抹不可名状的笑容，"你我同时向桥的中间走，这样才妥当。"

　　这样的确比较妥当，如果王质夫没有瞎的话。

　　裴玄静问："质夫先生，你肯定要这样做吗？"

　　他仍然微笑着，点了点头："我什么都看不见，岂不是更好吗？"

　　夕阳又落下来一点，头顶的瀑布和脚下的深渊，以及整座石梁都笼在一层金色的云烟中，美轮美奂。裴玄静深吸一口气，率先向对面迈出一步，随后指点王质夫也向前走一步。

　　第二步、第三步……

　　王质夫走得异常果断，虽然周围人看得惊心动魄，从他本人的脸上却找不到一丝惶恐。过石梁需要的是信心，在失去了眼睛之后，王质夫的信心反而更加坚定了。

总共十步的石梁，两人很快就在中间会合了。

"质夫先生……"裴玄静激动得热泪盈眶。

王质夫向她伸出双手："玉龙子在哪里？"

裴玄静连忙将玉龙子捧给他，王质夫接到手中，无比珍爱地摩挲着，叹道："原来这就是玉龙子。真可惜啊，我看不到它的样子了。它是不是很漂亮？"

"是的，美极了。"

"我听说玉龙子质美弥坚，虽历经多次辗转流离，却从未损坏过，"王质夫心满意足地微笑着，又将玉龙子交还给裴玄静，"保护好玉龙子，绝对不要交给柳泌。"

裴玄静一愣："可是？"

王质夫翕动着嘴唇，几不可辨地说："他不是要得到玉龙子，他是要毁掉玉龙子！"

"毁掉？"

"怎么了？玉龙子把玩够了吧？"柳泌的尖利嗓音横空刺来，"别再耽搁了，请裴炼师快将玉龙子送过来吧！否则，箭可是不长眼睛的！"

"你快走！"王质夫低喝，也不等裴玄静回答，率先转过身去，朝着柳泌的方向怒斥，"柳泌，你这个欺世盗名的小人，你这个妖言惑主的贼道，玉龙子怎会为你所有！我王质夫拼了这条性命，也不会让你得逞的！"

"好好好，本官就让你逞了这口舌之快！"柳泌逼视裴玄静，"裴炼师，你还不过来吗？本官这里的弓箭可等不了太久！"

王质夫纵声大笑："柳刺史又何必虚费朝廷的弓箭。天道轮回，纵尔机关算尽，总有报应之日！"

站在石梁的中央，王质夫展开双臂，山风夹着瀑水，荡起一副被血污沾染、辨不清颜色的袍袖。王质夫就这样将裴玄静挡在自己的身后:"快走啊!"

裴玄静转身向回跑。

柳泌气急败坏地吼叫:"快、快,射死他们!"

乱箭齐发,朝石梁射去,纷纷钉上了王质夫的身体。

随着一根又一根箭扎过来,王质夫剧烈摇晃着,血沫从嘴角喷出,却仍拼命稳住身体,要用这血肉之躯保护身后的裴玄静和玉龙子。

他看不见,其实就在柳泌下令射杀的同时,聂隐娘已从石梁的这端凌空跃起,于千钧一发之际,从裴玄静的手中夺过玉龙子,并挟住她飞奔下了石梁。

顷刻间,王质夫已经成了一团箭垛,轰然倒向深渊,立即被翻滚的云雾吞没了。

乱箭丛中,聂隐娘护着裴玄静退回精舍。冯惟良等人也紧跟着跑进来。原先聚在山门前的国清寺僧众也纷纷向寺内奔逃。永清方丈躲闪不及,腿上吃了一箭,幸而被崔淼及时拽进房中。

聂隐娘率先跳下地道,崔淼也把裴玄静推了下去。永清方丈道:"你们走吧,我还得守住我的山门。"

冯惟良搀住他:"你不走,我自然也不能走。"

"好。"两人相视一笑,合上地道的盖板,又一起用力把坐榻移回原处。随后,一僧一道便并肩上榻,盘膝合目,用各自的方式为王质夫超度起来。

精舍外,残阳如血。惊风吹动寺檐下的铁马,应和着瀑布泼溅之声,如同战场上金鼓齐鸣。

7

吐突承璀奔上清思殿的玉阶时，正巧陈弘志陪曾太医从里面走出来。曾太医本是太医院中资格最老、医术最高的御医，已年届八十高龄，元和元年起就回家颐养天年，久不踏入宫闱了，不想今天竟又出现在大明宫中。

吐突承璀认识曾太医，连忙打招呼。曾太医虽已过耄耋，须发皆白，但面色红润步履稳健，保养得相当不错。与吐突承璀寒暄两句，便告辞而去了。

陈弘志恭恭敬敬地请吐突承璀进殿。他近来越发得宠，但在吐突承璀的面前仍然十分谦卑，甚至比过去更加谨小慎微了。吐突承璀固然知道，自己在皇帝心中的地位不可动摇，陈弘志的乖巧还是令他有些感慨，看来李忠言教会陈弘志的，不仅仅是烹茶这一项绝技。

望着曾太医远去的背影，吐突承璀若有所思地问："他已经十来年没进宫了吧，今天怎么突然来了？"

"奴也不清楚。"

"你不清楚？"

"圣上昨日下旨召见曾太医，方才在殿中谈了有一炷香的工夫。吩咐不让人随侍在侧，所以奴也不知道他们谈了些什么。"

"奇怪……"吐突承璀皱起眉头，"莫非，圣躬有所不虞？"

陈弘志一愣，忙摇头道："没有，绝对没有。皇太后驾崩，圣上心里难过，这两天没怎么用膳，也没有临朝听政，不过起居什么的并无异常。"

见到皇帝时，吐突承璀也没发现什么异样。皇帝的面色平静，几乎看不出悲伤的样子。吐突承璀不禁想起武元衡遇刺时，皇帝哭到眼泡红肿，而皇太后的死，却显然没有给他带来同等的冲击。也难怪，毕竟拖了这么久，皇帝早就在有意无意地等着这一天吧。真到来临之时，解脱的空虚也就盖过了悲哀。

但吐突承璀还是发现，皇帝的眼睛比往日更深邃了。

对于吐突承璀的入殿叩拜，皇帝像往常一样视而不见，仍然沉浸在自己的思绪中。这是他对吐突承璀特别信赖的表现，所以吐突承璀照例耐心等候。等着等着，他又忍不住侧转低俯的脑袋，悄悄把目光投向皇帝面前的御案。

案上摆着数幅笺纸，整整齐齐地排成几行。笺纸大小划一，都是宫中常用的洒金粉笺，每一张上面都写了字，有密有疏，但猜不出写的是什么。

吐突承璀正在费神思量，却听皇帝唤了他一声："你过来。"

"是。"吐突承璀连忙趋前。皇帝随手从旁边挪过一张黄纸，覆在那些粉笺之上，道："这是朕刚刚拟的皇太后遗诰，你看看。"

吐突承璀诚惶诚恐地念起来："皇太后敬问具位。万物之理，必归于有极，未亡人婴霜露疾，日以衰顿，幸终天年，得奉陵寝，志愿获矣，其何所哀。易月之典，古今所共……"

皇帝打断他："这些话写得还得体吗？"

吐突承璀受惊不小，忙道："大家拟的，哪有奴品评的份儿。"心里直犯嘀咕，皇帝放着翰林院那一帮文墨高手不问，怎么偏生来问自己？

皇帝轻轻地叹了口气："其实，这几句是皇太后自己早就拟好的。你看——得奉陵寝，志愿获矣，其何所哀。"他苦涩一笑，"朕一直在为难，要不要用在遗诰中，还是干脆让翰林院再拟一份出来？"

原来如此。

吐突承璀小心翼翼地回答："奴觉得，既然是皇太后的遗愿，大家还应尊奉。对天下人来说，也是一个表率。"

皇帝看了看吐突承璀，淡笑道："你讲这话的口气，倒有点像中书门下的那帮人了。"

"大家这是在取笑奴了。"吐突承璀赔笑。皇帝所需的,不过是有个人帮他下决心。相比外朝的宰相们,皇帝还是找了吐突承璀来担当这个角色。

放下心头的重负,皇帝的神色轻松了不少:"今日朕还对裴度说,朕不听政期间,想依旧例,设冢宰为百官之首。裴度回答,冢宰是殷周的六官之首,既掌邦礼,实统百司。而后代设官,并无冢宰之号。如今不可虚设。况且古今异制,不必因循守旧。朕既谅阴,诸司公事理应由中书门下处分。他说得有理,朕自然从之。"

"呵呵。"吐突承璀干笑了好几声。元和以来,皇帝与数任宰相都建立了很好的合作关系,中书门下的运作比之前的贞元和永贞年间顺畅得多,这也是皇帝实现帝国中兴的有力保障之一。不过外朝宰相的势力越强,对于内廷宦官的牵制也就更强,双方的进退都有赖于皇帝个人的权威和制衡手腕。所以,对于裴度的强势崛起,吐突承璀尽管腹诽不已,也奈何不得。

皇帝又道:"朕还打算,这次就让裴度任皇太后的山陵使。"

吐突承璀垂首不语。

"你着急找朕,是有什么要事吗?"皇帝问。

"大家,那个禾娘好像找到了。"

"禾娘?哦……"皇帝敲了敲额头,"你说的是她啊。什么叫好像找到了?"

吐突承璀这才将自己派人去青城山掘墓,查证傅练慈生死的经过说了一遍。

"真武宫外所立的是生冢,傅练慈诈死之事已实。所以,数月前在浔阳江头投河自尽的那个琵琶女,当是她无疑了。"

"那么说来,傅练慈终究还是死了,"皇帝面沉似水,"不过比咱们原先以为的,晚了整整十年。"

"目前看起来,是这样的。"

"你接着说。"

"傅练慈之事,请大家容奴继续追查。不过此行有一个意外的收获——禾娘,"吐突承璀道,"奴的手下在真武宫外掘墓时,遇到一帮人阻拦,其中就有她。她和同伴走失了,奴的手下就把她给逮了回来。大家,您知道那帮人还有谁吗?"

"谁?"

"裴玄静和崔淼。"

"他们?"皇帝死死地盯着吐突承璀,"何以见得是他们?"

"奴派去追查傅练慈的两个手下,其中一个在河阴仓失火案时就跟在奴旁边,所以认出了裴玄静和崔淼。据他说,他们一伙总共有四个人,两男两女。当时他寡不敌众,逃进山中避雨,偏巧禾娘也走迷了路,自己撞到他的手里。"

"是这样……"皇帝思忖道,"两男两女?那么还有一个男人,应该就是韩湘了。"

"大家英明。"

皇帝问:"但你怎么又说,被抓的人好像是禾娘?"

吐突承璀道:"从年龄和模样来看,应该是她。不过禾娘原先在贾昌的院中时,总以男装示人,所以奴也不能十分断定,而她本人又绝口不肯承认。"

"你如今连这点事都不会办了?"皇帝冷笑,"又来找朕做什么?"

吐突承璀跪倒奏道:"大家,奴对那丫头稍微用了点手段,想逼她说实话。没想到她硬气得很,竟敢熬刑,抵死不认自己就是郎闪儿。奴想在刑上再加点儿分量,又担心把人给弄死了,失去线索。所以今日特来请大家示下。"

傅练慈在浔阳江头投水自尽,尽管皇帝未就此事多加苛责,吐突承璀一直在为自己的失误而惶恐不安。而今案情总算有了进展,不仅查出了傅练慈的真实情况,还意外抓获了禾娘,吐突承璀迫不及待地来向皇帝请示,与其说是小心谨慎,不如说是邀功心切。

皇帝沉吟片刻，道："她抵死不认，更说明心中有鬼。否则区区一个十几岁的女孩子，怎么熬得住你的那些手段。"

"我就是怕这丫头犯傻，偏要来一个宁死不屈。万一失手的话，白白损失这条来之不易的线索。"

"她真的不怕死？"

"好像是。"

"倒是有点骨气，"皇帝点了点头，"王义是个忠勇护主的壮士，他的女儿有此血性也不奇怪。既然她不怕死……你何不试试让她生不如死？"

"生不如死？"吐突承璀的眼睛一亮，"好，奴一定把她嘴撬开来。"

沉默片刻，皇帝又道："你方才说，裴玄静和韩湘，还有那个崔淼都在青城山上？"

"是。"吐突承璀简单地应了一声。几次碰壁之后，他学乖了，凡涉及裴玄静的事情，他都不擅加揣测，光谈事实，只等着皇帝作判断。

皇帝自言自语："韩湘就罢了，本该陪着裴玄静的。只是那个崔淼，怎么也掺和到一起去了？"

吐突承璀忙道："就是啊。这个崔淼从《兰亭序》一案起，就绕在裴炼师的左右，心怀叵测打探各种消息。后来他救了十三郎，大家既往不咎，授了一个医待诏给他，他怎么不好好待在长安，又跑去青城山上干什么呢？"

"是皇太后把他赶走的。"

"皇太后？"

皇帝摆了摆手："你去吧，尽快让禾娘招供。"

"是。"吐突承璀退出殿外。

等了一会儿，皇帝才将御案上的诏书移开，露出底下那些粉笺，仔细地看了很久。

陈弘志远远地躲在帷帘后面窥视,在皇帝的脸上发现了细微的变化——怨怒渐深,最终凝结成凌厉的杀气。

陈弘志还从未见过如此深刻的仇恨表情,不觉吓呆了。

8

地道几乎是垂直的,台阶顺着山势向下延伸,不知有几百级。到底便是一座岩洞,曲曲折折,又走了许久,才到尽头。

钻出洞外,眼前是一片稀疏的杂树林。回头望去,山峦起伏的阴影像一座巨大的黑色屏风,将月光挡在后面。出山了。

聂隐娘走在最前头,折腾到现在不仅毫无疲态,脚程反而更快了。裴玄静有些跟不上,崔淼一心护她,也落在后面。

眼看聂隐娘越走越远了。

裴玄静急得喊起来:"隐娘!你先别急着赶路啊。咱们现在怎么办?"

前方挺拔的黑色背影停下来,但没有转身:"当然是走,尽快离开这儿。"

"隐娘想去哪儿?"

"我想去的地方,未必是你们想去的地方。"

裴玄静一愣:"隐娘,你……"

聂隐娘终于回首,月光将她的面孔照得半黑半白。她说:"静娘,且听我一句劝,抽身而退,此刻便是最好的时机。你与崔郎应该从此携手江湖,远离尘世,再也不要搅扰到那些是非纷争中去了。"

"可是……"

聂隐娘淡淡一笑,语气又温柔了些:"天下没有不散的宴席。静娘,今日你我的缘分已尽,从此各自珍重吧。"

裴玄静咬了咬嘴唇,跨前一步道:"如此也好,但请隐娘把玉龙子还给我。"

"为什么要给你？"

"玉龙子不是隐娘的。"

"玉龙子也不是静娘的。"

"隐娘……"裴玄静的心疾速下坠，此次相遇后聂隐娘的种种异样，终于要有结论了吗？

"告辞了！"聂隐娘的脚尖一点，身形已掠出数丈。

"你不能走，把玉龙子留下！"裴玄静大叫着欲追赶，可哪里追得上。刚一眨眼的工夫，黑色身影就消失在杂树林的深处了。

裴玄静还在没命地向前跑，被崔淼一把揽住，喝道："别追了！你睁大眼睛看看，人的影子都没了！"

"不行啊，她带走了玉龙子！"裴玄静不管不顾地跺脚叫嚷，却连崔淼的怀抱都挣不脱。

崔淼抱着一堆树枝走进来，朝地上的柴火中添了几根。火苗噼啪作响，仍然驱不散周身的酷寒。

裴玄静簌簌发抖，不自觉地扯了扯肩上披的袍子——是他的。

"感觉怎么样？"崔淼握着她的手腕试了试，蹙眉道，"你上回得的恶疟并没好透，就又奔波劳累，担惊受怕。如今这脉象可不太好，落下病根就麻烦了。"

裴玄静将他的手推开："你还在这儿做什么，为什么不去追隐娘？"

"追她？"崔淼苦笑，"你看我有那个本事吗？"

"你没用！"

"骂吧骂吧，只要能让你好受点。"

裴玄静不吭声了，无力地靠在灰泥墙上。他们正栖身于一座破烂的土地庙中，泥塑的土地像横倒在地，冷风从四面八方吹进来。

难道，这就是结局了吗？

她喃喃地说："是我辜负了他们……"

"他们是谁？"

裴玄静沉默了，良久，两滴清泪从眼角渗出："质夫先生……"

崔淼叹了口气："又不是你害的，何必太自责。"

"不，我不甘心，"她勉力撑起身，整了整散乱的鬓发，"崔郎，我们再来理一理事情的来龙去脉，好不好？"

崔淼温和一笑："遵命。"

裴玄静全神贯注地思索起来。

她最初认为，一切的起因是王质夫。现在她知道了，起因其实是玉龙子。

从大唐开国之后，玉龙子就作为道教的信物，掌握在大唐皇帝的手中。直到安史之乱发生，大唐天崩地裂，乾坤剧变，玉龙子从此下落不明。

但裴玄静他们已经推测出来，玄宗皇帝李隆基为了救爱妃杨玉环，也为了惩罚太子的不孝，将玉龙子偷偷赠给了杨贵妃。杨贵妃携带着玉龙子，就等于携带了大唐皇帝的钦命，从而获得道教势力的庇护，从马嵬驿兵变中逃脱出来，并顺利避祸进了道教圣山——青城山。他们原先约定，玄宗皇帝随后入川，待时局初定，便从青城山接回杨玉环。再等叛乱平息后，一起返回长安。他们天真地期盼着，到那时，一切都将回到原先的样子，霓裳羽衣舞还是当初的霓裳羽衣舞，骊山宫中长生殿上，盛世仍将天长地久地延续下去。他们只不过做了一个短暂的噩梦。

梦，终究醒来了。然而，醒来后的世界完全不是他们所想的样子。玄宗皇帝还没入川，就传来太子在灵武登基的消息。他知道，全完了。彻底击垮他的不是叛军，而是自己的儿子。

已经荣升为太上皇的玄宗皇帝还是入川了。道人罗公远特意赶到剑阁迎候，并给他带去杨贵妃平安的消息。玄宗皇帝在悲喜交加中，忍痛作出此生最艰难的决定：请道门再行方便，护送杨玉环东渡日本。

大唐已经不再是他的大唐。即使叛乱平复，他也无力保护杨玉环了。她要想活下去，只有离开大唐。

两人在青城山的神女洞中匆匆一别。杨玉环涉水东去，玉龙子象征着李隆基最后的爱意，一路守护着她。

一年后，玄宗皇帝以太上皇的身份返回长安，不久即被肃宗皇帝赶出兴庆宫，移居到年久失修的西内太极宫中，在孤寂和悔恨中苦度光阴。这时，他做出了一个大胆的举动，以寻找贵妃的魂魄为由，派道士杨通幽去日本看望杨玉环。

这样做无疑将冒巨大的风险，但玄宗皇帝用一样东西使道门愿为之往：玉龙子。

他承诺，只要道士肯去东瀛，就能用他和杨贵妃约定的密语，取回她手中的玉龙子。

玉龙子就这样重返大唐，并被道门秘密保管起来。

为了确保玉龙子的安全，司马承祯道长将玉龙子送到了台州的天台山上，并以天台山为据点，重整因安史之乱而混乱不堪的道教各门派，使天台山成了道教南宗的圣地。司马承祯仙去后，保护玉龙子的任务就落到了他的继承人冯惟良的身上。

可以说，自玄宗皇帝晏驾后，整整一个甲子，玉龙子的秘密被很好地保守住了。

元和元年末的冬天，一首《长恨歌》横空出世。谁都没有想到，白居易在王质夫的怂恿下写出这首长诗，并经他的指点，将有关马嵬驿的种种真相，乃至玉龙子的秘密，统统以打哑谜般的手法写进了诗中。

王质夫是怎么知晓这一切的？

裴玄静只能推测，王质夫应该是凭借他与王皇太后之间特别密切的关系，才从族妹的口中听到了这些皇家隐情。

直到此时，裴玄静也终于明白了，当王质夫无故失踪时，王皇太后如此急迫地寻找他，其实是不顾一切地要阻止秘密泄露，因为她深知玉龙子的秘密将掀起轩然大波。但是，即使情势危急至此，她仍然要刻意瞒着皇帝。似乎在皇太后的心目中，天底下最不应该得到玉龙子的，就是她的亲生儿子——当今圣上。

正因为皇太后的这个执念，裴玄静被深深地卷了进来，无法自拔。

她虚弱地说："我好像有点儿知道，王质夫怎么会突然失踪了。"

"唔？"

"我们假设王皇太后将玉龙子的秘密告诉了王质夫，而王质夫不知出于什么目的，把相关的内容巧妙地埋设进了《长恨歌》中。《长恨歌》诞生至今已十年有余，流传大江南北，极受民众的喜爱，几乎到了妇孺皆知的地步。试想，在这么长的一段时间里，难道就没人注意到诗中的纰漏之处吗？"

崔淼沉吟道："我想，一定会有。"

裴玄静回忆起在蔷薇涧与陈鸿的对谈，当时，陈鸿就明显地表示出了怀疑。只是因为手上的线索太少，所以他与真相之间还有相当的距离。但是其他人呢？

王质夫原先在蔷薇涧隐居得好好的，元和六年突然决定应白行简之邀远去梓州幕府，有没有可能是在躲避什么？周至县离长安太近，东川至少有点天高皇帝远的意思。更有可能的是，王质夫自己对于玉龙子的去向尚有不确定之处，于是想借此机会深入蜀地，亲身探访一番。

崔淼说："如此想来，王质夫在李逢吉赴任东川时辞职离开，也就有迹可循了。"

李逢吉是皇帝的亲信，皇帝派他去东川执掌幕府，使王质夫感到不安，于是他再次决定一走了之。

不过，王质夫所面临的威胁很可能更加具体而凶险，所以他给两位和《长恨歌》有紧密关联的朋友——陈鸿和白居易分别寄去了警告信。他不敢在信中直接陈清原委，只能暗示二位自己遇上了麻烦，且与《长恨歌》有关。

裴玄静说："他担心这回自己可能会遇害，所以才在信中点出'天长地久有时尽，此恨绵绵无绝期'二句，是希望给陈鸿和白居易留下找出玉龙子暗语的线索。而且，他显然更相信白居易，因而进一步给他寄去了玄宗皇帝的御注《道德经》，几乎等于将暗语和盘托出了。"

"但若非静娘，任凭谁都解不出暗语的。"崔淼的语气中充满骄傲。

裴玄静却黯然神伤："所以说，质夫先生是作好了万全准备的。"

"他来天台山，莫非也是为了警告冯惟良？"

"应该是的，"裴玄静道，"玉龙子就在天台山上，所以王质夫亲自前往。但他没有想到，柳泌已提前一步到达台州，并以台州刺史的身份，利用官府的力量将整个台州乃至天台山都监控了起来。所以，王质夫还未上天台山，就被柳泌抓住了。"

"但柳刺史是皇帝派来的。"

裴玄静明白崔淼的意思，她也在疑惑，柳泌的行动是否直接由皇帝指使？

如果答案为是，那么皇帝对于玉龙子的秘密究竟掌握到何种程度？对于裴玄静的青城山寻仙之旅的真实目的，又掌握到什么程度？裴玄静的一举一动，到底有多少是在他的盘算之中，又有多少超越了他的意志范围？

不过有一点是可以肯定的，玉龙子最后被聂隐娘夺走，出乎了所有人的预料。

此外，王质夫临死前为什么要说，柳泌想毁掉玉龙子？如果柳泌的确奉旨而行的话，皇帝又有什么理由要他毁掉玉龙子？裴玄静认为，皇帝肯定最想要玉龙子完璧而归。因为只有这样，才能重申他的权力乃天命所予，并且击碎所有觊觎玉龙子的蠢蠢野心。

毁掉玉龙子，就等于毁掉李氏替天行道的依据，皇帝怎么可能给柳泌下这种命令。如果王质夫不是胡说八道，那么就一定是柳泌对皇帝阳奉阴违，私底下实施着自己的阴谋。

韩湘不是早就指出了这一点吗？

裴玄静感到精疲力竭："现在该怎么办？"她问。

崔淼说："王质夫死了。"

听起来答非所问，其实说到了关键。裴玄静是奉王皇太后密令来寻找王质夫的，王质夫一死，她的任务便失去了继续下去的意义。

裴玄静喃喃："可是玉龙子被聂隐娘抢走了。"

崔淼反问："这和你有关吗？"

裴玄静没有回答，她的脑海里充斥着王质夫死前的面孔，两只血污的眼眶中没有眼珠，却仍然执着地盯向前方。

许久，她问："隐娘会把玉龙子带去哪里？"

"也许是蔡州。"

"蔡州？"裴玄静惊愕地望着崔淼。

"静娘上回曾向我提起过，朝廷在淮西连战连捷，吴元济吓得上表求饶。你怀疑隐娘的夫君是不是去支援淮西了，当时我为了减轻你的忧虑，并没有说出我的真实想法。"

裴玄静点了点头："现在请说吧。"

"对隐娘有知遇之恩的刘昌裔，生前与当初的淮西镇守吴少诚友好。因朝廷决意要对淮西用兵，刘昌裔不愿与吴少诚兵戎相见，引起了皇帝的不满。皇帝召刘昌裔回朝，昌裔深知皇帝心意，担心回朝受到惩处，遂报称昏眩请求回家休养，皇帝准了他。隐娘夫妇就是在这种情形下，才辞别刘昌裔的。结果昌裔回到洛阳后不久即病逝，隐娘还专程去哭祭了他，可见其对昌裔的一片赤诚。"顿了顿，崔淼说，"据我所知，吴元济正是吴少诚的侄子。"

"崔郎怎么如此熟悉淮西的情况？"

崔淼一笑："我从小是在淮西长大的，所以才学得这么无法无天，只知有藩帅，不知有天子嘛。"

"原来如此，"裴玄静恍然大悟，难怪崔淼和聂隐娘一见如故，"所以你也认为，隐娘会去蔡州助吴元济抵抗朝廷？"

"我认为，以聂隐娘的侠义，定会那么做。而且，我相信隐娘的夫君已先行一步了。"

"可是朝廷对淮西用兵多年，隐娘并未直接参与过啊。"

"那时候吴元济尚有还手之力，而现在已到了穷途末路。像聂隐娘这样的人，只会雪中送炭，绝不锦上添花。"

裴玄静却想，在这种时候去帮吴元济，恐怕连雪中送炭都称不上，而应该算作自寻死路吧。就吴元济之残暴荒淫的品行来说，根本不值得聂隐娘夫妇以命相报，但聂隐娘这么做，并非为了吴元济，而是为了已经死去多年的刘昌裔。只有聂隐娘才能做出这样的事来，也只有聂隐娘，才配做出这样的事来。

"可是，她为什么要带去玉龙子？"

"吴元济准备投降，但以皇帝的性格，未必肯放过他。隐娘带着玉龙子去，等于多一个和朝廷谈判的筹码。"

裴玄静沉默半响，说："我要去蔡州。"

崔淼似乎并不意外，只淡淡地"唔"了一声。

"隐娘用玉龙子去和朝廷市价，我倒不反对。好歹玉龙子还会回到皇帝的手中。可我担心的是，吴元济和他的部署挟玉龙子来对抗朝廷，心存侥幸，妄图反败为胜。那么玉龙子对于淮西和朝廷，都将成为一个祸害。"

崔淼笑道："我怎么觉得，那玩意儿从一开始就是个祸害。"

"总之，我要去蔡州提醒隐娘。"

"哦。"

"崔郎不赞成吗？"

"我赞成怎样，不赞成又怎样，"崔淼长吁了一口气，"静娘，其实你才是我见过的最有主见的娘子，都按你说的办吧。"

"崔郎可以不去。"

"让你一个人去闯淮西？你觉得我会吗？况且我本在淮西长大，对那里十分熟悉。有我陪着你，总比你一个人去瞎撞要好得多。"

裴玄静苍白的面颊有些泛红了："你真的没有必要。"

"这个嘛,你说了不算。"

裴玄静不作声了。耳边只有柴火的噼啪声,愈来愈剧烈,仿佛有什么东西在无形中催促着它燃烧。

许久,崔淼道:"静娘,我只问你一件事,隐娘建议你我遁出江湖,从此远离是非纷争,你到底怎么想?"

又过了许久,她才回答:"等找回玉龙子。"

他看着她的眼睛:"那就一言为定。"

9

在地下遇见吐蕃囚犯论莽替之后,整整五个夜晚过去了,李弥没有再去后院。

他感到很迷茫,不知该怎样度过剩下的时光。李弥是一个头脑特别简单的人,即使背熟了哥哥长吉的诗句,仍然对时间流逝没有什么概念。然而现在,他竟开始懂得度日如年的意思。

此外,他还感到极端的孤独。

李弥从小与母亲和哥哥相依为命。当他们相继离世后,幸而又来了一个裴玄静,才使他的生活能够平顺地延续下去。跟随裴玄静从昌谷来到长安,种种波折早就超出了李弥的理解能力,尤其是禾娘的出现和离去,更使他的内心发生了连自己都认识不到的巨大变化。

爱和悔,以及惋惜的情绪充满了李弥的心,他却根本无力厘清。

裴玄静已经离开两个多月了,至今音讯皆无。最近这些天,李弥越来越多地想到,她会不会就这样抛下自己,一走了之呢?即使裴玄静真的这么做,李弥也绝不会怪她。就像禾娘,虽然她欺骗了他,但每当想起她时,李弥仍然感到十分甜蜜。虽然这种甜蜜的余味更加苦涩,他也心甘情愿地吞下去。他只希望她们一切都好,再无他求。

探索后院地窟,只是他给自己找到的一件事情。他总得做点什么,又不能离开金仙观一步，就算允许他出行，偌大的长安城中他也无人认识、无处可去，唯有深入地下，孤独一人探索埋藏在地底的另一座黑暗的城池，才令他感到十分惬意。

可恼的是，现在连这件事都无以为继了。

吐蕃人论莽替让李弥害怕了。他再无知，也懂得论莽替是朝廷的钦犯，绝对造次不得。李弥不想再去见论莽替，但这就意味着，他的地下长安之游也到了尽头。

刚刚过去的五个夜晚，是李弥一生中最难熬的五个夜晚。他整夜整夜地睡不着，总是要挨到天亮才能依稀入眠。在挖掘地窟的过程中，他经常梦见哥哥长吉，这些梦境总能给他带来莫大的慰藉。可是现在因为无法入睡，他也不能在梦中见到哥哥了。

今夜又是如此。李弥仰面躺在榻上，听着从坊街上传来的更声，从一更直到三更。腊月已至，小耳房中严寒刺骨，即使盖着棉被也冻得簌簌发抖。

李弥瞪着窗纸，发现今夜的夜色与往常有些不同。连着阴了好几天，月亮都没有露过脸，为什么窗纸上泛着白光？难道天已经亮了？

他哆嗦着爬起来，推窗一看，漫天雪花飞舞，寒气扑面袭来。

原来是今冬长安的第一场雪下起来了。

李弥哆嗦得更厉害了，不是因为怕冷，而是因为他看见了活生生的梦境——五天前的那一夜，在进入地窟见到论莽替之前，他最后一次梦见哥哥长吉。就在那个梦中，哥哥指给他看后院的上空，数不清的白色蝴蝶像飓风般盘旋着。

今夜，他又一次见到了同样的情景：地窟上方雪花飞舞，正如梦中的白蝴蝶，把夜空都映亮了。

李弥从榻上跳起来，披上棉袍，把衣带束得紧紧的，开门出去，沿着熟悉的路线向后院跑去。地上刚刚铺了一层薄雪，被他踩出一溜清晰的足印，随即又被后下的雪遮盖。

地下温暖多了。李弥在地道中跑得飞快，抵达砖墙时居然微微冒汗了。他喘着粗气，举起油灯，在墙上寻找上次捅开的窟窿。上一次离开时，他特意找了些碎石和泥把缝隙堵上了。

窄隙很快就找到了，填充的东西徒手就能轻松挖开。李弥却犹豫起来，他把耳朵贴上去，听到从墙的另一边传来奇怪的声音，像人在呻吟，又像野兽在哼叫。声音又低又沉闷，断断续续的，却听得李弥全身冰凉，刚刚冒出来的汗瞬时收了回去。

他想象不出砖墙的那一侧发生了什么，也不敢贸然去看，内心似乎有个模糊的声音在说：别看，千万别看！

忽然，一声濒死般的惨叫从窄隙传过来，其实很轻微，却像一支利箭直插进李弥的心脏！

他几乎晕厥过去，举起手疯狂地扒拉。三下两下，窟窿便捅开了。

李弥颤抖着凑上去。

还是先前那间地牢，四面墙上点着蜡烛，昏暗无比。囚室中央的铁笼子里面，黑黢黢的一大团东西在蠕动着，可怕的声音就从那里不断地传来。

那团蠕动的东西正是论莽替。他匍匐向地趴着，所以李弥只能看到他的背影一起一伏，满头乱发像座小山堆在脑后，肮脏不堪的袍子半掀起来，露出两条壮硕的粗腿。

不，是四条腿！

李弥惊恐地看到，在论莽替的身体下面还压着一个人。这个人的个头很小，被论莽替压得严严实实，只有纤细的双腿伸出来，随着论莽替动作的节奏抽搐着。

论莽替一边继续做着奇怪的动作，一边发出野兽般的哼声。在他的声音中，还混合着另外一个声音，李弥听不出那是哭泣还是呻吟，只觉凄惨无比。

论莽替的动作幅度越来越大，突然，他猛地向前挺身，高昂起头粗声大喘。与此同时，身下之人终于摆脱他的压抑，得以凄厉地哭号出来。她已被折磨得虚弱不堪，所以哭声并不高，但听在李弥的耳朵里，却惨绝人寰一般，他的心都要被撕碎了。

从论莽替让开的缝隙间，李弥看到她身上的衣服全部撕烂了，裸露出来的雪白肌肤在黑暗中格外显眼，上面沾满了血污，叉开的两腿之间更是血肉模糊，把地上铺的稻草都染黑了。满脸乱发，根本看不出原先的相貌。论莽替骑坐在她的身上，一边破口大骂，一边左右开弓地抽打她的脸，她毫无还手之力，却依旧倔强地哭喊挣扎着，于是论莽替便打得更加凶狠了。

在挨打的缝隙间，她嘶哑地喊着："打死我……你打死我吧……"

李弥的心脏刹那间爆裂开来，不顾一切地喊起来："禾娘！"

论莽替倒给吓了一跳，扭头望过来，大喜道："是你啊！我还当你再不来了呢！"

"禾娘！"李弥双眼通红，只管对着窟窿嘶吼。

"你喊什么？"

"禾娘……你放开她！你放开她啊！"李弥捏着拳头咚咚砸墙，头脑已经完全混乱了。他不明白禾娘怎么会突然出现在这里，不明白她为什么会被一个吐蕃囚徒凌辱，更不明白这一切怎么会被自己亲眼看见……

"你认识她？"论莽替提起女子的头发，把她的脸朝窄缝转过来。

看见了！李弥的眼泪夺眶而出。光线太昏暗，她又被打得面目全非，整张脸都变了形，可是他仍然一眼就认出来：是禾娘，那个喜欢打扮成男孩模样的少女，正是她用娇俏的目光俘虏了他的心，也是她用狡猾的伎俩欺骗了他，但他早就原谅她了，甚至还悄悄盼望过，有一天能够再见到她。

但为什么是今天这样……

他泣不成声："禾娘！"

似乎听见了他的叫声，禾娘勉强睁开紫肿的眼睛，朝他这边望过来。突然，她又尖叫起来："杀了我，杀了我吧！"一边叫，一边朝论莽替扑上去。

论莽替挥拳一挡,就把她像一个草垛似的推开,重重地摔到铁笼的栏杆上,当即昏厥过去。

李弥怒吼:"你干什么!"

"你当真认识她?"论莽替道,"奇了怪了,这小妞儿是神策军扔给我的,说看我十多年没碰过女人了,让我痛快痛快。我以为是什么好事呢,结果给了我一个打残的!"

"……打残的?"

"是啊!她是昨天夜里给送来的,两条腿都断了,身上的肉也割得乱七八糟,人都已经疯疯癫癫了,不过年纪小,还是个雏儿。我也就勉强受用了吧!"

李弥已经完全说不出话来了,泪如泉涌,他却不知道自己在哭。禾娘无声无息地躺在铁笼内,离开他不过才几步,他却无法靠近,更不能拯救。

"你知道她是谁?"

"她叫……禾娘……"

"禾娘?她犯了什么事?怎么会招惹到神策军?还受了严刑拷打?"论莽替道,"其实,我知道他们为什么将她送来,是想逼她招供!"

"招供?"

"是啊!这小娘们硬气,都给打成这样还不松口,所以那帮家伙才想出这么个恶毒的招数来,把她送给老子,想吓吓她……可惜啊,她本来已经半疯了,再来到我这里,就彻底疯了。这样也好!老子我玩得爽极了!"

"求求你,求求你,放了她,放了她!"李弥终于想起来要说什么了。

"放了她?怎么放?"论莽替干脆仰面躺下,"我自己都出不去,如何放她?再说,我只不过是和她玩玩,外面那些神策军才是要她命的。她既抵死不招,就算我饶过她,她出了这个地牢,也还是死路一条！"

李弥呆若木鸡。

论莽替又翻身坐起，哈哈大笑道："早知有今天，上回你就该听我的话嘛，把那个洞挖大些，有这么几天的时间，应该挖通了！你不就能带着你的小娘子逃跑了吗？她虽然已经疯了残了，说不定还有得救。唔，我也能跟着逃出这个破地方，能够重见天日啦！"他咚咚地捶起胸，"我论莽替已经十几年没见过太阳了！你可知道雪山上的阳光有多烈，雪山上的天空有多蓝？你不会知道的！你们这些汉人怎么可能懂……"

李弥没有听见后面的话，他抄起上次扔在这里的铁锹，将铁锹牢牢地握着手中，用尽全身的力气朝砖墙挥舞过去。

他忘记了这是一堵砖墙，铁锹砍上去嘭然有声，溅起几点泥灰，墙面纹丝不动。他继续一下一下地砸过去，用力过猛，没几下手掌就磨破了，鲜血淋漓，他也毫无知觉，只在口中念念有词："禾娘，我来救你了，你等着！"

论莽替留神倾听外面的动静，继而露出狰狞的笑容："很好，只要你能在神策军把她带走前，砸穿这堵墙，她就能得救了，哈哈哈……"笑声戛然而止，刚刚还无声无息昏迷着的禾娘突然乘其不备，猛扑到论莽替的身上，张口便咬。

论莽替被咬得嗷嗷乱叫，要将禾娘推开，不想这次她使足了蛮力，论莽替一下竟没推开，反而被她压住，两人在铁笼里翻滚起来。禾娘一边和论莽替厮打着，一边嘶声叫嚷："你杀了我！杀了我啊！"

论莽替被彻底惹恼了，怒吼一声，掐住了禾娘的脖颈。

"你放开她！"李弥扔下铁锹，在窄缝那头狂叫。

论莽替终是迟疑了一下，他对李弥还抱着莫大的希望，指望着通过李弥逃出生天。况且禾娘只是个少女，又受尽他的欺凌，要对她下杀手，多少违背论莽替的男人气魄。

禾娘已被他掐得微微吐出舌头，仍在含混不清地说："杀我，求求你……"

在这张瘀青遍布的脸上,唯有一双眼睛灼灼如电,那么痴狂,又那么绝望。论莽替突然明白了,她是在哀求自己,让她去死。

论莽替情不自禁地倒吸了一口凉气。

也许是她再也忍受不了非人的折磨,也许是她已经知道,在墙的另一头有人正在竭力救她,而她却无论如何不愿活着面对他了。

论莽替一咬牙:"好,我成全了你。"

他加大了手上的力气,看着她双眸中的光像烛火燃尽一般黯淡下去,两滴晶莹的泪珠从眼角滑落。

论莽替松了口气,将禾娘放到地上,扭头道:"唉,你欠我一个人情,我把她杀了。"

李弥趴在窄缝上,毫无反应。

"你都看见了,是她自己不想再受罪,非要求我杀她。"

李弥像一个傻子般喃喃:"我可以救她的,我可以救她的……"

"别做梦了!"论莽替说,"就凭你一个人,要砸穿那堵墙最少也得好几天。可是你没看出来吗?她不能再等了,她受不了了,她疯了。"

李弥的眼前已经昏黑一片,但仍然死死盯住铁笼中那个小小的身体。现在的她看起来安静多了,又恢复了十七岁少女的模样。

没有人能想到,她会死得这么惨。

直到最后一刻,李弥也不知道,她是不是认出了自己,是不是盼望他过去救她。

李弥抱着脑袋,用力往砖墙上撞去。

他懂了,哥哥让白蝴蝶带领他深入地窟,是要让他看到地狱。

第五章
雪为证

1

长安今冬的这场初雪，从夜里一直下到第二天清晨，大明宫变成了一片白茫茫的琼宫仙境。

当裴度来到延英殿时，漫天雪花仍然纷纷扬扬地飘着。步入殿中，却见皇帝一身丧服，仿佛大雪从殿外一直落到了他的身上。

一见到裴度，皇帝便命内侍将御案上的奏表拿给宰相。

"裴爱卿，吴元济还是反悔了！"

就在两个月前，宪宗皇帝下令停止了对成德藩镇的讨伐。这场战争是以元和十年六月宰相武元衡遇刺为名发起的，延宕至今无果，却牵制了朝廷巨大的兵力和财力。

当时看到诏书，裴度的心情颇为复杂。

身为武元衡遇刺案的受害者，又在刺杀案后立即被擢升为宰相，主持讨伐，没有人比裴度更清楚案件的始末，也没有人比他更理解皇帝的战略。裴度深知，皇帝同时对成德和淮西用兵，是为了彰显朝廷的武力和决心，从而对天下各藩形成威慑，使他们不敢也不能私下勾结。

可惜事与愿违。前线作战不力，河东、幽州、义武、横海、魏博、昭义六镇领命共讨成德，却互相观望，踟蹰不前，以至战事毫无进展。淮西一线上，因唐军主帅韩弘养寇自重，下属只能各自为战，无法协调共进，结果屡战屡败。

十年削藩，时至今日，皇帝又不得不面对兵力匮乏、民怨四起的艰困局势。

再三权衡之后，皇帝才痛下决心终止两线作战，集中所有优势兵力，率先剿灭淮西吴元济一镇。同时撤换了淮西主将，以太子詹事李愬为新一任统帅。

这一决策迅速取得成效。

短短两个月不到的时间，北路李光颜率军渡过溵水，一举攻陷郾城。淮西军兵纷纷降唐，吴元济慌了。

裴度清楚地记得，捷报传来时皇帝召见自己的情景。当时，皇帝的气色明显比前阵子好了许多。"吴元济上表请罪了！"他嗓音洪亮地说，"裴爱卿，你说朕要不要接受他的归降？"

"陛下的意思是？"

"淮西已到穷途末路，此时乘胜追击，定能剿灭吴元济。所以，朕并不需要受降。"

裴度微笑道："但是……"

皇帝也笑了："但是吴元济此表言辞恳切，称愿束身归朝。朕若坚决不受，反显得朕不够大度了。而且，淮西军民已经数十年不知有天子。只有看到朕的宽仁，人心方能真正归顺朝廷。"

"陛下英明，臣也是这样想的。"

"好，"皇帝兴冲冲地说，"朕这便下诏免去吴元济的死罪，命其即日归朝。"顿了顿，又道："淮西之后，还有成德和平卢。此三镇一直是朕的心腹之患，唯待三镇尽平之日，朕才能稍稍松一口气。然后——"他抬起双眸，饱含激情地望向延英殿外，仿佛在瞻望大唐的辽阔疆域。

裴度屏息等待着。

"然后就是河西、陇右！"延英殿上，皇帝的话掷地有声，"朕听说安西、北庭的百姓虽受吐蕃统辖多年，却仍以大唐为其故国。为了这些百姓，朕也发誓将收复河西、陇右，总有那么一天的！"

裴度也不禁心潮起伏，但他竭力控制住自己。越是这种时刻，身为宰相越要保持清醒的头脑。

"陛下，"裴度说，"关于吴元济的归降，臣还有一虑。"

"哦？"

"吴元济虽已惶惶不可终日，一心只求陛下免罪，保他的性命。但其部下中有些人冥顽不化，不臣之心久矣，当不肯轻易归顺。陛下的诏书到淮西时，吴元济很有可能被这些人挟制，无法归朝。"

皇帝的目光一凛："那就打！"

结果不出所料，当皇帝的受降诏书送至淮西时，吴元济虽然怕死愿降，他身边的牙将却不甘心失败，挟持了吴元济，使者无功而返。

淮西这一战，终究还是要打了。

"昨夜，这场雪下了整整一个晚上，朕亦彻夜未眠，"皇帝望着殿外的漫天飞雪，缓缓说道，"朕要为淮西决战选择一位主帅，甚难决断。须知天子用将帅，如同建造大船，以越沧海。其功既多，其成也大，一日无力，无所不留。但若是乘着一秆芦苇，而蹈洪流，则其功也寡，其覆也速。"他望定裴度，动容地说："朕今托卿以摧狂寇，可谓一日万里矣。朕将命裴卿为彰义节度兼申、光、蔡四面行营招抚使——裴爱卿，去为朕、为大唐收复淮西吧！"

裴度跪倒阶下，含泪称："不平淮西，臣绝不还朝。"

皇帝双手相搀，眼圈也泛红了。

稍微平复了一下心情，裴度又郑重道："陛下的削藩大计，在此一役。如今在淮西前线的李愬和李光颜都是英勇善战的良将，平定淮西当不在话下。但军中皆有中使监阵，将士们进退尝取决于中使。中使虽效忠陛下，毕竟不懂兵法，指挥作战未必最妥。而将士们因顾虑中使，担心胜则被其冒功，败则遭其凌辱，往往不愿出力奋战，这也是削藩久战不绝的重要原因。淮西之战,现已到了决胜之时,臣请陛下去掉诸道监阵中使,令前线将领得以专断专行。"

皇帝的面色变了变:"去掉监阵中使?"他注视着裴度,"谁替朕去看住那些将领们,不让他们胡作非为?"

"陛下,所谓'将在外,君命有所不受',陛下用人,就不能疑人。"

皇帝的脸色更难看了,但裴度不回避他的目光。良久,皇帝才应道:"好,就依爱卿的话办,朕将淮西的监军中使全部撤回。"

裴度感到了前所未有的欣慰之情。

身为大唐的臣子,能够遇上这样一位有雄心、有魄力、有智慧,更有气度的君主,真是太幸运了。

随后,君臣开始讨论具体的战略。裴度提出让韩愈任行军司马,随行出征淮西,赴前线郾城督战。皇帝照准,并将赐韩愈紫服佩金鱼袋,以示圣恩。

"还有吐蕃,"裴度又提醒说,"陛下,据臣所知,最近吐蕃在边境的动作连连,我们要有所防范。"

"永安公主和亲的准备做得怎么样了?"

"都在按计划进行。"

"好。只要能与回鹘顺利结盟,吐蕃将不足为惧,"皇帝说,"对了,方才说到韩愈,朕倒想起另外一件事来,一件小事。"

裴度对皇帝太熟稔了,立刻看出他在故作轻松,忙道:"陛下请说。"

"韩愈的侄孙韩湘与裴爱卿的侄女玄静,数月前同去青城山为朕寻仙,这件事爱卿还记得吧?"

"臣当然记得。"果然是这个,裴度的心中一紧。

"最近可有他们的消息?"

"没有。自长安别后,玄静并未传回过任何消息。"

"裴爱卿不挂念侄女吗?"皇帝意味深长地问。

裴度从容作答:"自家的侄女本该挂念。只是玄静出家修道,已经算是方外之人了,此行又是去寻仙,实非我等俗人所能挂念得了的。"

对于皇帝求仙服丹的行为,裴度向来不赞成。所以,他这几句话说得含蓄,表面上像是在针对裴玄静,但其言下之意皇帝一听就明白了。

皇帝不以为然地笑了笑:"裴炼师是奉朕的旨意去的,所以,朕还知道一些他们的动向。裴玄静与韩湘在青城山已经分道扬镳,会同另外一些人走了,目前不知去向。"

"不知去向?"裴度诧异,"这怎么可能!玄静她……"

"据说他们在青城山上并没有找到仙人,这也就罢了。只是,裴玄静后来的同伴,身份有些蹊跷,令人不安。"

"是什么人?"

"有两个,一个是女刺客聂隐娘,还有一个男子名叫崔淼。"皇帝没有多加解释,说出这两个名字就足够了。

裴度深深地锁起眉头,事情比他想象中要严重得多。

聂隐娘和崔淼,这两个人代表着来自藩镇,又涉及江湖的错综复杂的背景和势力。自《兰亭序》一案开始,裴玄静便与他们走得太近,对此,裴度曾深感忧虑。所以当皇帝下令将裴玄静软禁在金仙观中时,裴度还暗自庆幸过,毕竟侄女的安全能够得到保障。他悄悄盘算着,待到一切平静之后,再设法让裴玄静离开道观,成亲嫁人,过上普通人的生活。他这个做叔父的,就算尽到责任了。

现在裴度才意识到,自己原先想得太简单了。

不仅聂隐娘和崔淼没有放过裴玄静,包括眼前的皇帝也从未放弃对裴玄静的打算。

裴度实在猜不透:他们究竟想利用裴玄静达到什么目的呢?

只有一点裴度很清楚,今天皇帝特意提起此事,是在警告自己,不论裴玄静今后出了任何问题,都是她咎由自取。

他的心被忧虑占满了。

裴度告退后，延英殿中立即安静下来。

皇帝的心情有些莫名的低落，对于裴度的忠诚，他是笃信不疑的，但仍然感到了一丝遗憾——裴度，毕竟不是武元衡。裴度是一位合格的宰相，是辅佐皇帝治国的股肱之臣。而武元衡，是皇帝可以全心依赖的长者。

他再也遇不到那样的长者了。

2

从台州到淮西，裴玄静和崔淼又走了将近十天。在台州境内时，需时刻提防着柳泌的追踪，只能挑选隐秘小道，总算有惊无险地出了台州，但也耽搁了不少时间。

朝西北一路行来，寒冬的面貌比去时更加严酷。风一天比一天凛冽，在江南时，尚能见到常青的林木，越靠近淮西，眼前的绿色就越稀少，最终蜕变为满目贫瘠。

山川和田野都是光秃秃的，并不全是季节的缘故。官道上不时有衣衫褴褛的百姓从他们的身边经过，方向却与他们相反。

这些百姓都是从淮西逃难出来的。

朝廷在淮西连年用兵，拉锯数载，朝廷耗尽全力，淮西同样到了山穷水尽的地步。壮丁几乎都上了战场，农田因无人耕种而荒芜，仓廪空虚，民多无食，纷纷逃往唐军控制的地区。自从唐将李光颜在北线占领郾城后，唐军主帅李愬又接连攻下西线的多个据点，与北线连成一气，吴元济驻扎的蔡州基本上成了一座孤城。严冬来临，城中更是饥寒交迫，所以逃难的百姓源源不断，一茬接着一茬。

从他们的口中，裴玄静和崔淼打听到最新的情况：因为吴元济把主力都调往北线，只剩下老弱兵丁驻守蔡州城，所以更加强了防范，蔡州基本处于封锁状态了。

蔡州附近已有三十年不见唐兵，更没有朝廷的机构和官员，犹似一座国中之国。只是这座独立王国衰败得厉害，不知还能撑多久。

临近傍晚，裴玄静和崔淼才好不容易找到一间客栈住下。从此地去往蔡州只需半天时间，客栈里几乎没什么人，周围草木凋敝，触目荒凉。

"静娘，还是我一个人去蔡州吧，你就别去了。"崔淼说着，用力把窗户关紧。可是没什么用，寒风依旧从一道道缝隙中钻进来。屋里一点不比屋外暖和。

"阴了好几天，这场雪若是下下来，肯定非常大。"裴玄静答非所问。

"你听见我的话了吗？"

"听见了，"裴玄静反问，"为什么不让我去？"

"你不是都看见了吗？蔡州的情势相当不妙，出来进去都很困难。朝廷的军队随时会发起总攻，蔡州城失守是迟早的事，在这个过程中，生灵涂炭的惨祸不可避免。现在这个时候入城无异于去送死。"

"所以你不让我去送死，却要自己去吗？"

崔淼笑道："送死这种事情，我一向比较擅长。静娘可不行。"

"可是崔郎，我们来蔡州是为了找到隐娘拿回玉龙子，并不是来送死的。"

"话虽如此，但不入蔡州就找不到隐娘。而一入蔡州，又等于跳进火坑。到时候可未必做得了自己的主了。"

"那么现在的局面就是，我们既不知道能不能在蔡州找到她，也不知道即使找到了她，她肯不肯将玉龙子交出来，更不知道就算拿到了玉龙子，又能不能把它平安地带出蔡州。"

崔淼看着裴玄静："静娘，你不是想说咱们白跑一趟，就此打道回府吧？"

"当然不是。"

"那你到底想怎么做?"

"崔郎,我无论如何都要拿回玉龙子的,绝不能无功而返。所以,咱们必须谋定而后动,确保万无一失。"

"玉龙子真有那么重要吗?"崔淼露出习惯性的嘲讽表情,"之前和静娘一路寻觅时,我对玉龙子也充满了好奇。可是在天台山上亲眼看见了,不就是块龙状的玉石吗?怎么就成了无价之宝了?"

"玉龙子的价值在于它的意义。"

"没错,但意义是人赋予它的。譬如和氏璧吧,当年秦王声称愿割让十五座城池以交换,说到底还是为了彰显秦国的强大实力。蔺相如能够完璧归赵又怎样?和氏璧最终不还是成了秦王的玉玺。再说玉龙子,最初是作为道门对唐室支持的象征,后来又成了道教与皇家之间密切联系的证物。待到安史之乱时不知所踪,便说明了当天下大乱之即,道门与皇家都自身难保,这种所谓的联系就变得十分脆弱,没有实际意义了。安史之乱后的几十年中,玉龙子都不在皇家手中,也没出什么乱子呀。若不是这一回,静娘非要寻找王质夫,搅乱了一池春水,玉龙子至今还好好地待在天台山上呢。"

裴玄静恼了:"崔郎是想说,所有这些麻烦都是我造成的吗?"

"静娘误会了。我的意思是,玉龙子真没那么要紧。大唐不会因为一块石头就亡的,道门也不会因为一块石头就毁祖灭宗。像王质夫那样,为了保护玉龙子而死,虽然令人扼腕叹息,终究过于痴愚了些。在我看来,就算聂隐娘真拿着玉龙子去和朝廷谈判,以当今皇帝的脾气,该打照样打,绝对不会有半点犹豫的。"

"崔郎究竟想说什么?"

"我是想说……"崔淼的声音中突然有了些莫名的颤动,"在青城山时,静娘曾经答应过我,这次只要找到王质夫,完成王皇太后所托,便将与我一起隐遁江湖,从此再不踏入俗世凡尘。如今王质夫已死,我们又为了玉龙子一直追到蔡州城外,算得上仁至义尽了。我想请静娘认真考虑一下,是否可以到此为止了呢?朝廷业已兵临城下，攻陷蔡州指日可待，玉龙子的下落终究不是你我所能掌控的，何不由它去呢？否则，若真踏入蔡州这一个乱局，想要脱身就没那么容易了。"

裴玄静沉默着。

"静娘……"

她抬起眼帘："崔郎，你的心意我何尝不知，又何尝不想？可是现在，我还不能放手，我必须拿到玉龙子。"

"拿到以后呢？"

裴玄静坚决地说："我要把玉龙子交给皇帝。"

"皇帝？"崔淼震惊地瞪着她，"我记得你是在执行王皇太后的秘密任务啊，而且还是瞒着皇帝进行的。怎么突然又要把玉龙子交给皇帝呢？"

"我反反复复想了很多遍，王皇太后和汉阳公主派我来寻找质夫先生，却费尽心机瞒着皇帝。为什么呢？一个山人王质夫会对皇帝造成什么威胁？王皇太后要找自己的族兄，皇帝也没有任何理由非难。我现在终于明白了，王皇太后和汉阳公主要瞒着皇帝的，不是王质夫，而是玉龙子，"她望定崔淼，一字一句地说，"她们不希望皇帝得到玉龙子。"

"那她们想把玉龙子给谁？"

"不知道，"裴玄静认真地说，"但是我认为，皇帝比任何人都更配得到它。"

崔淼讥笑："你认为？静娘做得了玉龙子的主？"

"我当然不行，可是皇帝做得了。"

夜已深了，破客栈里没有几个住客，周围鸦雀无声。但在寂静之中，又总能听到一些可疑的声响，像寒风从旷野中刮过，又像有人在睡梦中呻吟。

许久，崔淼才说："静娘终究还是维护正统的。开始如此，经历了这么多变故之后，仍然如此。"

"不，我也曾经动摇过。可是崔郎，自从踏出长安，从西到东，再从南到北，这两个月中，我几乎走遍了半个大唐，直到今天，我才真正懂得叔父，还有武相公他们为什么坚决支持皇帝，心甘情愿地效忠于他。崔郎方才说得很对，玉龙子只是一块玉石，本身并无神力，关键要看它落到谁的手中。安史之乱后，大唐山河破碎，最苦的还是百姓。当今圣上戮力削藩，拼尽全力要把大唐重新凝聚起来，如果他真的成功了，那么得益的仍然是百姓。玉龙子虽然只是一块石头，但天下人都以为它在皇帝间代代相传，如果现在突然由别人掌握了它，并拿出来展示天下的话，对皇帝肯定会造成极大的困扰，甚至影响到社稷安定，所以……"

崔淼打断她："所以皇太后和汉阳公主都不及静娘懂道理。"

"她们有她们的道理，但她们没有对我明说。所以，我还是相信自己的道理吧。"

在她的眼中，皇帝就是那个苦心孤诣收拾着旧山河的人。他小心而顽强地拼合着帝国的版图，像在拼合一片片的碎瓷。光凭这一点，就足够赢得裴玄静的尊敬了。对于皇帝的行为，裴玄静并非总是认同，但她从未怀疑过他的明智。这已经成为她的信念，也应该是这个风雨飘摇的帝国的共同信念。玉龙子，将会强调这种信念。

不过，这显然不是崔淼的信念。他冷笑着问："你就那么相信他？"连圣上二字都不愿意说了。

"除了他，我还能相信谁？"

"你这话是什么意思？"崔淼的双眸仿佛在冒火。

裴玄静直视他："聂隐娘，是崔郎引来的。"

"没错，"崔淼笑得更恣意了，"还有呢？"

"真的是王皇太后命崔郎到青城山助我的吗？"

"不信可以去问啊。"

"崔郎！"

崔淼道："后面的话更不好听，还是我代静娘说了吧。是我对金仙观地窟感兴趣,让禾娘去哄骗自虚,要到那下面去玩耍。自虚心眼实诚,果真带她下去一游。否则也闹不出后面的祸事。静娘不会受到牵连,自虚更不会差点儿被皇帝诛杀。所以,金仙观之事,也该算到我的头上。嚆,其实哪件事不该算到我头上呢?从一开始静娘误入贾昌老丈的院子开始,再到金仙观的地窟,从《兰亭序》到《璇玑图》,再到今日的玉龙子,桩桩件件麻烦都与我脱不开干系,静娘要怪我,我实不敢喊冤,就算静娘要杀我,我也该引刀自到才是。"他咬牙含笑说完这番话,眼中的火焰仿佛被一场暴雨浇灭了。

裴玄静调转目光,不忍再看。

又过了许久,崔淼哑着喉咙问:"下一步,静娘打算怎么做?"

"李愬将军驻扎的文城栅离此地不远,我准备去投他。我会把聂隐娘和玉龙子的情况都禀报给李愬将军,由他来定夺如何抢回玉龙子。"

"那我呢?"

"崔郎不是想隐匿江湖吗?"

"哈,"崔淼问,"静娘就不怕我去蔡州,给聂隐娘通风报信?"

裴玄静垂眸不语。再谈下去似乎没有必要了,况且,天色已蒙蒙发亮。

今晨寒意更甚。

3

自从被任命为主攻西路的主帅,李愬已经先后攻占了蔡州以西和西北的文城栅、路口栅、嵖岈山等据点,与北线郾城一带的唐军兵势相接,连成一气。他还攻克了蔡州以南和西南的白狗、楚城诸城栅,切断了蔡州与申、光二州的联系,将吴元济困守的蔡州团团包围。李愬自己率主力进驻到文城栅,从此地到蔡州仅有一百三十余里路，急行军的话一天一夜即能到达。

由于连年战事，淮西早就民生凋敝，李愬特别优待逃难来的百姓，专门设县安置他们，给予衣食。对于俘虏和降将，李愬不仅不加杀戮，反而任用升职，使这些人感激涕零，衷心归顺唐军。原淮西骁将丁士良、吴秀琳和李祐等都归降了李愬，并纷纷为他出谋划策。

攻陷蔡州，可谓万事俱备只欠东风了。

严冬降临。

这天，李愬和几名最亲信的部下再次商讨夺取蔡州之计。大家一致认为，淮西精兵都被部署在北线边境和洄曲一带，蔡州城防空虚，而今当以一支奇兵发往蔡州，出其不意直捣腹地，一举擒拿吴元济。

牙将李祐道："从天候看，这几日将有一场暴雪。蔡州守兵无论如何都想不到，我军会在这种时候进攻，防务肯定松懈，如能趁雪发动奇袭，将有极大的胜算。"

诸将都紧盯着主帅李愬。

李愬朝案上猛击一掌："好，吾将亲率一支敢死队，趁雪突袭蔡州！"

"将军，我愿往！"

"将军，我也愿往！"

李愬又道："我等须先拟出一个详细的计划来，派人密送至郾城给裴度相公。裴相公名为招抚使，实则代表圣上主持淮西决战，是真正的主帅。我们的行动必须经过他的首肯。"

"遵命！"

几个人围拢在案上的地图旁，七嘴八舌地策划起来。正说得热闹，突然又都住了口。

李愬环顾左右，质问："怎么，从张柴村到蔡州的路，你们中竟无一人识得？"

"从张柴村到蔡州的路是捷径,又非常荒僻。突袭的话,走这条路是最好的,"李祐解释道,"只是我们都没有亲身走过,为保险起见,需要找一名向导。"

"能找到吗?"

"应该可以,不过得花些时间。"

"要快,而且要确保机密,绝对不能泄露半点消息!"

"末将明白!"

李愬示意众人退下,自己又埋首于图纸上研究了好久,心情却沉重起来。

在他的心中,已经慢慢成形了一个雪夜奇袭的计划。从文城栅经张柴村到蔡州的这条路上人迹罕至,作为突袭路线最能达到神不知鬼不觉的效果。但前提是,必须对路线有精确的掌握,否则敢死精兵极有可能在风雪中迷路,乃至功败垂成。从天气来看,一场暴雪已近在眼前,必须在这几天中作好所有准备,成败将在此一举。

但是,怎么才能迅速找到一名可靠的向导呢?

李愬收留了许多淮西的百姓和降兵降卒,悬榜招人的话想必能找到合适的。问题在于,奇袭计划必须严格保密,所以就不太容易操作了。

他正在左右为难之际,手下来报,有一位姓裴的女炼师求见将军。

"女炼师?"李愬一愣,想不起来自己何时和这号人物打过交道。

"她说姓裴,是裴相公的侄女。"

李愬从坐榻上直蹦起来:"你怎么不早说,快请快请!"

当裴玄静出现在堂前时,李愬微微有些吃惊。他听说过一些裴玄静的传闻,想象中,她身为宰相的侄女,又连破奇案,似乎还颇受皇帝的器重,应该是一位英姿飒爽的巾帼英雄,多半还有些傲气凌人。不料见到的却是一名弱质纤纤的年轻女子,由于连日奔波,身上的白色道袍已经发灰变皱,脸庞也瘦得脱了形,好像刚生过一场大病似的。若非一双眼睛里散发着异样的光彩,显得既聪慧又坚韧，李愬简直要认定是遇上招摇撞骗且骗吃骗喝的主儿了。

然而几句话过后，李愬便对裴玄静刮目相看了。这位女子外表虽柔弱，言谈却简明流利，显得思维特别清晰，还有股子不达目的绝不罢休的劲儿。

他本来还想试探一下裴玄静的真假，现在却觉得没必要多此一举了。

裴玄静开门见山，直陈有重要敌情告知李将军。

李愬请裴玄静落座，听她说了一番，不禁皱起眉头："什么，你说女刺客聂隐娘在蔡州城里？"

"是的。"

李愬略一沉吟，摆手道："管他隐娘隐爹的，掀不起什么大浪！吴元济已是强弩之末，这种时候去帮他，侠义倒是侠义，也不过多送条命罢了！"

"聂隐娘不能死！"

"你说什么？"

裴玄静肃然道："将军，聂隐娘的手中持有一件皇家宝物。所以李将军在带兵攻城时，一定要将其活捉，并从她那里将这件宝物夺回来。"

"宝物？什么宝物？"

"玉龙子。"

裴玄静这才将玉龙子的背景述说了一遍，当然隐去了和《长恨歌》有关的所有内情，只说自安史之乱后，玉龙子便一直被道门保护在天台山上。这次自己奉王皇太后之命迎取玉龙子回京，不料在天台山上时，被聂隐娘抢先一步夺了去。

"奉王皇太后之命？"李愬半信半疑，"可是皇太后不久前刚刚驾崩了啊。"

"王皇太后驾崩了？"裴玄静惊得一阵眩晕，心中顿时涌起强烈的悲哀。王皇太后终于还是撒手人寰了，既没有等到王质夫的音信，也没有等到玉龙子的回归。她的心中一定还有许多牵挂，许多遗憾，甚至许多怨恨，但都等不及了。

"两个多月前我离开长安时，她老人家还……"裴玄静心酸地说不下去了。自始至终，她连王皇太后的面都没见到过，却被无端卷入这样一场连环的纷争中，屡涉险境几乎丧命。而今，她又要借着王皇太后的名义做违背其意愿的事了。裴玄静再一次体会到深深的无力感。皇家恩怨，实非她所能左右，只求无愧于心。

她重整心情，郑重道："玉龙子乃天下至宝，必须迎还皇家。而今，这更是王皇太后的遗旨了，还望李将军顾虑周全。"

"这个……"李愬面呈难色，被裴玄静一搅和，袭击蔡州的难度又增加了几分。聂隐娘是何许人也，那可是名动天下的女刺客！要生擒她，还要逼她交出玉龙子……李愬觉得比攻入蔡州更没把握。

裴玄静问："李将军，攻打蔡州时是否可以带我同行？"

李愬圆睁双目："你？"

"我与聂隐娘曾有过些交情，或许能够说服她。"

李愬上下打量裴玄静，心说，就你这小模样，还想跟着我冒雪突袭蔡州？只怕一阵狂风就把你给刮跑了，我怎么去向裴相公交代？再说了，聂隐娘会听你的？罢了罢了，我李愬脑袋发昏才会听信你这些胡话。不过，假如聂隐娘和玉龙子确有其事，处理不好的话只怕又要落下一桩罪名了。

越想头越大，李愬真有点后悔让裴玄静进门了。原先他只要考虑攻打蔡州，捉拿吴元济这一件事，现在还要为了玉龙子而投鼠忌器，岂不是难上加难。李愬好像又回到了中使监军的时期，既要对敌作战，又要应付那些狗屁不通的宦官的刁难，腹背受敌内外交困……突然，灵光一现，李愬暗骂自己：怎么连这都没想到！

他拉长了调门道："裴炼师，你的意思本将都清楚了。对蔡州的进攻，本将还在谋划之中，但炼师确实不便跟随。"

"李将军……"裴玄静还想说什么。

"对了，裴炼师可知否？"李愬粗暴地打断她，"炼师的叔父裴相公刚巧在几日前抵达淮西，就驻扎于北面的郾城。想必他也非常挂念炼师，我还是即刻派人送炼师去郾城与他相见吧。"

太大的意外，裴玄静惊得一时不能作答。

李愬继续说："有关聂隐娘和玉龙子，还请裴炼师自己去与裴相公说明清楚。待裴相公下令之后，我等方能行动。否则，本将担不起这个责任。"

裴玄静反应过来了，忙问："如此会不会耽误时机？"

李愬把两只大手一摊："那也没办法啊。"过去对付监军宦官的胡乱指挥时，他用的便是这套以退为进的招数。裴玄静当然不能与可恶的阉人相提并论，但她挟王皇太后的遗命，又凭借着宰相侄女的特殊身份，企图干预李愬的作战计划，他同样不能接受。

为了攻打蔡州，李愬已经做足了准备，怎么愿意因为横生出来的枝节而打乱自己的全盘计划。他想起裴度就在不远的郾城，所以决定干脆把裴玄静送过去。反正裴度是皇帝钦差，此次淮西决战的总统帅，蔡州的作战计划就请他来定夺，所谓天塌下来有个子高的顶着。更何况，裴玄静是裴度的亲侄女，裴度无可推脱。

对于李愬的这个建议，裴玄静没有反驳的理由。叔父来到郾城，这个新情况也使裴玄静又惊又喜。也许真的应该去面见叔父，请他帮自己拿主意？两个多月来，裴玄静为了破解《长恨歌》之谜已经心力交瘁，也巴不得能够卸下这副重担。只是，叔父慧眼如炬，自己的那点小心思会不会被他一眼就识破了呢？

李愬安排裴玄静去下处暂歇，她心不在焉地跟着兵卒步出正堂，前方匆匆过来两个人。其中之一着牙将服色，精神抖擞，应是李愬手下的得力干将。另一人穿着半新不旧的布袍，系着白色的头巾，肩上挎着药箱，脸上挂着云淡风轻的笑容。

裴玄静止住脚步，眼眶有些发胀。

他来了，他还是来了。

崔淼只微微向她点了点头，便跟随那位将军进堂而去。

她呆呆地凝望着那个潇洒的背影，分辨不清心中的滋味究竟是甜还是苦。从他们最初的相遇开始，他带给她的就永远是这种喜忧参半、忐忑不安的感觉。时至今日，她终于敢对自己承认这种感觉缘何而起，却又不知该如何安放。

"裴炼师？"兵卒叫她。

裴玄静说："刚进堂里的那个人我认识，他是来做什么的？"

"不知道。"

"那么，我们在此等一等吧。"

兵卒不解又无奈地缩了缩脖子，不作声了。

天空阴沉得像要压下来，冷风刺骨，但裴玄静纹丝不动地站在院墙下，望着正堂的方向，目不转睛地等待着。

大约半个时辰不到，刚才和崔淼一起进去的牙将匆忙奔出，一眼瞧见等在墙根下的裴玄静，愣了愣，随即迈大步走过来。

"是裴炼师吗？"他的本地口音很重。待裴玄静答应后，便介绍自己是偏将李祐，又说李愬将军请裴炼师入堂，有事商议。

裴玄静身旁的兵卒一脸佩服，这女道士果然能掐会算啊！他当然不懂，正确的判断基于对事实的充分掌握，而裴玄静所掌握的，是那个人的心。

正堂中只有李愬和崔淼二人，李祐将裴玄静带进堂后，便肃立一旁。

李愬直截了当地问："裴炼师，这个人你认识吗？"

裴玄静点了点头："认识，他叫崔淼。是个郎中。"

"那么，炼师可愿为他作保？"

"作保？"

李愬道："就不瞒炼师了。本将正计划奇袭蔡州，唯独缺少一位熟悉地形的向导，正在遣手下将士们从速寻找。刚巧，便找来了这位崔淼郎君。"

偏将李祐接着说:"我原先在吴元济帐下时,就认识崔郎中。当时他去投吴元济,却不被重视,很快便离开了。今天我见他突然出现在此地,起了疑心,便追问他的来历。他说,原是要护送裴炼师到蔡州的,临时与炼师分手。"

"对,"裴玄静说,"是我改变主意要来文城栅,便请崔郎离开了。"

李祐点头道:"那好,这便洗脱了他是蔡州奸细的嫌疑。"

裴玄静问:"李将军要我作的保,指的就是这个吗?"

"不单是这个,"李愬拍了拍案上的地图,"崔郎还自告奋勇,要担任我们袭击蔡州的向导呢。"

"他?"

李祐又解释道:"是这样的,崔郎从小在蔡州附近长大,又在淮西行医多年,对这一带的地形相当熟悉。当初我与他在吴元济帐下相识时,就知道这一点。所以今天见到他现身城中,便赶紧将他带回营中。既然他不是吴元济的奸细,我愿举荐他做这个向导。"

裴玄静心乱如麻。她想到了崔淼会不离不弃地跟来,却万万没想到他会自荐为袭击蔡州的向导。她向他望去,那张脸上的神情一如既往,洒脱、淡定,还有一点点恼人的漫不经心,仿佛对什么都不在乎。但只有她知道这是表象,他的心思比绝大多数人都深沉,决心也比绝大多数人都坚定。

崔淼也在回望裴玄静,眼神温柔中含着戏谑。每次看到他的这种目光,裴玄静就觉得自己成了他的同谋,正共同策划着对这个世间来一个惊天动地的恶作剧。

她收回目光,望着李愬道:"我还是不明白,将军要我作什么保?"

"奇袭蔡州是相当冒险的行动,万一消息泄露,参与行动的将士们很可能会全军覆没,对于削平淮西藩镇、剿杀吴元济亦是重大打击。所以,这次行动必须成功,而成功的关键之一就是:一名绝对可靠的向导。"李愬是武将作风,言谈直截了当,"既然裴炼师与这位崔郎中彼此熟识,本将就请裴炼师为他作一个保,担保此人效忠大唐,绝无二心。如此,本将才敢用他。"

裴玄静的心更乱了,迟疑之中,听李愬又道:"裴炼师若不肯作保,本将便将他一杀了之。"

她惊问:"为什么?"

"因为他已经听说了我们的计划,若非我方,当然得杀人灭口,留着就是祸害。"

裴玄静明白,李愬把自己逼到墙角了。要么是,要么否,没有含糊其辞的余地。而且,如果她选择说是,崔淼就要加入极其凶险的奇袭行动中去;但如果她选择说否,那么崔淼立刻就会死在她的面前。

裴玄静注视着李愬,郑重地说:"将军,我愿为此人作保。他虽出身淮西藩镇,但已归顺朝廷,数月前他还在长安救过皇子。"顿了顿,她用更加强调的语气说:"他是绝对忠于大唐,忠于当今圣上的。"

"太好了!"李愬朝案上猛击一拳,"果然是老天爷要助本将打赢这场仗!"

他又轮流看了看裴玄静和崔淼,豪爽地笑道:"二位真是帮了本将的大忙了。裴炼师,我这便将奇袭计划拟写出来,请炼师带去郾城呈给裴相公,获准后即刻行动。崔郎嘛,就留在营中,随时等候出发。"

从文城栅到郾城,快马两三个时辰便到。为了不引起注意,李愬要求裴玄静乘夜出发,这样明天黎明前就能见到裴度了。抓紧的话,裴度当天便能回信过来。这样最快在明天夜间,就可以发起奇袭蔡州的行动了。

好似真有神助,晚饭过后一场暴雪如期而至。雪越下越大,山川田野很快闪耀起银光,在一片漆黑的夜色中勾勒出隐约的轮廓。

4

裴玄静伫立窗前，呆呆地凝望着漫天飞雪。

"静娘还要看多久的雪？"崔淼在她身后说，"李将军安排了静娘一更天动身，我们只有一个时辰不到的时间了。"

裴玄静缓缓地转回身来："是你让李愬将军那样逼我的？"

"我只是告诉他，如果他直接要求你证明我的忠诚，你很可能为了不让我参加奇袭行动而说谎。静娘并不是没做过这样的事情，所以，我就请李将军给你两个选择，让我死或者让我冒险。"

"你还真是……"裴玄静咬牙，"什么都敢说，什么都敢做。"

"在这一点上嘛，其实静娘和我很像。"

裴玄静想狠狠骂他几句，偏又一个字都说不出口。

"静娘，"他上前一步，轻轻地握住她的手，"你不希望我涉险，这番心意我了解，所以我才非要这样做。"

"这样会很危险的。"她的眼圈一红，连忙别转头，并没把手抽走。

"但只有这样才能取回玉龙子。"

"你就那么有把握吗？"

"隐娘对我一向不错，至少会听我说几句，我一定能说服她的。"

"万一说服不了呢？万一聂隐娘翻脸不认人呢？万一吴元济事先得到消息设下埋伏呢？万一雪下得太大封住了路，你们行军受阻……"裴玄静的嗓子哽住了。

"行了行了，"崔淼将她的手贴在自己的胸口上，"相信我。等我回来的时候，一定把玉龙子搁在这里。你不是说玉龙子是神物吗，它会保佑我的。"

"那……"沉默片刻，裴玄静方垂眸道，"我先替自虚谢谢三水哥哥。"

崔淼诧异："自虚？这和自虚又有什么关系？"

"之前，我没有全说实话。"

"是吗？"崔淼眼中的笑意更浓了。

"其实，我答应汉阳公主瞒着皇帝寻找王质夫，是有条件的。"

"什么条件？"

裴玄静悠悠叹道："起初，我一点都不想答应这个任务。可是汉阳公主说，只要我同意成行，她就会想尽一切办法助我离开长安。崔郎，你是知道的，我在金仙观中形同囚犯，假如真能就此脱身，的确是个难得的机会。但我走了不要紧，自虚怎么办？上回因为地窟的事情，皇帝已经起意要杀他。如果这次我再不告而别，皇帝必将迁怒于他。崔郎，你说是不是？"

崔淼点头。

"所以，我就向汉阳公主提出，光设法帮我离开长安还不够。她还得答应一个条件，待我完成任务之时，她必须保证把自虚也安全地送出长安。"

"她答应了？"

"嗯，我们讲好的是，一旦我取得王质夫的确切消息，就立即送信到公主府中。汉阳公主得信后，便会派人到金仙观接出自虚，再悄悄将他送到昌谷，我会在家里等他。"

"这个计划可行吗？"崔淼好像有些怀疑。

"我当时认为，整体还是可行。汉阳公主和我同谋欺君，等于有了把柄在我手中。如果她不按计行事，我可以将王质夫和玉龙子的原委统统报与皇帝，她绝对不敢冒这个险，此其一。其二，金仙观周围虽然一直有金吾卫把守，但他们最留意的人还是我。至于自虚，在他们眼中多少有些呆傻，且无足轻重。所以我离开京城后，他们的防卫之心必然松懈。汉阳公主还是有机会把自虚偷接出来的。"

"但自虚是个死脑筋，怎么可能跟着陌生人走？"

"无妨，出发我前叮嘱过自虚，如果有人对他说出暗语，他就可以相信对方。"

"暗语？"崔淼的眼睛直发亮，"原来你也玩这一套啊，静娘！"

"你休要大惊小怪的。"裴玄静被他羞得脸都红了。

"什么暗语，说给我听听？"

"就是……长吉的那首《催妆诗》。"

这是她第一次到长吉家中时，李弥向她念出的诗。正是通过这首诗，她被李弥接纳为嫂子，成了他在世间唯一的亲人。

……六宫不语一生闲，高悬银榜照青山。长眉凝绿几千年，清凉堪老镜中鸾……

只要念出这首诗，裴玄静就永远是长吉的新娘，是他所歌咏的在海底沉默千年的仙女。

"全明白了，"崔淼长吁了一口气，"可你为什么直到现在才说实话？"

裴玄静低头不语。

"因为你知道，什么皇帝啊，社稷安危啊，道教前途啊，在我的心中都远远比不上一个自虚的分量。就冲他叫我一声三水哥哥，我也会为了他，不顾一切抢回玉龙子的。对吗？"崔淼的话音越发温柔，"而你，就是不愿意我去冒险。"

他一用力，就把裴玄静拉进怀中。她把脸倚靠在他的胸前，微微闭起眼睛，心中酸甜糅杂。她的良苦用心，他终究还是懂的。不，应该说是太懂了。

他们默默地依偎着。突然，崔淼说："不对啊。"

"什么不对？"

"前一天你还说要把玉龙子交给皇帝的？"

"是要交给皇帝。"

"但你是和汉阳公主谈的条件啊……"

裴玄静道："王皇太后的旨意是寻找质夫先生。可是质夫先生死了,从这点上来讲,我并没有完成使命,所以我想直接用玉龙子和皇帝交换,将自虚救出长安。"

崔淼皱起眉头:"怎么交换?你自己拿着玉龙子去和皇帝谈判吗?"

"原先我确实是这么想的,不过,现在不用了,"裴玄静有些兴奋地说,"叔父到了郾城,实在是意外之喜。我会把玉龙子交给叔父,请他去和皇帝说情。皇帝看在叔父的面子上,再加上寻回玉龙子和平定淮西的首功,还好意思拒绝吗?等到那时,你、我和自虚,哦,韩湘也该找到禾娘了,到时候我们四个就能团聚了。"

崔淼还是不太敢相信:"真会有此等好事?"

裴玄静坚决地点了点头。

"也罢,既然静娘这么说,我照办就是了,"崔淼热忱地说,"我过去总是想得太多,结果往往忘记了什么才是最重要的。如今我就只想一件事,取得玉龙子,然后我们二人便带上禾娘和自虚,从此或浪迹天涯,或隐遁桃源,过上自由自在的生活!"

他俩相视而笑。

"不过,说到此行的危险,有件事我还是想预先交代给静娘,以防万一。"

"什么事?"

崔淼迟疑了一下:"是关于王皇太后的。其实,并不是皇太后命我来帮助静娘的。"

"我早猜到了。"

"但令我下定决心离开长安的,确实是王皇太后,"崔淼叹了口气,"时间不多,我还是长话短说吧。静娘已经知道了,我是一个孤儿,不知生父生母的身份。关于我的身世,唯一的线索便是母亲留下的一卷方书。我正是背熟了这卷书,才能作为郎中行走江湖的。许多年来,我渐渐领悟到这本验方集的妙处。它所记录的方子,每一个都和常见的方子仅差一两味药,或者几分的用量,但就是这一点点细微的差别，却能产生神奇的效果。所以我推测，祖上当为医者。奇怪的是，如果按这卷方书的疗效，我的祖上应该是驰名天下的名医世家才对。可我一边行医一边打听，却始终没有打听到有这么一个世家。"他自嘲地笑起来，"而我自己呢，因为根底太浅，况且心思不在济世救人上面，即使有这卷方书，也始终难成大器。后来，我一度心灰意冷，放弃寻找身世，转而投奔藩镇，想做出一番惊天动地的大事业来。"

"所以，你就到长安去了。"

"不，我去长安一方面是为藩镇刺杀踩点，但另一方面还有我自己的一个隐秘目的，"崔淼正色道，"静娘，在那卷方书的最后一页上写着几个字。正是这几个字，促使我去到长安。"

"什么字？"

"春明门外，贾昌。"

裴玄静从未如此震惊过："春明门外？贾昌？"

"是的。我花了很长时间才弄明白，长安城东有一座春明门，门外有一座院子，主人叫作贾昌。于是我决定借着藩镇的任务，去访一访这座院子，见一见贾昌。"

"所以元和十年的那个雷雨夜，你我才会相遇在那里……天哪，"裴玄静喃喃道，"你得到答案了吗？"

崔淼苦笑着摇头："什么都没问出来。首先，是我自己根本不知该从何问起。再者，那贾老丈似乎真的老糊涂了，不管我问什么，他都一味东拉西扯，不知所云。后来我也烦了，便想出了使用毒香的招数。"见裴玄静面色一沉，又忙解释道："不是要毒死他。我只是想用毒香迷他，趁他神志不清的当儿再盘问。唉，后面的事情你都知道了，禾娘心慌放多了分量，贾老丈便一命呜呼了。"

"所以你在贾昌院中一无所获？"

崔淼温存地说："可是我遇上了你。"

彼此默默凝视片刻，崔淼才又道："紧接着，真兰亭现的案子冒了出来，我便认定，贾昌院中所藏的是有关《兰亭序》的秘密，所以一心跟随你破解这个谜题。我原以为，当《兰亭序》之谜解开时，我的身世之谜也将迎刃而解。唉！"他重重地叹了口气，"谁知瞎忙乎一场，到头来跟我半点关系都没有。"

"可是，为什么在你母亲留下的药书上会有贾老丈的地址呢？总该有点联系吧？"

"我也是这么想的。后来我还专门问过禾娘，她也没说出个所以然来。总之，我在贾老丈那里最终什么都没探访出来，却害死了他老人家，也连累了禾娘。但我又不甘心，便有了一个更加大胆的想法。"

飞蛾扑火。

裴玄静终于明白了，崔淼那一系列接近皇家的行动，其实都是为了寻求自己的身世。

由于贾老丈和李唐皇室的特殊关系，崔淼认定自己与皇家之间存在某种渊源。但是，身为一个曾经效力藩镇的江湖郎中，他与皇家的距离何其遥远。为了突破重重障碍，他潜伏到杜秋娘身边，经她介绍认识了襄阳公主，还和李景度在长安城中布下蛇患，探索金仙观地窟……简直无所不用其极，最终，他阴差阳错救了皇子十三郎，方取得京兆尹郭鏦的赏识，从而踏入大唐三内之一的兴庆宫，见到了王皇太后。

他的决心、胆略和手段，不得不令人叹服。但想到这一切的起因，又让裴玄静心疼不已。

"你又如何决定离开长安了呢？"

"我说过了，是因为王皇太后，"崔淼微笑道，"我真的没有想骗你，是韩湘这家伙一听到皇太后三个字，就自说自话什么皇太后命我帮你们寻仙。当时那个情形不便详谈，我也就顺水推舟应了下来，原想找机会向你说明的，不料竟一直耽搁到今日。"

"王皇太后真的要你离开长安？她的理由呢？"

"皇太后并没有直说，只是让她的一名宫婢来暗示我，继续留在长安会有杀身之祸。如果我不想死，就赶紧走。"

"杀身之祸？这又是从何说起？"

崔淼稍作沉吟，方道："自从我到兴庆宫去为王皇太后诊病起，她的宫婢就不停地向我请教各种药方，我起初也没在意。但是她越要越多，我就起了疑心。静娘，你想一想，如果不是宫中真有人生病，那么，她这样做的目的又是什么呢？"

"她想……收集你的方子！"

崔淼注视着裴玄静说："而这些方子，都是从我母亲留下的方书中来的。"

"你说过，这些方子是独一无二的。所以，如果还有其他人知道那卷方书，就能从方子中判断出其中的关联？"

崔淼默默地点了点头。

"宫婢应该是受王皇太后之命行事的，也就是说……"裴玄静不敢往下说了。

崔淼接过裴玄静的话："也就是说，王皇太后很可能读过那本药书，甚至很可能认识我的父母！"

尽管相当骇异，裴玄静也不得不认同他的想法。

"静娘你再想一想，王皇太后连你都不见，却为什么独独召见我这么一个江湖郎中？"

"她对你说了什么吗？"

崔淼涩涩一笑："也没说什么，只是问了问我的父母家人。"

"天哪！你是怎么回答的？"

"还能怎么回答，实话实说呗，"崔淼的脸上挂着意义不明的笑容，这使他看起来有些洒脱，还有些软弱，"不怕静娘笑话，那回见到王皇太后时，我的两条腿都软了。我这辈子还从来没有过那样的感觉，整个人都如痴似傻，只想对着她五体投地。当时，就算皇太后要我的命，我也会绝无二话的。现在回想起来，实在不可思议。我甚至在怀疑，会不会我这一条命原本就是皇太后给的？静娘，你说会吗？"

裴玄静无言以对，又觉心中悸动不已，酸楚难当。

"静娘，我还想请你答应一件事，"崔淼若有所思地说，"假如我出了意外……"

"崔郎！"

"我是说假如，"崔淼用力握紧裴玄静的手，"静娘，请你替我查清身世之谜。我母亲的遗言是'此子无祖无宗，愿永匿江湖'。可是如果我死了，我不愿意做孤魂野鬼，我的魂魄必须认祖归宗。"

她明白，还是那句话：我要做你的一个谜题，这样你就会盯着我，永不言弃，哪怕我死了。

"好，我答应你，"裴玄静勉强笑了笑，"不过，也请崔郎答应我一件事。"

"静娘请说。"

裴玄静从行囊中取出一样东西，置于二人面前的案上——纯钩。

微风拂柳般的一声微响，她已引刀出鞘。烛火炎炎，将凌厉的刀光反映入裴玄静的眼睛，如同晨星在天边升起，又似寒芒落入尘寰。

"隐娘甚爱此刀，曾几次向我讨要它，我都没舍得给她。"裴玄静轻轻抚摸着刀背，严冬时节，刀上的寒气越发犀利，却带给她一种奇异的踏实感。

"崔郎，你去蔡州时带上此刀，见到隐娘，就把刀交给她。"

崔淼询问地看着她。

裴玄静把匕首送回刀鞘，双手端起到崔淼的面前，郑重地说："我愿将此刀赠予隐娘。我相信，凭它定能换出隐娘手中的玉龙子。"

"这不是长吉留给你的信物吗？"

"长吉会理解的。他留给我的一切，永远都在我的心中。"

"我懂了。"

崔淼接过匕首，刚要挂到腰上，裴玄静又拦道："等等。"

"还有什么事？"

她的脸突然一红："我想起了《长恨歌》。"

"《长恨歌》？"

"七月七日长生殿，夜半无人私语时，"裴玄静嗫嚅起来，"我想，我想……"

崔淼恍然而笑："静娘是不是想盟誓？"

他直接把话说出来，裴玄静更羞得面红耳赤。崔淼极尽温柔地低语："我都听你的。"

裴玄静推开窗，寒风卷着雪花扑入窗户，烛火被雪雾笼成一片朦胧的红光。如诗如画的静谧之中，横陈着一柄朴实无华的宝刀。

她不知道，这样的场合是否适合盟誓。她只知道，心中最虔诚的话语必须说出来。

裴玄静面向漫天飞雪跪下来，崔淼跪在她的身边。

她双手合十，衷心祝祷道："苍天在上，白雪为证。但求崔郎此去蔡州，携玉龙子平安归来。我裴玄静愿从此与他相伴终身，不离不弃。"

说完，她朝他看去。雪花似乎飘入他的眼睛，眸中闪耀晶莹。

崔淼也合起双手："苍天在上，白雪为证。我崔淼定不负静娘之托，誓携玉龙子归来。从此与静娘不离不弃，相伴终身。"

由一支二十人组成的精干小队护送着，裴玄静在一更天准时启程，顶风冒雪向郾城进发。

李愬亲自送到城门外。走出一段路，裴玄静再回首时，文城栅已陷入一片茫茫白雪之中。人、马、旌旗和城楼都杳然无踪，只有狂风翻卷起飞雪，天地连成一体。

泪，这才不受阻挡地奔流而出，未及擦拭，便在脸上冻成了两行冰珠。

5

雪从昨天夜间下起,始终没有要停的意思。即使紧闭门窗,仍然能听到寒风呼啸,整个旷野都在暴雪中喘息不止。

张伙夫把脑袋蒙进棉被里,在伙房一隅的小榻上蜷缩成了一个粽子,睡熟中仍然止不住地发着抖,牙齿缝间"咯咯"作响。突然,他惊醒过来,掀开被子跳起身,惊惶失措地四下张望。

伙房里漆黑一团,灶下的炭火早就熄灭了。张伙夫可不敢违令烧炭取暖,被守将发现脑袋立马搬家,所以,哪怕冻死也只能硬扛着。

有什么不对劲吗?他紧张地侧耳倾听,风雪声中似乎还夹杂着一些"叽叽咯咯"的动静。

"糟了!我的鸡,我的鸭子!"张伙夫手忙脚乱地裹上棉衣,开门冲出伙房。

雪挟风势,像利刃一般一刀刀刮在脸上,眼前什么都看不见,但鸡鸭乱叫的声音听得清楚多了。这一惊非同小可,张伙夫的额头上居然冒出汗来。眼看大雪封路,接下去数日里全队就靠这几十只鸡鸭尝点荤腥,照顾不周的话肯定要挨守将责罚。张柴村原先的百姓早就逃难跑光了,如今村里只剩下驻守的百来名淮西士兵。环境太过恶劣,守将以杀伐立军威,鸡鸭若有闪失,张伙夫免不了替它们抵命,那也忒冤了吧!

积雪已经没到靴筒上了,张伙夫深一脚浅一脚地朝鸡鸭叫唤的方向走去。忽然,他的脚底一滑,重重地摔了个嘴啃雪。他痛得乱骂着,以手撑地想站起来,手底下却觉湿湿黏黏的。张伙夫把手举到眼前,只见两只手掌里都成了殷红色,是血!

他惊呼一声,这才发现自己摔倒在一大片血泊之中。血还很新鲜,带着微温渗入冰冷的积雪,结成连续不断的血冰,难怪他刚踩在上面就滑倒了。

鸡鸭还在乱叫,张伙夫却顾不得了。他一个骨碌翻起身,撒腿便跑。"有敌……"他没来得及喊完,头顶便袭来一阵锐痛。热乎乎的血从额头前淌下,雪地在他的眼中先是变为红色,随即成了漆黑一片。

张伙夫没有看见,从伙房所在的后院到前面守军驻扎的营房,雪地上遍布着鲜血凝成的冰洼,红一块白一块,到处都是横七竖八的尸体。

整个张柴村除了那一窝鸡鸭,所有守军悉数被杀,不会有人点燃烽燧报警了,更不会有一个人逃脱去蔡州送信。

"连一个活口都不留吗?"崔淼看着张伙夫的尸体问。

李愬收起佩剑:"留他作甚。"

"这个人也许能带路。"

"你不是我们的向导吗?"

崔淼挑起眉毛:"我以为你会准备一个后手,"又笑了笑,"李将军就不担心我将你们引入虎口?"

李愬打量着崔淼:"你看起来倒是有这个胆量,但本将相信,你决不会那么做。"

"将军何以如此肯定?"

"因为你是一个聪明人,"李愬道,"还因为人的一生中极少能遇到这样的机会,不仅可以改变自己的命运,还可以决定一个国家社稷的安危,甚而青史留名。我可不愿错失这个机会,我想,崔郎同样不愿错失。否则,宰相的侄女也不会为你作保的。"

在李愬的指挥下,唐军分为前中后三队各三千人,从文城栅冒风雪行军到张柴村,全歼守城军兵,占领了城栅。现在三队聚齐,在张柴村中避雪进食,稍作休息。紧接着李愬下令,留下五百人守卫张柴村,防范朗山方向的敌军得到消息前来劫营,又命五百人负责切断通往洄曲和其他方向的桥梁,其余八千人整肃完备,立即开拔!

除了率领前军和后军的两位将领李祐和李忠义,其余将士们尚且蒙在鼓里。终于有人鼓起勇气发问:"李将军,我们这是去哪里?"

"蔡州。"

"蔡州!"诸将皆大吃一惊。

李愬环顾众人,朗声道:"今夜我等将顶风冒雪奇袭蔡州,捉拿吴元济,一举平定淮西!"

"可是将军,我军已有三十余年未到蔡州城下了。从此地向东的路途,军中并无一人熟识,更别谈在风雪夜里行军了!"

李愬一指肃立在旁的崔淼:"此人正是裴相公专为这次行动派来的向导,将引领我军循捷径神不知鬼不觉潜入蔡州。诸将还有顾虑吗?"

众人狐疑地看着崔淼,似乎仍不太敢相信,但军令如山,容不得他们再瞻前顾后了。

八千唐军顶着疾风暴雪艰难前行。飞雪连天,遮蔽了一切景物,周围仿佛赤地千里,见不到任何活物。崔淼骑马走在最前方,巨大的雪片不停扑打在脸上,眼睛几乎睁不开。对于这块从小生长的土地,他已经完全辨认不出了,与其说是凭借记忆,不如说是凭借信念前进着。

李愬说得没错,他必须抓住这唯一的一次机会,为自己和裴玄静,以及李弥、禾娘争得一个未来。李愬想的是国家社稷、青史留名,但崔淼觉得,再伟大的功业都是由冷冰冰的文字书写而成,唯有渺小众生的热血才可以感知。对于人生,对于前途,他从没像现在这样充满希望,义无反顾。

雪越下越大。不时有战马在冰雪上滑倒,有的倒下就再也拽拉不起,不能耽搁行军,便只能任其留在原地活活冻死。黑夜无尽,风雪不止,人和马匹都已全身僵硬,只凭惯性行走着,这条路却似乎永远走不到尽头。

终于,一马当先的崔淼猛地勒住缰绳。

一座城楼从风雪后露出巍峨的身影。崔淼眨了眨酸痛不已的双目，回头对李愬说："将军，我们到了。"话出口时，才发觉舌头冻僵了，只能发出含混的声音。

算时间恰到四更，正是黎明前最黑暗的时候。风雪在蔡州城头呼啸翻卷，城墙一色雪白，和白茫茫的原野浑然一体。同样被雪覆盖全身的唐军人马无声前行，直达城墙底下，根本没有人察觉。

在风雪的掩护下，唐军很快在城墙上掘土为坎，李祐和李忠义两名将领身先士卒，率先锋小队爬上城楼。守城的士卒睡得正香，稀里糊涂就被砍掉了脑袋。为避免惊扰敌方，特意留下巡夜者的性命，让他们照常击柝报更。先锋队得手，打开外城城门，唐军悄悄进入蔡州，此时城中的鸡才刚刚开始鸣叫。

风雪渐止，熹微的晨光升起在东方。唐军已突进到内城的城墙下。

李愬正打算如法炮制再拿下内城，崔淼拦道："李将军，我看这内城的城墙比外城低矮得多，是否可以让在下一试，充当先锋呢？"

"你？"

崔淼迎着李愬狐疑的目光，低声道："将军，蔡州大半守军都在外城，将军拿下外城，蔡州已是将军的囊中之物。攻入内城，无非为了抓捕吴元济。李祐和李忠义过去都是吴元济的手下，万一动了恻隐之心怎么办？"

李愬皱眉："如果你失手了呢？"

"唐军已将内城团团围住，吴元济插翅亦难飞。我若不成，再派二位将军去也来得及。"

李愬微微一笑："你想争功？"

"功劳都是李将军的。"

李愬这才点了点头。

内城确实较易攀爬，崔淼虽不及当兵的身手矫健，也顺利登上城楼。他探头向内看了看，城墙上积雪皑皑，并无士卒巡逻。整个内城依旧一片死寂。

崔淼翻入墙郭，刚想站起，一柄利剑指住他的咽喉。

"隐娘，是我！"

雪停了，太阳尚未升起，借着积雪的反光看聂隐娘的面孔，略显晦暗。

"你真的来了。"

"是啊，要不怎么办呢？"

"静娘呢？没有随你一起来？"

"这么危险的事情，还是我来做比较好，"崔淼笑道，"隐娘，我可以起来吗？在这雪地里面坐着，真个儿透心凉。"

"你给我老实点！"聂隐娘稍一用力，剑尖便扎入了崔淼的皮肤。

崔淼倒抽一口凉气："隐娘，你应该知道，我不是一个人来的！"

"哦？唐军入城了？"

"对！数万唐军已经把这里团团围住了。隐娘，你纵有一身绝技，恐也杀不掉数万人吧。"

"数万人当然不行，杀百来号尚且不在话下。"聂隐娘冷笑。

"这又是何苦呢！你既早已退出俗世纷争，何必为了一个吴元济再动干戈。此人无德无能，对抗朝廷多年已然众叛亲离。唐军兵临城下，他终难逃一劫。隐娘，凭你是救不了他的！"

聂隐娘平静地回答："我曾答应刘帅护卫淮西，今日是兑现对刘帅的誓言。吴元济，我非救不可！"

"你救得了他一时，救得了他一世吗？"

"我救我的，他会怎样是他的造化，"聂隐娘道，"崔郎不要多费口舌了，没有用的。只是，待我将吴元济送出城后，唐军主帅会不会认为你是来给我通风报信的？"

崔淼苦笑："难道不是吗？"

"既然如此，崔郎何不随我们一起走？"聂隐娘的口气不再那么冰冷了。

崔淼摇了摇头："不，隐娘，你非要救走吴元济，以全侠义，我无力阻拦。但是请你把玉龙子给我。"

"玉龙子？"

"对，玉龙子，"崔淼注视着聂隐娘道，"隐娘拿走玉龙子，不就是为了今天吗？正因为我知道隐娘在内城，所以才向李愬要求充当先锋。隐娘尽管救走吴元济，但我必须拿回玉龙子。怎么样？这个交易还算公平吧？"

"李愬不会放过你的。"

"我没关系，最重要的是把玉龙子还给静娘，我答应了她。"

聂隐娘的目光闪烁："崔郎什么时候变傻了？"

"我不傻，隐娘才傻。"

"哦？我傻在哪里？"

"隐娘一诺千金，甘愿为吴元济出生入死。但隐娘可曾认真想过，淮西一天不平，百姓就要多受一天的苦。隐娘为践行自己的诺言，却罔顾成千上万无辜者的性命。窃以为，隐娘此举并非真侠义，而是愚蠢！"

"你！"聂隐娘柳眉倒竖，崔淼脖子上的殷红血滴又扩大了几分。

她咬牙切齿道："身为淮西人，你怎可说出这样的话！"

"我长在淮西，算淮西人吧，但我更是大唐人！"崔淼坦然地说，"隐娘，过去我和你也持同样的看法，只知有藩镇，不知有朝廷，非常反感朝廷收复藩镇的行动。觉得我们生活得好好的，自由自在，何必再多一层管束。皇帝算什么？没有皇帝我们过得更好。所以，我投身藩镇，对抗朝廷，视为理所当然的正义。可是现在，我的看法改变了。"

"是因为静娘吗？"

"我承认有她的原因，不过更多的还是我自己的所见所闻。隐娘，你我都不惧强权，也绝不会为了皇帝卖命。但是天下众生需要一个安稳的大唐。各藩镇分而治之，国家始终处于动荡的状态中，最终受害的还是百姓。吴元济之流的德性，你我心里都清清楚楚。为了维护他自己的权力，与朝廷对抗，他又何尝考虑过淮西百姓的福祉。我这一路来到蔡州，所见到处都是逃难的民众，饿殍遍地，其状凄惨令人心碎。隐娘，当今圣上是否明主自有公论，但淮西绝不能再这样下去了。越早结束战局，越早给百姓带来福音。吴元济没有胜利的机会了，但他要是活着逃走，又会纠结党羽再生事端。隐娘，到那个时候你若再帮他，就绝对不是侠义了。"

"那是什么？"

崔淼一字一句地道："助纣为虐。"

此话既出，聂隐娘却没有像先前那样勃然大怒，反而一言不发。

崔淼说："好了，我的话都说完了。请隐娘将玉龙子交给我。我会设法去与唐军周旋，隐娘可趁机帮吴元济逃走。"

聂隐娘仍然沉默着。

"隐娘，这是静娘托我转交给你的。"崔淼从腰间解下匕首，将它平托在双掌中。

聂隐娘的脸上光华陡现。"纯钩！"她叫出了声。

长剑坠地，聂隐娘抢步上前，几乎是把纯钩从崔淼的手中夺了过去。拔刀出鞘，聂隐娘惊喜万端地凝视着手中的这段秋水，轻轻侧转刀身，周围的白雪上便掠过熠熠光华。

她问崔淼："真的是静娘让你给我的？这把匕首不是她最心爱之物吗？她曾经告诉过我，这把匕首终身不离左右。"

"是的，但这次她忍痛割爱，为了从隐娘手中换回玉龙子。"

聂隐娘爱不释手地端详着纯钩。自从第一次在裴玄静那里见到它，她就对这把绝世宝刃念念不忘。如果它不是裴玄静的，哪怕是天王老子所有，聂隐娘也早把它抢来了。与之相比，玉龙子算什么，吴元济又算什么！朝廷、藩镇，对他们之间无休无止的争端，聂隐娘早就厌倦透顶。她这次来淮西，是不想放弃自己的初衷。然而此刻握紧纯钩，聂隐娘才觉得自己回复了最纯粹的状态——一个真正的刺客，不为任何人效力，只为手持宝刃，那完美刺出的一刻！

聂隐娘盯住崔淼，突然莞尔道："你怎么不早说？玉龙子有何稀罕，早点拿出纯勾来，哪里还需费这番口舌。"

崔淼叹了口气："是我替静娘舍不得……"

聂隐娘嗔道："多事！"从怀中摸出玉龙子，随手掷给崔淼。他赶紧接住，看了看玉龙子完好无损，不由自主地抹了把汗。

聂隐娘将纯勾插入靴中，转身要走。

崔淼叫她："隐娘，我可去开城门啦。你要送吴元济走，就快些吧。"

聂隐娘头都没回，脚尖一点跃下城楼而去了。

崔淼紧跟着奔下城楼，迎面撞上几名守城兵卒，这些人察觉动静，正巡视过来。崔淼心道不好，刚要动手，那几个凶神恶煞般扑过来的兵卒突然一个接一个倒下了。

他上前一看，每人的脖子上都是一道深深的血口，全部瞬间毙命。

聂隐娘够周到的，临走前还帮他解决了这些麻烦。

崔淼将内城的城门打开了。

李愬及诸将已经等得快不耐烦了，见到崔淼开门，立刻一拥而入。

李愬盯着崔淼道："怎么耽搁了那么久？"

"要摆平这些人啊。"崔淼指给他看倒毙于地的守城兵卒。

"都是你一个人杀的？"

崔淼没说话。

李愬只"哼"了一声，也不追问，便下令："直入节度使内宅，活捉吴元济！"

曙光将积雪的道路照得微亮，唐军噤声疾行，长驱直入吴元济的节度使府。偶有早起的百姓打开房门，见此情景，吓得赶紧又缩回屋中。唐军已有三十多年未踏入蔡州城，今日突如天兵下界，百姓心里明白，吴元济的气数尽了。

闯到节度使府门前，唐军大开杀戒，见人便往死里砍。终于杀到内宅，李愬领头冲了进去。

"吴元济,吴元济在哪里?"他在空空如也的堂中怒吼,"快把他找出来!"

节度使府中鸡飞狗走,喊杀声和哭号声此起彼伏。

李愬逼视崔淼:"是不是你给他通风报信了?"

"吴元济跑了吗?"崔淼明知故问。

"你说呢?"

"将军要向上面交代,就说是我走漏消息的吧。"

"你就不怕死?"

崔淼道:"将军权且将我绑去郾城,死不死还得裴相公决断。"

李愬正恨得咬牙,突然从隔壁厢房传来一声巨响,紧接着,几个兵卒便把一个五花大绑的人推搡出来:"找到了,找到了!"

李愬冲上前去,一把扯落塞在那人口中的布团,大笑道:"吴元济,你也有今日!"

吴元济耷拉着脑袋,哪里还有半点一镇枭雄的威风。

隐娘啊,隐娘。崔淼却在心中暗恨,都什么时候了你还要耍弄于我!

此时此刻,若非周围都是唐军兵将,崔淼真想仰天大笑了。

留下一部分官兵镇守蔡州,李愬将吴元济装入囚笼,率众奔赴郾城,向主帅裴度报捷。

雪霁天晴,淮西的上空阴霾散尽,积雪在久违的阳光下熠熠闪耀,令人精神振奋。

唐军把银装素裹的蔡州城抛在身后,向西北方向疾奔而去。沿途,三三两两的淮西百姓聚集过来,好奇地打量着这支"大唐"的军队,似乎刚刚才想起来,自己原来还是大唐的子民。

这是一场置之死地而后生的艰难胜利,更是一场即将决定帝国走向的胜利。自从安史之乱后,大唐就在期待着这样一场胜利。整整六十年之后,这场胜利终于来了。

心情昂扬,脚步也格外轻捷。唐军一大早离开蔡州,傍晚前就抵达郾城外了。远远望过去，郾城的城门大开，迎接的马队已经守候在城外。城楼上旌旗密布，在傍晚的风中飒飒鼓动，旗下官员的紫色衣袍显得格外醒目。

李愬露出笑容，裴度亲自在城楼上迎接自己，固然不算意外，但毕竟是一个了不起的荣耀。他刚要催马上前去，不防一人一骑从身边掠过，抢到了他的前面。

所有人包括李愬本人，都讶异地瞪着冲到队伍最前头去的崔淼。这个郎中想干什么？

"将军！"李祐问，"我去把他拉回来吧？"

李愬回过神来，淡然道："不必，无须与一个郎中计较。"

"是。"

李愬抬头望向城楼之上，见一个白衣飘飘的身影站在裴度旁边。他不禁会心一笑，这个人情，就当是送给宰相的吧。

此次淮西大捷，首功到底算在裴度还是自己头上，说来还得看裴相公的气度。李愬自己不会去争，有本事就做到让宰相不好意思居功。想到这里，李愬脸上的笑意更浓了。

崔淼也在仰望城头的白色身影。火红的夕阳正挂在她的后方，逆光中，她的形容一片模糊，衣袂翩翩的白色身影却光芒四射。

随着马匹奔驰的脚步，崔淼怀中的玉龙子亦欢快跳跃着，和他的心跳保持一致的节奏。

那支箭从城头射来时，好似一道晚霞的金光，直直地钉入崔淼的右肩。他先吃了一惊，困惑地转过头，看了看肩膀上迅速绽出的鲜血，才又抬起头遥望城楼。

夕阳又落下来一些，整个城楼都沐浴在金光之中，什么都看不清，连那个白色的身影都消失不见了。

又是一箭射来！

这次正中前胸。崔淼翻身落马，在跌入尘埃的一瞬间，他听到有人高喊："崔郎！"

是她。

崔淼从地上撑起身,想要应一声,嘴里却喷出鲜血,堵住了咽喉。

6

裴玄静不记得自己是怎么离开郾城,又是怎么返回长安的。她只依稀记得,在高烧和噩梦的间隙,偶尔的半清醒中,听到过马蹄嘚嘚和车轮滚动的声音。周围永远是一片黑暗,只有低垂的窗幔上时不时晃动着日光的影子。

"娘子,该喝药了。"有人扶起她的头,把滚烫的药汁灌进口中。那汤汁实在苦得难以下咽,她撕心裂肺地呛咳起来,把药汁悉数呕出。

"哎呀呀,这可怎生是好,"服侍她的妇人心急慌忙地一边收拾,一边劝道,"娘子可不能再这样作践自己了,什么都不如自个儿的命要紧啊。"

她别转头,不想听这些唠叨,却听到了一声沉重的叹息。

"玄静,你执意如此,便是在怨恨叔父了。"

"不,我没有,"她伸出颤抖的双手,抓住叔父的衣袖,"侄女不敢怨恨,只求叔父明示,为什么一定要杀他?"

"我已经告诉过你了,崔淼是藩镇的奸细,且是刺杀武相公的帮凶之一。他死有余辜。"

"不对!"裴玄静叫起来,"崔淼告发洛阳暴动,东都留守已经允他将功折罪了,怎可旧事重提!况且,这一次他为奇袭蔡州领路,功不可没!他还带回了玉龙子,他不该死啊,叔父!"

"不要再说了,玄静,"裴度沉声道,"人死不能复生,你就别再纠缠于此了。"

"你骗我,叔父。"

"我骗你什么?"

"崔淼非死不可,是因为他的身世对吗?"

"他的身世?"裴度反问,"他的身世有什么秘密吗?"

"我不知道,可是……可是王皇太后知道!"裴玄静说,"叔父,求求你告诉我,是不是皇太后下旨要杀崔淼的?崔淼究竟是什么身份?为什么他必须死……"

裴度喝道:"玄静,王皇太后已经驾崩了!况且,皇太后乃至高无上的仁爱尊者,怎会下旨去杀一个无名小卒?你太高看崔淼了,他能有什么隐秘身份,竟会令其不得不死?我再对你说一遍,崔淼之死在于他不自量力挑战朝廷,完全是罪有应得!"

裴玄静用力闭起眼睛,泪水仍然从眼角不停地渗出来。在城楼上眼睁睁看着崔淼中箭倒地,固然令她悲痛欲绝,但仍不及叔父此刻的态度,更使她感到彻彻底底的绝望。

在青城山上曾经令她死去活来的冰与火再次袭来,裴玄静时而沉入冰海,时而又在烈火中炙烤。她想尖叫,想痛哭,想挣扎着爬出这个可怕的地狱,可是她的手脚都被绑缚住了,她的嗓子更哑得发不出声音,她的眼睛也无法睁开,连一丝光亮都看不见了。

裴玄静陷入无止境的昏迷中。

恍恍惚惚间,她回到了长安,在半空中徜徉着。朱雀大街笔直伸展,两旁槐柳成荫,却不是绿色的,而是洁白的。棋盘般的里坊中,家家户户的门前高挑着布幡,竟也色色纯白。当所有的白色连成一体时,长安城就如同覆盖在连绵不绝的巨大孝布之下。

啊,她明白了!那是雪,正从她的身边不停地落下,碎玉散珠般铺满了整座长安城。不时有隐约的哭声,从四面八方的角落飘起来。裴玄静不禁思量,大家为什么都在哭,是在办丧事吗?什么人的丧事要整个长安披麻戴孝呢?

可那又什么声音?她惊奇地听到,从东北方高耸的垣地上,传来一阵阵欢快的乐声,和笼罩着长安的肃穆气氛截然相反。举目望去,一座巨大的宫殿矗立在那里,音乐就是从宫殿中传出的。更令裴玄静惊讶的是，雪下到那儿便消失了。于是，在漫天席地的白色中，唯有那片高垣上殿宇林立，流光溢彩，金碧辉煌。

麟德殿中，宴乐正酣。皇帝和群臣们开怀畅饮，谈笑风生。裴玄静在他们身边走过，却无一人注意到她。她听到他们在议论淮西之胜，极力赞颂圣皇的功勋。御座上的皇帝满面红光，从未像现在这样不可一世，意气风发。

看着皇帝的样子，裴玄静不由自主地念起长吉的诗句："秦王骑虎游八极，剑光照空天自碧。羲和敲日玻璃声，劫灰飞尽古今平。"

佛家有说法，当大火、大水、大风毁掉一切后，寰宇重构，是为一劫。那么她现在所看到的，会不会就是世界终结，劫火洞烧之后，由劫灰构成的幻象呢？

皇帝越喝兴致越高，醉态渐浓。忽然，他将手中的金樽向地上一摔，高喝道："朕令日月倒行，好与诸卿再多饮几个时辰！"

随即从殿门外奔入一个掌事的宦官，跪下报称："陛下，一更天了！"

众人齐声欢呼，皇帝仰天大笑。

"这不可能！"闯入这场狂欢的正是裴玄静。

所有人一齐向她望过来，连皇帝都盯住她："你说什么，什么不可能？"

"宫门掌事分明才报过四更，如何又回到一更天了？"

"因为朕刚刚命日月倒行！"皇帝的脸上仍然挂满笑意，使他显得分外亲切，异乎寻常。

"可是殿外银光栅栅，即将天明，"裴玄静昂首道，"怎么可能是一更天？"

皇帝不再笑："你再说一遍。"

"我说，日月根本就没有倒行，天快亮了！"

"你的意思是，朕的命令不起作用？"

"我的意思是——"麟德殿中百乐齐喑，只回响着裴玄静一人的声音，"这是谎言！是一个弥天大谎！"

皇帝久久地沉默着。突然，他指着裴玄静厉声道："你是刺客！"

"什么？我不是……"

"不是？那你的手中为什么握有匕首？"

"我……"裴玄静这才发现，自己的右手中果然握着纯钩。

"玄静！快把刀放下！"她听到裴度的叫声。

"抓刺客，抓刺客！"与此同时，殿内一片哗然，身披明光铠的神策军向她逼近。

"玄静，快把刀放下啊！"

裴玄静一步步向后退，背抵到殿内的龙柱上，退无可退了。她知道应该放下纯钩，可是她不愿意，因为这是她所拥有的唯一一件真实的东西了。

裴玄静缓缓地举起纯钩。

"玄静！"

"大娘子！"

她在一片焦急的呼喊中睁开眼睛。

"你总算醒了，谢天谢地……"裴玄静认出来了，喜极而泣的是婶娘杨氏，在她身旁泣不成声的是小婢阿灵，默默凝望自己，满面愁容的是叔父。

她艰难地举起右手，掌中并没有纯钩。

南柯一梦，裴玄静又回到了起点，但几乎已失去了珍视的一切。

不，她想起来了，还有一个人："李弥……快去金仙观……找他……"

裴度沉声道："玄静，李弥失踪了。"

"失踪？"她的头脑太昏沉，什么都理解不了了。

"你我都不在长安的那段时间里，金仙观的女冠报于京兆府，说已数日不见李家二郎。因为金仙观守卫森严，李弥不可能私自外出。所以京兆尹特别向圣上请旨，入金仙观内搜寻，"裴度深深地叹了口气,"可以说是彻彻底底地搜了不下三遍,始终一无所获。所以,只能认定李弥失踪了。"

裴玄静叫起来:"这怎么可能!他既然没有出观,就一定还在观中。一个大活人,不可能凭空消失啊!"

裴度看着裴玄静,和蔼地说:"这个道理人人懂得。所以,我回到长安以后,又再求了一次圣上,请他恩准我亲自带人到金仙观里去找。唉,可惜仍然没有找到。"

"地窟?叔父有没有到地窟里去找?"

"地窟不是早就填埋了吗?以李弥一己之力怎可能再次掘开?他又为了什么掘开呢?退一万步说,就算李弥进了地窟,他也不可能永远躲在里面不出来吧?总会渴会饿,地窟里哪来的食物和水?"

裴玄静挣扎着撑起身来:"我去找,我去金仙观找他,我一定能找到他的。"

"玄静!"裴度的语气变得严厉了,"我的话你也不听了吗?李弥找不到了,你也绝对不能再回金仙观去。"又稍稍缓和一些,"玄静,这次可是圣上恩准你不再回金仙观的,你总不能抗旨吧?"

裴玄静呆住了。

"哎呀,好了好了,"杨氏来打圆场,"玄静啊,你这回的疟症可凶险着呢,如今总算有了些起色,还得在家好生将养,等身体复原了,你想去哪儿不成呢,不急在这一时啊!"

裴度瞥了妻子一眼,没有纠正她的失言。

裴玄静不再说话,因为她清楚地看见了叔父眼中的不舍、无奈和悲哀,还因为她终于醒悟过来,不论是崔淼的死还是李弥的失踪,自己都不可能从叔父那里得到任何答案。裴度,首先是大唐帝国的宰相,皇帝最忠实的臣子,其次才是她的叔父。她怎么可以忘记这一点呢?

她在这个世间,再无同盟者了。

杨氏说的是最浅显的道理,却也是最深刻的人生智慧。

裴玄静开始认认真真地服药休养。由于疟症多次反复，再加上身心都受了重创，裴玄静的身体恢复得很缓慢，但到底还是一天天好起来了。

在日常生活中，裴玄静努力做出若无其事的样子，仿佛真把过去的一切抛诸脑后了。她不再主动询问任何事情，对于种种时事消息也表现得漠不关心，闲暇时除了做一些女红，就是捧读道教典籍，在家中亦坚持茹素修行。

虽不在金仙观中，裴玄静仍然当自己是一名修道的炼师。这个身份保证她免于俗世纠葛，也能使她最大限度地掩藏起真实的想法。

裴度宰相府中的生活一如当初，小婢阿灵对裴玄静比过去更加亲热，只是说话小心了许多，也从来不提崔淼和李弥，仿佛从来没认识过这两个人。裴玄静因而发现，就连阿灵也长大了，学会了伪装。

唯有一次，当裴玄静见到阿灵的簪子上飘着自己编给她的红穗子，掩饰不住心痛难耐，让阿灵看出了端倪。

怎么可以忘记，还有一个杳无音讯的人——禾娘。

与崔淼对雪盟誓时，他们共同期冀的美好未来中包括了四个人，而今却只剩下裴玄静孑然一身。

裴玄静恳求阿灵帮忙，到韩愈府中走一趟，设法联系韩湘。

阿灵回说："娘子，我听说韩郎让韩夫子赶出府去，不许他再到长安来了。"

"什么？"裴玄静大失所望，"难怪这么久都没有他的消息。"

阿灵吞吞吐吐地说："前些日子，府里收到过一封韩郎的书信，是给大娘子的。那会儿娘子正病得不省人事，所以阿郎就收起来了。"

"有办法偷出来吗？"裴玄静抓住阿灵的手，"我无论如何都要看一看这封信。求求你了，阿灵。"

阿灵噘着嘴说："我试试吧。"

过了几天，趁着裴度不在府中，她还真把书信偷出来了。

"是倩儿帮忙的，娘子你快看，我还得赶紧还回去。"

信并不长，所以裴玄静一会儿就看完了。

韩湘在信中写道，他在青城山内外找了足足有十几天，最终仍未能找到禾娘。唯一的线索是在幽人谷旁一个采药人的窝棚中，发现有人逗留和搏斗的痕迹。从留在现场的脚印、烤熟后吃剩的果子和撕破的衣服残片来看，应该是两个人，其中一个为女子。韩湘认为，这个女子很可能就是禾娘。也就是说，她和大家失散以后，似乎又落入了某个不知身份者的手中。

韩湘说，他起先怀疑是乾元子那一伙，也查问了青城山中其他的道观，还寻访了猎户和采药人，但都一一排除了。最后只剩下一个可能：阉人。

"阉人……"裴玄静握信的手抖得厉害。

韩湘写道，他想来想去，掳走禾娘的人多半就是在真武宫外掘墓的阉人。当时他们一共见到两个阉人，一死一逃，应是那个逃脱的阉人抓走了禾娘。

至于阉人为什么要抓走禾娘，韩湘也想不通。如果仅仅为了报复，干脆杀掉禾娘不是更省事？再说，阉人能对一位少女做什么呢？

韩湘找不到禾娘，只得先返回长安。裴玄静被裴度带回长安，以重病为由藏在宰相府中不得见客。韩湘从跟随裴度征西的韩愈那里听说了淮西的经过，又被韩愈狠狠地教训了一顿，指责韩湘办事不力，没有保护好裴玄静，令韩愈在裴度面前十分汗颜。韩湘在叔公府中再也待不下去了，所以临行前给裴玄静写了这封信，再三央求叔公送到裴府。韩湘还说，自己并不在乎被逐出长安，但崔淼之死令他感到极度心寒，巴不得立即远离京城这个是非之地，遁入终南山中修道，过回逍遥自在的生活。最终没能找到禾娘，令韩湘觉得非常遗憾。他在信中发誓说，自己离开长安后，还会继续寻找禾娘，无论如何要给裴玄静一个交代。

裴玄静把信还给阿灵，她急急慌慌地去找倩儿了。

屋中只剩下裴玄静一人，她用力推开窗，让早春料峭的风刮上自己火热的面孔，胸中翻滚的烈焰却怎么都无法平息。

裴玄静断定，韩湘找不到禾娘了。如果禾娘还活在世上，那么只可能在一个地方找到她——皇宫。

韩湘推断出是阉人抓走禾娘，但他把原因想错了。裴玄静记起来，聂隐娘曾提到过，禾娘的父亲王义担心女儿为皇家所害，拜托聂隐娘将她送出长安。当时裴玄静只觉得奇怪，皇帝有什么必要去追杀一名少女，现在当联系起所有的蛛丝马迹之后，她开始坚信其中必有缘由。这个缘由不仅与禾娘有关，还必然与贾昌老丈，与玉龙子，与崔淼的死有关。

不，她现在不能去想崔淼，否则她将抑制不住心痛而落泪。自从在裴府中苏醒过来，裴玄静就再没有流过一滴眼泪。流泪，是为了宣泄悲伤。而裴玄静已经把悲伤驱离，只允许仇恨常驻心头。

禾娘的遭遇可想而知，更加深了裴玄静的仇恨。她像在无尽黑夜中踯躅独行，突然在前方发现了朦胧的光亮，便决定狂奔而去。她无法确定会堕入十八层地狱还是升上极乐天界，她也不在乎了。她只想撕开笼罩天地的重重黑幕，还自己一个真相。

7

这天一早，阿灵就来叫裴玄静："娘子，阿郎已经出门了。"

裴玄静已经换好一身婢女服饰候着了，听到招呼，忙随阿灵一路匿行来到后院角门旁。阿灵悄悄推开一条门缝，将停在外面的马车指给裴玄静看。

"娘子，车夫什么都不会问，你不用管他。"

"好。"裴玄静点一点头，就要出门。

"娘子，阿郎会在丰陵一直待到明天晌午，今天一整天都不回家。所以……"

"所以我一办完事就回来，"裴玄静轻轻握了握阿灵的手，"别担心，我会多加小心，更不会耽搁。"顿了顿，又看着阿灵的眼睛说："绝对不会连累你。"

她想，我已经连累过太多人，以后再也不会了。

坐上马车，车夫问："娘子要去哪儿？"

"春明门外。"

"好嘞。"车夫一扬鞭，马车便徐徐向前了。

过了好一会儿，裴玄静才鼓起勇气掀开车帘的一角，喧闹的长安市井涌入她的眼帘。早春，永远是长安城最富有生气的时节。淮西大捷后，天下藩镇纷纷表示归顺朝廷，这个春天，更是大唐自安史之乱后第一个扬眉吐气的春天。

"四海归一，天下一家。"皇帝的誓言似乎终于要变成现实了。盛世，即将伴随着这个春天重新降临大唐吗？长安街坊上的行人，各个脸上都带着由衷的欢笑，令他们喜不自胜的应当不仅仅是天然的春色，还有帝国再度焕发的盎然春意吧。

裴玄静放下车帘，不再去看。

马车驶出春明门后，按照裴玄静的指点，停在一处僻静的窄巷外。裴玄静请车夫在此等候，自己朝巷内走去。

贾昌老丈的院子荡然无存，只留下一块小小的空地。空地的最后方，孤零零地矗立着一座白塔。塔下几株柳树刚抽出新绿，嫩枝在春风中轻轻拂动着。

柳树下站着一个人，正在朝白塔上张望。

裴玄静径直向他走过去。那人听见动静转回头来，看清是裴玄静，惊得倒退半步。

"怎么是你？"

"是我，"裴玄静上前道，"我们又见面了，陈鸿先生。不，现在应该称您为主客郎中了。"

陈鸿的圆脸上红一阵又白一阵："我以为来的是……"

"是一个名叫郎闪儿的小郎君,但其实是一个名叫禾娘的小娘子,对吗?"裴玄静淡淡一笑,"那封信是我写的。"

"你?"

"对。为了怕被陈先生识破,我先起草,再让婢女抄写一遍。她的那手拙朴字迹,果然骗到了陈先生。"

陈鸿越发局促起来,嘴里不知嘟囔着什么,拔腿要溜。裴玄静怎会放过他,一步拦在他面前:"陈先生,陈大人!你既应信前来,对于郎闪儿的情况,你就连问都不想问一声吗?"

陈鸿毕竟是个文人,做不出光天化日之下与一位淑女争执的事来,何况这位淑女还是当朝宰相的侄女。他刚刚重新入朝为官,可不敢得罪裴度,只得苦着脸站定,问:"炼师,你怎么想到用郎闪儿之名来引我?"

"因为先生所作的《东城老父传》,"裴玄静道,"陈先生终究脱不掉文人脾性,爱著书立传,你自己把前后经过都写出来了,怎么能阻止他人读到呢?"

陈鸿低头不语。

"先生在写《东城老父传》时,特意化名为陈鸿祖。但有心之人不难从文风和内容中判断出,撰写此文的陈鸿祖和撰写《长恨歌传》的陈鸿根本就是一个人。更不要说,我们在蔷薇涧畔王质夫的草庐中'巧遇'时,先生还声称自己姓'祖'。"

"唉!"陈鸿算是承认了。

陈鸿祖,也就是陈鸿所作的《东城老父传》记述了一个名叫贾昌的人,因驯鸡有术而得到玄宗皇帝的宠爱。安史之乱中,贾昌未能及时逃出长安,结果妻离子散,富贵荣华一夕成空,从此看破红尘,皈依佛法。先皇为太子时,感其身世,特为贾昌在春明门外建了一所院子,供他居住礼佛,并收留穷苦百姓行善事。

此刻,裴玄静与陈鸿就站在院子曾经坐落的地方,而院子本身已被皇帝下令拆除了,就像被一只无形的手抹了个一干二净。

裴玄静道:"听说陈大人升官了,玄静是该恭喜您吧?"顿了顿,她还觉不过瘾,又尖刻地补充,"人逢喜事精神爽,陈大人不仅更加富态,连袍子上的补丁也不见了。"

陈鸿的面色羞中含愧,难看极了:"炼师有什么话,还请直说。"

"我只想请陈大人回答一个问题,当年为什么要来拜访贾老丈?"

陈鸿叹了口气:"我实话实说。元和元年与王质夫、白居易在蔷薇涧旁论及明皇贵妃遗事后,我与白乐天分别写就《长恨歌传》和《长恨歌》。后来,《长恨歌》流传甚广,白乐天因之名声大噪,而我的《长恨歌传》却一直默默无闻,再加上仕途不顺,我便辞官回归故里。在洛阳家中时,我闲来无事反复诵读《长恨歌》,越读越是疑惑。"

"就是在蔷薇涧时对我提到的那些疑问吗?"

"正是。我开始怀疑王质夫在《长恨歌》中隐藏了秘密,而且与皇家有关,对此产生了极大的兴趣,于是决定去找王质夫问个究竟。"

"他告诉你了吗?"

"怎么可能,"陈鸿苦笑道,"他当然一味搪塞,但他越搪塞,我反而越好奇,就越去纠缠于他。当时我沉迷在《长恨歌》的秘密中难以自拔,几次三番探访蔷薇涧,终于使王质夫不胜其扰,远避东川而去。"

"质夫先生应白行简之邀去东川幕府任职,原因竟在于此?"

"我想是吧。"

裴玄静沉默片刻:"可是你并没有放弃。"

陈鸿赧然道:"质夫的逃避更使我相信自己的判断,《长恨歌》中定有不可告人的秘密。但我终究无法追去东川,只得另作他想。既然《长恨歌》中的可疑之处都围绕着杨贵妃的下落,我便寻思着,是否能找到尚在人世的天宝旧人,或许可以探听出一些端倪。"

"所以你便找到了贾老丈!"

陈鸿又叹了口气:"其实一开始我找到的不是贾昌,而是他的妹妹贾桂娘。"

"什么?"贾桂娘竟是贾昌的妹妹!裴玄静有些晕眩。想想也是,二人的姓氏、年龄和身世都相符,只怪自己根本没有朝那里去想。

陈鸿还在絮絮叨叨地解释:"起初我打听到杨贵妃有一个小宫婢名叫贾桂娘,安史之乱时随贵妃一起逃出长安,马嵬驿时她也在场,后来又一路跟随玄宗皇帝入蜀。玄宗皇帝回长安后,桂娘依旧在其身边侍奉,从兴庆宫再到太极宫,直至玄宗晏驾,贾桂娘始终不离左右。天宝旧人中,唯有她与明皇和贵妃最亲近,并且一直活到现在……"

"她死了。"

"我说的是几年前,我刚打听到贾桂娘的时候,她在兴庆宫中伺候王皇太后,活得好好的。"

"你见到她了吗?"

"颇费一番周折之后,见是见到了,但什么都没打听出来。贾桂娘的口风甚紧,虽然只是一名宫婢,但到底是见过世面的,心里颇有些乾坤。"

裴玄静默默地点了点头。

"可我还是不愿罢休啊。现在想来,那阵子我真如走火入魔一般,每天从早到晚想的就是《长恨歌》里的秘密。既然当面问不出,我就偷偷地留意起贾桂娘的行踪,"说到这里,陈鸿自己也涨红了脸,多余地解释道,"并非我自己去跟踪,而是收买了兴庆宫附近的一户人家……"

想到陈鸿窘迫的生计,裴玄静暗中感叹,真肯下本钱啊!看来,当初他确实是对《长恨歌》的秘密着迷了。

"就这样,我终于发现,贾桂娘偶尔会去春明门外的一所院子。"

裴玄静问:"是来看望贾昌老丈吗?"

"也有可能是为我所惊扰,贾桂娘来找兄长商议对策,结果又让我发现了。不过,这一次我吸取了教训,没有直接闯入贾昌的院子,而是先多方打听,把贾昌的底细摸了一遍,才以士人的身份,假借路过之名,前来探访的。"

"你得到什么特别的消息了吗?"

陈鸿看了裴玄静一眼:"我所探听到的,都写在《东城老父传》中,其他也没什么了。"

沉默片刻,裴玄静道:"可是,你在文中并没有提到贾桂娘。"

"那不是自找麻烦吗?其实说起来并不神秘。当年贾昌最得宠时,妹妹桂娘年纪小又伶俐,让杨贵妃看中了,召入宫中侍奉,闲暇时跟随贵妃学习歌舞。据说杨贵妃跳霓裳羽衣舞时,需要多名舞者相伴,还分主次,桂娘便是其中之一。"

"但是,安史之乱中贾桂娘出逃时,却没有招呼贾昌。"

"这是有点不合情理,不过以当时的情势,就连长公主都留在长安遭叛军杀害,落下一个贾昌也不算什么,"陈鸿道,"不过有一点确实值得注意,安禄山攻入长安时,曾下令张榜捉拿贾昌,这就十分蹊跷了。贾昌再得宠,也只是一个驯鸡人。安禄山放着那么多大人物不管,偏生要盯着贾昌,又是为什么呢?"

"难道贾昌知道什么秘密吗?"

陈鸿看着裴玄静,不置可否。

裴玄静却在想,那么说来先皇为贾昌建院子,并不一定是为了保护东墙上的字。看来,内情更为复杂。

她说:"所以,陈先生从贾昌这里仍然没有什么发现。但是,你见到了被贾老丈抚养长大的孤儿——郎闪儿。"

"一个扮成男儿的小丫头。"陈鸿不明所以地笑了笑。

裴玄静问:"后来呢?"

"见过贾昌之后,我明白再深究下去也不会有什么结果,只得暂时死了这条心。返回洛阳,我化名陈鸿祖写下《东城老父传》,以作记录,便将有关《长恨歌》的一切均抛诸脑后。直到去年秋天,突然收到王质夫那封莫名其妙的来信，这一切才如沉渣泛起，于是我再次赶赴蔷薇涧草庐，并在那里遇到了炼师。"

"那么今天，你又为何而来呢？"

"这……不是炼师冒郎闪儿之名给我写信吗？我还以为郎闪儿有情况要告诉我。"

"没有，"裴玄静干脆地说，"我只是想用这个方法再见一次陈先生。"顿了顿，她问："您知道了吗？质夫先生死了。"

陈鸿点了点头，满面悲戚。

"那你想不想知道，他是怎么死的？又是为何而死的？"

陈鸿凝视着裴玄静。

"质夫先生是为保护玉龙子而死。他在《长恨歌》中隐藏的，正是有关皇家宝物玉龙子的秘密。"

少顷，陈鸿才道："多谢炼师告诉我这些。"并没有表现出太多讶异。

"质夫先生死了，可是陈鸿先生却升官了。"

"唔？"陈鸿的面色又是一变。

裴玄静缓缓地说："你我在蔷薇涧畔草庐的相遇，并非是巧合，而是有人命陈先生专程等在那里的。我说得对吗？"

陈鸿低头不语。

"我接下去所说的都是猜想，陈先生不必当真——"裴玄静的语气很奇怪，"当时，在收到质夫先生那封晦涩的书信后，你又对前因后果做了一番分析，最后决定，将所有已知的情况报于一人。你认为，以己之力不可能突破这个谜团，但这些线索对于那个人却是至关重要的。你决定赌一赌自己的运气和判断力。"她讥讽地笑起来，"恭喜陈先生，你赌对了。由于你在此事中所出的力，终于可以换上梦寐以求的绯色官袍，蒙尘已久的仕途也可以从此拨云见日了。"

"裴炼师……"

"我说过了,这些都只是猜想。陈先生不必急着为自己辩解。至于王质夫的死,也只能怪他自己执迷不悟,更怪不到陈先生半分。"

陈鸿的脸色已然发青了。

"仙游寺前别,别来十余年。生别犹恻恻,死别复何如……江南有毒蟒,江北有妖狐。皆享千年寿,多于王质夫。不知彼何德,不识此何辜?这是你们共同的好友白乐天为痛悼王质夫之死所写的诗句。陈先生那么爱解诗谜,何不猜一猜,这首诗中的江南毒蟒和江北狐妖,分别指的是谁呢?"裴玄静说完,扭头便走,再不多看陈鸿一眼。

他会去报告吗?去就去吧,裴玄静证实了自己的猜想,反而感到十分平静。她已经开始期待直面相对的时刻了。因为,旁人解释不了整个谜团,更承担不了她的满腔仇恨。除了那个人。

8

金瓮山中一片新绿,因为远离人世间的纷扰和尘垢,丰陵的春光反而比别处更烂漫,更浓郁。

站在神道尽头,裴度望着肃立两侧的石兽,情不自禁地长叹一声。

他身旁的李忠言问:"裴相公因何叹息?"

裴度反问:"李公公,你认为这些石兽、石碑可以存在多久?"

"一千年?一万年?"李忠言寻思着说,"其实我也不太懂这些,只听说石头是世上最牢固的东西,所以要用石头刻写碑文,哪怕今后沧海桑田,你我早就灰飞烟灭,连鬼魂都消失了,石头却还能保留下去。"

"如果连鬼魂都消失了,就算石碑仍在,又有谁来读那上面的文字呢?"

"这……呵呵,裴相公的话太深奥,我回答不了。"

裴度点了点头："我看根本用不了一千年，咱们的大唐肯定已经土崩瓦解了。到那时，即使有人能读到石碑，也会有他们自己的眼光和看法，必定与今人不同。"

"裴相公！"

裴度轻轻一拍李忠言的肩膀："走吧，到陵园里面去看看。"

两人并肩向陵园深处走去。少顷，李忠言道："此次淮西大捷，裴相公居功至伟，听说圣上要立一块平淮西碑以示后人，裴相公是因此有感而发吧？我还听说，圣上命了中书舍人韩愈撰写碑文。我想以韩夫子的文才，即使到了千年之后，他的文章仍然会有许许多多的知音。"

裴度笑道："我只是随口一说，李公公不必放在心上。千秋功业，本来就要留给后人评议的，我们也不可能永远活在石碑里面。该放手时就得放手。"他停下脚步，回首眺望萋萋山麓，感慨万千地说："能在这样的青山绿水中长眠，生前有再多的憾恨也终会消解的吧。"

李忠言垂下眼帘，又恢复了死气沉沉的面貌。

裴度问："皇太后归葬的日子定在三月，陵寝来得及准备吧？"

"已经准备好了，"李忠言干巴巴地回答，"十年前，就准备好了。"

裴度自征西的战场回到长安后，皇帝为嘉奖他的巨大功勋，下诏加为金紫光禄大夫、弘文馆大学士，赐勋上柱国，封晋国公，食邑三千户，复知政事，裴度的几个儿子全部获得晋升。同时，皇帝还特别委任他为王皇太后的山陵使，负责奉送王皇太后入葬丰陵，完成她与先皇合葬的遗愿。

皇帝对裴度的宠信达到了无以复加的巅峰。

李忠言问："裴相公立了大功，可以入凌烟阁了吧。"

"凌烟阁？"

"是啊，我听说圣上曾与武相公立过一个凌烟阁之约，可惜武相公出师未捷身先死，被藩镇残忍地杀害了。如今裴相公平定淮西功成,不仅为武相公实现了未尽的心愿,也是替他报了仇啊。"

"凌烟阁之约……"裴度深思地看着李忠言,"你怎么知道凌烟阁之约?"

"是武相公亲口告诉我的。"

"他亲口告诉你?什么时候?"

"就在他遇刺前不久,"李忠言不动声色地说,"武相公曾经来过一次丰陵。"

"哦?武相公来做什么?"

"也没什么,就是来拜祭一下先皇。"

朝廷官员很少独自来拜祭皇陵的。尤其先皇与当今圣上的特殊关系,使很多当朝官员都尽量避免与先皇有瓜葛,武元衡生前是皇帝的心腹,在这点上更应该谨慎。再说,武元衡遇刺前正忙于削藩,有什么特别的原因促使他必须来丰陵走一趟呢?

裴度凝视着李忠言,在明丽的春光下,李忠言那副未老先衰的模样更加触目惊心。裴度没有追问下去。

李忠言倒主动说起来了:"那一次来,我看出武相公心事重重的样子,像有什么预感似的。我试着宽解他几句,谈到削藩胜利在望,他便提起了与圣上的凌烟阁之约。"

"哦。"

"不过他还说……"李忠言突然欲言又止。

"他还说什么?"

"武相公还说就算削藩功成,也不指望真的能上凌烟阁,只要圣上别鸟兽尽、良弓藏也就罢了。"

说完这句话,李忠言小心又迫切地观察裴度的表情,却没有发现任何异样。裴度只是沉默地眺望着春光无限,许久,方缓缓地吟道:"总为浮云能蔽日,长安不见使人愁。"

三月初十,李忠言再次在丰陵见到了裴度。这次,裴度是以山陵使的身份,主持了王皇太后入葬丰陵的仪式。

又过了将近一个月,吐突承璀代表皇帝来为王皇太后进献祭品,并带来了裴度的最新消息——皇帝任命裴度为检校左仆射、同中书门下平章事、太原尹、北都留守。

李忠言倒是一惊:"怎么,裴相公要去太原了?"

"是啊,这可是个肥缺。"吐突承璀的口气很怪,听不出是嫉妒、羡慕还是别的什么。

"可是……"

"可是什么?"

李忠言想起裴度在这里吟过的诗句,难道当时他就预感到自己要离开长安了?李忠言迟疑着问:"裴相公得罪圣上了吗?"

"哈哈!"吐突承璀笑起来,"你啊,在丰陵窝了这么多年,朝堂上的套路规矩还没忘嘛。"

"你以为呢?"李忠言也冷笑道,"只要不待在皇帝的身边,中书门下平章事的名衔就是虚的,宰相也就不成其为宰相了。"

"谁说不是呢。裴度平西立下大功,未免自视过高了些,在圣上面前一味直言,到底还是惹得圣上不开心了。"

"因为什么事?"

"喏,好不容易有了这么个淮西大捷,圣上想好好庆祝一番,打算在麟德殿中为李愬和李光颜这几个功臣设宴。可是你也知道,麟德殿年久失修,东廊的几根柱子都蚀烂了,须得好好修葺。此外,龙首渠有一段淤塞多年,也需要疏通。圣上还想在大内新建一座凝晖殿,再把长安几座大佛寺里的百年古木移一些过去……要我说,咱们圣上登基至今十二年了,天天为国事操劳,还从来没有好好享受过。如今削藩大业已成,天下太平,大兴土木本无可厚非。可咱们这位裴相呢,偏偏不肯体谅圣上的心情,连续三次上疏,劝谏圣上不得虚耗国库,耽于享乐。你说说,就这点小事,至于那么危言耸听吗?圣上起初不理睬他,他居然上书自请除去相位。现在可好,满意了吧?"

李忠言沉吟道："我怎么听说，立碑也引出麻烦了？"

吐突承璀将眼睛一斜："你听谁说的？"

"你管不着。"

"哈！"吐突承璀一拍大腿，"你听说了也不奇怪，这事儿早闹得满城风雨了。"

韩愈在应皇帝之命撰写的《平淮西碑》中，极力称颂裴度为平定淮西的第一功臣。本来以裴度在淮西战役中所起的决定性作用来说，韩愈这样写法即使略带夸大，总体还是符合事实的，连皇帝亦无异议，却有人心里不舒服了。

李愬雪夜突袭蔡州，取得了关键战役的胜利。回朝之后，皇帝同样大大地嘉奖，加封为凉国公，恩遇丝毫不逊于裴度。但他的部下及家人却认为，韩愈在《平淮西碑》中将李愬的功劳说得太轻，待之不公。李愬的夫人是唐安公主之女、皇帝的表妹，遂亲入大内，在皇帝面前好一番哭诉，终于说动了皇帝，于是下令磨去碑文，并让翰林大学士段文昌重新撰写《平淮西碑》。

如此一来，韩愈和裴度的心情可想而知。皇帝与裴度这对君臣，自武元衡死后一直精诚合作，不料，当胜利来临之际，却开始心生嫌隙了。

李忠言道："我怎么觉得，是裴相公自己想离开京城？"

"你的意思是？"

"现在抽身而退，远离这块是非之地，总比有朝一日闹到无可挽回的地步要好。"

吐突承璀冷笑："哼！算他聪明。"

沉默片刻，李忠言问："你要不要去看看眉娘？"

吐突承璀脸上的得意之色消失了，代之以一种怅惘的表情，好像颇费了点力气才回忆起来，眉娘是谁。

他含混地说："眉娘入葬丰陵……快满一年了吧？"

"早就过了。"

"啊，我竟记不得了。"吐突承璀讪笑。

"那你还记不记得，眉娘绣的《璇玑图》去哪儿了？"

"什么《璇玑图》？"

"你不是说，圣上就是从那幅《璇玑图》上认出眉娘，才派你去广州找她的吗？"

"哦，你说的是那个啊……"吐突承璀的眼神闪烁不定，"圣上命归入宫中秘藏了。"

"是吗？"

"是啊。"

"不是被你藏起来了？"

"笑话，我藏那个干吗。"

李忠言不再追问。吐突承璀却坐立不安起来，匆匆告辞而去。

他那细碎的脚步声在更衣殿中回响了许久方止，李忠言的脸上渐渐浮起一层晦涩的笑意——

从武元衡到裴度。

从陈弘志到吐突承璀。

从《兰亭序》到《璇玑图》。

他仿佛看见，一座巨大陵墓的一砖一瓦、一草一木均已成形，神道、石兽、壁画和元宫都准备妥当。

万事俱备，就等着棺椁了。

李忠言"呵呵"地笑出了声，越笑越响，直到迸出眼泪。

裴度在忙着准备赴太原上任，他将裴玄静召来书阁："玄静，跟我们一起去北都吧。"

裴玄静沉默片刻，问："叔父，我可不可以留下？"

"我们连仆人都一齐带走，你不便单独一人住在长安府中，"裴度慈爱地说，"玄静，离开长安对你有好处。"

"可是我不想离开长安。"

"为什么？"

"我还没有找到李弥和禾娘。"

"留在长安，你就能找到他们吗？"裴度耐心地劝说着，"禾娘是在青城山上丢失的，而李弥，虽然无缘无故地消失在金仙观中，但圣上已经重新封闭了金仙观，任何人不得入内，所以你即使留在长安，又能做什么呢？"顿了顿，他语重心长地道，"玄静啊，听叔父的话，放弃吧。借此机会离开长安，忘掉一切，开始新的生活。今后不论是想入道，还是还俗，都由你自己做主。"

裴玄静垂头不语，良久方道："我忘不掉。"

"那你想怎么样呢？"

"叔父，有件事我一直想问您。"

"什么事？"

"崔郎取回的玉龙子，叔父上呈给皇帝了吧？"

裴度点了点头。

"玉龙子是不是碎了？"

"碎了？"裴度皱起眉头，"为何这么说？"

"因为崔郎临行前曾对我说过，从聂隐娘手中取回玉龙子后，他会将其珍藏在胸前左襟处，除非刺破他的心脏，任何人都别想再夺走玉龙子。"裴玄静直视着裴度，"那日在郾城的城楼上，我看到叔父亲自射出一箭，正中崔郎的胸口，他翻身落马。当时我被人拉扯住了，没能过去看他最后一眼……"她扼住剧烈的心痛说下去，"可是，在我的心中一直有一个疑问。"

"什么疑问？"

"叔父之箭，射中的位置恰恰应该放着玉龙子。按道理说，玉龙子应该替崔郎挡住了那致命一箭的。"

裴度不置可否，面色却变得愈发凝重。

"除非箭矢力道太劲，将玉龙子击碎后再插入崔郎的胸口。可是我们都知道，玉龙子的质地极其坚硬，历经数度变迁而无丝毫损坏，说明它确是一件稀罕的宝物。那么，叔父的这一箭也不可能令玉龙子破碎！"在裴玄静那瘦削苍白的面颊上，浸满血丝的双眸大得吓人，也亮得吓人，"叔父，崔郎还活着是吗？你告诉我，他没有死对不对？"

"玄静！"裴度厉声喝道，"崔淼死了！连头颅都被砍下，高悬于郾城的城楼之上。你为何至今还要自欺欺人呢？你现在这个样子真的令叔父很痛心啊！"

裴玄静咬紧牙关。

过了好一会儿，裴度略微平复了心情，又温和地说："接下去，朝中将有一件大事，永安公主要去回鹘和亲，回鹘派出的迎亲使者已来到长安，圣上即日便将举行盛大的仪式，为永安公主送亲。我会在盛典之后再启程赴太原，距出发还有些时日。不急，你再好好想想，我们过几天再商议。"

裴玄静恍恍惚惚地站起身，裴度又道："自安史之乱后，玉龙子已有多年不曾示人，所以一直有人妄称道君不再庇护李家、大唐的国祚堪忧。这一次，圣上将借永安公主和亲的机会，向天下及各国使节展示玉龙子。"他注视着裴玄静，语重心长地说："玄静，玉龙子能够回归唐廷，有你的一份功劳。因此，圣上才将你与崔淼、聂隐娘等一干人区别对待，你要珍惜这个机会，摆脱无谓的心结。"

裴玄静向叔父行过礼，面无表情地转身离去。

9

这半个月来，每夜在翰林院中轮值成了一件苦差事。翰林院东面的麟德殿正在大修，为了赶在良辰吉日召开公主的出降大典，皇帝命将作监日夜不停地施工。大明宫宁静的夜晚被叮叮咚咚的敲击声打得粉碎。

受罪的当然不止翰林学士们。内侍和宫女,以及驻扎在附近九仙门的左神策军统统不胜其扰,半个月过去,人人挂上黑眼圈。可是皇帝的旨意,谁又敢抱怨呢?

太液池西南岸的清晖阁前,有一块彩旌和锦幡围饰的平地,向来是教坊演练歌舞之处。今日,这里歌舞又起,宫娥们随着乐声翩翩起舞,舞动的身影倒映在太液池的碧波百顷中。她们的背后是云烟浩渺的太液池,隔岸承香、含凉、紫兰诸殿飞檐翠瓦、画栋朱梁,如同月中蟾宫,人间仙境。

煞风景的是,从麟德殿的方向仍不时有捶打敲击声传来,把一阕好端端的《霓裳羽衣曲》搅得支离破碎。当舞曲由慢转快时,宫娥们的舞步也变得零乱起来。

皇帝面沉似水,朝教坊内官摇了摇头。她见势不妙,赶紧叫停。

"走走走,你们快退下!"她一边忙不迭地向宫娥摆手,一边跪倒在皇帝面前。

"你们怎么回事?"皇帝愠怒道,"再过三天就是庆典了,这支舞怎么还是跳不好?"

"是奴婢失职,请大家责罚。"

"责罚你们有何益?朕要的是《霓裳羽衣舞》!"

内官匍匐于地,一个劲地发抖。

皇帝不耐烦地挥了挥手:"还不快去练!"

"大家,"内官向上磕了个头,"那把琵琶是不是可以……"

"琵琶怎么了?"

乐班第一名的琵琶女出班跪倒,怀里紧紧抱着一把紫檀琵琶。

内官战战兢兢地回答:"禀报大家,这把琵琶我们实在用不好。请大家开恩,允许我们用回原来的。"

"你们用不好?"皇帝厉声质问,"你知道这是谁用过的吗?"

"知道,知道!"内官磕头如捣蒜,"正因为它太尊贵了,我们、我们真的是承担不起啊!"

"算了,"皇帝十分扫兴,"你们回教坊继续练习吧。三天之内必须练成,庆典上若再有差池,后果你们自己清楚。"

"是。"内官见陈弘志朝自己使眼色,赶紧将紫檀琵琶交到他手中,慌慌张张地退了下去。

陈弘志小心地把琵琶捧上御案。

皇帝问:"你可知这把琵琶的来历?"

"奴不知。"

皇帝轻轻叹了口气:"它是杨贵妃曾经用过的那把。"

"哦!"陈弘志瞪圆了双眼,其实他对杨贵妃知之甚少,但看到日前吐突承璀将这把紫檀琵琶送来时,皇帝爱不释手地把玩了很久,又命教坊第一的琵琶女演奏它,今天还亲自观看她们的演练,可见他对这把琵琶极为珍爱。所以,陈弘志也竭力做出惊异的表情来。

"可惜啊!现如今的大明宫中,已经无人能够奏好它了。神器虽还,天籁依旧难觅啊。"皇帝的声音中满是惆怅。

"大家,吐突将军来了。"陈弘志低声通报。

"来得正好,"皇帝的表情开朗了些,招呼吐突承璀上前来,"你把它送回兴庆宫去吧。"

"兴庆宫?"

"是啊!勤政务本楼上。你知道应该放在哪儿。"

"是。"吐突承璀赶紧答应。

皇帝犹有不舍,轻轻拨了拨琵琶的弦,苦笑道:"这么好的五弦琵琶,教坊中竟无人能够弹奏,给她们也是暴殄天物,罢了罢了。如果……"他的声音突然低落下来,若有所失地说,"说不定杜秋娘能弹得好它。"

吐突承璀和陈弘志不约而同地对视一眼,又都赶紧敛容肃立。

"不管怎样,白居易献琵琶,这件事做得好。朕应不应该奖励他?"皇帝看着吐突承璀道,"白居易贬去江州有段时间了,如今台州刺史一职正好空缺,要不然就把他量移到台州去?"

吐突承璀的眼皮跳了跳，躬身道："大家，白居易被贬还没满三年，现在就量移吗？"

"嗯？"

"奴是觉得早了点，太便宜了他。"

"你呀，也太小气了。朕不是说了要奖励他吗？贬满三年再量移，就算不得奖励了。"

吐突承璀看出皇帝心情不错，便继续恃宠卖乖道："江州原就是个好地方，白居易遭贬谪还能过得那么舒服，写了首《琵琶行》又流传开来。若是再让他去了台州，更不知要得意成什么样子了。"

皇帝微笑："若不是白居易的这首《琵琶行》，傅练慈也不会将紫檀琵琶托付给他。"

"算他识相，到头来还懂得要把琵琶交上来。"

"否则还能怎样？"皇帝一收起笑容，便恢复了冷厉的表情，"他知道傅练慈的身份，也明白紫檀琵琶的来历，再匿藏的话就是存心欺君，他这辈子还想在朝为官吗？"

吐突承璀附和地冷笑了一声。

"不过，你说得也有点道理，还是让白居易在江州继续待个一年半载吧。台州刺史的人选，朕另外考虑。"

"大家英明，"吐突承璀道，"奴把柳泌送回老地方了。"

"哦，他怎样？"

"全招了。包括蛊惑百姓、打压佛门、妄图一统道门各宗当首领等等。他手下那个叫乾元子的，也承认了占据楼观道、打砸仙游寺，还有在青城山和天台山上干的所有勾当。"

"不谈别的，柳泌为了力压道门各宗，企图毁掉圣物玉龙子。单单这一条就死有余辜！他可知罪了吗？"

"他敢不知罪！"吐突承璀鄙夷地说，"您别看他往日嚣张得很，被戳穿了真面目后就变成了一条癞皮狗，怕死求饶的样子着实叫人不齿，亏他还是个道士呢。哦，他们还招出一件韵事来。"

"韵事？"

吐突承璀满脸坏笑："他们为打听玉龙子的下落，逼死了通州刺史的妾。至于这个姜夫人嘛，和通州司马元稹之间有些说不清道不明的瓜葛。"

"元稹么……"皇帝漫应一声，似乎没多大兴趣。沉默片刻，又道："朕的丹药？"

"奴让柳泌又炼起来了。为求圣上饶命，柳泌发誓使出看家的本领为圣上炼丹，奴也会一直盯着的。"

皇帝这才点了点头。

过了片刻，吐突承璀鼓起勇气说："不过奴觉得，那个丹药大家还是少……"

"嗯？"

吐突承璀忙把后面的话咽了下去。

"对了，你最近要多多留意论莽替。现在这个时候，绝对不能出意外。"

数日前，吐突承璀为了逼迫禾娘招供，竟想出一个恶毒至极的招数，把禾娘送到吐蕃囚犯论莽替的地牢中，供给吐蕃人蹂躏。他的理由是：禾娘毕竟是个少女，即使能熬过严刑拷打，也绝对无法忍受野兽般的论莽替的凌辱，肯定会精神崩溃的。可他没想到，禾娘竟宁愿被活活虐死，至死不肯屈服。

吐突承璀当然不会承认，自己是在极度变态的心理驱使下，才想出这样惨无人道的逼供方法。对皇帝只强调禾娘之死是自作自受，皇帝也没有追究，对他来说，禾娘的性命又能算什么呢？

吐突承璀谄媚地说："大家，论莽替在地牢里都关了十几年，还能出什么意外。"

"你不知道，朕将与回鹘联盟之事，吐蕃好像事先听到了风声，正在边境上集结，已然摆出了大战的架势。"

"啊？"

皇帝冷然道:"吐蕃一直在向我们讨要他。朕就是不给。他们想要回论莽替,要么拿河湟的城池来换,要么就痛痛快快地打一仗!"

"奴懂了,请大家放心,奴一定把论莽替看好了,保证万无一失。"

在皇帝面前拍过胸脯,吐突承璀赶紧又下了一趟地牢,虽然明知绝无差池,还得再检查一遍才能放心。

狱卒刚一打开地牢的门,冲鼻的腥臭气息便扑面而来,吐突承璀虽早有准备,也几乎被熏得背过气去。为怕失火,地牢仅在门边点着两盏小油灯,只能影影绰绰地看见深处的铁笼中有一个臃肿如山的身躯。离得好远都能感受到那股野蛮的热力,似乎关着的不是一个人,而是一头千年异兽。

吐突承璀原本还想仔细巡察一番,这会儿勇气消失殆尽。他掩着口鼻迅速退出门外,转而向狱卒询问论莽替的情况。

狱卒回答,论莽替一切如常,只是自从那个少女来过之后,他的饭量比过去更大了。

"眼下他一个人吃的就顶我们几个,还天天喊肚饿,而且只肯吃肉。"

吐突承璀慷慨地说:"他要多少就给多少,权当养了头吐蕃蛮牛!"

当天夜里,狱卒果然送来了更大块的肉排,放进铁笼后就赶紧退了出去。地牢里的气味实在太难闻,就算是狱卒也无法忍受。

论莽替伸出毛茸茸的大手,抓起肉排啃了好一会儿,遂将啃了一半的肉排甩到铁笼后方:"喂,小子,出来吃啊。"

须臾,铁笼后方的墙上"窸窸窣窣"地响了一阵,墙上的泥块被扒开了,露出一个孔洞。一个人从孔洞那头爬过来,捡起地上的肉排就吃。

论莽替说:"天底下还有你这种傻瓜,居然陪我坐牢。"

那人一言不发,只顾埋头啃肉排。他身上的衣服早已肮脏不堪,头发不知多久没梳理了,乱蓬蓬地散着,脸上更是布满泥灰,胡子茬儿也有寸把长了，只有一双稚气的眼睛表明，他的年纪并不大。

吃完肉排，那人也不理睬论莽替，转身又爬回孔洞里去了。

论莽替道："哎哎，别急着堵那个洞嘛，还得好几个时辰没人来呢。咱们聊聊？"

没有回答。

论莽替无奈，但又不甘心。这个凭空冒出来的小伙子，是他受困于大唐十几年后，第一次出现的逃跑的机会。现在，论莽替只要设法出铁笼，就能从这小子挖通的地道逃出去。可是任凭他磨破嘴皮子，这小子都不肯明确答应一声。更奇怪的是，他自己好像也不再回地面上去了，而是在地牢旁的坑洞中住了下来。

天底下竟有此等咄咄怪事？

论莽替怎么也想不通，但这个傻小子是他唯一的希望，所以，论莽替决定先养着他，再等待时机。

论莽替坚信，总有一天，他会带自己逃出生天的。

论莽替自说自话起来："你从金仙观那儿挖过来，一定在墙上看到过一些画吧？画着海还有龙什么的。"

仍然没有任何反应，但论莽替就当作他在听："我给你说说那些画的来历吧，想不想听？我打赌如今在你们大唐啊，没人比我知道得更多了。"

李弥窝在坑洞中，只是紧盯着手中的一枚金簪。

当禾娘的尸体被拖出去时，他从窄缝中看见了这枚掉在地上的金簪。地牢中太昏暗太肮脏，可是这枚金簪反射出的微弱光线，正好照到了李弥的眼睛上。他一下就认出了它，于是决心挖穿砖墙，进入地牢。

他相信，是禾娘要他收好这枚金簪的。

见李弥终于进来了，论莽替喜出望外，拼命要求他帮自己逃走。李弥不理睬他，只是捡起金簪回到坑洞中。但他也没有沿原路返回金仙观，而是继续留在了坑洞中。

李弥作了一个决定：留在禾娘死去的地方，永远守在这里。

他摩挲着掌心的金簪，喃喃道："禾娘，我会为你报仇的，你等着。"

论莽替那怪腔怪调的话音持续地传过来，李弥充耳不闻。

吐蕃人完全想错了。李弥留下来，唯一目的就是为禾娘报仇。他现在还杀不了吐蕃人，也不想杀他。李弥是眼睁睁地看着禾娘受尽折磨而死的，他要让论莽替经历同样的过程。不，是更加惨烈的过程。

李弥举起金簪，在墙上划过一道，用这种方法记录自己在地下度过的日子。

今天划的正好是第一百道。

10

麟德殿中的庆典如期举行了。

修葺一新的复道重阁披锦缀彩，朝臣和来使从宫门一路行来，远远望见高耸的殿宇上金辉闪烁，银光浮动，都不禁眼花缭乱起来。再至殿中，只见满殿的金狮雀扇、玉树琼花，连两侧宫娥内侍的脸上都映照着隐隐霞光。香熏缭绕，纱帷拂动，行走其中使人不由得肃然起敬。宣礼声起，皇帝升座。一时法乐齐鸣，众人行礼如仪，心中既澎湃着盛世重现的激动，又闪现着错入幻境的迷茫。

当殿庭中跳起《霓裳羽衣舞》时，这种亦真亦幻、似喜还悲的感觉到达了顶点。一曲终了，大唐朝臣竟然忘记了喝彩，倒是各国来使看得兴致勃勃。

当内侍捧出玉龙子时，整个大殿的气息都凝滞了。事实上，在场的大唐朝臣都没有亲眼见过玉龙子。自从安史之乱后，玉龙子的下落就成了一个谜，虽然李唐皇家始终坚称拥有玉龙子，但各种说法一直很混乱。

今天,借着这个难得的隆重场合,玉龙子的真身终于呈现在了众人眼前。

它看上去小而玲珑,似乎并没有想象中那么神奇。但今天能够亲眼见到它,大家已经很满足了。

回鹘使者出班,诚惶诚恐地向大唐皇帝表达可汗的谢意。

今天的仪式过后,永安公主就要踏上和亲之路了。

在众人热切期盼的目光中,大殿东阁的帷幕徐徐升起。盛装的永安公主矜然端坐,高髻上的珠翠玉冠闪闪发光,满脸的花钿圆靥、脂粉鹅黄,不仅修饰了五官容貌,连表情都看不出来了,衬着背后交叉的两柄合欢纨扇,只觉是一尊沐浴在淡淡金光中的女神像。

使者又提出一个请求——保义可汗染疾,希望永安公主在临行前,能以大唐宝物玉龙子为可汗祈福。

皇帝应允。

永安公主缓缓来到殿前,从内侍手中接过玉龙子,高高举过头顶。

当一切光线都凝聚在玉龙子上时,它变得那么晶莹剔透,仿佛真的充满了神奇的力量,有几个朝臣甚至激动得热泪盈眶起来。

突然,永安公主两手一松,玉龙子掉落于地,在众目睽睽之下摔得粉碎。

麟德殿中鸦雀无声,所有人都惊呆了。

"哈哈哈!"永安公主骤然爆发出的狂笑声,在殿内久久回荡。

又一次被龙涎香所包围,裴玄静仍能体会到那种独特的神圣与悲悯之感。她不知道,这种感觉究竟是龙涎香本身所带来的,还是因为她仅在皇帝的身边闻到过这种香气,便自己给它赋予了特殊的含义。

龙涎香和天子,已经在她的心中融为一体,分不出孰先孰后。

自从裴玄静被宣进殿后,皇帝就一直默默地看着她,许久都没有开口的意思。裴玄静便跪在那里,龙涎香使她的心绪愈来愈宁静,甚至感觉可以就这么跪下去,直到地老天荒。

这是她觐见皇帝这么多次以来,内心最为坦荡的一次。

皇帝终于开口了:"你知道朕为什么要召见你吗?"

"请陛下明示。"

"不需要了吧?"

裴玄静抬起头,上回见皇帝还是在去年的春天,这一年中他又老了许多,而且显得憔悴,气色不佳。奇怪,现在不应该是他自登基以来最得意的时候吗?如果不算刚刚在和亲大典上发生的意外的话。

她挺直腰身,干脆地回答:"是,是我怂恿永安公主砸碎玉龙子的。"

"为什么?"

"因为她不愿去回鹘和亲,向我请教对策。"

"你就给她出了这个主意?"

"我只是听说,陛下将在大典上展示宝物玉龙子。所以,我建议永安公主找机会砸了玉龙子。刚巧,回鹘使者要求用玉龙子为他们的可汗祈福,把机会拱手送给了永安公主。"

皇帝冷笑:"她这么做了,就可以不去回鹘吗?"

"这会使她在众人面前像个疯子,而回鹘不可能要一个疯了的大唐公主。"

皇帝微微摇了摇头:"裴玄静,有时候就连朕都觉得你不可思议。"

裴玄静垂下眼帘。

少顷,皇帝又问:"你怎么知道玉龙子是假的?"

"我只知道玉龙子以坚韧著称,"裴玄静回答,"以永安公主的力气是砸不坏它的。"

"但是它碎了。"

"那就证明它是一件赝品。"

"所以，你让朕在天下人面前丢尽了脸面。"

"陛下，"裴玄静抬起头来，"这并非妾的初衷。"

"哦，那你的初衷究竟是什么？"

我的初衷吗？裴玄静很想对皇帝说，其实我比您更希望它是真的。因为那样的话，崔淼就极有可能还活着。而现在，这最后的一丝希望也破灭了。崔淼从聂隐娘手中取回的是一个假的玉龙子。裴玄静认定，聂隐娘绝不可能调包玉龙子。那也就是说，他们历经艰辛从天台山上找回的，本来就是一个赝品。

她黯然道："陛下，玉龙子拿回来时，您就知道它是假的了吗？"

"是的，因为它从中间裂开了，"皇帝淡淡地说，"是被裴爱卿的箭一射两半的。但真正的玉龙子不应该破损。"

裴玄静愣了半晌，才问："可是陛下……"

"于是朕密令尚方局把两半玉龙子粘合起来。毕竟在大殿之上，离得那么远，没人能识别出真伪。然而，"皇帝盯住裴玄静，"你把朕的计划全都毁了。"

"不过，你确实帮到了永安，"皇帝心平气和地说着，竟露出了一丝淡淡的笑，"保义可汗死了，就在永安公主砸毁玉龙子的那天。回鹘人认为，是大唐咒死了他们的可汗。朕倒觉得，还是这样好，否则永安一嫁过去就得当寡妇，按照惯例，她还得嫁给保义可汗的继位者。回鹘人明知他们的可汗病得朝不保夕，还执意要与朕和亲，自己就没有诚意，怪不得我们。"

"但朕不会因此就饶恕你，"顿了顿，皇帝道，"裴玄静，你就那么恨朕吗？"

恨？裴玄静情不自禁地抬起头来，她恨他吗？也许吧，然而裴玄静更恨自己。因为她曾那么天真地相信，只要取回玉龙子，皇帝就会放过他们。她以为皇帝要的是忠诚，但其实他要的是命。

裴玄静问："陛下，这一切都是您安排的，对吗？"

他仍然没有露出受到冒犯的怒意，目光里反而含着一丝戏谑。

裴玄静说:"汉阳公主让我以寻仙之名去青城山时,您就知道我们的真正目的了。而您恰好也想寻找玉龙子,所以就假意上当,顺水推舟放我与韩湘成行。陈鸿是您派在蔷薇涧草庐等待我们的,专门为我们提供有关《长恨歌》的线索。他自己对此研究多时,却无法得出结论,所以您决定让我来试一试。还有柳泌,我猜想他去当台州刺史时,也奉了您的秘密旨意,去监视天台山上的冯惟良道长。因为一直有传言说,玉龙子可能被天台山收藏着。再有王质夫,原本已经远远地躲到东川去了,可是陛下派李逢吉去接任东川节度使之职,令他感到危险迫近,于是忙不迭地辞官,一边给陈鸿和白居易他们写信警告,一边亲自赶往天台山。但他还没找到冯惟良,就被柳泌抓住了。王质夫宁死不屈,虽遭严刑拷问却仍然死守玉龙子的秘密,至死都不知道,他所保护的其实是一件赝品,"裴玄静怅然道,"也许这样对他更好。"

"也许。"皇帝居然附和了一句。

多么可笑啊,那么多人费尽心机争夺的,竟然是一个假的玉龙子。

"冯惟良道长知不知道玉龙子是假的呢?"

"大概也有所怀疑吧。只是他不会像你这样,用砸的方法来验证,"皇帝嘲讽地说,"对冯惟良来说,最好的办法就是当那枚玉龙子是真的。有玉龙子在,对天台山和他本人的地位都有所裨益,他何必自煞风景,非要证明其真假呢?反正,也没人敢说那是假的。"

"所以,陛下也打算以假乱真。关于玉龙子的流言太过纷杂,已经到了真伪难辨的地步。陛下只要拿出一个玉龙子来,就足以堵住天下人的嘴。正如陛下所说,谁又敢挑战它呢?"

"你啊。"

裴玄静低下头。

少顷,皇帝道:"是朕大意了。自从你这次回到长安,朕认为你应该接受教训,学乖了,所以才在你叔父的再三恳求下,放你回了裴府,也没有再派人监视你。没想到,你竟然打起了永安的主意。"

"是她自己想法找到我的，还说是汉阳公主给她的建议。"

"汉阳公主？"皇帝一哂，"你以为她是站在你这边的吗？不，其实她也一直在利用你寻找玉龙子，为了帮助太子得到它。"

"太子？"

"汉阳公主是李家的女儿，也是郭家的媳妇嘛，对郭家未来的前途相当在意。朕虽立了郭贵妃之子为太子，但郭家总是不够放心。朕也曾经当过太子，知道这种心情。"

当年，肃宗皇帝不就因为没有得到玉龙子而耿耿于怀吗？历史永远在轮回，太阳底下并无新事。

当今太子李宥乃郭贵妃所出，皇帝却把象征帝位传承的血珠给了傻孩子十三郎，令郭贵妃相当困扰。她一定担心，李宥的太子之位仍然充满变数。假如能够得到玉龙子，无疑是对李宥太子之位的决定性保障。

想必郭贵妃再三恳求嫂子帮忙，汉阳公主便义不容辞了。

皇帝道："说说吧，真的玉龙子在哪儿？"

"我不知道。"

"你不知道？"

裴玄静茫然地摇头，玉龙子已经把她生命中最重要的都夺走了，她还能再做什么？

皇帝像在自言自语："会不会那个从倭国取回的玉龙子就是假的？"

不，裴玄静觉得杨玉环没必要留着玉龙子。也就是说，天台山上最初所藏的玉龙子应该是真的。那又是从什么时候起，变成假的了呢？

皇帝又问："你觉得皇太后知不知道真玉龙子的下落？"

王皇太后吗？裴玄静一愣，随即明白了皇帝的意思：王质夫所知的玉龙子内情肯定来自王皇太后，那么王皇太后是告诉了王质夫全部，还是仍然保留了一部分秘密呢？

裴玄静紧张地思索起来，《长恨歌》写于元和元年末，也就是说在那之前，皇太后就把玉龙子的秘密吐露给了王质夫。但是从那时起的整整十一年中，《长恨歌》广为流传，王皇太后从未表现出任何不安，会不会是因为她本就知道天台山上的玉龙子是假的？可是元和十二年时，她又为什么突然急迫地要寻找王质夫呢？

莫非，从一开始就是汉阳公主假托王皇太后的旨意？要裴玄静去找王质夫的根本不是王皇太后，而一直就是汉阳公主？

从皇帝刚才的话中听出来，似乎是这样的。

难怪王皇太后从未亲自召见过裴玄静，所有旨意均由汉阳公主转达。至于贾桂娘，也很可能是被汉阳公主所欺骗，莫名其妙地献出了性命。

自始至终，所谓王皇太后要寻找王质夫，就是汉阳公主一手主导的骗局，目的就为了利用裴玄静打探玉龙子的下落。

其实她和皇帝一样犯了舍近求远的错，却不知道真相始终掌握在他们的母亲手中。

等等，裴玄静突然又想到，假如王皇太后是掌握全部真相的人，那么她又是从哪里得知的呢？只有一个可能：是先皇告诉她的。

贾昌！裴玄静的脑海中闪过春明门外的小院。陈鸿在《东城老父传》中清清楚楚地记载着，先皇为太子时，因怜恤贾昌，曾施舍钱粮为他专门造起了那座小院。

她明白了。先皇那么做，并非出于怜悯。贾昌和贾桂娘兄妹是玄宗皇帝与杨贵妃最信任的人。不妨做一个大胆的假设，杨通幽从倭国取回玉龙子以后，玄宗皇帝虽然让道门将它保管起来，但他仍然希望李家的后代能够得到它。于是，他把从道门取回玉龙子的暗语交代给了一个他所信任的外人，这个人谙知皇家内情，却与权力纷争毫无瓜葛，是唯一一个能够不偏不倚、忠实执行玄宗皇帝遗讯的人，贾昌。

而贾昌一直等到贞元后期，才等来了那个符合玄宗皇帝要求的继承人，也就是先皇。

裴玄静的心快要从喉咙里跳出来了。

贾昌说出暗语之后，就没有活下去的价值了。但是先皇不仅没有让贾昌死，反而设法供养他，实可谓仁慈。但问题又来了，先皇取得暗语以后，有没有去向道门要回玉龙子呢？

答案应该是肯定的。否则，天台山上就不会藏着一个假的玉龙子，王皇太后也不会将这些秘密泄露给王质夫，并对暗藏秘密的《长恨歌》的流传听之任之。因为在她看来，那些秘密早就没有意义了，以曲笔的方式记入一首诗，使之千古传诵，未尝不可。

王质夫却被蒙在了鼓里。

在裴玄静思索的过程中，皇帝一直目不转睛地盯着她。直到此时，才突然问了一句："他……拿到玉龙子了吗？"

"他？"裴玄静猛然意识到，皇帝指的是先皇。她恐惧地瞪着皇帝，难道对方竟能看穿自己的心吗？不，应该是他也想到了这一层，试图通过自己来证实他的推测。

从皇帝的脸上，裴玄静又见到了他对先皇无法掩饰的怨恨。

那么，真玉龙子究竟在哪里？它曾经漂洋过海，又历经波折返回大唐，它现在会在何方？

突如电光火石一般，裴玄静仿佛再次站到了兴庆宫的勤政务本楼中：临摹在墙上的《兰亭序》，倭国遣唐僧空海，永贞元年的冬天，太上皇给予空海提前回国的手谕……

"你想到了什么？"皇帝紧盯裴玄静问。

裴玄静沉默。

皇帝一字一句地说："裴玄静，朕命你找回真玉龙子。"

"我？为什么总是我？"

"因为你总能达到朕的期望……部分的，"皇帝奇怪地笑了笑，不知是在嘲笑裴玄静，还是在嘲笑自己，"其实选中你的并不是朕，而是武爱卿。然时至今日，朕佩服他的眼光。"

裴玄静还是沉默。

"说吧，你要什么条件，朕都可以考虑。"

裴玄静说："请陛下把禾娘和李弥还给我。"

"禾娘？李弥？"皇帝问，"他们在朕这里吗？对了，朕听说那个禾娘已经死了。"

"死了？"

"是的。至于李弥嘛，裴爱卿不是也没在金仙观里找到他吗？朕就更不清楚了。"

"是陛下杀害了他们，对吗？"

没有回答。从皇帝的脸上，裴玄静只能看到无边无际的冷漠。她咬了咬牙："那么，就请陛下答应我的另外一个条件。"

"你说。"

"请陛下告诉我崔淼的身份。"

"崔淼？这又是谁？"皇帝扬起剑眉，"哦，朕想起来了。他不就是一个江湖郎中、藩镇奸细吗？"

"陛下忘记了一点，他还是您的十三郎的救命恩人。"

"那又怎样？"

"陛下也下令杀害了他，对吗？又或是王皇太后下的令？陛下，究竟是什么原因让崔淼必须死，是他的身世吗？陛下也一直在利用我追捕崔淼，对吗？"

"够了！"皇帝厉声呵斥，"朕命你寻找国之至宝，你却与朕纠缠这些蝼蚁贱民，到底是何道理？"

"蝼蚁贱民就该死吗？"

"朕说他们该死，就该死。"

"可是公道在哪里？"裴玄静叫起来，"崔淼、李弥，还有禾娘，他们都不曾犯下死罪，这不公平啊，陛下！"

"公平？你有什么资格说这两个字？"皇帝的面目扭曲，变得格外狰狞，"你为了自己的私心，蛊惑永安公主砸碎假玉龙子，破坏大唐与回鹘的联盟。吐蕃见到了可乘之机，已经在边境上挑起战火了。那些即将战死的兵将，那些面临家园破碎的百姓，他们问谁去要公平？问你吗？你给得起吗！"他从未在裴玄静面前如此激动过，已经在吼叫了，"本来永安与回鹘和亲，至少能威慑吐蕃一到两年，朕趁着淮西大捷，正好利用这段时间收服其他藩镇，再集中兵力对抗吐蕃。可是现在，吐蕃以逸待劳，而大唐却不得不内外同时作战。当然，朕不怕！但你必须承认，你所谓的公平，根本就是自私！"

"不，不是的！"

"不是吗？那你就当他们都为大唐牺牲了吧！"

"牺牲？可禾娘、李弥都还是孩子……"

皇帝向裴玄静俯下身："朕最爱的女儿普宁公主与藩镇和亲时才十四岁。朕明知那是一个火坑，却亲手把她推了下去。普宁死的时候，还没到十八岁。她的棺椁运回长安时，朕都认不出她来了……"皇帝的脸离得太近了，裴玄静清清楚楚地看到了他眼中的光芒，"和你口口声声喊冤的禾娘相比，朕的女儿难道不是更无辜吗！"

裴玄静无法再看他，只得微微闭起眼睛。

"朕第一次见你的时候，就曾经说过，为了天下一家，四海归心，为了大唐中兴，每一个人都要付出代价，都必须牺牲。你懂了吗？"

过了好久，裴玄静才回答："陛下不答应妾的条件，妾就不再为陛下做任何事情，也不再相信陛下的任何话。"

话音落下时，裴玄静自己也震住了。这番话好像是她体内的另一个人说出的，但又令她感到从未有过的痛快！她低下头，等待着即将到来的凛凛天威。

在她的头顶上，皇帝的声音平静而有力地响起来："你会的。有朝一日，你会为朕做任何事，更会信朕如天。让我们拭目以待吧。"

"永安公主发愿入道了，她能有今天拜你所赐，正好，你去陪她一起修道吧，就在大明宫中。"这是他说的最后一句话。

裴玄静被陈弘志带出殿外。

这就完了吗？她有些神思恍惚。从元和十年盛夏的那个雷雨之夜开始，她先后解开了《兰亭序》《璇玑图》和《长恨歌》的谜题，却没能预知到今天。

不。裴玄静对自己说，这一定不是结局。她突然又发觉，陈弘志老盯着自己的右手看，这才意识到，右手一直握得太紧，已经麻木了。裴玄静松开痉挛的手指，满掌心的汗，顿时被风吹得凉津津的。

一切都宛如梦境，唯独她的手中却没有纯勾。

如果有呢？

更多精彩，敬请期待《大唐悬疑录4：大明宫密码》

《大唐悬疑录4：大明宫密码》即将出版，精彩预告：

元和十四年（公元819年），象征大唐百年功勋与荣耀的凌烟阁，突发异象。玩火球的猿猴、一枯一荣的巨树……数个古怪图像，深夜时分出现在凌烟阁中。更为诡异的是，这些图像竟与相传预示大唐国运的《推背图》一一对应。

此时的大唐，削藩成功，正值中兴。然而大明宫内，人人自危。皇帝服用金丹，日趋虚弱。皇子、贵妃、权臣、宦官为谋求前路，各怀鬼胎。游离在宫廷斗争之外的女神探裴玄静，敏锐地发觉，此次《推背图》异变，与之前遇到的《兰亭序》《璇玑图》《长恨歌》中的种种谜团，有着一脉相承的诡异与野心。

纯钩出鞘，落幕的时刻即将来临……

扫描紫焰二维码，并回复"大唐4"
抢先试读《大唐悬疑录4》大结局！